新潮文庫

アトランティスのこころ

上巻

スティーヴン・キング
白石 朗訳

新潮社版

アトランティスのこころ　目次

本書をジョゼフとリアノーラとイーサンに捧げる。
きみたちにあの話をしたのは、この話を語るためだった。

ナンバー6　何がほしい?
ナンバー2　情報だ。
ナンバー6　どっちの味方なんだ?
ナンバー2　いずれわかる。さあ、早く情報を吐くんだ。
ナンバー6　しゃべるもんか。
ナンバー2　どんな手段を講じてでも……しゃべらせる。

――《プリズナーNo.6》

そこにはサイモンのほかだれもいなかった。木の葉に隠された小さな褐色の像、それがサイモンだった。たとえ眼をつぶっても、雌豚の頭部は、依然として残像のように眼底に残っていた。半ば閉じられたその豚の眼は、大人の世界独特の無限のシニシズムをたたえてぼんやり霞《かす》んでいた。その眼は、何もかもだめじゃないか、とサイモンに訴えかけていた。

――ウィリアム・ゴールディング『蠅《はえ》の王』(平井正穂訳)

「しくじったな」

――《イージー・ライダー》

アトランティスのこころ

上巻

主要登場人物

ボビー・ガーフィールド…父を亡くした少年

リズ……………………………ボビーの母親

ランダル……………………　〃　亡き父

キャロル・ガーバー………　〃　ガールフレンド

アニタ…………………………キャロルの母親

リオンダ・ヒュースン……アニタの友人

ジョン・サリヴァン………〈サリー・ジョン〉。ボビーの親友

ドン・バイダーマン………リズが勤める不動産会社の社長

レン・ファイルズ…………〈コーナー・ポケット〉の店主

アランナ………………………レンの妹

ハーブ・マックォン………遊園地にいた〈山高帽子の男〉

ハリー・ドゥーリン………セント・ゲイブリエル校の生徒

ウィリー・シーアマン……　〃

リッチー・オウマーラ……　〃

テッド・ブローティガン…不思議な老人

一九六〇年　黄色いコートの下衆男《ロウ・メン》たち

一九六〇年：彼らは棒の両端を削《そ》いでいた。

I

少年とその母親。ボビーの誕生日。
新しい間借人。時間と見知らぬ人々について。

ボビー・ガーフィールドの父親ランダルは、二十代で早くも髪の毛が薄くなりはじめ、四十五歳には完全に禿《は》げあがっているタイプの男だった。しかしランダルがそこまで追いこまれることはなかった——というのも、三十六歳の若さで心臓発作を起こして世を去ったからだ。不動産業者だったランダルは、赤の他人の家のキッチンの床に横たわって末期《まつご》の息を吸うことになった。この家の購入を検討中だった客が、通じていない電話で救急車を呼ぼうと無駄な努力をしているあいだに、ボビーの父は息絶えた。これがボビー三歳のときのこと。ひとりの男からよく体をくすぐられ、そのあとほっぺたやおでこにキスをされたという、ぼんやりした記憶があるにはあり、その男こそ自分の父さんにちがいない、とボビーは思っていた。ランダル・ガーフィールドの墓石には《惜しまれつつ去る》という墓碑銘が刻まれていたが、母親には父親の逝去を惜しんでいる風情《ふぜい》はまったくなかったし、ボビー当人についていうなら……だいたい、ろくに覚えていない男の死を惜しめるだろうか？

父親の死から八年たったいま、ボビーは〈ハーウィッチ・ウエスタン・オート〉のショーウィンドウに飾られた車輪二十六インチのシュウィン製自転車に首ったけになっていた。ボビーは自分が知っているあらゆる方法で、この自転車のことを母親にほのめかしつづけ、ついにある晩ふたりで映画を見にいった帰り道で、母親に自転車を指さして教えた（ちなみに見てきた映画は《階段の上の暗闇《くらやみ》》。ボビーには筋立てがさっぱり理解できなかったが、ドロシー・マクガイアが椅子《いす》に身を投げだすようにすわった拍子に、すらりとした足をあらわにしたシーンは気にいった）。金物店の前を通りかかったとき、努めてさりげない口調で、ショーウィンドウに飾ってあるあの自転車なら、十一歳の誕生日を迎える幸せな子どもにとって極上のバースデイ・プレゼントになるだろう、と話しかけたのである。

「そんなこと、考えるだけ無駄よ」母親は答えた。「おまえの誕生日に自転車を買うお金の余裕はないの。いいこと、おまえのお父さんはあんまりお金を残してくれなかったんだから」

父ランダルが死んだのはトルーマンが大統領だった時分で、いまはアイゼンハワーの八年におよぶ任期もそろそろおわりに近づいている。それなのにいまでも、ボビーが一ドル以上の支出をともなう提案をしたときには、母親はほとんどいつも決まって《あんたのお父さんはあんまりお金を残してくれなかったんだから》といった。さらに、この決まりきった答えを口にするとき、母親の顔には嫌悪《けんお》の表情が浮かんだ――それだけ見ると、父が死んだのではなく、勝手に出奔していったかに思えた。

誕生日だというのに自転車なしか。家までの道々、ボビーはむっつりとこの思いを噛《か》みしめていた。よくわからない風変わりな映画を見てきた楽しい気分も、ほとんど吹っとんでいた。母親には反論もせず、とりいってご機嫌をとろうともしなかった――そんなことをすれば反撃されるに決まっていたし、反撃となると母リズ・ガーフィールドは、一点の妥協も見せない女性だった――それでも、自分にとってうしなわれた自転車のことは頭から離れず……うしなわれた父親のことも頭から離れなかった。父親を憎みたくなることもあった。ときにはその気持ちの歯止めとなるものが、肌にひしひしと迫ってくる感覚――具体的な根拠はひとつもないが、母親はボビーが父親を憎むことを願っているのではないかという感覚――だけになることもあった。ふたりでコモンウェルス公園までたどりつき、公園の横の道を歩いていたとき――二ブロック先で左折すれば、ふたりの住むアパートメントがあるブロード・ストリートだ――ボビーはいつもの不安をあえてしりぞけ、ランダル・ガーフィールドについての質問を発した。

「父さんはなにも残してくれなかったの？　まったくなんにも？」

一週間か二週間前、ボビーは少女探偵ナンシー・ドルーのシリーズを一冊読んだ。その本では、ある貧乏な子どもに残された遺産が、廃屋となった邸宅の大時計の裏に隠されていた。ボビーも、父親がどこかに金貨や珍しい切手のたぐいを隠してくれていたと本心から信じていたわけではない。しかし、もしなにかあるのなら、ブリッジポートで売ればいい。いっぱいある質屋のひとつにでも。ボビーは質屋がどういう商売なのかをすっかり理解してはいなかったが、店を見れば質屋だとわかった——どこも決まって、店先に黄金色《こがねいろ》の玉を三つぶらさげていたからだ。それに、質屋の店員たちが喜んで助けてくれることも知っていた。もちろん、これはただの子どもの夢想にすぎない。しかしおなじ道の先に住んでいるキャロル・ガーバーは、海軍にいる父親が世界各地からおくってよこした人形の一大コレクションをもっている。もし父親というのが、あれこれ物をくれる存在なら——現実にはそうだ——自分の父親だってなにかを残してくれているはずだという理屈が成りたつはずだ。

ボビーがこの質問を口にしたのは、ちょうどふたりがコモンウェルス公園のこちら側の道にならぶ街灯のひとつの下を通ったときだった。そのせいでボビーにも、世を去った父親についての質問を思いきってぶつけたときの例に洩《も》れず、母親の口もとが変形するのがはっきりと見えた。それを見ると、ボビーはいつも母がもっているバッグを連想した——紐《ひも》を引っぱると、口がきゅっとすぼまるバッグ。

「父さんがなにを残したか、おまえにも教えてあげるわ」ブロード・ストリート・ヒルを歩きはじめながら、母はいった。ボビーは早くも質問をしたことを後悔していたが、むろん後悔先にたたず、あとの祭りだった。というのも、ひとたび母になにかのきっかけを与えたら、もうそれを押しとどめることはできないからだ。「おまえのお父さんは、死ぬ前の年に失効していた生命保険証書を残してくれたわ。父さんが死んで、葬儀屋をはじめとするだれもかれも、わたしがもってもいない保険金の一部をよこせといってくるまで、そんなもののことを、わたしはなんにも知らなかった。それからおまえのお父さんは、未払いのままの請求書の束を残してくれた。おおかたはわたしが始末をつけたんだけどね——わたしの立場を、みんなが理解してくれたおかげよ。なかでも理解してくれたのは、バイダーマンさん。だれも理解してくれなかったなんて、口が裂けてもいえないわね」

どれもこれも昔からの口ぐせ、なんどもくりかえされた退屈で苦々しい話だった。しかしこのとき母親は、ボビーには耳新しいことをいいはじめた。

「おまえのお父さんはね」母は、坂になったブロード・ストリート・ヒルの途中にあるアパートメント・ハウスにむかって歩を進めながらいった。「どんなインサイドストレートにも飛びつく男だったわ」

「インサイドストレートってなに？」

「いいの、忘れて。でも、これだけはいっておくわ、ボビー。おまえが賭《か》けトランプをしているのを見かけたら、ただじゃおかない。そんな人間の姿なら、母さんはもう一生分見たんだから」

本音ではもっといろいろ質問したかったが、ボビーは引きぎわを心得ていた。このうえ質問を重ねたところで、がみがみ小言の洪水を招くだけだろう。きょう見た映画には、たくさんの不幸な夫や妻がおおぜい出てきた。ただの子どもにはわからないことだが、あんな映画を見たせいで、母親は穏やかならぬ気分にさせられたのかもしれない——そんな思いがふと頭をかすめた。インサイドストレートという謎《なぞ》の言葉については、月曜日に学校に行ったら、サリー・ジョンこと親友のジョン・サリヴァンにきけばいい。ポーカーに関係する言葉ではないかと見当はついたが、はっきりとはわからなかった。

「ブリッジポートの町には、男たちから金を巻きあげる店があるの」ふたりで住んでいるアパートメント・ハウスに近づきながら、母はいった。「で、馬鹿《ばか》な男たちはその手の店に行く。馬鹿な男たちは、それでさんざんな目にあう。あと始末をさせられるのは、決まって女よ。まったく……」

その先につづく文句を、ボビーは知っていた。母親の十八番《おはこ》、いちばんの決め科白《きぜりふ》だったからだ。

「人生は不公平ね」

それからリズ・ガーフィールドは家の鍵《かぎ》をとりだし、コネティカット州ハーウィッチはブロード・ストリート一四九番地の玄関ドアの錠前をあけはじめた。時は一九六〇年四月、夜は春の芳香を呼吸し、リズの横に立っているのは世を去った父親から受けついだ、将来が危ぶまれる赤毛をもつ痩《や》せっぽちの少年。母親がボビーの髪の毛をさわることはめったになかったし、息子の体を撫《な》でるという珍しい機会でも、手をふれるのは頬か腕にかぎられていた。

「人生は不公平ね」母親はそうくりかえしてドアをあけ、母と息子はそろって家のなかにはいった。

なるほど、母親が人から王女さまのように接してもらったことがないのは事実だし、その夫がまだ三十六歳という年齢で空き家のリノリュームの床に倒れて急逝したのも悲運にはちがいない。しかしボビーは、これでもまだ自分たちは恵まれていたのかもしれないと思うことがあった。ひとりっ子だからよかったが、子どもがふたりいてもおかしくなかった。あるいは三人でも。もっとどんでもないことに四人でも。

そうならずとも、母子《おやこ》ふたりの生活を支えるために、母親がいまよりもっときつい仕事をする羽目になっていたら？　サリーの母親は、ダウンタウンにあるパン屋の〈ティップトップ・ベイカリー〉で働いており、オーブンを点火する平日などは、サリー・ジョンとふたりの兄は母親の顔も満足に見られなくなる。それにボビーは、ピアレス製靴工場で三時のサイレンが鳴ると同時に建物から出てくる女たちの姿を目にしたこともあった（ボビー自身は二時半に下校する）。女たちはひとり残らず痩せすぎか、そうでなければ太りすぎているように見えたし、例外なく顔色が冴《さ》えず、指は一本残らず干からびて、古くなった血痕《けっこん》を思わせるおぞましい色の汚れにまみれていた。女たち、伏し目がちの女たち、作業靴と作業ズボンを食料品店〈トータル・グロサリー〉の袋でもち運ぶ女たち。去年の秋のこと、ミセス・ガーバーとその娘のキャロルと赤ん坊のイアン（ちなみにキャロルはこの弟を、〝洟《はな》たれイアン〟と呼んでいた）の三人といっしょに、教会でひらかれる共進会《フェア》に行ったとき、ボビーは街はずれの農園で林檎《りんご》を摘んでいる人々の姿を目にした。どんな人たちなのかとボビーが質問すると、ミセス・ガーバーは渡り労働者だと教えてくれた――ある種の鳥たちとおなじで、収穫シーズンになった作物をああやって摘んでは、またつぎの土地に移動していくのだ、と。ボビーの母親は、その一員になっても不思議はなかったのに、じっさいにはなっていなかった。

ではボビーの母親がなんの仕事をしていたかといえば、ホームタウン不動産社でドナルド・バイダーマンの秘書をつとめていた。この会社は、ボビーの父親が心臓発作を起こしたときの勤務先だった。ボビーの察するところ、最初母親がこの会社に雇ってもらえたのも、ひとえにドナルド・バイダーマンがランダル・ガーフィールドを好ましく思っており、おしめ代にもこと欠くような未亡人となった母親に哀れを催したからだろう。

しかし母親の仕事ぶりは上々だったし、そのうえ骨身を惜しまず働いた。遅くまで残業することも珍しくなかった。バイダーマンと母親に連れられて外出したことも何回かあった。いちばん記憶に鮮明なのは会社のピクニックだったが、前にボビーが学校の休み時間に友だちと遊んでいて前歯を折ったときに、バイダーマンが車で母子をブリッジポートの歯医者まで連れていってくれたこともある。ふたりの大人は、なんとも形容に困る目つきで見つめあっていた。夜になってから、バイダーマンが母親に電話をかけてくることもあった。そういった電話では、母は相手を〝ドン〟と気やすげに呼んでいた。しかしドンは年寄りで、ボビーはこの男のことをあまりこころよく思っていなかった。

母親が昼間（そして夜遅くまで）会社でどんな仕事をしているのか、ボビーが正確なところを知っていたわけではない。しかし、靴をつくる仕事や林檎を摘む仕事、朝の四時半に〈ティップトップ・ベイカリー〉のオーブンに火を入れる仕事よりは、ずっとましにちがいないとは思っていた。そう、てんでくらべものにならないほどましな仕事にちがいない。それに母親についていうなら、ある種の物事をたずねることがすなわち逆《げき》鱗《りん》にふれることを意味する。たとえば、そう、〈シアーズ〉の通信販売で新しいワンピースを三着も（しかもその一着はシルク製）買う余裕がありながら、なぜ〈ウエスタン・オート〉のショーウィンドウに飾ってあるシュウィン製自転車を買って、月々十一ドル五十セントの三カ月分割払いができないのか、といったたぐいの質問だ（赤と銀のその自転車を目にするだけで、ボビーは欲しい気持ちで胸が痛くなるくらいだった)。しかし、その手の質問を口にするのは、母親の逆鱗を火かき棒で力いっぱい殴るようなものだった。

だから、ボビーはそんなことをいわなかった。ただ、自転車を買う金を自力で稼ごうという決意を固めただけ。秋までかかるだろう。いや、冬までかかってもおかしくはない。そのころになれば、あのモデルの自転車は〈ウエスタン・オート〉のショーウィンドウからなくなっているかもしれない。それでもボビーは、金を貯《た》めつづけようと思った。人は骨惜しみせず、ひたいに汗してこつこつと、うまずたゆまず働くほかはない。人生に楽な道などありはしないし、人生は不公平なものだからだ。

そしてボビーの十一歳の誕生日が四月のさいごの週の火曜日にやってくると、母親はボビーに銀色の包装紙でくるんだ小さなひらたい包みをくれた。中身はオレンジ色の図書館利用カードだった。成人用の利用カード。ナンシー・ドルーとハーディ・ボーイズ、それに海軍のドン・ウィンズロウのみんなよ、さようなら。それ以外の書物、映画《階段の上の暗闇《くらやみ》》のように不思議で謎めいた情熱にあふれた物語よ、こんにちは。そして、忘れちゃいけない、塔のてっぺんの部屋に隠された血まみれの短剣よ、こんにちは(ナンシー・ドルーやハーディ・ボーイズの本にも謎や塔のてっぺんの部屋は登場してきたが、血はほんのちょびっとしか出てこなかったし、情熱にいたっては影も形もなかった)。

「いいこと、貸出デスクにいるミセス・ケルトンがわたしの友だちだということを忘れちゃだめよ」母はいった。いつも警告を口にするときと変わらずそっけない口ぶりだったが、息子が喜んでいるのがはっきりとわかって、母は内心目を細めていた。「だから、『ペイトン・プレイス物語』とか『キングス・ロー』とか、その手のいかがわしい本を借りたりすれば、母さんにはちゃんとわかるんだからね」

ボビーはほほえんだ。その言葉がほんとうだとわかっていた。

「係員がもうひとりの司書の人――いつも忙しそうなミス・ビジーボディで、どうしてオレンジ色のカードをもっているのかときかれたら、カードを裏返すようにいうのよ。母さんが裏に一筆書き添えて、サインもしておいたから」

「ありがとう、母さん。ぼく、すごくうれしい」

母親はほほえんで体をかがめ、乾いた唇でさっとボビーの頬をひと薙《な》ぎした――はじまるかはじまらないかのうちに、早くも完了しているキスだった。「喜んでもらえて、母さんもうれしいわ。今晩早めに帰ってこられたら、〈コロニー〉に出かけてハマグリのフライとアイスクリームで夕食にしましょう。でも、わるいけどケーキは週末まで待ってね。それまではケーキを焼く時間がとれないから。さあ、上着を着て、ちゃんと支度をしなさい。でないと学校に遅刻するわよ」

ふたりは階段を降りていき、いっしょにポーチに出た。家の前の歩道ぎわにタウン社のタクシーがとまっていた。ポプリン地の上着を着た男が上体をかがめ、助手席のウィンドウから運転手に料金を支払っていた。男の背後には、バッグや把手《とって》つきの紙袋といったささやかな荷物が小さくひとところにまとめてあった。

「きっと、このあいだ三階の部屋を借りることになった人ね」リズはいった。その口が、例のきゅっとすぼまる動きを見せた。男は運転手と金をやりとりするあいだボビーたちに貧弱な尻《しり》を突きだしており、母親はポーチのいちばん上の段に立ったまま、その尻を見つめていた。「だいたい、自分の荷物を紙袋にいれてもち運ぶような人間は信用できないわ。わたしにいわせれば、ただの紙袋に荷物を投げこむなんてだらしなさのあらわれよ」

「でも、あの人、スーツケースももってるよ」ボビーはいったが、男の三つのスーツケースがどのみちたいしたものでないことまで母親に指摘する必要はなかった。色も形もちぐはぐ。おまけに三つとも、えらく不機嫌な人間がカリフォルニアからここまで足で蹴《け》って運んできたような外見になっていた。

ボビーと母親は、コンクリート舗装になった小道を歩いていった。タウン社のタクシーが歩道ぎわから離れて走りさった。ポプリン地のジャケットを着た男がふりむいた。

ボビーは、世の中の人間をおおまかに三種類に分類していた——子ども、大人、そして老人。老人というのは、髪の毛が白くなった大人のこと。新しい間借人は、この第三のカテゴリーだった。肉の落ちた顔には疲れた表情が浮かんでいた。顔は細かな皺《しわ》で覆《おお》われたりせずに（淡いブルーの瞳《ひとみ》をもつ目のまわりは例外だった）、何本もの深い皺が刻まれている状態。白髪は赤ん坊の髪の毛のように細く、肝斑《しみ》の浮いたひたいからかなり後退している。背の高い男が猫背で立っているその姿勢に、ボビーは毎週金曜日の夜十一時半からＷＰＩＸ局が放送している《怪奇劇場》で見たボリス・カーロフを連想した。ポプリン地のジャケットの下には、サイズが大きすぎるように見える安物の作業着。足に履いているのは、傷だらけになったコードバンの革靴だった。

「やあ、はじめまして」老人はそういって、いかにも無理をしたような笑いを顔に貼《は》りつけた。「シオドア・ブローティガンといいます。しばらく、こちらに厄介になりますよ」

そういって男がさしだした手を、リズはおざなりに握った。「わたしはエリザベス・ガーフィールド。これは息子のロバートです。まことに恐縮ですが、これで失礼させてください、ミスター・ブラティガン——」

「ブローティガンですよ、マダム。しかし、おふたりからは、できればテッドと気やすく呼んでいただきたいですな」

「ええ。それでロバートは学校に遅刻してしまいますし、わたしも会社に遅れそうですので。今後ともよろしく、ミスター・ブラティガン。さ、早くしなさい、ボビー。光陰矢のごとしというでしょう?」

それからリズは坂になった道をくだって、町のほうへ歩きだした。ボビーは坂をのぼって(母親よりは遅い足どりで)アッシャー・アヴェニューにあるハーウィッチ小学校にむかった。歩きはじめてすぐ、三歩か四歩進んだところでボビーは足をとめ、うしろをふりかえった。母親のブローティガンさんへの態度は無礼だったように思えたし、なにより高飛車だった。ボビーのささやかな友人や仲間たちのあいだでは、高飛車な態度がいちばんきらわれている。キャロルは高飛車人間を憎んでいるし、それはサリー・ジョンもおなじだ。ブローティガンさんはもう玄関までの道の半分まで歩いているかもしれないが、もしまだ歩いていないようなら、ボビーは笑顔をむけようと思った。そうすれば、ガーフィールド家にも、すくなくともひとりは高飛車でない人間がいることを伝えられるではないか。

母親のほうも足をとめて、うしろをふりかえっていた。といっても、ミスター・ブローティガンにもういちど目をむけたかったからのはずはない——ボビーの頭には、そんな考えは一瞬たりとも浮かばなかった。そうではない。母が見ていたのは息子だった。母は、ボビーがうしろをふりかえってみようと思う前から、ボビーがうしろをふりかえるにちがいないと察していた。この瞬間、いつも明敏で澄みわたったボビーの知性は、いっきょに暗雲に閉ざされた。母さんを出し抜こうなんて百年早い、常夏《とこなつ》の国フロリダのサラソタに雪が降るようなことでもないかぎり――母親はたまにそんなことを口にした。たぶん、母さんのいうとおりだろう。だいたい、何歳になれば母親を出し抜けるようになるというのか？　二十歳？　三十歳？　それとも、反対に母さんが年をとって、脳みそがチキンスープみたいにぐずぐずになるまで待たなくちゃいけないのか？

ブローティガンさんはまだ歩きだしていなかった。両手にそれぞれスーツケースをさげ、三つめのスーツケースをわきの下にはさんだ姿で、歩道のへりに立っていた（それ以外の三つの紙袋は、ブロード・ストリート一四九番地の家の芝生に動かしてあった）。荷物の重さのせいだろう、さっきよりもさらに猫背になっている。母親とボビーとのちょうど中間点に立っていることもあって、人間の形をした料金所かなにかのように見えた。

リズ・ガーフィールドの両眼は、そのブローティガンを飛び越えてまっすぐ息子にむけられていた。

《行きなさい》目はそう語っていた。《言葉をかけるなんてもってのほか。まだここに来たばかりの人よ。どこから来たともわからず、どこの馬の骨ともわからない。おまけに荷物の半分を買い物袋に入れてるような男。ひとことだって話しかけてはだめよ、ボ

ビー。とっとと学校に行きなさい》

しかしボビーには、すなおにしたがう気はなかった。そんな考えをいだいたのは、誕生日のプレゼントが自転車ではなく、図書館の利用カードだったせいかもしれない。

「はじめまして、ブローティガンさん」ボビーはいった。「ここが気にいってくれるといいんですけど。それじゃ」

「学校で楽しい一日を過ごしてきたまえよ」ブローティガンさんはいった。「たくさん勉強することだ。お母さんのいうとおり──光陰矢のごとしだからな」

ボビーは母親に目をむけた。このささやかな反抗も、おなじようにささやかなお世辞で穴埋めをされて許してもらえるかと思ったのだ。しかし、母の口もとは妥協を許さなかった。母はまったくの無言のまま体の向きを変えると、坂道をくだりはじめた。坂道をのぼって歩きはじめたボビーは──あとで母親に小言をいわれて後悔することになろうとも──初対面の人に話しかけられた自分が誇らしい気持ちでいっぱいだった。

キャロル・ガーバーの家のそばまで来ると、ボビーはオレンジ色の図書館利用カードをとりだして目をむけてみた。シュウィン製二十六インチの自転車ではないが、このプレゼントだってわるくない。いや、最高のプレゼントだといえる。自分が探険できる本の世界がいっきょに全世界規模にまで広がったのだ。だから、たとえわずか二、三ロックで手に入れた物だとしても、かまうことはない。〝大事なのは気持ちだ〟とみんながいってるじゃないか。

みんなというか……これは母の口ぐせだ。

ボビーはカードを裏返した。カードの裏面に、母のしっかりした筆跡で、《関係者各位。これは息子の図書館利用カードです。息子には保護者である母親から、ハーウィッチ公立図書館の成人用書架から一週間あたり三冊の本の借出許可を与えてあります》と書きつけてあり、そのあとに《エリザベス・ペンローズ・ガーフィールド》という署名が添えてあった。

さらに名前の下には、手紙でいう追伸の要領で、こんな文句が書いてあった。

《貸出期間超過の罰金については、ロバートが責任をもって支払います》

「やーい、誕生日っ子！」キャロル・ガーバーが大声で叫んでボビーを驚かせたかと思うと、これまで隠れてボビーを待ちうけていた木蔭《こかげ》から一気に走りでてきた。キャロルはボビーの首に両腕を巻きつけたかと思うと、盛大な音を立てて頰にキスをお見舞いしてきた。たちまちボビーはまっ赤になり、だれかに見とがめられてはいなかったかと、きょろきょろあたりを見まわした――それも当然で、キスの不意討ち攻撃があろうがなかろうが、そもそも女の子と友だちづきあいするのは楽なことじゃないからだ。しかし、その心配はなかった。これがアッシャー・アヴェニューなら、いまごろは丘陵のてっぺんにある小学校をめざして歩いていく生徒たちが群をなしているはずだが、このあたりにはボビーとキャロルのふたりしかいなかった。

ボビーは、ほっぺたをごしごしとこすった。

「無理しないで。うれしかったくせに」キャロルが笑いながらいった。

「うれしくなんかないや」うれしい気持ちに反して、ボビーはそう答えた。

「誕生日のプレゼントはなんだったの？」

「図書館の利用カード」ボビーは現物をキャロルに見せた。「ほら、成人用の利用カードだぞ」

「すっごい！」といったキャロルの目に浮かんでいたのは、憐《あわ》れみの光だろうか？　いや、ちがう。そもそも憐れみだったとして、それがなんだというのか。「じゃあ、これ。わたしからのプレゼント」

そういってキャロルは、ボビーの名前が宛名《あてな》として書かれているホールマーク製の封筒をわたしてよこした。名前以外にも、キャロルはいくつかのハートとテディベアの絵を描き添えていた。

ボビーは、いくぶんおよび腰になりながら、封筒の封をひらいた。中身がこっぱずかしいカードだったら——ボビーは自分にいいきかせた——チノパンの尻ポケットの奥深くまで、ぎゅっと押しこめるのを忘れちゃいけないぞ。

しかし、こっぱずかしいカードではなかった。多少ガキっぽいとはいえるかもしれないが（カードの内側には、ステットソン帽子をかぶった男の子の絵が描いてあり、その上に薪《まき》を模した文字で《誕生日おめでとう、カウボーイ！》とあった）、断じてこっぱずかしいものではなかった。《愛をこめて、キャロル》の部分だけは、ちょっとこっぱずかしくはあったが、しょせんは女の子、こっちにはどうしようもない。

「ありがとう」

「ガキっぽいカードだってのはわかってる。でもね、ほかのカードはもっとひどいのばっかりだったの」キャロルはこともなげな口調でいった。坂道のすこし先では、サリー・ジョンがボロ・バウンサーで熱心に遊んでいた。地面にバウンドさせたボールを右のわきの下に通し、つぎは左のわきの下に通し、つづいて背中にまわす。しかし、もう足のあいだにボールを通そうとはしない――前に校庭でやってみたとき、金玉に強烈な一撃を食らったせいだ。サリーは悲鳴をあげた。ボビーとその場にいた数名の男の子たちは、笑って笑って涙が出るほど笑った。キャロルと三人の女の子があわてて駆けよってきて、どうしたのかとたずねてきた。男の子たちはだれも答えなかったし、サリー・ジョンも――顔面蒼白《そうはく》になって、いまにも泣きだしそうだったが――やはりなにも答えなかった。《男の子ってみんなヘンタイ》あのときキャロルはそういったが、ボビーにはこれが本心からの言葉だとは思えなかった。もし本気で男の子がヘンタイだと思っているのなら、さっきみたいに物陰からいきなり飛びだしてきてキスをするはずがない。

それに、あれは熱っぽい本物のキスだった。ノックアウト級だ。はっきりいって、母親にしてもらったキスなんかより断然よかった。

「ガキっぽいカードじゃないってば」ボビーはいった。

「うん。でも、ガキっぽくなる寸前よ。ほんとはね、もっと大人っぽいカードをあげたかったの。でもそういうのって、こっぱずかしいのばっかりなんだもん」

「そうだね」とボビー。

「あなたもこっぱずかしい大人になっちゃう？」

「なりたくないよ。そっちは？」

「ぜったいならない。わたし、大きくなったら母さんの友だちのリオンダみたいな人になりたい」

「リオンダって……すんごく太ってるじゃん」ボビーにはキャロルが本気だとは思えなかった。

「うん。でもあの人、とってもクールよ。だからわたしは、太ってなくてクールな大人になるつもり」

「うちのアパートに、新しい人が引っ越してきたんだ。三階の部屋にね。母さんがいってたけど、三階はめちゃ暑いんだって」

「ほんと？　どんな人？」キャロルはくすくすと笑った。「めちゃくちゃこっぱずかしい人とか？」

「年寄りだよ」ボビーはいったん答えたあと、口をつぐんで考えをめぐらせた。「でも、ちょっとおもしろい顔をしてた。母さんはひと目見るなり、その人が気にくわなかったみたい——その人が引っ越し荷物を紙袋にいれて運んできたっていう理由でね」

サリー・ジョンがふたりのもとにやってくると、「誕生日おめでとよ、こん畜生」といいながら、ボビーの背中を平手でぴしゃりと叩《たた》いた。〝こん畜生〟が、サリー・ジョンの当面の流行語だった。キャロルの場合は〝クール〟。ボビーはといえば、ひとつの流行語がおわって、つぎの流行語が見つからない端境期《はざかいき》。ただし、〝けったクソ〟という単語もわるくないかなと思っている。

「そんな汚い言葉をつかう子とは、いっしょに歩きたくないわ」キャロルがいった。

「わかったよ」サリー・ジョンは素直に答えた。キャロルはふわふわブロンドの少女で、シリーズものの絵本の主人公であるボブジーの双子たちをちょっと大きくした感じだ。ジョン・サリヴァンは背が高くて髪は黒、瞳は緑。ハーディ・ボーイズの弟のほうであるジョー・ハーディを思わせる少年。ふたりにはさまれて、ボビー・ガーフィールドはさっきまでの暗い気分を忘れていた。きょうは誕生日、友だちといっしょにいられて、毎日は楽しいことずくめ。ボビーはキャロルからもらった誕生日カードを尻《しり》ポケットにしまいこみ、もらったばかりの図書館利用カードを前ポケットに深く押しこめた。これなら、落ちたり盗まれたりする心配はない。キャロルがスキップをしはじめた。すかさずサリー・ジョンがやめろといった。

「なんで?」キャロルがたずねた。「わたし、スキップ好きなんだもん」

「おれだって〝こん畜生〟っていうのが好きなんだ。でも、おまえからやめろっていわれればやめるさ」サリー・ジョンはもっともな返答をした。

キャロルがボビーに意見を求める視線をむけた。

「スキップするのは——それが縄飛びじゃないかぎりは——ちょっぴりガキっぽい行為なんじゃないかな、キャロル」ボビーは心苦しい気持ちを声ににじませていうと、ひょいと肩をすくめた。「でも、やりたければやればいい。ぼくたちは気にしないから。な、そうだろ、サリー・ジョン?」

「まあね」サリー・ジョンはそう答え、またボロ・バウンサーで遊びはじめた。うしろから前、下から上、ぼん・ぼん・ぼん。

キャロルはスキップをせず、ふたりにはさまれて歩きながら、ボビー・ガーフィールドは自分のボーイフレンドだ、ボビーは運転免許証とビュイックをもっており、これからふたりでWKBW局がブリッジポートで開催する〈ロックンロール・フェスティバル〉見物にむかうところだ、と夢想していた。キャロルの目には、ボビーがとんでもなくクールな男の子に見えた。なにがクールって、ボビーが自分で自分のクールさにまったく気づいていないところだ。

ボビーが学校から家に帰ってきたのは、午後の三時だった。もっと早く帰ってくることもできたのだが、〝感謝祭までに自転車を買うキャンペーン〟の一環として、換金可能なガラス瓶をあつめるという仕事があった。そのためアッシャー・アヴェニューからちょっとはずれたところまで遠まわりし、原っぱでガラス瓶をさがしていたのだ。収穫はビールの〈ラインゴールド〉の瓶が三本と、〈ニーハイ〉のコーラの瓶が一本。たいしたことはないといえば、そうかもしれない。でも八セントは八セント。そしてこれも母親の口ぐせだが、〝塵《ちり》も積もれば山となる〟だ。

ボビーはまず手を洗い（瓶の二本がかなりべたついていたからだ）、冷蔵庫からおやつを出して食べ、古い〈スーパーマン〉のコミックスを二冊読み、また冷蔵庫からおやつを出して、テレビで《アメリカン・バンドスタンド》を見た。キャロルに電話をかけて、ボビー・ダーリンが出演していることを教えてやったが――キャロルにいわせると、ボビー・ダーリンはとびっきりクール、とくにクールなのは〈クイーン・オブ・ザ・ホップ〉を歌いながら指を〝ぱちん〟と鳴らすところだという――もうキャロルは知っており、三、四人のいずれも頭の空《から》っぽな女の子の友だちといっしょに番組を見ているところだった。電話の向こう側では、女の子たちがひっきりなしにくすくすと笑い声をあげつづけていた。その声にボビーは、ペットショップの小鳥を連想した。テレビではディック・クラークが、たった一枚のストリデックス薬用パッドで、どれだけたくさんのにきびの脂《あぶら》分を除去できるかを宣伝していた。

午後四時に、母親から電話があった。バイダーマンさんから残業を頼まれた、と母はいった。だから、すまないとは思うけれど、〈コロニー〉での誕生日ディナーはとりやめにしてちょうだい。冷蔵庫にビーフシチューの残りがはいっているから、それを食べるように。母さんは八時までに家に帰って、おまえを寝つかせるようにするから。それから、ボビー、どうかお願いだから、シチューを温めおわったら、ガス台の火をちゃんと消しておくのよ。

ボビーは落胆こそしたものの意外な驚きは感じないまま、テレビの前に引きかえした。《バンドスタンド》では、ディック・クラークがレコード合評コーナーの開始を告げていた。ボビーは、パネラーたちのうちでまんなかにすわっている男には、先ほどのストリデックス薬用パッドが一生分必要なんじゃないかと思った。

チノパンの前ポケットに手を入れて、新品のオレンジ色の図書館利用カードをとりだすと、また気分が晴れやかになりはじめた。古いコミックブックを片手にしてテレビの前にすわっているのがいやなら、ほかに時間の使い道があるではないか。これから図書館に出かけて、新品の利用カード——成人用の利用カード——をさっそくつかうのもいい。貸出デスクには、いつも忙しそうなミス・ビジーボディがいるだろう。いや、本名はミス・ハリントンといい、ボビーはこの女性が美人だと思っていた。いつでも香水をつけている女性だった。だから素肌や髪の毛からは、淡く甘い香りがすばらしい思い出のように立ち昇っていた。それにサリー・ジョンはいまトロンボーンのレッスンをうけているはずだが、図書館に行ったあとで家に寄れば、ちょっとキャッチボールくらいできるだろう。

《おまけに》ボビーは思った。《あの瓶を〈スパイサーズ〉にもっていって、お金に換えてもいい——そうすれば、夏までには自転車が買えるようになるはずだ》

これまでと一転、人生が充実しきったものに思えてきた。

サリー・ジョンの母親からは夕食もいっしょに食べていくようにと誘われたが、ボビーは家に帰ったほうがいいので、といって鄭重《ていちょう》に誘いを断わった。アパートの冷蔵庫で待っている食べ物にくらべれば、ミセス・サリヴァン手づくりのポットローストやオーブンでからりと焼いたポテト料理のほうが魅力的だったが、帰宅してきた母親がなにをおいてもまっさきに冷蔵庫を点検し、残り物をおさめたタッパーウェアがなくなっているかどうかに目を走らせることをボビーは知っていた。もしタッパーウェアがそのままだったら、母親は夕食になにを食べたのかと質問するはず。それも、とても落ち着いた口ぶりで、ごくさりげなく。そこでサリー・ジョンの家でご馳走《ちそう》になったと答えれば、母親は一回うなずいて、なにをご馳走になったのか、デザートもいただいたのかと質問をつづけ、さらにはミセス・サリヴァンにちゃんとお礼をいってきたのか、ということまできいてくるだろう。そのあと母親はボビーと仲よくならんでソファに腰かけ、仲よくアイスクリームをわけあって食べながら、テレビで《アリゾナ・トム》を見るかもしれない。なにも困ったことはないはず……ところがどっこい、そうではない。いずれそのうち、しっぺ返しがやってくる。一日二日は来ないかもしれないし、一週間はなにもないかもしれない。しかし、いずれぜったいにしっぺ返しを食らう。ボビーは、自分がそう知っていることも知らぬまま、これを悟っていた。なるほど、母は今夜やむなく残業をさせられているに決まっているが、誕生日だというのに冷蔵庫の残り物を食べろといってきたのは、本来なら話しかけてはいけないときにボビーが新しい入居者に話しかけたことへの罰でもあった。だからこの罰から逃れようとすれば、貯蓄預金に金を預けるように、罰がひとつまたひとつと増えていくだけだ。

サリー・ジョンの家から自宅に帰りついたのは六時十五分すぎで、あたりははや暗くなりかけていた。図書館からは新しい本を二冊借りてきた。一冊はE・S・ガードナーの弁護士ペリー・メイスンものの作品『ビロードの爪《つめ》』、もう一冊はクリフォード・D・シマックのSF『太陽をめぐる輪』。どちらも、けったクソおもしろそうに見えた。

ミス・ハリントンから、うるさいことをいわれることもなかった。むしろその正反対だった――ミス・ハリントンは、ボビーが年齢に似あわずむずかしい本を読んでいる、この先もがんばるように、といってくれたのである。

サリー・ジョンの家からの道々、ボビーは自分とミス・ハリントンが乗った遠洋航海船が沈没する、という物語を考えだした。生き残ったのはふたりだけ……運よく《ルシタニック号》という船名いりの救命具が見つかって、溺死《できし》をまぬがれたのだ。やがてふたりは、パームツリーが立ちならび、ジャングルと火山のある小島に打ち寄せられる。ふたりで海岸に身を横たえていると、ミス・ハリントンががたがたふるえて、こういいはじめる。寒い、寒くてたまらない……だから、お願い……わたしの体を温めてちょうだい。ボビーは喜んで、この願いにこたえてやる。そのとき、ジャングルから先住民たちが出てくる。最初は友好的に思えたが、じっさいにはこの連中は火山の麓《ふもと》に住んでいる人食い人種で、頭蓋骨《ずがいこつ》が輪をなしてとりかこむ空地で犠牲者たちを殺害しているのだった。ミス・ハリントンとボビーは料理用の大鍋《おおなべ》に引き立てられていき、いよいよふたりの命運もこれまでかと思われたそのとき、火山が不気味な鳴動をあげはじめ――

「やあ、ロバート」

ボビーははっとして顔をあげた。朝方キャロル・ガーバーが木蔭《こかげ》から飛びだしてきて、頰に誕生日を祝う熱いキスをしてくれたあのときよりも、驚きの気持ちはなお大きかった。声をかけてきたのは、アパートの新入居者の老人だった。老人はポーチの階段のいちばん上に腰かけて、タバコをふかしていた。古びた傷だらけの革靴から、やはり古びた傷だらけのサンダルに履きかえている。ポプリンの上着は着ていない。夕暮れどきとはいえ、かなり暖かかった。のんびりくつろいだ気分の顔つきだな――ボビーは思った。

「ああ、ブローティガンさんでしたか。こんばんは」

「驚かせるつもりはなかったんだが」

「いえ、そんな――」

「どうやら驚かせてしまったようだ。きみは心ここにあらずの顔をしていたぞ。それに、そんな堅苦しい呼び方じゃなく、テッドと呼んでくれ。頼むからね」

「わかりました」とは答えたものの、テッドなどと気やすく呼びかけることができるとは思えなかった。大人に（それも年寄りの大人に）ファーストネームで呼びかけることは、母親のいいつけで禁じられていたし、自分の性格からいっても無理そうだった。

「学校は楽しかったか？　なにか新しいことを教わってきたかな？」

「ええ、楽しかったです」ボビーは足から足へ体重をうつしかえ、借りてきたばかりの本を片手からもういっぽうの手へともちかえた。

「ちょっと、いっしょに腰をおろして話し相手になってもらえるか？」

「ええ。でも、あんまりゆっくりはできません。ほら、やることもあるし」といっても、夕食をすませることくらいだ――この時間になると、冷蔵庫の残り物ががぜん魅力的に思えてきていた。

「いいことをいうな。やるべきことはあり、光陰は矢のごとしだからね」

チェスターフィールドの香りを嗅《か》ぎながらブローティガンさん――テッド――のとなりに腰をおろしたとき、ボビーはこれほど疲れたようすの人は見たことがないと思った。引っ越しだけなら、そんなに疲れるはずがないのではないか？　引っ越し荷物がスーツケース三個と手さげの紙袋三つしかないのに、どれほど体力を消耗するというのか？ひょっとしたら、あとからトラックが残りの荷物を運んでくるのかもしれないとも思ったが、そんなことはなさそうだった。部屋はたったひとつしかない。広いことは広いが、部屋の片側はキッチンで、それ以外のあらゆるものが反対側にあるだけ。そんなことを知っているのも、前に住んでいた老婦人のシドリーさんが脳卒中の発作のあとで娘と同居することになって引っ越していったあと、サリー・ジョンと三階にあがって部屋を見てきたことがあるからだ。

「〝光陰矢のごとし〟というのは、時間が飛ぶように速くたっていくという意味なんだ」ボビーはいった。「母さんの口ぐせ。ほかにも、時間と潮の流れは人間を待ってくれないとか、時間はあらゆる傷を癒《いや》すとか、そういうことをよくいうんだ」

「きみの母さんは、諺《ことわざ》をたいそうたくさん知っているんだね」

「うん、まあね」ボビーは答えた。たくさんの諺のことを考えただけで、いきなり全身が脱力感に見舞われた。「たくさん諺を知ってるよ」

「ベン・ジョンソンは、時間を老いぼれた禿《は》げの詐欺師《さぎし》になぞらえていたよ」テッド・ブローティガンはそういってタバコを深々と吸いこみ、左右の鼻孔から二本の紫煙をふうっと吹きだした。「またボリス・パステルナークは、われわれはみな時間の虜囚であり、永遠の人質だといっていたな」

ボビーはつかのま空腹すら完全に忘れ、うっとりと相手の老人を見つめた。時間が老いぼれで禿げの詐欺師だという考えは、とことん気にいった――まさしくどんぴしゃり、うってつけの言いまわしだ。たしかに、なぜそう感じられるのかという理由こそわからなかったが……いやいや、理由が説明できないからこそ、いまの言葉がいちだんとクールになるとはいえないか？　たとえるなら……そう、卵の中身とか、模様つきガラスの向こうにある物みたいに。

「ベン・ジョンソンというのはどんな人？」

「大昔に死んだイギリス人だよ」ブローティガンさんはいった。「だれにきいても自分勝手で、金のことがわからない馬鹿者《ばかもの》だったらしい。それに、腸内ガスが溜《た》まりやすい体質だったようだな。しかし――」

「ちょっと待って。腸内ガスってなに？」

ブローティガンさんは唇のあいだから舌先を突きだすと、ほんの一瞬だったが、とても物真似《ものまね》とは思えないほど真に迫ったおならの音を出してみせた。ボビーはあわてて口もとを両手で押さえ、ふさいだ手指の内側でくすくすと笑い声を洩《も》らした。

「子どもにとって、おならは笑えるものだ」テッド・ブローティガンはうなずきながらいった。「そうだな。そしてわたしの年齢になると、年を追うごとに増えてくる人生の奇妙な側面のひとつにすぎなくなる。ところで、ベン・ジョンソンはおならの合間に、じつに鋭い言葉をたくさん口にしたよ。ジョンソン博士と呼ばれるかのサミュエル・ジョンソンほどではないかもしれないが――それでも、いいことをずいぶんたくさんいった男だ」

「それからボリスなんとか……」

「パステルナーク。ロシア人だよ」ブローティガンさんはそっけなくいった。「だれにきいてもね。さて、その本を見せてもらってもいいかな?」

ボビーは借りてきた本を手わたした。ブローティガンさんは（いや、テッドだ――ボビーは自分にいいきかせた――ぼくはこの人をテッドって呼べといわれてるんだっけ）、ペリー・メイスンものの本は、題名を一瞥《いちべつ》しただけでボビーに返してよこした。クリフォード・シマックの本はもっと長いあいだ、手にもっていた。植物の蔓《つる》のような形で目の前をただよいのぼる紫煙ごしに、細めた目をじっと表紙にそそいでから、おもむろにページをめくりはじめる。ページをめくりながら、ブローティガンさんはしきりにうなずいていた。

「この本は読んだことがあるぞ」ブローティガンさんはいった。「ここに引っ越してくる前には、本を読む時間がいっぱいあったんだ」

「ほんとに？」ボビーは勢いこんでたずねた。「どう？　おもしろかった？」

「この作者の最高傑作のひとつだね」ブローティガンさん――いや、テッド――はそう答えてから、横目でボビーをじっと見つめてきた。片目を見ひらき、もう一方の目は煙にやられないようきつくつむっている。そのせいで、テッドはいかにも叡知《えいち》をたくわえていながらも同時に謎《なぞ》めいた人物のような――たとえるなら、推理ものの映画に出てくる〝完全には信頼できない人物〟のような――雰囲気をただよわせていた。「しかし、ほんとうにこの本が読めるのかな？　どう見ても、きみは十二歳以上には思えないのだが」

「ぼくは十一歳だよ」ボビーはいった。テッドから十二歳になっていると見られたのがうれしかった。「きょうで十一歳になったんだ。その本なら読めるよ。もしかしたら、すっかりわかるとはいえないかもしれないけど、でも、おもしろいお話だったら、きっと気にいると思うな」

「誕生日だって！」テッドは感嘆しきりの顔でいうと、タバコの煙をさいごに一回吸いこんで、吸殻をぽんと投げ捨てた。吸殻はコンクリートの小道に落ちていき、火花を散らした。「誕生日おめでとう、ロバートくんや！　ほんとにおめでとう！」

「ありがとう。でも、ボビーって呼んでくれたほうが、もっとうれしいんだけど」

「だったら、ボビーくんと呼ぶとも。じゃ、今晩はお祝いに外で食事かな？」

「ううん。母さんが仕事で遅くなるんだ」

「だったら、わたしのささやかな部屋に来てもらえないか？　いやまあ、たいしたものはないがね。これでも缶詰のあけ方くらいは知ってる。それに、ペストリーくらいならあるかもしれない――」

「ありがとう。でも母さんが、ちゃんと食べ物を用意してくれてるから、それを食べなくちゃ」

「なるほど、そういうことか」驚き桃の木、テッドはほんとうにすべての事情を見ぬいたような顔を見せていた。ついでテッドは、ボビーが借りてきた『太陽をめぐる輪』を返してよこした。「その本のなかで作者のシマック氏は、われわれが住んでいる世界と似たような世界がたくさんあるかもしれないというアイデアを提示している。ほかの惑星という意味ではないよ。ここではない地球、つまりいくつもの平行地球が、いわば太陽を輪になってめぐっているのではないか、という考え方だ。なかなかどうして、思わず釣りこまれるアイデアではないか」

「そうだね」ボビーはいった。平行世界《パラレル・ワールド》のことなら、ほかの本で知っていた。コミックスでも読んだことがあった。

テッド・ブローティガンは、なにやら思慮ぶかげで一心に考えこんでいるかのような目をボビーにむけていた。

「どうしたの？」ボビーはふいに気恥ずかしさを感じてたずねた。これが母親なら、《なにか妙ちきりんなものが見えるの？》とたずねていたかもしれない。

つかのま、テッドから答えてもらえないかもしれないとボビーは思った。なぜならテッドが、深遠で不可思議な思考に没頭しきっているように見えたからだ。それからテッドは体を小さくふるわせ、すっと背すじを伸ばした。「いや、なんでもない。あることを思いついてね。どうだ、ちょっとした小づかい稼ぎをしたくないか？　いや、わたしもそんなに金をもっているわけじゃない。しかし――」

「うん！　やるよ！　なんだって！」《というのも欲しい自転車があるんだ》と言葉をつづけそうになるところを、ボビーはかろうじて自分にブレーキをかけた。《自分の願いは自分の胸にしまっておくのがいちばん》というのも、母の口ぐせのひとつだった。

「どんなことでも、いわれたとおりにちゃんとするから！」

テッド・ブローティガンは、警戒しながらも愉快な気分になっているかのような表情を見せていた。その表情のせいで、それまでとまったく異なる顔への扉がひらかれたように見えた。いまボビーには……そう……この老人もかつては若者だったことが見てとれた。それも、たぶん反抗心をあわせもった若者だったことが。

「そんなことを、赤の他人に軽々しくいうものじゃないぞ」テッドはいった。「たしかにわれわれは、テッドとボビーと呼びあう仲になったし——幸先《さいさき》のいいスタートを切ったわけだが、それでもまだ、わたしときみは赤の他人同士も同然なのだからね」

「さっきのふたりのジョンソンのどっちかが、赤の他人についてなにかいいことをいってなかった？」

「そんな言葉は記憶にないが、聖書に——赤の他人という言葉ではなく、旅人を意味する言葉をつかった——こんな文句がある。『わたしは御《み》もとに身を寄せる者、先祖と同じ宿り人。あなたの目をわたしからそらせ、立ち直らせてください……』」テッドの声が小さくなって、しばし途切れた。その顔から愉快そうな表情が消え、いままた老人の顔にもどっていた。『……わたしが去り、失われる前に』詩編だ。ただ、詩編の何番かは忘れたが」

「そうだね」ボビーは答えた。「でも心配しないで。なんでもするっていっても、人を殺したり泥棒をしたりはしないよ。でも、お小づかいは本気で欲しいんだ」

「考えさせてくれるか」テッドはいった。「ちょっとでいいから、考えさせてくれ」

「もちろん。でも、こまかな用事を片づけてほしいとかだったら、ぼくに声をかけてね。

とりあえずいまは、そういっておくよ」

「用事？　ああ、そうかもしれない。ただ、わたしならその単語はつかわないだろうが」

そういってテッドは、骨ばった両腕でそれ以上に骨ばった両膝《りょうひざ》を抱きしめ、芝生の先のブロード・ストリートを見わたした。闇《やみ》がかなり深まっていた。夕方のうちでも、ボビーがいちばん好きな時間の到来だった。道ゆく車はみなスモールライトをともし、アッシャー・アヴェニューのほうからはミセス・シグズビーが、家にはいって夕食にしなさいと双子たちに呼びかける声がきこえてきた。一日のうちでもこの時間になると――もうひとつ、夜明けどきにバスルームに立って便器に小便をしているとき、小さな窓とまだ半分しかあいていない寝ぼけ眼《まなこ》に明るい日ざしが流れこんでくるあの時間になると――ボビーは自分が他人の夢のなかに生きているような気分を感じた。

「ここに来る前はどこに住んでたの、ブロ……いや、テッド？」

「こんなにすてきなところじゃないよ。ここととは雲泥《うんでい》の差があるところだった。ときに、きみはここに住んで何年になるんだね？」

「覚えてるかぎり、ずっと昔から。というか、父さんが死んでからずっとだね。ぼくが三つのときだけど」

「だとすれば、この町内に住んでいる人はひとり残らず知っているのかな？　この道ぞいにあるおなじブロックの人なら、全員知っているか？」

「うん、だいたいね」

「それなら、赤の他人が来ればわかるわけだな。聖書のいう宿り人が来れば。見なれない顔は見わけがつくね」

ボビーはにっこりと笑ってうなずいた。「まあ、見わけられると思うよ」

この先いったいどんな話になるんだろう――ボビーはわくわくしながら待っていた。興味をそそられる話の展開だった。しかし、どうやら話はここでおしまいのようだった。テッドは、ゆっくりと慎重な身ごなしで立ちあがった。ついでテッドが両手を腰にあてがい、痛そうに顔をしかめながら体を伸ばすと、小さな骨が鳴る音がボビーの耳にもはっきりきこえた。

「さてと」テッドはいった。「うすら寒くなってきたぞ。きみといっしょにアパートにはいろう。きみの鍵《かぎ》をつかうかね？　それともわたしの鍵を？」

ボビーはほほえんだ。「おじさんの鍵はきっと新品だから、慣らしはじめたほうがいいと思わない？」

テッド――この人のことを〝テッド〟と考えるのが、だんだん簡単になってきた――は、ポケットからキーホルダーをとりだした。キーホルダーには、アパートの玄関をあけるための鍵と三階の部屋の鍵の二本しかなかった。どちらもぴかぴかの新品、盗賊が奪ってきた金の延べ棒の色だった。ボビーがもっている二本の鍵は、両方ともこまかな傷だらけで曇った色あいだ。それにしても、テッドは何歳なんだろうか？　先ほどの疑問がまた頭をもたげた。すくなくとも六十歳にはなっているはず。六十歳の老人なのに、ポケットには鍵が二本きり。これはこれで奇妙な話だ。

テッドがアパートの玄関ドアをあけ、ふたりは広々とした薄暗いホールに足を踏みいれた。ホールには傘立てがあり、アメリカの西部を見わたしているルイス&クラーク探険隊を描いた古い絵が飾ってある。ボビーはガーフィールド家が住む部屋のドアに近づき、テッドは階段をあがっていったが、手すりに手をかけたまま、ふとその足をとめた。

「さっきのシマックの本なら、おもしろい物語を心ゆくまで楽しめるはずだよ」テッドはいった。「だが、文章はたいしたものじゃない。いや、決して文章がまずいとかいうのではないよ。ただ、わたしにいわせれば、もっとうまい文章はいくらでもあるな」

ボビーは話の先を待った。

「世の中には、筋立てはそれほどおもしろくなくとも、すばらしい文章で書かれている本がいくらでもある。筋立てを楽しむために本を読むのもわるくはない。物語を楽しむことをしない読書家気どりの俗物になるんじゃないぞ。そして、ときには言葉づかいを……すなわち文体を楽しむためにも本を読みたまえ。そういう読み方をしない安全読書第一の連中みたいになってもいけない。しかし、すばらしい物語と良質の文章の双方をかねそなえている本が見つかったなら、その本を大事にするといい」

「そういう本って、いっぱいあると思う？」ボビーはたずねた。

「ああ、読書家気どりの俗物や、安全読書第一の連中が思っている以上に、そういう本はたくさんある。そういう本を一冊、きみにあげるとしようか。遅ればせながらの誕生日プレゼントに」

「そんなことしてもらわなくても……」

「そうかな。しかし、あげてもいいだろう。もういちど、お誕生日おめでとうをいわせてもらうよ」

「ありがとう。最高の誕生日だったんだ」それからボビーは部屋にはいっていき、シチューを温め（シチューがぐつぐつ沸騰《ふっとう》したら、ちゃんとガス台の火を消すことを忘れなかったし、あとで洗えるように鍋《なべ》をシンクに入れておくことも忘れなかった）、ひとりで夕食をすませると、テレビをつけっぱなしにしたまま『太陽をめぐる輪』を読んだ。夜のニュースをまくしたてているチェット・ハントリーやデイヴィッド・ブリンクリーの声も、ろくに耳にはいってこなかった。テッドのいったとおり、この本は抜群のおもしろさだった。文章もわるくないと思えたが、これについては自分がまだまだ経験不足でそう感じるのではないかという気もした。

《いつか、ぼくもこんな物語を書いてみたいな》そう思いながら、ボビーは読みおえた

本を閉じてソファに腰かけ、テレビの《アリゾナ・トム》を見はじめた。《いつかぼくにも書けるようになるだろうか？》

なるかもしれない。なれるかもしれない。なんといっても、だれかが物語を書かなくてはいけないのだ。水道管が凍結したら、だれかが修理しなくてはいけないように。コモンウェルス公園の街灯の電球が切れたら、だれかがとりかえなくてはいけないように。

それから一時間ほどして、ボビーがふたたび『太陽をめぐる輪』を手にとり、最初から読みなおしはじめたころ、母親が帰ってきた。唇の片側の口紅がなにかにこすれたようになって、スカートの裾からスリップがほんのすこし見えていた。母親にそのことを教えてやろうかとも思ったが、他人から〝シミちょろですよ〟と指摘されるのを母親が毛ぎらいしていることを思い出して、やめにした。だいたい、どうでもいいことではないか。母親の仕事時間はもうおわったし、この家には——母がよくいうように——女子どもしかいないのだから。

母親はまず冷蔵庫をあけて残り物のシチューがなくなっていることを確かめ、ガス台を調べて火がちゃんと消えていることを確かめ、シンクを調べて鍋とタッパーウェアの両方が石鹸《せっけん》水につけてあることを確かめた。それがすむと母親はボビーのこめかみに——ほんの一瞬、かすめる程度の——キスをして、職場用の服とストッキングを脱ぐために寝室にはいっていった。母は、どこか心ここにあらずのような、なにか考えごとをしているかのような雰囲気だった。ボビーが楽しい誕生日を過ごしたのかどうか、それさえ質問しなかった。

そのあとでボビーは母に、キャロルからもらったカードを見せた。母親はほんのお義理のようにカードにちらりと視線を走らせて、「あら、かわいい」といったきり、すぐカードを返してよこした。そのあと母は、顔を洗って歯を磨いたらベッドにはいるようにとボビーにいった。ボビーは、テッドとのおもしろい会話のことを母親に話さないま、いわれたとおりにした。いまの母の雰囲気では、そんな話をしても怒りを誘うだけだ。いまはとにかく、母を遠くにおいたまま好きなだけひとりにさせてやって、時間を与えておこう、そうすれば、そのうち自然にぼくのところに帰ってくるにちがいない。そうわかってはいたが、歯を磨きおえてベッドにもぐりこむころになると、また一抹の寂しさが心にはいりこんできた。ときたま、ボビーが飢えにも似た気持ちで母親を恋しく思っているのに、母親のほうはまったく気づかないことがある。

ベッドに横たわったまま手を伸ばしてドアを閉めると、テレビでやっている昔の映画の音がきこえなくなった。部屋の明かりを消す。そのあと、ちょうどボビーがうとうとしはじめたときに母親が部屋にやってきてベッドに腰かけ、さっきはおまえに冷たくしてごめんなさい、きょうは仕事がすごく忙しかったものだから、とても疲れていたのよ、と告げてきた。目がまわるほど忙しいこともあるの、といいながら母親はボビーのひた

い を指で撫《な》で、おでこにキスをした。そのキスに、ボビーの体がふるえた。ボビーは上体を起こして、母親に抱きついた。ボビーにふれられて母は一瞬だけ体をこわばらせたが、すぐにボビーの好きなようにさせてくれた。それればかりか、すこしだけ抱きかえしてもくれた。そろそろテッドのことを話しても大丈夫かもしれない——ボビーは思った。ほんのすこしだけなら。

「きょう、図書館から帰ってきたあとで、ブローティガンさんとすこし話をしたんだ」

ボビーはいった。

「その人はだれ？」

「ほら、三階に引っ越してきた人。テッドって呼んでくれっていわれたんだ」

「そんなことをしてはだめ——はっきりいっておきますからね！　まだ、どこの馬の骨ともわからない人なんだから」

「でもあの人、大人用の図書館利用カードは子どもにとって最高のプレゼントだっていってたよ」じっさいにはテッドはそんなことをいっていなかったが、母親とのつきあいの長いボビーには、どんな言葉に効き目があって、どんな言葉には効き目がないかを身をもって学んでいた。

母親はわずかに肩の力を抜いた。「ここに来る前はどこに住んでいたのかを教えてもらった？」

「ここほどいいところじゃなかったって、そんなふうにいってた」

「それじゃ、なんにもわからないもおんなじね」

ボビーはまだ母親に抱きついていた。このまま一時間だって、こんなふうに抱きついていられそうだった。〈ホワイトレイン〉のシャンプーの香りと〈アクアネット〉のヘアスプレーの香り、それに母の吐息に混じるタバコの甘い香りを嗅《か》ぎながら。それなのに母親は抱擁をほどくと、ボビーをベッドに寝かせてしまった。

「あの人がおまえの友だちになるのなら――大人の友だちになるのなら――母さんもあの人のことをちゃんと知っておかなくちゃね」

「それはそうだよ――」

「まあ母さんも、あの人が芝生に紙袋をちらかしていないときなら、あの人のことが好きになるでしょうしね」リズ・ガーフィールドにとって、これは最上級の褒め言葉だった。ボビーは満足した。なんのかんのといっても、これできょう一日はまあまあ許せるおわりを迎えたことになる。「おやすみなさい、誕生日坊や」

「おやすみ、母さん」

母親は部屋を出て、ドアを閉めた。そのあと、夜遅くなってから――ずっとずっと遅くなってから――ボビーは母親が自分の寝室で泣いている声を耳にしたような気がした。しかし、ただ夢を見ていただけかもしれなかった。

テッドにまつわる疑念。本はポンプのようなもの。

II そんなことは考えるだけ無駄。サリー、当選する。

ボビー、仕事を得る。下衆男《ロウ・メン》たちの気配。

それからの数週間、気温が夏を目ざしてしだいにあがっていくあいだ、リズが仕事をおえて帰ってくる時刻には、テッドがいつもポーチに腰をおろしてタバコを吸っていた。テッドひとりのときもあれば、ボビーが横にすわって、ふたりで本の話をしていることもあった。キャロルとサリー・ジョンがいることもあった。三人は芝生でキャッチボールをして、テッドはタバコをふかしながら、ボールを投げる子どもたちをただ見ていた。ほかの子どもたちがくわわることもあった。デニー・リヴァーズが、バルサ材をセロハンテープで貼《は》ってつくった模型飛行機をもってきて飛ばすこともあったし、いつも発育過剰の片方の足で片足スケートを転がしてやってくる、ちょっと頭の弱いフランシス・アタースンがいることもあれば、アンジェラ・エイヴァリーとイヴォンヌ・ラヴィングが連れだってやってきて、キャロルにこれからイヴォンヌの家に行ってお人形遊びか、〈病院の看護婦さん〉というゲームをしようと誘ってくることもあった。しかし、たいていはサリー・ジョンとキャロルという、ボビーの親友ふたりがいるだけだった。子どもたちはみなブローティガンさんのことをテッドと親しげに呼んでいたが、母親が近くにいるときだけは折り目正しくブローティガンさんと呼んだほうがいい理由をボビーが説明すると、テッドは一も二もなく賛成してくれた。

　母親ついでにいえば、母親はブローティガンという名字をどうしてもちゃんと口にできないようで、名前を口にするたびにかならずブラティガンといった。ただし、これが意図的なものだとは思えなかった。いまではボビーも、母親がテッドのことをどう思っているかについて、多少の警戒心は残しつつも安堵《あんど》の気持ちを感じるようになっていた。これまではずっと、母親が前にエヴァーズ先生にいだいたような気持ちをテッドにもいだくのではないかと恐れていた。エヴァーズ先生は二年生のときの担任だったが、母親はこの教師をひと目見るなりきらっていた。それこそ全身全霊をあげてきらっていたのだが、ボビーにはその理由がわからず、母親の気持ちがさっぱり理解できなかった。一年間というもの、母親はエヴァーズ先生をひとことも褒めなかった。あの先生は野暮ったい服を着ている、あの先生は髪の毛を染めている、あの先生は化粧が濃すぎる……という文句にはじまり、果てはエヴァーズ先生がおまえの体に指一本でもふれるようなことがあったら、すぐ母さんに教えなさい、あの先生はいかにも平気で生徒をつねったり殴ったりする女に見えるから、とまでいわれた。そんなことになったきっかけは、たった一回の保護者面談だったし、その席上でエヴァーズ先生が母親に話したことといえば、ボビーは学校でどの教科もきちんとやっています、ということだけだ。保護者面談はそのあと一年を通して四回あったが、そのたびにボビーの母はなんやかや理由や口実を見つけては欠席していた。

リズは、たちどころに他人をこうと決めつけ、その意見を決して変えない性格だった。頭のなかでだれかの写真に《悪人》と書きこんだがさいご、その人間はほぼ例外なく一生その烙印《らくいん》を捺《お》されたままだった。スクールバスが火事になって、エヴァーズ先生が生徒を六人も救ったとしても、リズ・ガーフィールドはふんと鼻を鳴らし、どうせその六人はやたら目の大きな牝牛《めうし》女に二週間分の牛乳代の借りがあったんだろうよ、とでもいいだしかねなかった。

テッドはテッドで、決しておべっかをつかうことなく、ボビーの母親に愛想よく接しようとしていたし(ボビーも知っていたが、世の中にはリズにおべっかをつかう連中も存在した——それどころか、ボビー自身もおべっかをつかうことがあった)、これはこれで成功をおさめてはいた……ある程度までは、という限定つきで。あるときテッドとボビーの母親は、ドジャースがちゃんとした挨拶《あいさつ》もせずに大陸の反対側にホームグラウンドを移したのはけしからん、という話をしていたが、話をしていた十分ばかりのあいだ、ふたりともエベッツフィールドに本拠をおくドジャースのファンであったにもかかわらず、会話はいっこうに白熱しなかった。これでは、ふたりはいつまでたっても仲よしになれそうもない。なるほど、ボビーの母親はエヴァーズ先生をきらったようにはテッド・ブローティガンをきらってはいないが、それでもなにやら不穏な空気があった。ボビーには、その不穏な空気の正体もわかるような気がした。この新しい間借人が引っ越してきた日の朝、母親の瞳《ひとみ》にのぞいていた光を目にしていたからだ。そう、リズはテッドを信用していないのである。

やがて、キャロル・ガーバーもテッドを信用していないことが明らかになった。

「なんだか、あの人はなにかから逃げてるんじゃないかと思うときがあるの」ある日の夕方、ボビーとサリー・ジョンといっしょに三人でアッシャー・アヴェニューにむかって坂道をあがっていくあいだに、キャロルはそんなことをいいはじめた。

三人はこれまで一時間ばかりキャッチボールをし、あいまを見てはいつものようにテッドと話していた。そしていまは、〈ムーンズ・ロードサイド・ハピネス〉の店にソフトクリームを食べにいくところだった。サリー・ジョンが三十セントもっているから、ふたりに奢《おご》るといっていた。ボロ・バウンサーももってきていたサリー・ジョンは、尻《しり》ポケットからこのおもちゃをとりだした。それからまもなく、サリー・ジョンはボールを跳ねあげたり落としたり、くるくるまわって遊びはじめた。ぽん・ぽん・ぽん。

「なにかから逃げてる？　冗談だろ？」ボビーは、この突拍子もない発言にすっかり驚いた。しかしキャロルには人を見る鋭い目がそなわっており、これにはボビーの母親でさえ気づいていた。

《あの子は美人なんかじゃないけど、でもなにも見のがさない鋭い目をもってるわ》ある夜、母親がそういっていたことがある。

「手をあげろ、マギャリグル！」サリー・ジョンがいきなり大声をあげてボロ・バウンサーをわきの下にはさみこみ、すばやく身を低くしてトミーガンを乱射する真似をしはじめた。同時に口の右側をぐいっと引きさげて、のどの奥深くから〝が・が・がっ〟という声をふりしぼって、銃声の物真似《ものまね》をしている。「警官野郎《まっぽ》に生きてつかまるようなドジは踏むものか！　いいから撃っちまえ、マグジー！　このリコさまから逃げられると思ったら大まちがいだ。うわ、やられた、撃たれちまった！」

サリー・ジョンは自分の胸ぐらをわしづかみにしたまま、くるっと体を一回転させてミセス・コンランの家の芝生に倒れこみ、死んだふりをした。

当年七十五歳、いつも仏頂面《ぶっちょうづら》で魔女そっくりなミセス・コンランが金切り声をあげた。

「ちょっと！　あ、あ、あんただよ、そこのガキ！　そこから出ていっとくれ！　うちの花が台なしじゃないか！」

サリー・ジョンが倒れたところから半径三メートルの範囲には花壇などひとつもなか

ったが、それでもサリー・ジョンはすぐさま立ちあがった。「ごめんなさい、ミセス・コンラン」

老婆《ろうば》はさっと手をひとふりして、サリー・ジョンの謝罪の文句をふり払うと、また目的地にむかって歩きだした子どもたちを油断のない目でじっと見張っていた。

「さっきのことだけど、まさか本気でいったんじゃないだろ？」ボビーはキャロルにたずねた。「ほら、テッドのことだけど」

「うん」キャロルは答えた。「べつに本気でいったんじゃない……と思う。でも……道路をじっと見ているときのテッドのようすを見たことはある？」

「あるよ。なんていうか、だれかをさがしているみたいな目つきだったけど」

「というか……だれかが来ないかどうか、目を光らせているみたいな感じがしたの」

サリー・ジョンはまたボロ・バウンサーで遊びはじめた。たちまち赤いゴムのボールが、目にもとまらぬ速さで前後左右を往復しはじめた。サリー・ジョンが手を休めたのは、〈アッシャー・エンパイア〉の前を通りかかったときだけだった。この映画館では、ブリジット・バルドー主演の映画を二本立てで上映中だった。成人指定、運転免許証もしくは出生証明書の呈示が必要、例外はなし。二本のうち片方は新作映画で、もう一本は悪性の咳《せき》でもあるまいし、前から何回も〈エンパイア〉で上映されている旧作の《素直な悪女》だった。ポスターのバルドーは、一枚のタオルと笑顔以外はなにひとつ身にまとっていなかった。

「うちの母さん、バルドーは屑《くず》みたいな女優だっていってた」キャロルがいった。

「もしバルドーが屑だったら、おれは喜んで屑をあつめる収集人になるぞ」サリー・ジョンはそういって、グルーチョ・マルクスそっくりに眉毛《まゆげ》をもぞもぞ動かした。

「じゃ、おまえもバルドーが屑みたいだと思うかい？」ボビーはキャロルにたずねた。

「でも、〝屑みたい〟って、どういうことかもわかんないのに？」

映画館の庇《ひさし》の前を通りすぎていくとき（ちなみにドアの内側にあるガラスの壁で囲われたチケット窓口からは、ミセス・ゴドロウ――地元の子どもたちからは、名字をもじってミセス・ゴジラの愛称で親しまれている女性――が、三人の子どもたちを胡乱《うろん》な目つきで見つめていた）、キャロルは顔をうしろにむけ、タオルしか身につけていないバルドーにふたたび目をむけた。その顔つきからは内心が読みとりがたかった。好奇心？ボビーにはわからなかった。

「でも、あの人ってきれいだと思わない？」キャロルがいった。

「うん、まあね」とボビー。

「それに、タオル一枚だけの裸を人前にさらすなんて、勇気がなくちゃできないことだと思う。それがわたしの考え」

サリー・ジョンはというと、ひとたび前を通りすぎたいま〝魔性の女ブリジット〟には関心のかけらもなくしていた。「テッドって、前はどこに住んでたんだい、ボビー？」

「知らない。あの人、そういう話をしないからね」

サリー・ジョンはこの答えを予想していた顔でうなずくと、またボロ・バウンサーで遊びはじめた。上から下へ、ぐるっとまわって、ぽん・ぽん・ぽん。


五月を迎えると、ボビーの思いは来たるべき夏休みにむかいはじめた。この世界にいくらすばらしいものがあろうとも、サリー・ジョンのいう〝でっかい休み〟ほどすばらしいものはない。夏休みになったら、時間を気にしないで友だちと馬鹿《ばか》をやっていられる。ブロード・ストリートでも、公園の反対側にある〈スターリング・ハウス〉でも。夏休みには、この〈スターリング・ハウス〉が楽しい催し物をいっぱいひらいてくれるのだ。そのなかには野球もあれば、ウエストヘイヴンのパタゴニア・ビーチへの週一回の小旅行もある。おまけに、ひとりで過ごせる時間もたっぷりだ。もちろん本を読む時間もいっぱいできるけれど、夏休みのありあまる時間でいちばんやりたいと思っているのは、ちょっとしたアルバイトだった。《自転車貯金》と書かれたガラス瓶にこれまで貯めた金は七ロックとちょっと。むろん七ロックちょっとという金額は、千里の道も一歩からの一歩ではあるが……あまり先行きが明るく思える一歩ではない。このペースでしか金が貯まらないとなると、学校に自転車で行けるようになるころには、ニクソンが大統領になって丸二年たっていてもおかしくなかった。

この〝もうすぐ夏休み〟一色に塗りつぶされていたある日のこと、ボビーはテッドから一冊のペーパーバックをもらった。「前に、世の中には物語がすばらしくおもしろいうえに、文章もすばらしい本があるという話をしたのは覚えてるかな？　これは、そうした本の一冊だ。きみの新しい友だちからの、遅ればせながらの誕生日プレゼントだよ。いや、わたしは自分で、きみの友だちだと思っているんだが」

「そうだよ、友だちさ。ほんとにありがとう！」と返事をした声こそ元気いっぱいだったものの、本をうけとるときのボビーは半信半疑の気分だった。これまで見なれてきたペーパーバックは、表紙に決まってけばけばしい絵が描かれ、そのうえに煽情《せんじよう》的なあおり文句が印刷されていた（たとえば《彼女はどん底に転落し……そのまま果てしなく身を落としていった！》とか）。しかし、この本にはそのどちらもなかった。カバーはほとんどまっ白だった。片隅に、輪をつくって立っている一群の少年たちを――ほとんどおざなりといってもいい簡単な筆致で――描いたスケッチがあるだけ。本の題名は『蠅《はえ》の王』。題名の上にはあおり文句もなければ、《一読忘れがたき傑作！》のような控えめな惹句《じやつく》もなかった。ひっくるめていうなら、どことなくいかめしく、近づきがたい雰囲気のカバーであり、その奥に秘められているのが難解な物語であることを匂《にお》わせていたといえる。ボビーはべつに難解な物語をうとましく思っていたわけではない――学校の課題のひとつであれば。ただし楽しみのための読書ということなら、ボビーはそれが簡単に読めるものであるべきだと考えていた。作家は、読者にかわって目を動かしてやること以外、あらゆる努力を欠かしてはいけない。作家の側が読んでもらおうという努力をしなかったら、読者はそんな本からどれだけの楽しみを得られるというのか？

ボビーは本をひっくりかえして、裏表紙を見ようとした。テッドがそっと手をボビーの手にかぶせて、それをやめさせた。「そんなことをしちゃいけない。わたしの顔に免じて、それだけはしないでくれるかな？」

ボビーはわけがわからず、きょとんとテッドの顔を見あげた。

「まだだれも探険したことのない地に踏みだすようにして、この本を読んでほしいからだよ。地図をもたずに、この本の世界に足を踏みいれてほしい。きみ自身が探険して、地図をつくるんだ」

「でも、もし気にいらなかったら？」

テッドは肩をすくめた。「だったら、途中でやめるんだね。本はポンプのようなものだ。最初に読む側が力をこめなければ、なんにも出てこない。ポンプにまず呼び水をさしてやり、自分の力でハンドルを動かすことだ。なぜそんなことをするかといえば、最初にさした呼び水以上の見返りが……いずれは手に入れられると思うからだ。どうだね、きみもそうは思わないか？」

ボビーはうなずいた。

「ポンプに呼び水をさしてハンドルを動かしても、もしなにも出てこないとなったら、どれだけ長いことハンドルを動かせると思うかね？」

「あんまり長くは動かしていられないと思うよ」ボビーは答えた。

「この本は、だいたい二百ページだな。だったら、まず最初に十パーセントだけ読んでみたらどうだ？　ああ、十パーセントだと二十ページだ——きみが読み方にくらべて算数が不得手なのは、もう知ってるんだよ。そこまで読んでも気にいらなかったら……自分の努力にくらべて、与えられるものがすくないと感じたら、そのときは途中で読むのをやめるがいいさ」

「まったく、学校でもそうしてくれればいいのにな」ボビーは、学校で全文を暗誦《あんしょう》できるように覚えろといわれているラルフ・ウォルドー・エマソンの詩のことを考えながら答えた。《洪水に架かる粗末な橋のたもとには》という行からはじまる詩。サリー・ジョンはこの詩人を、ラルフ・ウォルドー・ホネオリゾンと呼んでいた。

「学校はまたちがうんだよ」

いまふたりは、テッドの部屋のキッチンテーブルにすわって、裏庭を見わたしていた。裏庭では、なにもかも満開に咲きほこっていた。一本向こうのコロニー・ストリートでは、ミセス・オハラの家の愛犬バウザーが、光のどかな春の空にむかっていつ果てるともなく〝きゃん・きゃん・きゃん〟と吠《ほ》えたてていた。テッドはチェスターフィールドを吸っていた。

「学校の話が出たついでにいっておけば、その本を学校にもっていっちゃいけないよ。その本には、先生たちがきみに読ませたくないと思うようなことも書いてあるからね。そんな本を学校にもっていけば、蜂《はち》の巣をつついたようなことになるぞ」

「蜂の巣……?」

「大騒ぎになるってことだ。それに学校で面倒なことになれば、うちでも面倒なことになるぞ——ま、こんな話は、いちいちわたしが話すまでもあるまい。きみのお母さんは……」タバコをもっていないほうの手が、小さなシーソーのような動きを見せた。その意味がボビーにはすぐにわかった。《きみのお母さんは、わたしを信頼していないからな》という意味だ。

ボビーは、テッドがなにかから逃げているのかもしれないというキャロルの言葉を思い、キャロルはなにものをも見のがさない鋭い目をもっているという、母親の言葉を思い出した。

「この本のなにが、ぼくを面倒な立場に追いこむっていうの?」ボビーは、新たに芽ばえてきた好奇心とともに、『蠅の王』を見つめた。

「口角沫《あわ》を飛ばしていきりたつことなど、ひとつも書いてないさ」テッドは冷ややかな声でいうと、ブリキの灰皿でタバコを揉《も》み消《け》し、立ちあがって小さな冷蔵庫から炭酸飲料の瓶を二本とりだしてきた。冷蔵庫にはビールもワインもはいっていなかった。炭酸飲料とガラス瓶いりのクリームだけ。「いちばん強烈なのは、たしか……野豚の肛門《こうもん》に木の杭《くい》を突き刺すくだりかな。それでも、世の中には、木ばかりを見て森をまったく見ない大人もいないではない。とにかく、最初の二十ページを読むことだ。そうすれば、もうやめられなくなる。ああ、断言したっていい」

テッドは二本の炭酸飲料の瓶をテーブルにおくと、栓抜きで王冠をあけた。それから自分の瓶を手にとり、ボビーの瓶にふれあわせて小さな音を立てた。

「島で出会う新たな友人たちに乾杯」

「島って……どこの島？」

テッド・ブローティガンはにこりとほほえむと、くしゃくしゃの箱に残ったさいごの一本のタバコを抜きだした。「そのうちわかるさ」

なるほど、テッドの言葉の意味はすぐにわかったし、『蠅の王』がとんでもなくすばらしい本であり、これまで読んだ本のうちでも一、二を争う本だということは、二十ページも読まないうちからわかった。十ページも読むと、ボビーはすっかり釣りこまれていた。二十ページを読むころには、まわりの世界のことを完全に忘れ去り、ラーフやジャックやピギーやちびっ子たちと島に住んでいた。〈獣〉の正体が、パラシュートにからまったまま死んだ飛行機の操縦士の腐りかけた死体だと判明するくだりでは、体のふるえを抑えきれなかった。ボビーが最初は嫌悪《けんお》とともに、そしてつぎには恐怖とともに見まもるうち、純真そのものの少年たちの集団はしだいに堕落して獣性を剝《む》きだしにしていき、ついには人間らしさをすこしでも守ろうとする唯一《ゆいいつ》のメンバーを全員で狩りたてはじめた。

『蠅の王』を読みおえたのは、来週にはいまの学年がおわって夏休みがはじまるという週の土曜日のことだった。その日は正午になっても、ボビーはまだ自分の部屋にいた。友だちと遊びにも出かけず、土曜の午前中のアニメ番組も見なかったばかりか、十時から十一時の音楽番組《メリー・メロディーズ》さえ見なかった。ついには母親が部屋にまでやってきてボビーのようすを確かめ、いいかげんベッドから起きだしなさい、いつまでも本ばかり読んでいないで、公園に行くかなにかしろ、といってきた。

「サリー・ジョンはどこにいるの?」母親はたずねた。

「ダルハウス広場だよ。学校の吹奏楽バンドのコンサートがあるんだ」ボビーは戸口に立っている母親やそのまわりにある見なれたはずの日用品の数々を、ぼんやりとかすむ混乱した目で見つめていた。書物のなかの世界があまりにも生彩に富んだものに感じられていたせいだろう、かえって現実の世界が色あいの乏しい贋物《にせもの》のように思えていた。

「ガールフレンドはどうしたの？　あの子といっしょに公園にでも行けばいいのに」

「キャロルのことなら、べつにガールフレンドじゃないよ」

「まあ、なんでもいい。わたしだってね、ボビー、おまえがあの子といっしょに駆け落ちすればいいといってるわけじゃないのよ」

「キャロルはほかの女の子たちといっしょに、ゆうべアンジーの家でお泊まり会だったんだよ。女の子だけでのお泊まり会のときには、ほとんど徹夜になるくらい遅くまで起きてるっていってたから、いまごろまだみんな寝てるんじゃないかな。でなければ、やっと起きだしてお昼の時間に朝食をとってるところだと思う」

「だったら、ひとりで公園にでも行ったら？　あんたが家にじっとしてると、母さんはなんだか不安になっちゃう。土曜の午前中だっていうのにテレビも消して部屋に閉じこもってるんだもの、母さん、あんたが死んじゃったのかと思った」

母親は部屋に足を踏みいれてきて、ボビーの手から本をとりあげた。母親がぱらぱらとページをめくって、あちらこちらと目についた文章を読んでいるようすを、ボビーは怖いもの見たさの気持ちで見まもっていた。男の子たちが野豚のケツ穴に槍《やり》を突き刺すことを話しあっている箇所を見つけたら（ただしイギリスの少年たちは、ケツ穴ではなく尻穴《しりあな》と表現していたが……ボビーにはこちらの単語のほうがよほど穢《けが》らわしく思えた）、いったいどうなることだろうか？　母さんはなんというだろうか？　予想もつかなかった。生まれてからずっと母親と暮らしていたというのに……その大半の歳月は母ひとり子ひとりの生活だったというのに、いまだにボビーは、ある特定の情況で母親がどんな反応を示すのかを予想できなかった。

「ブラティガンさんにもらったというのはこの本？」

「そうだよ」

「誕生日のプレゼントに？」

「うん」

「どういう本なの？」

「男の子たちが無人島に置き去りにされちゃう話。乗っていた飛行機が不時着してね。第三次世界大戦かなにかのあとの事件を書いたものらしいんだけど、作者の人はそのあたりのことをはっきり書いてないんだ」

「じゃ、SFなのね」

「うん」ボビーはいった。内心くすくすと笑いたい気分だった。『蠅の王』ほど『太陽をめぐる輪』から遠くかけ離れた本もないと思えたが、母親はSFを毛ぎらいしている。だから、ページをめくるという危険な行為を母親にやめさせたければ、SFという単語を出すにかぎる。

はたして母親は本をボビーに返すと、窓べに歩みよった。「ボビー？」

そう声をかけてはきたが、母親はボビーを見ていなかった――すくなくとも最初のうちだけは。きょうの母親は、古いシャツと土曜日用のスラックスという服装だった。まぶしいほどの昼間の日ざしがシャツに透け、母親のわき腹の線がくっきりと見えた。そのせいでボビーはいまはじめて、母親がどれほど瘦《や》せているかに気づかされた。なんだか、物を食べるのをすっかり忘れでもしていたみたいだ。「なあに、母さん？」

「ブラティガンさんから、その本以外にもプレゼントをもらった？」

「ブローティガンさんだよ」

母親は窓ガラスに映っている自分の顔にむけて、顔をしかめてみせた……いや、窓ガラスに映りこんでいるボビーの顔にむけて、顔をしかめたのかもしれない。「母さんにむかって、得意気にまちがいを指摘するものじゃないわ、ボビー。で、ほかにもなにかをもらった？」

ボビーは考えをめぐらせた。ルートビアを何本かご馳走になったことはあるし、サリー・ジョンの母親が働いているパン屋のツナ・サンドイッチやクルーラーをご馳走《ちそう》になったこともあるが、ほかにプレゼントはもらっていない。この本一冊だけだ――ただしこれは、いままでもらったプレゼントのなかでは最高の品だった。「まさか。この本だけだよ。なんであの人が、ぼくにいっぱいプレゼントをくれるはずがあるのさ？」

「わからない。でもね、そもそもついこのあいだ会ったばかりの人が、おまえにプレゼントをくれる理由だってわからないのよ」母親はため息を洩《も》らして、小さく尖《とが》った乳房の下で腕を組み、ボビーの部屋の窓から外に目をむけたまま言葉をつづけた。「あの人、前はハートフォードで州関係の役所に勤めていたけれど、いまはもう退職したと話してた。おまえにもそう話してくれた？」

「うん、そんなような話だったよ」とは答えたものの、テッドが自分がどんな仕事をしていたかをボビーに話したことはなかったし、ボビーのほうもそんな質問をしようと思ったことさえなかった。

「州のお役所というけど、どんなお役所だったのかしら？　どこの省か知ってる？　健康保険省？　運輸省？　それとも会計検査院とか？」

ボビーはかぶりをふった。だいたい……会計検査院とはなんだろう？

「教育関係じゃないかなと思うの」母はじっくりと考えをめぐらす口調でいった。「だって、あの人の話しぶりは教師経験者みたいに思えるから。おまえもそう思わない？」

「うん、いわれてみればそうかな」

「なにが趣味なのかしら？」

「知らないよ」もちろん読書だ。あの日、母親をあれほど怒らせた三つの紙袋のうち、ふたつにはぎっしりとペーパーバックが詰めこまれていた。おまけにそのほとんどは、見るからにとんでもなく難解そうな本だった。

ボビーが新たな間借人の趣味についてなにも知らないという事実が、なぜか母親を安心させたようだった。母はひょいと肩をすくめた。つぎに口をひらいて出てきた言葉は、ボビーに話しかけているというより、一種のひとりごとのようだった。「そうね、たかが本一冊だもの。それも安いペーパーバックなんだし」

「あの人、そのうちぼくに仕事を頼みたいようなことといってたよ。でも、まだこれといって考えついてはいないんだって」

母親はすばやくふりむいた。「あの男からどんな仕事を頼まれても、どんな用事をいいつけられても、まず最初に母さんに相談するのよ。わかった？」

「うん、わかった」ボビーは母親の剣幕にあっけにとられ、いささか不安にさせられた。

「約束しなさい」

「約束する」

「大事な約束をするの」

ボビーはいわれるがまま胸の前で十字を切った。「神さまの名にかけて、お母さんと約束します」

ふだんなら、これで一件落着になるはずだった。しかし、母親はまだ得心のいかない表情を見せていた。

「これまであの男に……もしや、あの男に……」といいかけたところで、母親の言葉がとまった。いつになく途方にくれた顔つきになっていた。子どもたちがよくそんな顔を見せる――ブラムウェル先生から指名されて黒板の前に立たされ、ある文章の名詞と動詞をそれぞれ示しなさいといわれて、ちゃんと答えられないときに。

「これまであの人に……どういうこと？」ボビーはたずねた。

「いいの、気にしなくて！」母親はつっけんどんにいった。「とにかく、どこかに出かけなさい、ボビー。公園でも〈スターリング・ハウス〉でもいいから。おまえの顔を見てるのはもううんざり」

《だったら、なんでぼくの部屋に来たのさ？》ボビーは思った（が、もちろん口にはしなかった）。《ぼくは母さんの邪魔はしてなかったよ。母さんの邪魔なんかしてなかったじゃないか》

ボビーは『蝿《はえ》の王』をズボンの尻ポケットに突っこむと、ドアにむかって歩きだした。ドアの前で、くるっとうしろをふりかえる。母親はまだ窓ぎわに立ってはいたが、いまはじっとボビーに目をむけていた。こんなとき、母親の顔に愛の表情を目にして驚かされたためしはない。見かけるのは、せいぜいなにやら推測をめぐらしている表情であり、たまに（いつもというわけではない）好意の表情を見かけるくらいだった。

「ねえ、母さん？」いまボビーは、母親に五十セント――半ロック――をねだろうかと考えていた。それだけあれば、〈コロニー・ダイナー〉でソーダとホットドッグを二本買える。〈コロニー〉のホットドッグは大好物だ。バンズはトーストしてあり、皿にはポテトチップスとピクルスの薄切りが添えてある。

母親の口が例のきゅっとすぼまる動きを見せ、ボビーはきょうはホットドッグにありつけない一日であることを悟った。

「いうだけ無駄よ。そんなことは考えるだけ無駄」《考えるだけ無駄》——これも母親の定番決まり文句だ。「今週は請求書の支払いがどっさり溜《た》まってるの。だから、両目からドルのマークを引っこめなさい」

ただし、今週は請求書が溜まってなどいない。それが事実だった。今週は支払うべき請求書などなかった。電気料金の請求書と、《モンテレオン様》という宛名《あてな》の書かれた家賃の小切手の封筒を目にしたのは先週の水曜日。それに、いまは学年年度がおわるところで、はじまるところではないのだから、ボビーの新しい服を買いそろえなくてはいけないという口実もつかえないはず。最近ボビーが母親にせがんだお金は、〈スターリング・ハウス〉に年四回おさめる会費の五ドルだけだ。その五ドルがプールの利用料金と野球チームのウルフ・チームとライオン・チームの費用、それに保険料に充《あ》てられることを知っているはずなのに、母親はこの五ドルの出費にさえぶつぶつと文句をいっていた。自分の母親でなければ、しみったれのしわんぼうといいたいくらいの態度だった。けれども、そんな母親にボビーはなにもいえなかった。母親とお金のことを話そうとすれば、決まって話しあいがこじれる。そもそも、母親のお金についての考え方に――たとえ、ごく小さな一部分にでも――異をとなえたりすれば、母親を金切り声をはりあげるヒステリー状態に追いこむことになりかねなかった。そんな状態になった母は、それはそれは恐ろしかった。

ボビーはにっこり笑った。「いいんだよ、母さん」

母親は笑みを返してくると、《自転車貯金》と書かれたガラス瓶をあごでしゃくった。「あそこからちょっとお金を借りたらどう？　自分にご褒美《ほうび》をあげればいい。母さんにはわからないし、おまえはおまえで、そのうちちゃんと返せばいいんじゃない？」

ボビーは笑みを顔に貼《は》りつけたままだったが、完全なつくり笑いだった。ずいぶんあっさりいってくれるではないか。もしボビーが、〈コロニー〉でホットドッグやパイ・アラモードが食べたいから、電気代や電話代のためにとりおいてあるお金や、〝仕事着〟とやらを買うためにとりのけてあるお金からちょっと借りればいいなどといった日には、自分がどれだけ激しく怒るか、母親は考えてもいないのだろう。いまみたいな気軽な調子で、どうせぼくにはわからないし、母さんがそのうちちゃんとお金を返しておけばいいなどといったら、はたしてどうなることか。横《よこ》っ面《つら》をひっぱたかれるのがおちだ。

コモンウェルス公園にたどりつくころには怒りの念も薄れ、〝しみったれのしわんぼう〟という悪口も頭から消え失《う》せていた。雲ひとつない上天気、手もとにはもうすぐ読みおわる最高の本。そんなに恵まれた境遇なら、いつまでも怒りの念をかかえこんで、ぷんぷん怒っていることなどできやしない。ボビーは人目につかないベンチを見つけて腰をおろし、『蠅の王』のページをひらいた。きょうこそ読みおえなくては、この先どんな展開になるのかを見さだめなくてはいられない気分だった。

　さいごの四十ページを読むのに一時間かかった。そのあいだボビーは、周囲のことすべてを完全に忘れ去っていた。ようやく本のページを閉じてはじめて、膝《ひざ》の上が白い小さな花でいっぱいになっていることに気がついた。花は髪の毛にもいっぱいついていた——林檎の花が吹雪のように舞っているなかにすわっていながら、それにさえまったく気がつかなかった。

　ボビーは花びらを払いのけながら、公園の遊び場に目をむけた。子どもたちがシーソーで遊んだり、ぶらんこに乗ったり、ポールから吊《つ》りさげられたテザーボールを打ちあったりしていた。笑い声をあげ、たがいに追いかけあい、芝生で転がっている子どもたち。あんな子どもたちでも、裸での生活に慣れたうえに、腐りかけた豚の頭を神と崇《あが》めるようになるのだろうか？　その手の考え方を、子どもぎらいの大人がでっちあげた想像だと一言のもとに切り捨てたい誘惑は強かったが（子どもぎらいの大人が珍しくないことを、ボビーは知っていた）、ふと砂場のほうに目をやったとたん、こんな光景が目に飛びこんできた。小さな幼児が砂場にへたりこみ、魂も張り裂けそうな痛ましい泣き声をはりあげている。その横にはもっと大きな少年がすわり、泣いている幼児には目もくれず、その子から力ずくでとりあげた〈トンカ〉のおもちゃのトラックで遊んでいた。

それに『蠅の王』の結末は——ハッピーエンドなのか、そうではないのか？　ついひと月前なら、われながら頭がおかしくなったと思うような疑問だが、正直ボビーにはどちらともわからなかった。本をさいごまで読みおえても、結末の当否がわからなかったり、ハッピーエンドなのか悲しい結末なのか区別がつかなくなったのは、正真正銘これが生まれてはじめてだった。けれども、テッドならわかるはずだ。テッドに質問してみるとしよう。

それから十五分後、ボビーがまだおなじベンチにすわっていると、サリー・ジョンが公園にゆっくりやってきて、ボビーの姿を目にとめた。

「なんだ、ここにいたのかよ、こん畜生！」サリー・ジョンは大声をあげた。「おまえんちに行ったら、おまえは公園に行ったか、でなけりゃ〈スターリング・ハウス〉に行ったって、おまえの母ちゃんからいわれたんだ。ようやくその本を読みおえたのか？」

「うん」

「おもしろかったか？」

「まあね」

サリー・ジョンはかぶりをふった。「生まれてから一冊もおもしろい本にめぐりあったことのないおれだけど、おまえの言葉は信じるよ」

「コンサートはどうだった？」

サリー・ジョンは肩をすくめた。「観客がひとりもいなくなるまで演奏しまくってやったから、きっとおれたちにとっちゃ大成功だろうな。そうだ、キャンプ・ウィニウィナイアで過ごす一週間の旅に当選したのはだれだと思う？」

キャンプ・ウィニーとは、コネティカット州北東部ストーズの街の北の森にあるジョージ湖畔で、ＹＭＣＡが運営している男女共用のキャンプ施設のことである。毎年ＨＡＣ――ハーウィッチ青少年活動委員会――がくじ引きによる抽選会をひらき、当選者にここでの一週間の旅行をプレゼントしていた。

ボビーはねたましさが胸を突き刺すのを感じた。「教えてくれなくてもいいよ」

サリー・ジョンはにやりと笑った。「よくぞきいてくれました！　帽子のなかには七十枚も名札がはいってた。いや、最低でも七十枚というべきかな。で、あの禿《は》げちゃびんの老いぼれコフリンさんが引き当てたのは、ほかでもないぜ、ブロード・ストリート九三番地に住む小学生のジョン・Ｌ・サリヴァンくんの名札だったのさ。まったく、うちのおふくろったら、びっくり仰天してお洩らししそうだったよ」

「出発はいつ？」

「学校がおわって十日ばかりしたらだ。いまおふくろが、その時期にあわせてパン屋の仕事を一週間休めないかどうかを交渉しているところでね。うまく休めれば、ウィスコンシンにいる祖母《ばあ》ちゃんと祖父《じい》ちゃんに会いにいくんだそうだ。行くときには、〝でっかい灰色ワン公〟に乗ってね」

〝でっかい休み〟は夏休みのこと。〝でっかい番組〟と来れば日曜夜の《エド・サリヴァン・ショー》。そして〝でっかい灰色ワン公〟というのは、いうまでもなくグレイハウンドの長距離バスのことだ。この街の停留所は、映画館の〈アッシャー・エンパイア〉と軽食堂〈コロニー・ダイナー〉から通りをすこし先に行ったところにあった。

「だったら、お母さんといっしょにウィスコンシンに行きたいとは思わないのかい？」ボビーはいった。こんな言い方をして、すばらしい幸運に恵まれた友人の幸せいっぱいの気持ちをへこましてやることに、ボビーはひねくれた喜びを感じた。

「まあね。でも、やっぱりキャンプに行って矢を射つほうがずっといいや」サリー・ジョンは片腕をボビーの肩にかけた。「ほんと、おまえもいっしょに来てくれたらどんなに楽しいかって思うよ、この本の虫のこん畜生め」

これをきいて、ボビーは卑屈な気分に襲われた。もういちど『蝿の王』に目を落とす。いずれまもなく、この本を再読することがいまからわかっていた。たぶん八月のはじめになって、毎日が退屈になりはじめたころ（五月にはとても信じられないが、八月になれば決まって日々を退屈に思いはじめる）。ついでボビーはサリー・ジョンを見あげ、にこやかにほほえむと、その肩に腕をまわした。「ま、とにかくおまえは運のいいアヒルだな」

「だったら、いっそドナルドと呼んでくれ」

ふたりはおたがいの肩に腕をまわしたその姿勢のまま、いっときもやまずに降り注ぐ林檎の花びらのシャワーを浴びながら、しばしベンチにすわって、小さな子どもたちが遊んでいる光景をながめていた。ついでサリー・ジョンが、これから〈エンパイア〉で土曜昼間の回の映画を見にいく、本篇前の予告篇を見のがしたくなければ、そろそろ行ったほうがいい、といいはじめた。

「おまえもいっしょに来ればいいじゃんか、ボボリーノ。《黒い蠍《さそり》》だぞ。化物がどっさり出てくるんだ」

「無理だよ。ぼくは一文なしだもん」ボビーはいった。これは真実だったし（《自転車貯金》の瓶の七ドルを勘定に入れなければという意味）、学校の友だちからは《黒い蠍》はほんとうにすごい映画だ、蠍たちは毒針を人間の体に貫通させて殺すし、そのあげくメキシコシティをぺしゃんこに叩《たた》きつぶすんだぞ、という話をさんざんきかされてはいたが、どのみちきょうは映画を見たい気分ではなかった。

いまボビーがしたいのはこのままアパートに引きかえし、テッドと『蠅の王』について話をすることだった。

「一文なしか」サリー・ジョンは寂しそうな声でいった。「悲しい現実というやつだな。なんならおまえに映画を奢《おご》りたいところだが、おれも三十五セントしかもってない」

「無理すんなって。それより、おい――ボロ・バウンサーはどうしたんだ？」

サリー・ジョンはさらに悲しげな顔になった。「ゴムバンドが切れちゃったんだよ。ボロ・ヘヴンに昇天したって感じだな」

ボビーは笑いを誘われた。死んだボロ・バウンサーが行く天国《ヘヴン》とは……またおかしなことを思いつくものだ。「じゃ、新しいのを買うのかい？」

「どうしようかな。〈ウールワース〉に手品キットがあって、あれが欲しいんだ。箱には六十種類の手品ができるって書いてある。そうだよ、ボビー、大きくなったら手品師になるのもわるくないと思わないか？　カーニバルかサーカスの一員になって、黒いスーツを着てシルクハットをかぶるんだ。そいで、帽子っから兎《うさぎ》とクソをいっしょに出してやる」

「どうせ兎が、おまえの帽子のなかにクソを垂れるだろうしね」とボビー。

サリー・ジョンはにやにや笑って、「だけどおれは、とびっきりクールなこん畜生になってやるんだ！　これがならずにいられるかっていうんだ！　なんとしてもなってやる！」というと、すっくと立ちあがった。「ほんとにいっしょに映画を見たくないのか？　うまくすれば、ゴジラ女の目をちょろまかして映画館にもぐりこめるぞ」

〈エンパイア〉の土曜日興行には、何百人もの子どもたちがあつまってくる。というのも、たいていの土曜日は怪物映画が一本とアニメ映画が八、九本、近日上映予定作品の予告篇特集とムービートーン・ニュースという組みあわせで上映されるからだ。ミセス・ゴドロウは子どもたちを静かに列にならばせようとして、半狂乱になる。というのも、いくら基本的に行儀のいい子どもでも、土曜の午後には学校にいるときとおなじ態度になれないということが、まるっきりわかっていないからだ。それればかりかこの女性は、何十人という十二歳以上の子どもたちが、十二歳未満の小人料金で入場しようとしているにちがいないと固く信じこんでもいる。許されるものなら、ブリジット・バルドー主演映画二本立てのときとおなじように、土曜の昼興行にも出生証明書の呈示を求めかねないほどだ。しかし、そんなことをする権限がないので、代わりにこの女性は身長百六十五センチ以上の子どもたちには、だれかれかまわず「**ちょっとあんた何年生まれ？**」と問いただした。これだけの大騒ぎとなれば、ミセス・ゴドロウの目を盗んで館内にもぐりこむのは簡単だし、おまけに土曜の午後はチケットのもぎり役も出ないときている。しかしきょうのボビーは、巨大蠍を目にしたい気分ではなかった——この一週間というもの、ボビーはもっと現実的な怪物たちといっしょに過ごしていた。おまけにその怪物の大多数は、自分自身ときわめてよく似ているかもしれなかった。

「やめとくよ。やっぱり、そのへんをぶらついて遊ぶことにする」ボビーは答えた。

「わかった」サリー・ジョンは髪の毛から数枚の林檎の花びらを払い落とすと、まじめな顔つきになってボビーを見つめてきた。「おれを〝クールなこん畜生〟って呼んでくれよ、ビッグ・ボブ」

「サリー、おまえはクールなこん畜生だよ」

「そうとも！」サリー・ジョンは空にむかってジャンプすると、宙を拳《こぶし》で殴りつけながら笑いはじめた。「そのとおり！　きょうのおれは、クールなこん畜生だ！　あしたにはクールなこん畜生で手品の達人になってやる！　ヤッホー！」

ボビーはベンチの背もたれに体をあずけて足を前に投げだし、爪先《つまさき》を空に向けて、爆笑しはじめた。波に乗ったときのサリー・ジョンの愉快なことといったらない。

サリー・ジョンはいったん歩きはじめたが、すぐに立ちどまってふりかえった。「そうだ、知ってるか？　さっき公園に来るとき、変な男たちを見たぞ」

「変って、どこがどう変だった？」

サリー・ジョンは困惑の面もちでかぶりをふった。「わからない……ほんとに、よくわからないんだ」

それからサリー・ジョンは、お気にいりの一曲〈踊りに行こうよ《アット・ザ・ホップ》〉を口ずさみながら歩き去っていった。ボビーもこの歌は大好きだった。ダニー&ザ・ジュニアーズは最高だ。

ボビーはテッドにもらったペーパーバックをひらくと（ちなみに本は、いかにもかなり読みこまれたように手ずれがしていた）、結末の二、三ページ、とうとう大人たちが島にあらわれてくるシーンを読みかえし、それからおもむろに考えはじめた。これはハッピーエンドなのか、それとも悲しい結末なのか？　サリー・ジョンのことは、いつしか念頭から去っていった。のちのち、ボビーはこんなふうに思うことになる——もしこの場でサリー・ジョンが、自分の見た変な男たちは黄色いコートを着ていたと口にしていたら、そのあとの事態の展開は大幅に変わっていたはずだ、と。

「ウィリアム・ゴールディングは、本について興味ぶかいことを書いているよ。それも、その作品の結末にまつわるきみの疑問に答えてくれるような言葉だと思う……どうだ、ソーダをもう一本飲むか？」

ボビーはかぶりをふって、遠慮すると答えた。だいたいルートビアは、それほど好きではなかった。テッドといっしょのときに飲んでいたのも、ひとえに礼を失したくなかったからだ。いままたふたりは、テッドの部屋のキッチンテーブルの前にすわっていた。ミセス・オハラの犬が吠《ほ》えていることもおなじなら（ついでにいえば、ボビーの知っている範囲では、この犬はいちども吠えるのをやめたためしがない）、テッドがチェスターフィールドを吸っていることもおなじだった。公園から帰ったあと、ボビーはちらりと母親のようすを確かめた。そして母親がベッドで昼寝をしていることを見てとると、急いで三階まであがってきて、テッドに『蠅《はえ》の王』の結末についての疑問をぶつけてみたのである。

テッドは部屋を横切って冷蔵庫に近づき……冷蔵庫の扉の把手《とって》に手をかけたまま体の動きをとめ、虚空《こくう》をじっと見つめた。あとになってボビーは、これこそテッドにどこか妙なところがあるということを、いちばん最初にはっきりかいま見た瞬間にほかならないと思いかえすことになる。いや、〝妙なところ〟どころか、〝おかしなところ〟だ。しかもそれは、ますますおかしさの度合いを増していくことになる。

「人が彼らの存在を最初に感じるのは目玉の裏側だ」テッドは、ごくふつうの会話の口調でいった。はっきりした話し声だった。ボビーには、すべての単語がちゃんとききとれた。

「なにを感じるって？」

「人が彼らの存在を最初に感じるのは目玉の裏側だ」テッドは、あいかわらず冷蔵庫の扉の把手に手をかけたまま、虚空をにらみすえていた。ボビーは怖い気分を感じはじめた。空中になにかがただよっているかのようだった――それも花粉に近いようなものが。

そのせいでボビーの鼻毛がちくちくし、手の甲がむず痒《がゆ》くなってきた。ついでテッドはおもむろに冷蔵庫をあけると、体をかがめてのぞきこんでいった。

「ほんとにいらないんだな？　よく冷えていて、おいしいのに」

「うん……いらないよ。気にしないで」

テッドがテーブルに引きかえしてきた。どうやらテッドは、いまのひと幕がなかったふりをしているか、あるいはきれいさっぱり忘れてしまったらしい――ボビーはそう思った。また、テッドがもう大丈夫だとわかってもいた――ボビーからすれば、これで充分だった。大人というのは妙ちきりんな生き物だ。だから、ときには大人のやることを見て見ないふりをするほかはない。

「じゃ、その人がこの結末についてどういっているのかを教えてよ。ゴールディングさんが」

「ま、精いっぱい記憶をよみがえらせるなら、こんなような言葉だったな。『少年たちは巡洋艦の乗組員に救出された。少年たちにとっては慶賀すべきことだろう。しかし、だれが乗組員を救出するのか？』」テッドは自分のグラスにルートビアをそそぐと、泡がおさまるのを待ってから、またそそぎたした。「疑問解決の糸口になったかな？」

ボビーは、なぞなぞの答えを考えるときのように、いまの文句を頭のなかでひっくりかえして考えてみた。いいや、この言葉そのものがなぞなぞにほかならなかった。

「だめだよ」しばらくしてボビーは白旗をかかげた。「やっぱりわからない。だって、救ってもらう必要はないんじゃないかな——船に乗っている人たちのことだけど——だって、孤島にいるんじゃないんだから。それにさ……」

ボビーは砂場で見かけた子どもたちのことを思い出した。ひとりは目が涙で流れ落ちるほど激しく泣きじゃくり、もうひとりは落ちつきはらった顔つきで、盗んだおもちゃで遊んでいた……。

「巡洋艦に乗っているのは、みんな大人だよ。大人は、だれかに救出してもらう必要なんかないじゃないか」

「ないかな？」

「ないよ」

「ぜったいに？」

いきなり前ぶれもなく、ボビーの頭に母親のことや、母親がお金にどんな態度を見せるかということが浮かんできた。つづいて、この前の夜中にふっと目が覚めたとき、母親の泣き声がきこえたような気がしたことが思い出された。ボビーはなにも答えなかった。

「じっくり考えるんだ」テッドはいうと、タバコを深々と吸いこんで噴水のように紫煙を吐きだした。「つまるところ良書というのは、じっくり考えをめぐらせるためにあるのだからね」

「オーケイ」

「どうだ、『蝿の王』はハーディ・ボーイズのシリーズとは天と地ほどの差があるだろう？」

ほんの一瞬だったが、ボビーの脳裡《のうり》にフランクとジョーのハーディ兄弟が手製の槍《やり》をかまえてジャングルを走りながら、野豚を殺すぞ、尻穴《しりあな》に槍を突き刺すぞという文句をとなえている迫真の光景が浮かびあがってきた。思わず爆笑すると、テッドもいっしょになって笑ってきた。ボビーには、自分がもうハーディ・ボーイズやトム・スウィフト、リック・ブラントやジャングルボーイのボンバといった面々が出てくる本を卒業したことがわかった。『蝿の王』という一冊が、すべてをまとめて片づけてくれたのだ。自分が成人用の図書館利用カードをもっていることが、心の底からありがたく思えた。

「そうだね」ボビーはいった。「まるっきりちがうよ」

「それに良書は、たやすくその秘密を読者に明かしてはくれん。このことも、忘れないでもらえるか？」

「うん」

「よし、いいぞ。さて、ひとつ教えてくれ——きみは、このわたしから一週間に一ドルの小づかいが欲しくはないか？」

いきなり唐突に話題が変わったせいで、最初ボビーはついていけなかった。話がわかると、ボビーは口もとをほころばせて答えた。「決まってるじゃん、欲しいよ！」

頭のなかを、いくつもの数字が乱舞していった。一週間に一ドルなら、九月までには最低でも十五ドルの貯金ができるとわかる程度には、算数の能力もあった。これまでに貯《た》まったお金をそこに足す……それから換金可能なガラス瓶がそこそこの収穫だったとして……さらにおなじ町内の家の何軒かで芝刈りのアルバイトをやらせてもらえれば……やったぜ、うまくすれば九月の第一月曜日の〝労働者の日〟には、シュウィン製自転車に乗れるかもしれない。

「で、どんな仕事をすればいいの？」

「その点については、われわれは慎重のうえにも慎重を期す必要がある」テッドは静かに沈思黙考しはじめた。それを見てボビーは、この老人がまたぞろ目の裏でなにやらを感じるとか、その手の話をはじめるのかと思って怖くなりかけた。しかし、つぎにテッドが目をあげたとき、その瞳《ひとみ》にはあの不気味な空虚さは影も形もなかった。「わたしはこれまで、わが友人に――それも、とりわけ年若い友人に――むかって、親に嘘《うそ》をついてくれと頼みごとをしたことは一回もないよ。しかし、こんどの話にかぎっては、ちょっとした目くらましをするべく、きみにも協力を頼もうと思う。目くらましとはどういうことか、もうわかっているね？」

「うん、知ってる」ボビーはサリー・ジョンの新たな野望――サーカス団の一員となって旅から旅へ巡業し、黒いスーツを身にまとって帽子から兎をとりだしたいという野望――のことを思った。「奇術師が観客をだますときの手口だよね」

「そんなふうに表現すると、なんだかあまりすてきなものではないようにきこえるな」

ボビーはかぶりをふった。そう、きらきら輝く飾りやスポットライトを剝《は》ぎとってしまえば、これはすてきでもなんでもない。

テッドはルートビアをすこしだけ飲むと、上唇についた泡をぬぐった。「きみのお母さんのことだよ、ボビー。お母さんは、わたしをきらっているわけではないし、こんなことを口にするのは、お母さんに不公平だとは思うが……どうやらお母さんは、わたしをきらっているも同然のように思えるな。きみもそうは思わんか？」

「そうだね。前に、もしかしたらおじさんから仕事をさせてもらうことになるかもしれないって、母さんに話したんだ。そしたら、すぐに顔色を変えてた。で、どんな仕事を頼まれるにしても、いざやる前に、かならず母さんにひとこと話せって釘《くぎ》を刺されたよ」

テッド・ブローティガンはうなずいた。

「ぼくの考えだけど、いちばんのきっかけは、おじさんがここに引っ越してきたとき、荷物を紙袋に詰めてもってきたことにあるんじゃないかな。いかれた話にきこえるのは、ぼくだってわかってる。でも、そうとしか考えられないんだ」

てっきりテッドが笑いだすかと思ったのに、テッドはまたうなずいただけだった。

「結局は、そういうことなのかもしれないね。どういうことがあるにせよ、ボビー、わたしはきみにお母さんの願いにそむくような真似《まね》をしてほしくはない」

これはこれで立派な言葉だったが、ボビー・ガーフィールドたる者、これがテッドの本心だとは信じていなかった。もしこの言葉が真実なら、目くらましをする必要など最初からないはずだ。

「きみのお母さんには、わたしの目が疲れやすくなっているというんだ。これは嘘じゃない」この言葉を実証するかのように、テッドは右手を目のところまでもちあげると、親指と人さし指で両目の隅を揉《も》みはじめた。「だから、わたしがきみに、毎日すこしだけ新聞を読んでもらうことを頼み、その報酬として一週間に一ドルを払うことにした、と話しておけばいい――きみの友だちのサリー・ジョンがいうところの一ロックだな」

ボビーはうなずいた……しかし、ケネディが予備選挙でどんな調子かとか、はたして六月にはフロイド・パタースンが勝つことになるのかどうか、という記事を読みあげるだけで週に一ドル？　おまけとして、連載漫画の《ブロンディ》と《ディック・トレーシー》を読むとしても？　母親や、ホームタウン不動産社のバイダーマンさんなら信じるかもしれないが、ボビーには信じられなかった。

テッドはあいかわらず目もとを揉んでいた。細い鼻梁《びりょう》の上で動いているその手が、なんだか蜘蛛《くも》のように見えた。

「で、ほかになにをするの？」ボビーはたずねた。その声は奇妙にも平板なものになっていた。たとえるなら、ボビーが自室の掃除をすると約束したのに、その日がおわるときに部屋にやってきて、まだ掃除がすんでいないことを目にしたときの母親のような口調だった。「ほんとの仕事はなに？」

「きみには、目をしっかりと見ひらいていてもらいたい。それだけだ」テッドはいった。

「なにをさがすの？」

「黄色いコートを着た下衆男《ロウ・メン》たちだよ」テッドの指先は、あいかわらず目の隅を揉んでいた。やめてくれればいいのに──ボビーは思った。テッドのこの動作には、なにやら不気味なところがあったからだ。目の裏でなにかを感じているのか？　だから、ああやってずっと目のまわりを揉んでいるのか？　これもテッドの注意をさまたげ、いつもは健全ですっきりと秩序だった考え方をする頭の働きを妨害しているのではないか？

「撈麵《ロウミン》？」これは、ふたりでバーナム・アヴェニューの中華料理店〈スン・ルー〉に行くと、母親が注文する品だった。黄色いコートを着た撈麵というのはさっぱり意味がわからないが、いまボビーに思いつくのはこれだけだった。

「下衆男たちだよ」テッドは答えた。「この〝下衆《ロウ》〟という単語を、わたしはいまディケンズ的な意味あいでつかっている。見た目には、あまり頭がよくなさそうで……危険な連中のことだ。たとえば……薄暗い路地でクラップス賭博《とばく》をやったり……賭博をやりながら、茶色い紙袋に隠した酒瓶をまわし飲みしたりする連中だ。往来では電話線の電柱によりかかって立ち、いちどとして洗ったためしのないハンカチでうなじの汗を拭《ふ》きながら、向かい側の歩道を女の人が通りかかると口笛を吹くような手あいだ。それに、帽子のつばに鳥の羽根を飾るのが洒落《しゃれ》てると錯覚している手あいだ。人生が投げかけてくる馬鹿《ばか》げた質問すべての答えを知っていると思いあがっている連中だ。いや、こんな話では、いまひとつ要領を得ないな。いまの話のひとつでもいい、なにか感じるものがあったか？　ぴんときた部分があったかね？」

たしかにあった。ある意味で、時間を老いぼれた禿《は》げの詐欺師《さぎし》と形容したあの言葉に通じるところがある。理由ははっきりわからなくても、ある言葉や文章がしっくりと理解できるようなあの感覚だ。いまの話でボビーは、バイダーマンが乾ききっていないアフターシェイブ・ローションの甘い香りを頰からただよわせているくせに、ひげを剃《そ》っていないように見えることを思い出した。また——現場を見たことはなかったが——バイダーマンなら車にひとりで乗っているときに鼻をほじくるだろうし、公衆電話の前を通りかかったときには、自分でも意識しないまま硬貨の返却口を指でさぐるにちがいないと考えたことも思い出した。

「うん、わかるよ」ボビーは答えた。

「よかった。たとえ人生を百回生きたとしても、きみにその手の男たちと話をしてくれとは頼まないし、そればかりか近づいてくれとも頼みはしない。わたしがきみに頼みたいのは、いつも目を見ひらいていてくれ、ということだけだ。一日に一回、このブロックをぐるりとまわって——ブロード・ストリート、コモンウェルス・アヴェニュー、コロニー・ストリート、そしてアッシャー・アヴェニューとまわって、ここにもどる道順でね——目に見えたものを、わたしに報告してほしいんだ」

ボビーの頭のなかで、パズルの断片がひとつにまとまりはじめていた。誕生日——テッドが一四九番地のアパートに来た日でもある——に、テッドから、この町内に住んでいる人たちの顔は残らず知っているかとか、もしよそ者が町内に顔を見せたら、その人間をよそ者

(身を寄せる者、宿り人)だと見ぬくことができるかとか、その手の質問をされたこと。それから三週間もしないうちにキャロル・ガーバーが口にした、テッドはなにかから逃げているように思えることがあるという意見。

「その男たちだけど、ぜんぶで何人いるの?」ボビーはたずねた。

「三人……五人……いや、いまごろはもっと増えているかもしれない」テッドは肩をす

くめた。「目印は丈の長い黄色いコートと褐色の肌だ……とはいえ、黒っぽい肌はただの変装だがね」

「それって……日焼けクリームかなにかで肌を黒くしてるってこと？」

「まあ、そんなところだろうな。もし連中が車を走らせていれば、それも目印になる」

「車の型は？　年式は？」ボビーは、テレビの《マイク・ハマー》で主人公の探偵を演じているダーレン・マクガヴィンになった気分だった。いや、調子に乗ってはいけない。これはテレビではないのだから。しかし、胸がときめいているのは事実だった。

テッドはかぶりをふった。「さっぱりわからん。それでも、ひと目見れば、すぐにわかるはずだ。なぜなら連中の車も、あの黄色い上着や先の尖《とが》った靴や、連中が髪の毛をうしろに撫でつけるのにつかうポマードとおなじでね。つまり、騒々しくて不作法のきわみだからだ」

「下衆《ロウ》……」というボビーの言葉は質問ではなかった。

「そう、下衆《ロウ》そのものだ」テッドは鸚鵡《おうむ》がえしにいうと、強調するかのようにうなずいた。それからルートビアをわずかに口にふくんで飲み、永遠に吠《ほ》えつづけるバウザーの声の方角に目をむけ……そのあと数秒間というもの、そのままの姿勢をたもった。ばねの壊れたおもちゃのように。燃料が切れた機械のように。ついで――「彼らはわたしの存在を感じるんだ。そしてわたしも、彼らの存在を感じる。ああ、なんという世界か」

「その男たちの目的は？」

テッドは、びっくりした表情でボビーのほうに顔をもどした。ボビーの存在をすっかり忘れていたように見えたし……あるいは、ほんの一瞬だったにしろ、ボビーが何者かをすっかり忘れはてたようにも見えた。ついでテッドは笑みを見せて手を伸ばし、ボビーの手に自分の手を重ねた。大きくて温かく、心安らぐ感触の手。一人前の男の手。その手の感触が、ボビーの心に残っていた中途半端な疑念をかき消した。

「やつらの目あては、わたしがもっているある物だよ」テッドはいった。「さしあたっては、そういうことにしておこう」

「まさか、その男たちって警官じゃないよね？　政府の人間でもないんでしょう？　それとも——」

「つまりきみは、わたしがＦＢＩの〈最重要手配容疑者十人〉のひとりなのかとか、《ＦＢＩ逆スパイ／私は三重生活を送った》とかいうテレビドラマに出てきたような、共産主義者の秘密工作員なのかとききたいわけだな？　つまり悪人なのか、と？」

「おじさんが悪人じゃないことはわかってるさ」ボビーは口ではそう答えたものの、さっと紅潮してきた頬は、内心がその反対であることを如実に物語っていた。しかしボビーがどう思っていようと、それでなにかが変わることはない。人は悪人を好きになることもあるし、愛することさえある。母親の口ぐせを借りるなら、ヒトラーにだってお母さんはいたのだ。

「わたしは悪人ではないよ。銀行強盗をしたことはないし、軍事機密を盗んだこともない。ただ、これまでずいぶん読書に打ちこみすぎたから、図書館の本を期限までに返さずに科された罰金を払わなかったことはある。だから、もし図書館警察なるものがあったら、そこの警官に追われる身の上になっただろうね。しかし、わたしはきみがテレビで見るような悪人では断じてないよ」

「でも、黄色いコートの男たちは悪人なんだね？」

テッドはうなずいた。「ああ、これ以上はないほどの極悪人だ。それに、いわせてもらえば……危険でもある」

「これまでに姿を見かけたことは？」

「何回となくあるとも。しかし、この街で目にしたことはない。それに百のうち九十九までは、きみもその男たちを目にしないでおわるだろうね。そんなわけで、わたしがきみに頼みたいのは、しっかりと目をあけて見張っていることだけだ。どうだ、できそうか？」

「うん」

「ボビー？　なにか問題でも？」

「ううん、なんにも」しかし、つかのま、なにかひっかかるものを感じはした。なにかを連想したのではない――一瞬、心がなにかを連想する方向に触手を伸ばしたのが感じられただけ……。

「ほんとうに？」

「うん、大丈夫」

「よし。では、質問だ。きみはきみ自身の良心に誓って――というか〝それなりの良心に誓って〟というべきかな――仕事のこの部分については、なにがあろうともお母さんに話さないといえるかな？」

「いえるよ」ボビーは即座に答えたものの、こんな誓いを立てることが自分の人生に大きな変化をもたらすことも、それが危険な変化にもなりかねないことも、充分に理解していた。母親のことは、ちょっと怖いどころではない。そんな恐怖を感じる一因は、母親がどれほど激しく怒るか、ひとたび怒ったら、母親が怒りをどれほど長いこと胸にかかえこんでいるか、ということにあった。こうした感情の源になっているのは、おおむね母親にあまりにも愛されていないという不幸な思いであり、そのわずかな愛を守りぬきたいという気持ちだった。しかしテッドのことは好きだったし、自分の手に重ねられたテッドの手の感触も好きだった。大きな手のひらの温かくてざらざらした感触、その指の感触、そしてまるで瘤《こぶ》のように節くれだった関節。それにこれは、嘘《うそ》をつくという話ではない。話の一部を隠して話さないだけのことだ。

「ほんとうにいいんだな?」

《いいか、ボビーちゃん。話の一部をわざと隠して話さないことこそ、嘘のつき方を身につけるための最高の第一歩だぞ》内面の声がささやきかけてきた。ボビーはその声を無視していった。

「うん、大丈夫だよ。テッド……その男たちが危険だっていうけど、おじさんにとってだけ危険なの? それとも、どんな人にも危険?」ボビーが念頭においていたのは母親のことだったが、もちろん自分のことも考えていた。

「わたしにとっては、たしかに、とんでもなく危険な連中だ。ほかの人間には――というか、ほかのほとんどの人間にとっては――おそらく危険ではなかろう。ひとつ、おもしろい話をきかせてあげようか」

「うん、お願い」

「大多数の人間には、彼らがきわめて近くに接近してこないかぎり、その姿が目に見えないんだよ。連中には、人間の精神の働きを曇らせる力があるみたいだ……昔のラジオ番組に出てきたザ・シャドウみたいにね」

「じゃ、まさかその連中って……その……」これにつづいて口にしようとしていえなかった単語は、〝超自然的存在〟だったのではないか――ボビーは思った。

「いや、いや、そんなことはないとも」テッドは、ボビーが質問をさいごまでいいおえないうちから、そそくさと否定した。その晩ベッドに横たわったまま、いつもより長いあいだ寝つけなかったボビーは、ひょっとしたらテッドは問題の単語が口に出されることさえ恐れていたのではないか、と思った。「ごくふつうの人間でも、われわれの目にはいってこない人は大勢いるじゃないか。たとえば、レストランでの仕事をおえて、仕事場用の靴のはいった紙袋をさげて顔を伏せて歩いているウェイトレス。公園に午後の散歩に出てきた年寄りたち。髪の毛をヘアカーラーに巻いて、トランジスタラジオでピーター・トリップのベストテン番組にききいっている十代の少女。しかし、子どもたちの目には、そういった人々が見えている。子どもたちは、そういった人々をひとり残らず目にするんだ。そして、ボビー、きみはまだ子どもだ」

「でも、さっきの話だと、その男たちっていやでも目立つような感じがしたんだけど」

「コートのことか。それに靴。やかましい車。しかしね、人によっては——というか大多数の人々は——その手の物が目にはいってくると、顔をそむけてしまうものなんだよ。目と脳みそのあいだにバリケードを築くんだな。なんにせよ、わたしはきみに危険なことをしてほしくない。もしも黄色いコートの男たちを目にしたら、いいか、ぜったい近づいてはならないぞ。たとえ向こうから話しかけられても、決して話しかけてはいかん。連中がきみに話しかけてくる理由はひとつも思いつかないし、連中がきみの姿を目にとめるとさえ思えない——大多数の人々には、彼らの姿が見えないのとおなじだ——しかし、連中については、このわたしが知らないこともまだたくさんある。さあ、わたしがいまなにを話したかを口で答えてくれ。わたしの言葉をくりかえすんだ。大事なことだからな」

「連中に近づいてはいけないし、話しかけてもいけない」

「たとえ向こうが話しかけてきても、だ」わずかに苛立《いらだ》たしげな口調。

「うん、たとえ向こうに話しかけられても。だったら、ぼくはなにをすればいいの？」

「すぐここに引きかえしてきて、連中が近くにいることをわたしに教えるんだ。どこで連中を見かけたのかも。やつらの視界の外に出たと確信できるまではふつうに歩き、そのあとは全力で走れ。風にも負けない気持ちで走れ。地獄の化物が総出で追いかけてきている気分で走るんだ」

「じゃ、おじさんはどうするの？」ボビーはたずねたが、その答えはもうわかっていた。キャロルほどは頭が鋭くないかもしれないが、まったくの馬鹿ではない。「逃げるんだね？　そうなんでしょう？」

テッド・ブローティガンは肩をすくめると、ボビーと目をあわせないままルートビアを飲みおえた。「そのときが来たら、身の処し方を決めるとも。もしそのときが来たらね。運が味方をしてくれたら、ここ数日つづいている気分——連中の存在を感じているこの気分——も消えていくと思うし」

「前にも、おなじようなことがあったの？」

「ああ、あったとも。さて、どうせならもっと楽しい話題にしようじゃないか」

そんなわけで、それから三十分ばかりふたりは野球の話をして、そのあと音楽のことを話題にし（テッドがエルヴィス・プレスリーの歌を知っていたばかりか、好きな歌が何曲もあると知らされて、ボビーはびっくりした）、さらに九月からはじまる七年生の授業についてボビーがいだいている希望と不安をあれこれ話しあった。たしかにどれもこれも楽しい話題だったが、ボビーはどの話題の裏側にも下衆男たちが身を潜めているように感じた。下衆男たちはこの三階にあるテッドの部屋にいる……決して目には見えない特殊な影のように。

そしてボビーがそろそろ帰ろうと思って腰をあげかけたそのとき、テッドがまた下衆男たちの話題をもちだしてきた。「そうだ、きみが特別に注意して目を光らせるべき物がある。その……わたしの友人たちが近くにいるというしるしだ」

「どういう物？」

「街をパトロールするときには、家々の壁や商店のウィンドウや住宅街の電柱に貼《は》りだされている迷子のペットさがしのポスターに目を光らせてくれ。《灰色のぶち猫、耳は黒くて、のどの部分が白く、尻尾《しっぽ》が曲がってます。見つけた方はイロコイ七‐七六六一までお電話ください》とか、《小さな雑種犬。ビーグル犬の血がすこし混ざってます。

トリクシーという名前に反応します。子どもたちが大好き。うちの子どもたちも、この子に早く帰ってほしいと願っています。イロコイ七－〇九八四までお電話いただくか、ピーボディ・ストリート七七番地まで連れてきてください》とか、その手のポスターだよ」

「なにがいいたいの？　じゃ、下衆男たちはだれかのペットを殺してまわっているというわけ？　そんなことって……？」

「そんなペットはそもそも最初からいなかったんじゃないか……わたしはそう考えているんだ」テッドはいった。疲労と悲しみのにじむ口調だった。「ポスターのなかには、あまり複写の状態のよくない小さな写真が添えられている物もあるが、ほとんどが完全なでっちあげじゃないかと思う。連中は、あの手のポスターをつかって意思疎通《そつう》をはかってるのではないかな。それくらいなら〈コロニー・ダイナー〉にあつまって、ポットローストでも食べながら意思疎通したほうが簡単だろうが、なぜそうしないかときかれても、わたしにはわからないよ」

テッドはいったん言葉を切って、こう質問してきた。

「ところで、ボビー、きみのお母さんはどこで買い物をする？」

「〈トータル・グロサリー〉という店。バイダーマンさんの不動産会社のすぐとなりにあるんだ」

「きみもいっしょに行くのか？」

「たまにね」もっと小さいころは、毎週金曜日ともなればこの店で母親と待ちあわせをしていた。雑誌ラックの前でTVガイド誌を立ち読みして時間をつぶして。金曜日の午後は大好きだった。なぜなら週末のはじまりだから。なぜなら母さんがショッピングカートを押してもいいといってくれるし、そのカートをレーシングカーだと思いこんで遊べたから。そしてなにより、母さんを愛していたから。しかし、そのどれひとつとしてボビーはテッドに打ち明けなかった。すべては大昔の話。なんだかんだいっても、当時はたったの八歳だったのだから。

「どこのスーパーマーケットでも、レジのそばに掲示板を出しているから、かならず目を通すんだ」テッドはいった。「小さな手書きのメモ用紙がいっぱい貼りだされているような掲示板だよ。《車売ります。オーナー直売》とかね。そのなかに、上下さかさまに画鋲《がびょう》で留められている掲示がないかどうかをさがすんだ。街にはほかにもスーパーマーケットがあるかな？」

「陸橋のそばに〈A&P〉があるよ。でも、母さんはあの店には行かないんだ。食肉売場の店員がいやらしい色目をつかうっていってね」

「でも、そこの掲示板も確かめてくることはできるね？」

「もちろん」

「これまでは上々だぞ、ああ、上々だ。さてと——子どもたちがよく歩道に描く石蹴《いしけ》り遊びの模様は知っているかな？」

ボビーはうなずいた。

「だったら、近くに星の絵か月の絵、もしくはその両方が描いてある石蹴り遊びの格子《こうし》があるかどうかにも目を光らせるんだ。たいていは、色ちがいのチョークで描いてある。あとは、電線から凧《たこ》の尻尾が垂れ下がっていないかどうかにも気をつけてくれ。凧そのものじゃない、凧の尻尾だけだ。それから……」

テッドはいいよどんで顔をしかめ、なにやら考えはじめた。テッドがテーブルのチェスターフィールドの箱から一本抜きだして火をつけているあいだ、ボビーはしごく理性的に、きわめて明瞭《めいりよう》に、そして恐怖の片鱗《へんりん》すら感じないまま、こう思っていた。《なんだ、この人は頭がおかしいんだ。頭のネジが一本残らずぶっ飛んでるんだ》

そのとおり。疑いの余地はなかった。ボビーとしては、テッドがいかれた頭ばかりではなく、注意ぶかさもあわせもっていることを祈るだけだった。というのも、もしテッドがこんな話を口にしているところを母親がききつけたりしたら、ボビーは二度とテッドに近づいてはならないと申しわたされるだろう。それどころか、大きな捕虫網をもった男たちを呼んできて、テッドの身柄をとりおさえようとするかもしれないし……その役目を気のいいバイダーマンさんにやらせるかもしれない。

「街の広場に時計があるのは知っているな、ボビー?」

「うん、知ってる」

「あの時計の鐘の鳴る回数がおかしくなるかもしれないし、鐘が鳴るべきではない中途半端な時間に鳴るかもしれない。それから、新聞に教会で破壊行為があったという記事が出るかどうかも注意して見ていることだ。わたしの友人諸君は教会がきらいでね。といっても、派手な破壊行為をすることはぜったいにない。やつらは低級な下衆男だけあって――駄洒落《だじゃれ》めいた言葉で申しわけないが――頭を低くして目だたないようにしているのが好きなんだ。連中が近くに迫ってきたことを知るしるしはほかにもあるが、きみの頭に詰めこみすぎる必要もあるまい。個人的には、ポスターがいちばん確実な手がかりだと思う」

「《ジンジャーを見つけたら、お手数ですが、わが家まで連れてきてください》だね」

「そのとおりだ――」

「ボビー?」母親の声がしたかと思うと、土曜日にいつも母親が履いているスニーカーが階段をあがってくる足音がつづいた。「ボビー、おまえは上にいるの?」

III

母親の力。ボビー、仕事をする。「あの人に体のどこかをさわられたことはある？」。終業式の日。

ボビーとテッドは、うしろめたい顔を見かわしあった。ふたりとも、あわててテーブルのそれぞれの側から身を離して椅子《いす》に背を押しつけたが、そのようすだけ見れば、いかれたことを話しあっていただけではなく、いかれたことを実行に移していたと思われても不思議はなかった。

《母さんなら、ぼくたちがなにかを企《たくら》んでいたと見ぬくに決まってる》ボビーは狼狽《ろうばい》しながら思った。《だって、ぼくの顔にぜんぶ書いてあるんだから》

「いや」テッドはいった。「そんなことになるものか。それこそ、お母さんがきみにおよぼしている力の正体なんだ。きみがそう信じていることがね。それこそ、世の母親族のもっている力なんだよ」

ボビーは驚いて、テッドをまじまじと見つめた。《ぼくの心が読めるの？　いま、ぼくの心を読んだの？》

ボビーの母親はいまや三階のすぐ手前まであがってきており、たとえテッドがなにか答えたかったにしても、そのための時間の余裕はまったくなかった。とはいえ時間の余裕があったとしても、テッドの顔にはこの疑問に答えたがっている気配はまったくなかった。しかもボビーはすぐに、はたしていまの言葉をほんとうに耳にしたかどうかも疑わしくなった。

つぎの瞬間、母親がひらいたままの戸口に姿をあらわし、値踏みするような視線でまず自分の息子を見つめ、いったんテッドに視線を移してから、また息子を見つめた。

「やっぱりここにいたのね」母親はいった。「あきれた。わたしが呼んだ声がきこえなかったの？」

「だって母さんは、ぼくが答えるよりも先に三階まであがってきたんだもの」

母親はふんと鼻を鳴らした。その口が笑みを、まったく意味のない笑みを形作った――母親が反射的に浮かべる社交用の笑みだ。その目がボビーとテッドのあいだを何回もせわしなく往復し、なにやら場ちがいな物はないか、気にいらない物はないか、不届きな物はないかとさがしていた。「おまえが外から帰ってきた音がきこえなかったけど」

「だって、そのとき母さんはベッドで昼寝してたじゃないか」

「こんにちは。きょうもお元気そうでなによりですな、ミセス・ガーフィールド」テッドがいった。

「ええ、おかげさまで」母親の目がせわしなく左右に動いていた。ボビーには母親がなにをさがしているのか見当もつかなかったが、先ほどの狼狽まじりの罪悪感は自分の顔から消えたにちがいない。さっきの表情を母親に見とがめられていれば、そのことがはっきりわかったはず——そう、母親がすべてを察したことがわかったはずだ。

「冷たい飲み物でもどうです？」テッドがたずねた。「ルートビアがありますよ。たいした物じゃないが、とにかく冷えてはいます」

「それはご親切に」リズは答えた。「お言葉に甘えて、いただきます」

母親はつかつか近づいてくると、キッチンテーブル前のボビーのとなりの椅子に腰をおろし、心ここにあらずのようすでボビーの足をぽんと叩《たた》いてきた。母親が見まもっている前で、テッドは小さな冷蔵庫をあけ、ルートビアをとりだしていた。

「ミスター・ブラティガン、この部屋はまだそう暑くはないですけどね、はっきりいって、この程度ですむのもあとひと月ほどですよ。それが過ぎたら、扇風機が欲しくなりますから」

「それも一法ですな」テッドはきれいなグラスにルートビアをそそぐと、冷蔵庫の前に立ったままグラスを光にかざし、泡がおさまるのを待ちうけた。その姿にボビーは、テレビのコマーシャルに出てくる科学者を連想した。X社の製品やY社の製品を引きあいに出し、この画期的な制酸剤ロレイズは自身の重量のなんと五十七倍もの胃酸を抑えることができます、信じがたいことでしょうが、これは科学的事実です、などと話しているあの科学者だ。

「グラスぜんぶでなくても、それだけでけっこうです」リズはいささかじれったそうな口調でいった。テッドからグラスを手わたされると、母親はそのグラスをテッドにむかってちょっともちあげてみせた。「いただきます」

母親はごくりとひと飲みしたかと思うと、ルートビアではなくウイスキーでも飲んだかのように顔をしかめた。それから母親は、椅子に腰かけてタバコから灰皿へと灰をはたき落とし、吸いさしをまた口にくわえるテッドのようすを、グラスのふちごしに見まもっていた。

「ふたりでずいぶん仲よく話をしていたみたいね」リズはいった。「キッチンテーブルにすわってルートビアを飲みながら――さぞやくつろいだ雰囲気だったでしょうよ！で、きょうの話題はなんだったの？」

「ブローティガンさんからもらった本のことを話していたんだ」ボビーは答えた。われながら自然で落ち着いた口調、なんの秘密の隠しだてもしていない人の声だった。「『蠅《はえ》の王』だよ。あの本がハッピーエンドなのか悲しい結末なのかがわからなかったから、ブローティガンさんに質問したんだよ」

「そうだったの？　で、どう答えてもらったの？」

「両方なんだって。そのあとで、もういちどじっくり考えてみるようにっていわれたんだ」

リズはユーモアのかけらも感じられない笑い声をあげた。「わたしは探偵小説が大好きなんですよ、ミスター・ブラティガン。じっくり考える機会は、現実世界のためにとっておくんです。でも、それも当然ですよね。わたしはまだ引退してはいませんから」

「そうですとも」テッドは答えた。「あなたはいままさに働きざかりの女ざかりでいらっしゃる」

母親はテッドに〝お世辞をいってもなにも出ないわよ〟という表情をむけた。ボビーがいやというほどよく知っている表情だった。

「ほかにも、ボビーにちょっとした仕事を頼んでいました」テッドは母親にいった。「引きうけてくれるそうです……もちろん、お母さんのお許しがいただけたらの話ですが」

仕事という単語が話に出てくるなり母親は眉根《まゆね》を寄せ、許可についての話が出てくるなり眉をひらいた。それから母親は手を伸ばして、ほんのすこしだけボビーの赤毛をさわってきた。あまりにも珍しいしぐさだったので、ボビーは思わず目をわずかに見ひらいた。ボビーの髪の毛をさわっているあいだ、母親の視線は片時もテッドから離れなかった。それでボビーも悟った——母さんはただテッドを信頼していないだけじゃない、これから先も信頼することなどぜったいにないのだ、と。

「で、この子にどんな仕事を頼みたいとお考えなんです？」

「あのね、この人はぼくに――」

「おまえは黙ってなさい」リズはいった。その両目はあいかわらずグラスのふちごしに、しっかとテッドを見すえたままだった。

「ボビーくんに新聞を読んでもらいたいんですよ。できれば午後の時間にね」テッドはそういって、自分の目がもう昔のようによくはなくなっていること、こまかな活字を追うのが日ごとに難儀になっていることなどを説明しはじめた。それでもニュースはきちんと追いかけていたいし――ニュースのなかには、じつに興味ぶかいものがあるとは思われませんか、ミセス・ガーフィールド？――おなじようにコラムも読みつづけていたい。スチュアート・オールソップやウォルター・ウィンチェルといったコラムニストたちの文章を。むろんウィンチェルはゴシップ・コラムニストだが……それにしても、じつに興味ぶかいゴシップを教えてくれるとは思いませんかな、ミセス・ガーフィールド？

ボビーには、母親の顔つきや姿勢から――さらにはルートビアをわずかずつ飲んでいる動作からさえ――母親がいまテッドの話を一から十まで信じこんでいることが見てとれた。それでも、話をきいていると内心の緊張は高まるばかりだった。話のこの部分についてては、まったく問題ない。しかしテッドが、またあのうつろな顔を見せたらどうなる？　うつろな顔になって、なにもない虚空《こくう》をじっと見すえたまま、黄色いコートの下衆男《ロウ・メン》たちだの、電線からぶらさがっている凧《たこ》の尻尾《しっぽ》だのの話を垂れ流しはじめたら？

しかし、そんなことはなにひとつ起こらなかった。テッドは、いくらロサンジェルスに行ってしまったとはいえ、やはりドジャースの現況が――とりわけモーリー・ウィルスの調子が――知りたい気持ちに変わりはない、と口にして話をしめくくった。テッドはこの部分を、本心を口にするのが多少恥ずかしくても、やはり本心を打ち明けようと決意した人のような口調で話していた。ボビーには、これが効果的な仕上げのひと筆に思えた。

「それでしたら、なにも問題はないと思います」母親はいった（しぶしぶ譲歩したみたいな口調だ、とボビーは思った）。「それどころか、ずいぶん楽ないい仕事だと思うくらいですね。ほんと、できたらこのわたしがやらせてもらいたいくらいです」

「あなたは、職場でもさぞかしご活躍されておられるんでしょうな、ミセス・ガーフィールド」

母親は、またしても〝お世辞をいってもなにも出ないわよ〟の表情を見せると、「ボビーにクロスワード・パズルをさせるんでしたら、追加料金を払ってくださいね」といって立ちあがった。ボビーにはこの言葉の意味が完全には理解できなかったが、その言葉に感じられた悪意――マシュマロに埋めこまれたガラスの破片のような悪意――には驚きを禁じえなかった。テッドの視力が衰えつつあることを笑いものにしただけではなく、テッドの知性までも笑いものにしているかのようにきこえたからだ。いうなれば、息子への親切を逆恨《さかうら》みして、テッドを傷つけたいかのような言葉。母親を騙《だま》すことへのうしろめたい気分や、母親が真実を見ぬくかもしれないという恐怖は変わりなかったが、いまではボビーは喜んでもいた。底意地のわるい喜びの念とさえいえた。テッドにあんなことをいうのだから、ぼくがこう思うのも当然だという気持ちもあった。「この子はクロスワード・パズルが得意なんですよ、うちのボビーは」

テッドはほほえんだ。「ああ、そうでしょうな」

「さあ、下の部屋に帰りましょう、ボブ。ブラティガンさんはそろそろお疲れよ」

「でも――」

「いや、わたしはすこし横になって体を休めてもいいような気分なんだよ、ほんとうに、ね、ボビー。ちょっと頭痛がしているんだ。きみが『蠅の王』を気にいってくれてうれしいよ。きみさえよければ、あしたからさっそく仕事にかかってくれ。日曜版の特集ページからね。あらかじめ警告しておくが、楽な仕事だと思ったら痛い目にあうぞ」

「わかったよ」

母親はすでにテッドの部屋から外に出て、階段の下がり口に行っていた。ボビーはそのあとを追った。母親はくるりとふりかえり、ボビーの頭ごしにテッドを見つめてたずねた。「どうせなら、外のポーチに出たほうがいいんじゃありません？　新鮮な空気で、ふたりとも気持ちいいでしょうし。空気のこもったこの部屋より、よほどいいと思いますよ。それに、わたしも居間にいれば、ふたりの話し声がきこえますから」

　ボビーには、ふたりのあいだでメッセージが交換されているように思えた。といっても、正確にはテレパシーによるものではない……ただ、ある種のテレパシーというだけ。大人がつかえる月並みな種類のテレパシー。

「それは名案だ」テッドは答えた。「正面のポーチなら、さぞかし気持ちがいいでしょうな。じゃ、ごきげんよう、ボビー。ごきげんよう、ミセス・ガーフィールド」

　ボビーはうっかり〝じゃあね〟と返事をしそうになり、その言葉が口から飛びだす寸前に、「おじゃましました、ブローティガンさん」といいなおした。それからボビーは曖昧《あいまい》な笑みを顔に浮かべ、危険きわまる事態を間一髪でかわした人間ならではの冷や汗気分を感じながら、階段のほうに歩きはじめた。

　母親はまだその場にとどまっていた。「定年退職して、どのくらいになるんですか、ミスター・ブラティガン？　いや、こんな質問はお気にさわります？」

　これまでボビーは、母親がわざとテッドの名字をまちがえているわけではないだろうと断定しかけていた。しかし、いまその意見をひるがえすことにした。母親は、わざとちがう名字で呼びかけている。そうに決まっているのだ。

「三年になりますよ」テッドは吸殻がてんこ盛りになったブリキの灰皿でタバコを揉《も》み消《け》し、すぐつぎの一本に火をつけた。

「ということは……いま……六十八歳？」

「いや、六十六歳になります」テッドはあいかわらず穏やかで愛想のいい声を出してはいたが、ボビーはテッドがこの種の質問をあまり歓迎していないことを感じとった。「手当や年金はいっさい減額されないまま、二年早い退職を認めてもらったんです。健康上の理由でね」

《母さん、お願いだからどこの具合がわるいのかという質問はしないで》テッドは頭のなかでうめき声をあげた。《お願いだから、その質問はやめて》

母親はそんな質問を口にすることはなかった。その代わり、ハートフォードではどんな仕事をしていたのかとテッドにたずねた。

「会計関係ですよ。わたしは会計検査院に所属していました」

「ボビーとわたしは、教育関係じゃないかって話してたんですよ。会計関係ですか！　それはまた、さぞかし責任の大きな仕事だったんでしょう」

テッドはにっこりと笑った。その笑顔に、ボビーはなにやら恐ろしげな雰囲気を感じとった。「二十年のあいだに、計算機を三台つかいつぶしました。あれが責任の大きな仕事だというなら……ええ、ミセス・ガーフィールド……たしかに責任の大きな仕事をしていたことになります。エイプネック・スウィーニーは膝《ひざ》を広げ、タイピストは機械仕掛けの片腕をもち、蓄音機にレコードを載せる……ですかな」

「お話がよくわかりませんが」

「いやいや、あまり意味のない仕事を長年つづけていたということを、わたしなりに表現してみただけでして」

「お子さんがいらっしゃったら、衣食住の世話をしてやって育てなくてはなりませんから、お仕事にも大きな意味があったかもしれませんよ」母親は、わずかにあごを突きだすような姿勢でいった。議論する気があるのなら、こちらにも異存はない、うけて立つと宣言している姿勢だった。そっちがその気なら、こちらは喜んでいっしょにリングにあがってやる、と宣言する姿勢でもあった。

ボビーが胸を撫《な》でおろしたことに、テッドにはリングにあがるどころか、そもそもリングに近づく気もないようだった。「おっしゃるとおりです、ミセス・ガーフィールド。ええ、まったくそのとおりだ」

母親は、そのあともしばしテッドにむかってあごを突きだしたまま、これでいいのかとたずねかけ、テッドに考えなおす時間を与えていた。しかしテッドがもうなにもいわないとわかると、母親は笑みを見せた。勝利の笑みだった。ボビーは母親を愛していたが、このとき突然母親がうとましく思えた。母親の表情や母親の言葉、断固として譲らない勝ち気な性格、そのすべてがうとましくてならなかった。

「ルートビアをごちそうさま、ミスター・ブラティガン。とてもおいしくいただきました」それだけいうと、母親は息子の手を引いて階段を降りはじめた。二階まで降りたところで、母親はボビーの手を放し、ひとりでさっさと先に降りていった。

ボビーはてっきり、夕食の席で母親が新しい仕事についての話題をもちだしてくるものと思っていたが、これが話題になることはなかった。母親は遠い目をして、ボビーから遠く離れた場所にいるかのようだった。ミートローフのお代わりをもらうのに、二回も頼まなくてはならなかった。その晩遅く電話がかかってきたときには、ボビーといっしょにソファにすわってテレビを見ていた母親は、いきなり弾かれたように立ちあがった。それから、《陽気なネルソン》で電話がかかってきたときのリッキー・ネルソンそっくりに、電話に飛びついた。母親は相手の声に耳をかたむけて、なにか答えると、すぐソファにもどってきて腰かけた。

「だれからの電話だったの？」ボビーはたずねた。

「まちがい電話よ」リズは答えた。

人生のこの年、ボビー・ガーフィールドはいまなお子ども時代のまま、愛すべき自信の念をもって眠りの到来を待ちうけていた。仰向《あおむ》けに横たわり、足を広げて踵《かかと》をベッドの隅に押しつけ、両方の肘《ひじ》を上に突きだして、両手を枕《まくら》の下のひんやりしたところにさしこむ。テッドから黄色いコートを着た下衆男たちの話をきかされたこの日の夜も（こいつらが乗っている車のことも忘れちゃだめだ――ボビーは思った――派手な色を塗られている騒々しい車のことを）、ボビーはこの姿勢で腰のあたりまでシーツを押しさげたままベッドに横たわっていた。痩《や》せた少年の胸に月明かりが落ちていた――窓枠が落とす影のせいで、その月明かりは四つの四角形に区切られていた。

　ちょっと考えをめぐらせれば（じっさいには考えなかったが）、こうして暗闇《くらやみ》にひとりきりになり、きこえる音といえばぜんまい式の目覚まし時計のちくたくという音と、ほかの部屋からきこえてくるテレビのニュース番組の低い声だけという状態に身をおいたとたん、テッドが話した下衆男たちなる存在がひときわ現実感を増してきてもおかしくなかった。これまでは、いつもそんな気分にとらわれた。テレビの《怪奇劇場》のフランケンシュタインは簡単に笑い飛ばせたし、いざ怪物が画面に登場したときにも、わざと気絶しそうな人の声をよそおって、「わあああ、フランキーだ！」と叫ぶのも簡単なことだった。サリー・ジョンが家に泊まりに来ていれば、なおさら簡単になった。しかし部屋が闇に沈んでサリー・ジョンがいびきをかきはじめると（あるいは、なおわるいことにボビーひとりのときには）、フランケンシュタイン博士のつくった怪物がもっと――現実の存在として感じられるというのとは、ちょっとちがって――この世に存在してもおかしくないように思えてくるのだった。

テッドの話す下衆男たちについては、こうした〝実在してもおかしくない〟という気分にはならなかった。なによりかにより、迷子のペットさがし用ポスターを利用して意思を通じあっている人々がいるという話は、闇のなかで考えると、昼間以上にいかれた話としか思えなかった。いかれているといっても、危険ないかれ方ではない。それにボビーは、テッドがほんとうに精神を深く病んでいるとは考えていなかった。ただ、ちょっと頭が切れすぎて困ったことになっているだけ。なんといっても、ありあまる時間をつぶすすべがないも同然だからだ。テッドは……いささか……その……なんといえばいい？ うまい言葉が見つからなかった。〝奇矯《エキセントリック》な〟という単語さえ知っていれば、すぐさま飛びつき、胸のつかえを一気に降ろして爽快《そうかい》な気分が味わえたはずだった。

《でも……あの人、ぼくの心を読んでたみたいだった。そのことはどうなんだ？》

ああ、あれはただの勘ちがいだ。ただのききまちがいによる誤解というだけ。いや、もしかしたらテッドはほんとうにぼくの内心を読んだのかもしれない。そう、大人がつかえる、あの本質的にはおもしろくもなんともない超能力をつかって。濡《ぬ》れたガラスからデカルを剝《は》がすみたいに、ぼくの顔からうしろめたさを剝《は》ぎとることで。そのくらい、母さんがいつもやっていることだ……すくなくとも、きょうまではずっと。

《でも――》

でも、なんでもない。テッドは本のことをいっぱい知っているいい人だけど、断じて読心術師なんかじゃない。サリー・ジョン・サリヴァンが奇術師じゃないのとおなじ……この先もあいつは奇術師なんかにならないのとおなじこと。

「ぜんぶ目くらましの結果なんだ」ボビーは小さくつぶやくと、枕の下から両手を抜きだして左右の手を手首のところで交差させ、指をもぞもぞと動かしてみた。影絵の鳩《はと》が、ボビーの胸を照らす月明かりを横切っていった。

ボビーはにっこりと笑って目を閉じると、眠りに落ちた。

翌日の午前中、ボビーは玄関ポーチに腰をおろしてハーウィッチ・サンデー・ジャーナル紙からいくつかの記事を読みあげていた。テッドはポーチにあるぶらんこ椅子《いす》に腰をおろし、無言で記事に耳をかたむけ、チェスターフィールドを吸っていた。ボビーの左うしろにあるガーフィールド家の居間の窓はあいており、そこからカーテンが出たりはいったりしていた。ボビーの想像のなかで、母親は光の加減がいちばんいい場所においた椅子にすわり、かたわらに裁縫道具のバスケットをおいて、ポーチの話し声をききながらスカートの裾《すそ》の縁縫いをしていた（一、二週間ばかり前、母親から今年はスカートの丈がまた長くなったという話をきかされていた。ある年はスカートの裾上げをしたかと思うと、そのつぎの春には縫い目をすべてほどいて、また丈を伸ばす。それもこれもニューヨークとロンドンの妙に女々しい優男《やさおとこ》たちがそうしろといってきたからだが、なぜ気にしなくてはいけないかとなると、母親本人にもわかってはいない)。ほんとうに母親が窓べにすわっているのかどうか、ボビーにはわからなかった。窓があいたままでカーテンが風にはためいているという事実自体は、なにかを意味するものではない。それでもボビーは、そこに母親がいると思いこんだ。もうすこし大きくなれば、いつでも母親がそこにいると思いこんでいたことを自覚できたはずだ。ドアの外にいる、観客席のひときわ暗くなってよく見とおせないところにいる、そして階段のいちばん上の暗闇にいる……そんな具合に、ボビーはいつでも母親がそこにいると思いこむのだった。

スポーツ関連の記事はおもしろく読むことができたが(モーリー・ウィルスは目ざましい活躍ぶりだった)、特集記事はそれほどおもしろくなかったし、専門家の意見コラムは退屈で長ったらしく意味不明で、〝財政責任〟だの〝景気後退傾向の経済的指標〟だのという文句がどっさり詰めこまれていた。とはいえ、記事を読むのは苦ではなかった。なんといっても、これは金を稼ぐための仕事ではないか。そしてたいていの仕事は、多かれすくなかれ退屈なものだ。母親はバイダーマンさんに遅くまで残業させられたときなど、よく「働かざる者〈ウィーティーズ〉を食うべからず」といっている。それにボビーは、〝景気後退傾向の経済的指標〟などというフレーズを自分の口で発音することができたという事実だけで、内心得意になっていた。もうひとつの仕事――秘密の仕事――は、どこかの男たちが追いかけてきているというテッドの突拍子もない思いこみから生まれた仕事だ。その仕事だけをしてお金をもらっていたら、心穏やかではいられなかっただろう。それどころか――いくら最初に提案してきたのがテッドだといっても――自分がテッドにつけこんで騙《だま》しているようにさえ思われてきたはずだ。

ただし、突拍子がなかろうと常軌を逸していようと、それもまた仕事の一部にはちがいない。こちらの仕事を、ボビーは日曜日の午後からはじめた。母親が昼寝をしているあいだに、ブロックを一周して歩きながら、黄色いコートの下衆男たちか、あるいは彼らの存在を示す兆候が見あたらないかどうかをさがしていったのである。興味を引かれる光景はあちこちで目にした。コロニー・ストリートではひとりの女が、なにやら夫と激しい口論のまっ最中だった――ふたりはこれからレスリングの試合をはじめるゴージャス・ジョージとヘイスタックス・カルホーンのように、立ったまま顔を突きあわせていた。アッシャー・アヴェニューでは、ひとりの小さな男の子が煙の煤《すす》で黒くなった小石で、おもちゃの鉄砲につかう紙雷管を叩《たた》いて爆発させていた。コモンウェルスとブロード・ストリートの交差点にある〈スパイサーズ〉の店先では、十代のカップルが唇を重ねあっていた。また、車体側面に《おいしくって、ほっぺが落ちるんです》という愉快な宣伝文句を書きつけた小型ヴァンも見かけた。しかし黄色いコートは見かけなかったし、電柱に迷子のペットをさがすポスターが貼《は》ってあることもなかった。また、どこの電話線からも凧《たこ》の尻尾《しっぽ》一本垂れ下がってはいなかった。

ボビーは〈スパイサーズ〉の店に立ち寄って、一セントのボール形のガムを買うと、店内掲示板に目を走らせた。ほとんどは、ビール会社主催の美人コンテストであるミス・ラインゴールドの候補者たちの写真で埋めつくされていた。オーナー直売で車を売りたいというメッセージが二枚あったが、どちらも上下逆さまではなかった。それ以外にも、《庭用ビニールプール売りたし。状態良好。お子さまが大喜びすること請けあい》というメッセージが傾いて貼りだされていたが、傾いているだけでは勘定に入れないのだろうとボビーは考えた。

アッシャー・アヴェニューには、消火栓の前に大型のビュイックが駐《と》められていたものの、車体はガラス瓶を思わせる緑色だったし、ボンネットとラジエーターグリルの側面にならんだ換気用の小穴は、クロームめっきされた鯰《なまず》のにたりと笑った口もとを思わせたが、〝騒々しくて不作法のきわみ〟という形容にはあてはまらないように思えた。

月曜日になって学校へ行く道筋でも、ボビーは下衆男たちの姿を目でさがしつづけた。なにも目にしなかった……しかし、ボビーとサリー・ジョンのふたりといっしょに歩いていたキャロル・ガーバーは、ボビーがあちこちに目をむけていることに気づいた。母親のいうとおり――キャロルはじつに目ざとかった。

「設計図を盗もうとしている共産党のスパイでもいるの？」キャロルはたずねた。

「なんだよ、いきなり」

「だって、さっきからずっと、あっちこっちきょろきょろ見まわしてばかりなんだもん。たまに、うしろも見たりしてるし」

つかのま、ボビーはテッドから頼まれた仕事のことをこのふたりに打ち明けようかと思ったが、やはりまずいと考えなおした。自分がさがしているものが実在すると固く信じていたら、これは名案だったはずだ。ひとりではなく三人の目でさがすことになるばかりか、そのうちひとりは抜群に鋭い目のもちぬしのキャロルなのだから。しかし、話さなかった。ボビーがテッドのために毎日新聞を読むという仕事を頼まれたことは、すでにキャロルとサリー・ジョンも知っていた。これはかまわない。これで充分だ。このうえ下衆男たちのことまで話したら、なんとなくテッドを笑いものにしている感じが拭《ぬぐ》えなくなるだろう。そうなれば一種の裏切りだ。

「共産党のスパイだって？」サリー・ジョンがくるりと身をひるがえしながらいった。「ああ、いたぞ！　見つけた、やつらを見つけたぞ！」そういって口の端っこをぐいっと引きさげ、またぞろ〝が・が・がっ〟という銃声の物真似《ものまね》をしはじめた（これが大のお気にいりなのだ）。ついでサリー・ジョンはよろめき、トミーガンをとり落とすふりをすると、胸をわしづかみにした。「やられた！　おれはもうだめだ！　おまえたちだけで行け！　ローズのやつにおれの愛を伝えてくれ！」

「じゃ、伯母さんの大きなお尻《しり》に愛を伝えておくわ」キャロルはそういって、肘でサリー・ジョンをつついた。

「セント・ゲイブリエルの連中がいないかどうかを確かめてただけだよ」ボビーは答えた。

じつにもっともらしい嘘《うそ》だった。なぜならセント・ゲイブリエル・ザ・ステッドファスト中等学校の生徒たちは、通学途上のハーウィッチ小学校の生徒たちにいつもいやがらせをしてくるからだ。自転車のベルをやかましく鳴らしてきたり、男の子を女の腐ったやつと罵《のの》り、女の子には〝させ子ちゃん〟などと声をかけてくる。ボビーはこの悪口が、舌をからめあうようなキスをして、男の子におっぱいをさわらせるような女の子のことにちがいない、と思っていた。

「いや、あのオタンコナスどもは、もっとあとにならないと出てこないよ」サリー・ジョンがいった。「いまごろあいつらはまだみんな家にいて、十字架を首にぶらさげたり、髪の毛をボビー・ライデルみたいに撫《な》でつけたりするんで大忙しさ」

「汚い言葉をつかっちゃだめ」キャロルはそういって、サリー・ジョンをまた肘で小突いた。

サリー・ジョンは心外な顔を見せた。「だれが汚い言葉をいったんだよ？　おれはいってないぞ」

「いったもん」

「いってないって」

「いった」

「いってない。誓うよ、ほんとだ」

「いいえ、いいました。オタンコナスって」

「どこが汚い言葉だよ。オタンコナスっていうのは、ナスの一種だぞ」サリー・ジョンはそういって援軍を求める視線をボビーに送ったが、ボビーはボビーでアッシャー・アヴェニューに目をむけていた。一台のキャディラックがゆっくりと走っていた。かなり大きかったし、ボビーにはいささか派手な車に見えた。しかし、キャディラックはみんな大きくて派手な感じなのではないか？　それにこのキャディラックの車体は地味なベージュで、下衆という言葉から連想される品のない雰囲気はなかった。だいたい、運転しているのは女だった。

「へえ、そう？　だったら百科事典でオタンコナスの写真を見せてよ。見せてくれたら、信じてあげてもいいけど」

「おまえみたいな女はがつんと一発殴るべきだな」サリー・ジョンはにこやかにいった。

「だれがボスかを教えてやるんだ。おれ、ターザン、おまえ、ジェイン」

「わたし、キャロル、あんた、すかたん」そういってキャロルは三冊の本──算数の教科書と綴《つづ》り方の副読本、それに『大草原の小さな家』——をサリー・ジョンの手に押しつけた。「汚い言葉をつかったんだから、わたしの本を学校までもっていきなさいね」サリー・ジョンは、一段と心外そうな顔になった。「たとえおれが汚い言葉をつかったとしても、なんでおまえのくっだらない本をもたなくちゃいけないんだ？　そもそも汚い言葉をつかってないんだし」

「因果横暴っていうでしょ？」

「なんだ、そのインガオウボウって？」

「わるいことをすれば、かならずその報いがあるっていう意味。汚い言葉をつかったり嘘をついたり、そういうわるいことをしたら、埋めあわせにいいことをしなくちゃいけないってことね。この言葉はセント・ゲイブリエルの生徒に教えてもらったの。ウィリーっていう子にね」

「あいつらとは遊ばないほうがいいと思うな」ボビーはいった。「なにをされるかわからないからね」

そのことをボビーは、身をもって知っていた。クリスマス休暇がおわってまもなく、セント・ゲイブリエル校の三人の生徒が、ぶん殴ってやるという脅し文句とともにブロード・ストリートでボビーを追いかけてきたことがあったのだ。ボビーが〝ガンをつけた〟というのが、その理由だった。いまにして思えば三人につかまっても不思議はなかった。しかし、先頭を走っていた少年が溶けかけた雪に足をとられて転び、ほかのふたりがこの少年に蹴《け》つまずいたことで、ボビーにはかろうじて一四九番地のアパートの大きな正面玄関にすばやく走りこみ、鍵《かぎ》をかけるだけの時間の余裕が生まれた。セント・ゲイブリエル校の生徒たちは、そのあともしばらくアパートの外をうろついていたが、やがてボビーに〝このお礼はきっちりさせてもらう〟という約束の言葉をかけて立ち去っていった。

「あの学校の生徒だって、みんながみんなワルじゃないのよ。まともな子だっているもん」

そういいながら三冊の本をもってくれているサリー・ジョンに目をむけるキャロルは、口もとに手をあてて笑みを隠していた。すばやい口調で自信たっぷりに命じれば、サリー・ジョンにはどんな用事でも押しつけることができる。ボビーに本を運んでもらったほうがうれしいのは事実だが、こちらが押しつけるのではなく、ボビーから申し出てくれるのでなければ意味がない。待っていれば、いずれはそんな日も来るだろう――キャロルは楽観主義者だった。それまでは、こうやって朝日に照らされながら、ふたりの男の子にはさまれて歩くだけで充分いい気分だった。キャロルはこっそりと、ボビーの顔を盗み見た。ボビーは、歩道に描かれた石蹴り遊びの格子《こうし》を見おろしていた。ボビーって、とってもかわいい。おまけに、自分がかわいいってことにまったく気づいていない。

なぜだかわからないが、それこそが最高にかわいいことに思えた。

例年同様、夏休み前のさいごの一週間は、じれったさに歯がみしたくなるほどの遅いペースで進んでいるように感じられた。この六月上旬の日々のあいだ、ボビーには図書館の糊《のり》のにおいが蛆虫《うじむし》でさえ息を詰まらせるほど強烈なものに、また地理の授業は一万年もつづくかのように思われた。パラグアイの錫《すず》の産出量をだれが知りたいというのか？

休み時間になると、キャロルは七月に一週間、ペンシルヴェニアにあるコーラ叔母さんとレイ叔父さんの農場に遊びにいくことについて話をした。サリー・ジョンは例の抽選であたったキャンプの話ばかりをまくしたて、一週間の滞在中は毎日弓矢で標的を射って、カヌー遊びをするつもりだとしゃべっていた。そのお返しにボビーは、モーリー・ウィルスの活躍ぶりを教えてやった。ウィルスは、ボビーたちが死ぬまでだれにも破られないほどの最多盗塁記録を打ち立てるかもしれなかった。

母親は、これまでにも増して心ここにあらずな状態になっていた。電話が鳴るたびに、びくっとして飛びあがって急いで駆けよっていくし、夜のニュース番組がおわってもまだ起きていることもあり（いや、ボビーの見たところ、《深夜名画劇場》がすっかりおわるほどの遅い時間まで起きていることもあるようだった）、また食事もほんのお義理程度にしか食べていなかった。なにやら緊迫した雰囲気の長電話をしていることもあった。そういうとき母親はボビーに背をむけ、声を押し殺していた（まるでボビーが、母親の電話での会話を盗みぎきしたがっているとでもいいたげに）。さらには、いったん電話に近づいて途中までダイヤルをまわしただけで、すぐ受話器をもどし、ソファに引きかえしてくることもあった。

そんなことがたび重なったあるとき、ボビーはかける相手の電話番号を忘れてしまったのか、と母親にたずねた。

「なんだか、ずいぶんいろいろなことを忘れてしまったみたい」母親は低い声でつぶやき、それからこういった。「人の世話ばっかり焼くんじゃないの、ボビー」

本来なら、母親の態度の変化をもっとたくさん目にとめて、その結果として心配が増しても不思議はなかったが――たとえば母親が痩せてきたことや、二年近くにわたる禁煙を破って、最近またタバコを吸いはじめていたこと――ボビーにはやることがたくさんあり、考えることもいっぱいあった。なかでも最高だったのは、成人用の図書館利用カードだった。カードをつかうたびに、これがますますすばらしいプレゼントに思えてきたばかりか、霊感をうけた結果のプレゼントのようにさえ思えた。成人向けの書架には、SFだけをとっても読みたい本が十億冊はあるように思えた。その一例がアイザック・アシモフの本だった。アシモフはポール・フレンチという別名義で、ラッキー・スターという宇宙レンジャーを主人公にしたジュブナイルSFを数冊書いており、どれもがおもしろかった。しかし、本名のアシモフ名義で書かれた本のなかには、それ以上にすばらしい作品がいくつもあった。ロボットをテーマにした小説もすくなくとも三冊あった。ボビーはロボットが大好きだった。ボビーは、《禁断の惑星》に出てきたロボットのロビーこそ映画史上もっとも偉大な登場人物であり、けったクソかっこいいと考えていたが、アシモフの描くロボットもまさるとも劣らないすばらしさだった。これから幕をあける夏休みには、このロボットたちと長い時間をともに過ごす予感があった（ちなみにサリー・ジョンは、この偉大なる作家をアイザック・けつどかせ《アス・ムーヴ》と呼んだ。とはいえサリーは本のことをなにも知らないも同然だから、あきらめるしかなかった）。

　登校途中の道では、ボビーは黄色いコートの男たちやその出現の兆候などに目を光らせていた。学校から帰ったあと図書館に行くときにも、おなじように目を光らせた。なぜなら、学校と図書館は自宅を中心としてちょうど反対にあるため、こうすればハーウィッチの街のかなりの部分をカバーできるからだった。もちろん、下衆男たちの姿をほんとうに目にする日が来るとは思っていなかった。そして夕食をすませたあと、日脚が伸びたおかげでまだ明るい時刻には、ポーチかテッドのキッチンのどちらかで、テッドに新聞を読みきかせた。テッドはリズ・ガーフィールドの助言をうけいれて扇風機を買っていたし、母親はボビーがポーチで〝ミスター・ブラティガン〟に新聞を読むことには、もうこだわらなくなっているようだった。それもまた、母親が大人ならではの問題のほうにますます頭を占領されてきたことに関係しているのだろうとボビーは察してはいたが、あるいは母親がいくらかテッドを信頼するようになってきたせいかもしれない。ただし、その信頼と好感はまた別物だったし、どちらもたやすく身につくものではなかった。

ある晩、ふたりでソファに腰かけて《ワイアット・アープ》を見ているときのこと、母親がいきなりものすごい剣幕でボビーにむきなおり、こんなことをいいはじめた。

「あの人に体のどこかをさわられたことはある？」

ボビーは母親の質問を理解してはいたが、母親がこんなにいきりたっている理由がわからなかった。

「うん、たまに背中をぽんと叩《たた》かれることはあるよ。それから前に新聞を読んでいて、ぼくがかなり長い単語を三回つづけてつっかえたら、頭をごしごしこすってきたことがあったな。でも、乱暴なことをされて痛い目にあわされたことはいちどもない。もう、そんな力も残ってないんじゃないかな。どうして？」

「いいの、気にしないで」母親はいった。「心配ないみたいね。たしかに、頭がちょっとおかしいのはまちがいないけど、でも見た目からはそんな人には……」

母親は言葉を途切らせ、居間の空気のなかにただよい昇っていくクールの紫煙をじっと見つめた。タバコ先端の熾《おき》から立ち昇った煙は、淡い鼠色《ねずみいろ》のリボンとなって、やがて消えていく。そのようすにボビーは、シマックの『太陽をめぐる輪』で登場人物たちが螺旋《らせん》状の空間をのぼっていって、ほかの惑星に移動していくシーンを連想した。

しばらくして母親は、またボビーにむきなおった。「もしあの人に体をさわられて、それがいやでいやでたまらなかったら、母さんのところにきて教えてちょうだい。すぐに来るのよ。わかった？」

「わかったよ」

そのときの母親の顔つきに、ボビーはずいぶん昔に女の人はどうやって赤ちゃんが生まれるとわかるのかと質問したときの母親のようすを思い出していた。《女の人は毎月、血を流すのよ》母親はそういった。《もし血が流れなければ、その血が赤ちゃんになるんだなって、女の人にわかるの》ボビーはさらに、赤ちゃんがつくられていないときに、女の人がどこから血を流すのかと質問したかったが（一回だけ、母親が鼻血を流しているところを目にした記憶はあったが、それ以外には血を流す場面を見た覚えはなかった）、しかし母親の顔つきを目にして、この話題を打ち切った。いままた、あのときとおなじ表情がその顔に宿っていた。

正直にいうなら、それ以外にも体にふれられたことはたしかにあった。テッドがボビーのクルーカットの頭を撫でるように大きな手を往復させ、短い髪の毛をくしゃくしゃっとすることもある。またボビーが単語の発音をまちがえたときなど、そっと鼻を二本の指の関節でつまんで、《もう一回!》といってくることもある。また、うっかりふたり同時に話をはじめたときは、テッドは自分の小指をボビーの小指にからめて、《いいことがいっぱい、お金もいっぱい、だけど病気はご勘弁》というおまじないの文句をとなえる。ボビーもすぐに指をからめながら、おなじ文句をさらりと——人が〝ボールをよこせ〟とか〝どう、調子は?〟と口にするようななにげない口調で——いっしょにいえるようになった。

テッドに肌をさわられて、ほんとうに穏やかでない気分になったことが、たった一回だけあった。そのときボビーは、テッドがききたがっていた新聞記事のさいごの一本を読みおえたところだった。ちなみに記事は、自由と進取をたっとぶ古きよきアメリカの力をもってすれば、解決できないキューバ問題はひとつもないとあるコラムニストが力説するものだった。空には宵闇《よいやみ》が迫りつつあった。コロニー・ストリートでは、ミセス・オハラの愛犬が、いつ果てるともなく〝きゃん・きゃん・きゃん〟という鳴き声をあげつづけていた。その声がふっと遠くなり、夢できいている音のようになりはじめた。いま現在のここでの出来ごとではなく、遠い昔にきいた音を思い出しているかのように。

「さてと」ボビーは新聞を折りたたんで立ちあがった。「これからこのブロックをひとまわりして、あちこちようすを見てくるね」

そんなふうに言葉をぼかしたのは、仕事の内容をあからさまに口にしたくなかったからだ。それでも、自分がいまなお黄色いコートを着た下衆男たちをさがしつづけているということは、テッドにも知っておいてほしかった。

テッドも立ちあがって、ボビーに近づいてきた。その顔に恐怖の表情があることに気がついて、ボビーは胸の痛みを感じた。テッドには、あまり本気で下衆男たちの話を信じてほしくなかったし、あまり正気をなくしてほしくもなかった。「いいか、くれぐれも暗くなる前に家に帰るようにするんだぞ。もしきみの身に万一のことがあったら、わたしは自分で自分が許せなくなりそうだ」

「気をつけるよ。それに、暗くなる前にはちゃんと家に帰るようにもするし」

テッドは床に片膝《かたひざ》をついてしゃがみこみ（年をとって、両膝を同時にまげてしゃがみこめなくなっているのだろう、とボビーは思った）、両手をボビーの肩におくと、その体を自分のほうにぐいと引き寄せた。ふたりのひたい同士がぶつかりそうになった。ボビーには、タバコのにおいのするテッドの呼気も、皮膚から立ち昇る軟膏《なんこう》の香りも嗅ぎとれた。関節が痛むせいで、テッドは消炎剤のマステロール軟膏を体のあちこちに擦りこんでいた。このごろじゃ、暖かい陽気になっても節々《ふしぶし》が痛むんだよ――テッドはそう話していた。

ここまでテッドに近づかれても怖気《おじけ》づくようなことはなかったが、それでもある種の恐ろしい気分にはなった。テッドがいまはまだ完璧《かんぺき》な老人になってはいないとしても、まもなくその域に達することはありありとわかった。そればかりか、病気にかかるかもしれない。目はともに涙目だった。口の両端がかすかにわなないていた。こんな三階の部屋にたったひとりで住まなくちゃいけないなんて、すごくかわいそうじゃないか――ボビーは思った。もし奥さんがいれば、下衆男とやらにまつわる妙ちきりんな思いこみにとり憑《つ》かれることもなかっただろうに。もちろん、テッドに奥さんがいたら、ボビーが『蠅《はえ》の王』を読むことはなかったかもしれない。そんな考え方は自分勝手だとわかってはいたが、ボビーには自分の考えをとめられなかった。

「連中のいる兆候はいっさい見かけてないんだな、ボビー？」

ボビーはうなずいた。

「なにも感じないんだな？　このあたりでなにか感じるか？」

テッドは右手をボビーの左肩から放して、自分のこめかみ――二本の青い静脈がからみあって浮きあがり、かすかな搏動《はくどう》を見せている箇所――にあてがった。ボビーは頭を左右にふった。

「では、ここは？」そういってテッドは、こんどは右目の端を引きさげた。ボビーは今回もかぶりをふった。「だったら、ここはどうだ？」

テッドは自分の腹に手をあてた。三つめのこの質問にも、ボビーは頭を左右にふって答えた。

「よし」テッドはにっこりと笑い、まず左手をボビーのうなじにまわし、右手もおなじ場所に動かした。それから左右の手を組みあわせて、真剣な顔でボビーの目をのぞきこんできた。ボビーもおなじく真剣な目つきで見かえした。「もしなにか感じたら、そのときはかならず教えてくれ。いいね？　ぜったいに……ああ、どういえばいいかな……そう……わたしが気分をわるくするのではないかとか、その手の遠慮は無用だからね」

「わかった」ボビーは答えた。うなじにかかっているテッドの手の感触が、一方では気にいっており、一方では気にくわなかった。ここは、映画で男が女にキスをする前に手をまわす場所だった。「うん、遠慮なんかしないで話すよ。それがぼくの仕事だもん」

テッドはうなずくと、組みあわせていた指をゆっくりほどいて、そのまま左右に手を垂らした。ついでテーブルに手をついて体をささえながら立ちあがろうとし、片膝の関節が鳴ると――痛いのだろう――顔をしかめた。「ああ、きみなら話してくれるな。ほんとうに、きみはいい子だ。さあ、もう散歩に行きたまえ。しかし、くれぐれも歩道から出るんじゃないぞ。暗くなる前には家に帰っているように。とくに最近は、よくよく気をつけたほうがいい」

「うん、気をつけるよ」ボビーはそういって階段を降りはじめた。

「もし彼らを見かけたら――」

「走って逃げる」

「そうだ」薄れゆく光のなかで、テッドの顔が暗く沈んでいた。「地獄の化物が総出で追いかけてきている気分で走れ」

だから、たしかに体にふれられたことはあったし、その意味では母親の憂慮もあながち杞憂《きゆう》ではなかった――体をさわられた回数はかなりになるだろうし、性質《たち》のわるいさわられ方をしたこともあっただろう。母親が心配しているような種類のさわられ方ではなかったにしても、性質がわるいことに変わりはなかった。そしてまた、危険であることにも。

学校が本格的な夏休みにはいる前の水曜日、ボビーはコロニー・ストリートのどこかの上のテレビアンテナから、赤く細長い布切れが垂れ下がっている光景を目にした。はっきりとはわからなかったが、驚くほど凧《たこ》の尻尾《しっぽ》に似ていた。それを見たとたん、ボビーの足が凍りついた。同時に心臓の鼓動がぐんぐんと速まって、ついには下校時にサリー・ジョンと学校から家まで競走したときとおなじくらいになった。

《あれが凧の尻尾だとしても、こんなの偶然に決まってる》ボビーは自分にいいきかせた。《そうさ、こんなの、ただの偶然だ。決まってる、そうだろ？》

そうかもしれない。そのとおりかもしれない。ともあれその週の金曜日、とうとう学校がおわって夏休みになるというその日には、これが偶然だと本気で信じかけていた。

その日、ボビーはひとりで学校から帰ってきた。サリー・ジョンは学校に残って、本を倉庫にしまう仕事にボランティアで参加していたし、キャロルはティナ・レベルの誕生日パーティーがあるとかで、ティナの家に行っていた。アッシャー・アヴェニューをわたって、ブロード・ストリートを歩きはじめようとしたそのとき、歩道に紫色のチョークで描かれた石蹴《いしけ》り遊びの格子《こうし》がボビーの目に飛びこんできた。こんな感じだった——

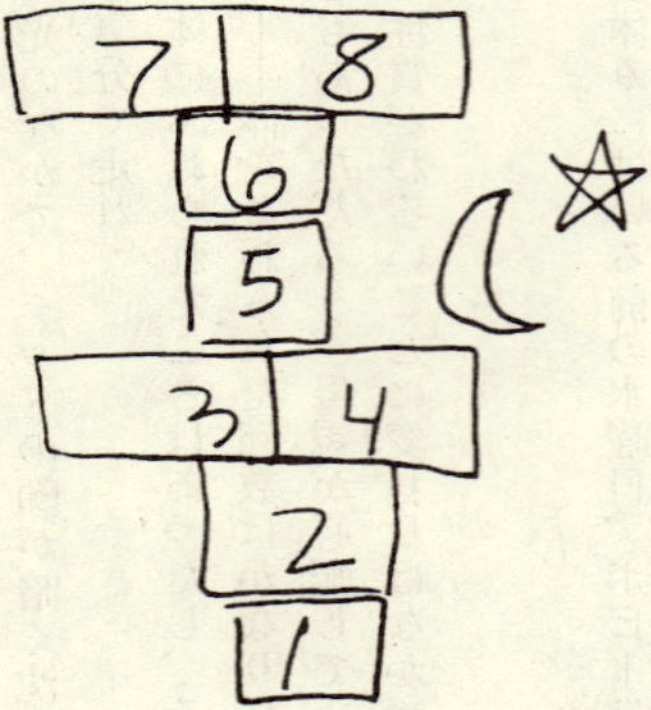

「そんな馬鹿《ばか》な」ボビーの口から小声が洩《も》れた。「こんな馬鹿な話ってあるもんか」

ボビーは西部劇映画に出てくる騎兵隊の斥候のように、地面に片膝をついてすわった。すぐ近くを歩いて家にむかうほかの子どもたちのことも、まったく意識していなかった――歩いている子もいれば自転車に乗っている子もおり、ふたりばかりローラースケートで走っていく子もいた。出っ歯のフランシス・アタースンは、いつもの錆《さ》びた赤い片足スケートを滑らせて走っていきながら、空にむかって高笑いをあげていた。ほかの子どもたちも、ボビーのことはろくに目にとめてもいなかった。〝でっかい休み〟がはじまったばかり――だからだれもが、それぞれの夢と希望に酔いしれていたのである。

「こ、こんなことってあるかよ。信じないぞ。こんな馬鹿なことって、あるはずがない」ボビーは、道路に――紫ではなく黄色のチョークで――描かれている星と三日月に手を伸ばし、指先が路面にふれる寸前にあわてて引っこめた。テレビのアンテナにひっかかっていた赤いリボンだけなら、それほど意味はない。しかし、この絵がくわわってもまだ偶然だといえるだろうか？　ボビーにはわからなかった。なんといってもまだ十一歳、世界には知らないことが何千億兆もある。しかしいま、ボビーは怯《おび》えていた……なにに怯えていたかというと……。

ボビーは立ちあがって周囲を見まわした。もしや派手すぎるほど派手な車の隊列が、アッシャー・アヴェニューを走っているのではないか、墓地にむかう霊柩車《れいきゅうしゃ》のあとについていく車のように、昼間だというのにヘッドライトをつけたまま、のろのろと低速で走っているのではないかと思う気持ちもあった。また〈アッシャー・エンパイア〉の庇《ひさし》の下か、居酒屋〈スーキーズ・タヴァーン〉の前に黄色いコートの男たちがたむろして、キャメルを吸いながら、自分を見張っているのではないかと思う気持ちもあった。しかし、そんな車は見あたらなかった。男たちも見あたらなかった。あたりにいたのは学校から家へとむかう子どもたちだけ。その子どもたちのなかに、セント・ゲイブリエル校からまっさきに出てきた一群がちらほら見うけられた。制服である緑色のズボンやスカートを身につけた学生の姿が、なぜだか妙に怪しげに見えた。

ボビーは体の向きを変えると、アッシャー・アヴェニューに沿って三ブロックほどあともどりした。歩道にチョークで描かれた絵のことで不安になるあまり、意地のわるいセント・ゲイブリエル校の男子生徒のことを心配する気持ちも忘れていた。アッシャー・アヴェニューの電柱にはなにも見あたらなかったが、セント・ゲイブリエル校のパリッシュ・ホールで開催される〈ビンゴ・ナイト〉の宣伝ポスターがあちこちに貼《は》りだされていた。またアッシャー・アヴェニューとタコマ・アヴェニューの交差点には、クライド・マクファターと〝トゥワンギー・ギターの達人〟ことデュエイン・エディが出演するロックンロール・ショーのポスターが貼ってあった。

〈アッシャー・アヴェニュー・ニューズ〉にたどりつき、あと一歩で学校に逆もどりすることになると、ボビーは自分が過剰反応をしたのであればいいという心もちになりかけていた。それでも、とりあえず新聞や雑誌をあつかうこの店の掲示板をひととおり確かめた。そのあとブロード・ストリートをずっと歩いて〈スパイサーズ〉に行き、前回とおなじようにボール形のガムを買って、店内掲示板にひととおり目を走らせた。どちらにも、怪しげな掲示はなかった。〈スパイサーズ〉では、裏庭用ビニールプールを売りたいという掲示カードがなくなっていたが、だからどうした？　首尾よく買手が見つかったのだろう。だいたい、売りたくなければ、最初からあんな掲示を出すはずがない。ボビーは店を出て交差点にたたずみ、大きなガムを嚙《か》みながら、つぎにどうするべきかを思案した。

人は子どもから一足飛びに大人になるのではなく、段階的に成長する。それぞれの段階は不規則的におとずれては、ちぐはぐに重なりあっていく。そしてボビー・ガーフィールドは六年生がおわったその日、生涯最初の成人としての決断をくだした。ボビーが到達した結論は、自分が見たものをテッドに話すのはまちがっている、というものだった……すくなくとも当面のあいだは。

下衆男たちが実在しないというボビーの推測は揺るがされたものの、いますぐあきらめるつもりはなかった。これしか証拠が見つかっていないいまの段階では、自分の推測を捨てるわけにはいかない。もし見たままを話したがさいご、テッドはとり乱すはずだ。

ただとり乱すどころか、泡を食って自分の荷物をまたスーツケースに詰めこみ（さらには小さな冷蔵庫の裏にいまでも押しこめてある把手《とって》つきの紙袋にも荷物を詰めて）、雲を霞《かすみ》と逃げていくことさえ考えられる。もしほんとうに悪人たちに追いかけられているのなら、テッドが逃げてもしかたない。しかし、そんな悪人たちが空想の産物でしかないのなら、そんなことが理由で、たったひとりの大人の友人をうしないたくなかった。そんなこんなで、ボビーはしばらくようすを見たうえで、つぎになにをするかを決めようと結論を出した。

その夜、ボビー・ガーフィールドはまた一歩、大人に近づく経験をした。目覚まし時計の〈ビッグ・ベン〉がもう夜中の二時だぞと告げてからも、ボビーは寝つけないままじっと天井を見あげ、はたして自分は正しいことをしたのだろうかと考えこんでいたのである。

Ⅳ

テッド、うつろになる。ボビー、海岸に行く。マックォン。〈ひらめき〉。

終業式の翌日には、キャロル・ガーバーの母親が子どもたちを愛車のフォード・エステート・ワゴンに詰めこんで、ハーウィッチから約三十キロほど離れた海岸にある遊園地、〈セイヴィンロック〉まで連れていってくれた。キャロルの母のアニタは、これまで三年連続でこの行事を主催しており、すでにボビーとサリー・ジョンとキャロル、キャロルの弟、それにキャロルの友人であるイヴォンヌとアンジーとティナにとって、これは太古の昔から伝わる伝統行事となっていた。サリー・ジョンもボビーも、ひとりだったら、キャロルの女ともだち三人といっしょに出かけようとは思わなかったが、ふたりがそろっていれば、女たちがいても問題はなかった。そもそも、〈セイヴィンロック〉のもつ魅力には抵抗などできはしない。まだちょっと気温が低いので、海辺に行っても波打ちぎわを歩くくらいが関の山だったが、砂浜で遊べるし、遊園地の乗り物は残らず営業しているはずだ。それにもちろん、遊園地のメインストリートにならぶ店も。去年、サリー・ジョンは牛乳瓶形の積木でつくったピラミッドを、たった三つの野球のボールで三個も突き崩すことに成功し、賞品の大きなピンクのテディベアを母親にプレゼントした。このテディベアはいまなお、サリヴァン家のテレビの上という名誉の場所に飾られている。このテディベアの仲間を射とめることが、本日のサリー・ジョンの野望だった。

ボビーにとっては、すこしのあいだだけでもハーウィッチから離れられることが魅力だった。石蹴《いしけ》り遊びの格子《こうし》の横に描かれた星と月の絵を見てからは、怪しげな物はひとつも目にしていなかったが、土曜日の朝刊を読んでいるあいだ、テッドのことでそれはそれは恐ろしい気分を味わったからであり、そのあと立てつづけに母親と口汚い喧嘩《けんか》をしたからでもあった。

テッドとの一件があったのは、ボビーがちょうど論説記事を読んでいるときだった。記事の筆者は、ミッキー・マントルならベーブ・ルースの生涯本塁打記録を破れるかもしれないという一部の意見を鼻で嗤《わら》っていた。マントルにはスタミナもなければ根性もない——コラムの筆者はそう主張していた。

「そもそも、この男の性格には欠点がある」ボビーは記事を読み進めた。「ミックという愛称で呼ばれるこの男は、野球よりもナイトクラブめぐりが好きであり——」

テッドは、またしてもうつろな状態におちいっていた。ボビーは新聞から顔をあげもしないうちに、そのことを肌で感じとっていた。見るとテッドは窓の外にうつろな目をむけ、コロニー・ストリートとミセス・オハラの愛犬が単調な声で吠《ほ》えつづけている方角を見つめていた。テッドがこの状態になるのは、午前中だけですでに二回めだった。といっても、一回めの発作はわずか数秒間だった（冷蔵庫の扉を引きあけて体をかがめたまま、庫内灯の光を浴びた目を大きく見ひらいて、体が凍りついたようになったかと思うと……全身がびくんと動いた。それから小さく体をふるわせ、手を伸ばし、オレンジジュースをとりだしてきたのである）。今回、テッドは完全にあちらの世界に飛んでいた。テレビの私立探偵ドラマ《サンセット77》で、駐車場係のクーキーがいう決まり文句ではないが、〝ウィグズヴィルに行っちまった〟状態。ボビーはとりあえず新聞をがさがさいわせて、テッドが目を覚ますかどうかを確かめてみた。効果なし。

「テッド、どうしたの？　だいじょ――」

いいかけたボビーは、テッドの目の瞳孔《どうこう》が妙な具合になっていることに気づき、同時にいきなり恐怖がこみあげてくるのを感じた。ボビーが見まもる前で、テッドの瞳孔はひらいたり収縮したりしていた。無限の闇《やみ》をたたえた暗い場所と明るい場所をせわしなく往復しているかのようであり……テッド本人はただ日ざしを浴びて腰かけているだけだった。

「テッド？」

灰皿では、タバコが煙をただよわせていた。といっても、もう吸い口と灰だけになっていた。それを見たボビーは、ミッキー・マントルについての記事を読みはじめたころから、テッドがずっとうつろな状態におちいっていたことを察した。しかも、テッドの瞳孔がどうなっていたかといえば……瞳孔はふくらんでは収縮し……大きくなっては、また収縮していて……。

《てんかんの発作を起こしているのかもしれないじゃないか。大変だ……たしか……この発作のときには、舌を飲みこまないようにすぐ手当てするんじゃなかったっけ？》

テッドの舌はあるべき場所におさまっているように見えた。しかし目は……ああ、その目といったら――

「テッド！　テッド！　目を覚ましてよ！」

ボビーは自分でも立ちあがったことを意識しないまま、テーブルをまわってテッドの横に歩いていった。両肩を手でつかんで、体全体をがくがくと揺さぶってみる。等身大の木彫り人形を揺すっているような感触だった。コットンのプルオーバータイプのシャツにつつまれたテッドの肩は固く筋ばっていて、柔軟性のかけらもないように感じられた。

「目を覚まして！　起きてったら、、、、！」

「いま彼らは西にむかっている」テッドは奇怪な動きをつづける目で窓の外を見つめつづけていた。「ひと安心。しかし、彼らはまた引きかえしてくるかもしれない。彼らは……」

ボビーは恐怖と畏怖《いふ》の念をいっしょに感じながら、テッドの肩に手をおいたまま立ちすくんでいた。テッドの瞳孔は、鼓動をくりかえす心臓で目をつくったらかくやという動きで、膨張しては収縮することをくりかえしていた。「テッド！　いったいどうしちゃったの？」

「わたしは息を殺して静かにしていなくては。わたしは藪《やぶ》に隠れた兎《うさぎ》にならなくては。彼らは行き過ぎるかもしれない。神が望めば水が流れてくるかもしれず、彼らが行き過ぎるかもしれない。あらゆる物事が奉仕するのは……」

「なにに奉仕するの？」ささやき声同然の小さな声で。「なにに奉仕するんだって、テッド？」

「あらゆる物事は〈ビーム〉に奉仕する」テッドはいい、いきなり両手でボビーの両手を握りしめた。その手は、テッドの手は冷えきっていた。つかのまボビーは、悪夢に魘《うな》されたときのような、気も遠くなるような恐怖をおぼえた。両手と命をうしなった眼球の奥の瞳孔しか動かせない死体に、いきなり手を握られたような感触だった。

それからテッドは、ふっとボビーに目をむけた。目には恐怖の色こそ宿っていたものの、いつしかほとんど正常になっていた。もう死んだ目ではなかった。

「ボビー？」

ボビーは手をふりほどいてテッドの首に巻きつけ、この老人を抱きしめた。そして抱きしめているそのとき、頭のなかに鐘の鳴る音が響きわたった。ほんの一瞬だったが、音ははっきりと響いた。そればかりか、鐘の音の高低の変化までもがありありとききとれた。列車がものすごいスピードで走っていくとき、警笛の音の高低が変化していくあの感じだった。頭のなかを、なにかがものすごいスピードで通過していくような感覚。つづいて、馬の群がなにやら固い面の上を移動していくときの蹄《ひづめ》の音がきこえてきた。木の床？ いや、金属面だ。土埃《つちぼこり》と乾燥した空気、それに雷が迫ってくるときの空気のにおいが鼻をついてきた。それと同時に、目玉の裏側がむず痒《がゆ》くなってきた。

「しーっ！」耳にかかるテッドの吐息は乾燥しており、あの土埃の香りがまじっていて、なぜだか親近感をおぼえた。テッドの手はボビーの背中にまわされて肩胛骨《けんこうこつ》をつつみこみ、体が動かないように固定している。「ひとことも話すな！ なにも考えるな。ただ……野球のことだけを考えろ！ そう、考えるのなら野球のことを考えるんだ」

ボビーは一塁からリードをはじめているモーリー・ウィルスの姿を思った……慎重に歩幅をはかるようにしながら三歩リード……四歩リード……ウィルスは腰を曲げて上体をかがめ、両手をだらりと垂らし……両足の踵《かかと》をわずかに地面から浮かせている……これならどちらの方向にも走っていける……どちらに進むかを決めるのはピッチャーの動きだ……そしてピッチャーがプレートにむかった瞬間、ウィルスはいきなり土埃を蹴立て、猛然と二塁にむかって走りだし――

消えた。すべてが消えた。もう頭のなかで鐘が鳴りわたることもなくなり、蹄の音もきこえず、土埃のにおいも消えていた。目玉の裏のむず痒さも消え失せていた。そもそも、ほんとうに目玉の裏が痒かったのだろうか？　テッドの目があまりにも恐ろしかったので、自分の目玉の裏が痒いと思いこんだだけではないのか？

「ボビー」テッドはまたしても、ボビーのすぐ耳もとからささやきかけてきた。テッドの唇の動きが直接耳たぶに伝わってきて、その感触に全身がぞくりとふるえた。それから――「なんということか。わたしはいったいなにをしている？」

テッドはやさしく、しかし決然とした動作でボビーを押し離した。いささか狼狽《ろうばい》した顔つきだったし、顔色もいつもより多少わるかったが、目はもう正常な状態にもどっており、瞳孔が収縮をくりかえすこともなかった。つかのま、ボビーの心配はそれだけだった。とはいえ、ボビー本人はまだ奇妙な気分だった――昼寝で熟睡していたところから目が覚めたばかりのときのように、頭に霞《かすみ》がかかっている状態だった。同時に、世界が驚くほど輝かしく、あらゆる物体の輪郭や形状が完璧《かんぺき》に定義されているかのように見えてもいた。

「ほんと、びっくり仰天だよ」ボビーはそういって、おずおずと笑った。「いまのはいったいなんだったの？」

「きみが心配するようなことじゃない」テッドはタバコに手を伸ばし、自分が吸っていた一本が灰皿の溝におかれたまま、くすぶる小さな吸殻になっていることに驚いた顔を見せた。テッドは、指の関節で吸殻を灰皿のなかに落としこんだ。「わたしはまた、頭がお留守になっていたんだな？」

「ああ。頭を留守にして、すっごく遠くに行っちゃってた。怖かったよ。おじさんがてんかんの発作かなにかを起こしたのかと思ったんだ。それに、おじさんの目が――」

「てんかんの発作ではないよ」テッドはいった。「それに危険なものでもない。しかし、もしまたおなじことがあったら、決してわたしの体にふれてはならないよ」

「どうして？」

テッドは新しいタバコに火をつけた。「どうしてもだ。約束してくれるね？」

「わかった。で、〈ビーム〉ってなんなの？」

テッドは鋭い目つきでボビーを見すえた。「わたしの口から、〈ビーム〉という単語が洩《も》れたのか？」

「『あらゆる物事は〈ビーム〉に奉仕する』っていってたと思う」

「いつか教えてやれるかもしれない。でも、きょうはだめだ。だいたい、きみはきょう、海岸に遊びに行くんじゃなかったのか？」

ボビーはびっくりして飛びあがった。あわててテッドの部屋の時計に目をやる。もうすぐ午前九時だった。「そうだった。そろそろ支度をしなくっちゃ。もどってきたら、新聞をさいごまで読むよ」

「ああ、それでいい。名案だ。わたしはわたしで、何通か書かなくちゃいけない手紙があってね」

《ちがう、そんなのは嘘《うそ》だ。どうせ、ぼくをここから追い払いたいだけなんだ……答えたくない質問が、ぼくの口からこれ以上出てこないうちに》

しかし、もしテッドが本気でそう思っているにしても、それはそれでいっこうにかまわなかった。母親のリズ・ガーフィールドの口ぐせではないが、いまのボビーには〝ほかにやるべきことがある〟のだから。それでもテッドの部屋のドアに手をかけたそのとき、テレビアンテナから垂れ下がっていた赤く細長い布切れのことや、石蹴り遊びの格子の横に描かれていた三日月と星の絵のことが思い出されてきて、ボビーはしぶしぶながら、また体の向きを変えた。

「テッド、話しておきたいことがあるんだけど――」

「下衆男《ロウ・メン》たちのことだね。ああ、わかっているよ」テッドはにっこりと笑った。「さしあたって、下衆男たちは考えなくてもいい。さしあたって、なんの問題もないからね。彼らはこちらの方角にはむかっていないし、こちらの方角に目をむけもしていないのだから」

「彼らは西にむかっている……だね？」ボビーはいった。

テッドは立ち昇るタバコの紫煙の反対側から、片時も揺るがぬ視線でボビーを見すえていた。「そのとおり。幸運が味方をしてくれさえすれば、彼らはそのまま西にとどまっていよう。シアトルならば、わたしにも文句はない。さてと、海岸では思いきり楽しんでくるんだぞ、ボビー」

「でも、ぼくは見たんだ――」

「きみが見たのは、ただの影かもしれないな。どのみち、いまはその話をするべきときじゃない。ただ、さっきわたしがいったことだけは忘れるな――もしわたしが、またうつろな状態におちいったら、決してわたしに手をふれず、ただその場にすわって、すべてがおわるのを待っているんだ。もしわたしが手を伸ばしたら、うしろに下がってよけろ。わたしが立ちあがったら、すわるように命令してくれ。そんな状態のわたしは、きみの言葉にしたがうはずだ。まあ、一種の催眠術のようなものだからな」

「でも、どうして――」

「もう質問は勘弁してくれ、ボビー。お願いだから」

「大丈夫なの？　ほんとに大丈夫？」

「ああ、なんの心配もない。さあ、行きなさい。楽しんでおいで」

急いで階段を降りていきながら、ボビーはすべてがくっきりと見えていることに、あらためて驚きの念を感じた。二階の階段の踊り場にある窓からななめに射しこむ日ざしのまぶしさ。プロスキーさんの住む部屋のドアの外においてある、空になった牛乳瓶の口のあたりを這《は》っているテントウムシ。そして耳の奥にやさしく響く高いハミングは、きょうという一日の——すなわち夏休み最初の土曜日の声のようだった。

自分の部屋にもどると、ボビーはベッドの下やクロゼットの奥というあちこちの隠し場所から、手もちのおもちゃの車やトラックを引っぱりだしてみた。そのうちふたつ——〈マッチボックス〉のフォードと、ボビーが誕生日を迎えた数日後にバイダーマンさんが母親にもたせてくれたプレゼントの、青い金属製のトラック——は自慢の品だったが、サリー・ジョンがもっているタンクローリーや、〈トンカ〉の黄色いブルドーザーにも負けない品はひとつもなかった。なかでもブルドーザーは、砂浜で遊ぶにはもってこいの品だ。ボビーの心づもりとしては、波打ちぎわのすぐ近くで、海辺の強い日ざしを浴びて肌をピンク色に染めながら、一時間ばかり真剣に道路建設ごっこを楽しみたかった。ふと、こんなふうに手もちのトラックをあつめてみたのは、この前の冬のある日以来だという事実に思いあたった。あれはたしか、ブリザードが吹き荒れたあとの土曜日で、ボビーとサリー・ジョンはコモンウェルス公園の降り積もったばかりの新雪をつかって道路システムを建設し、楽しい午後の時間を過ごした。それから年をとって、いまやもう十一歳。こんな遊びをする年齢ではない。そう思うと一抹の寂しさが胸を刺したが、いやいや、いま寂しく思う必要はなかったし、寂しく思いたい気持ちもなかった。たしかに、おもちゃのトラックで遊ぶ日々は近々おわりを迎えるのかもしれないが、きょうがおわりの日になることはない。そう、ぜったいにそんなことはない。

母親はきょうの小旅行のために昼食の弁当を用意してくれていたが、ボビーが頼んでも金をよこそうとはしなかった――それこそ、遊園地のメインストリートの海側にならんでいる更衣室の使用料の五セントさえ。そしてボビーは自分でもなにが起きているかに気づかないうちに、もっとも嫌悪《けんお》している事態に巻きこまれていた――金にまつわる議論に。

「五十セントでいいんだよ」ボビーはいった。自分の声に幼い子どもの泣きごとめいた口調が混じっているのがわかって、いやな気持ちにはなったものの、自分でも抑えることができなかった。「半ロックでいい。お願いだよ、母さん。いいでしょう？　わかってよ」

母親は、びっくりするほど大きな音が出るくらい強い力でマッチを擦ると、そのマッチでクールに火をつけ、陰険に細めた目を紫煙ごしにボビーにむけてきた。「おまえはもう、自分でお金を稼ぐ身分じゃないか、ボブ。たいていの人は新聞を買うのに三セント払ってる。ところがおまえは、新聞を読むだけでお金をもらってるんだよ。週に一ドルも！　たいした話だね。母さんが子どものころには――」

「だって、あれは自転車を買うためのお金だよ。母さんだって知ってるはずじゃないか」

母親は鏡に体をむけ、しかめっ面《つら》でブラウスの両肩のあたりをいじくっていた――きょうは土曜日だったが、バイダーマンから数時間だけでも会社に来てくれといわれているのだ。母親は唇のあいだにタバコをはさみこんだままむきなおり、しかめっ面をボビーにむけた。

「それはつまり、おまえがいまでも母さんに自転車を買ってくれと頼んでるってことだね。いまでもまだ。前にきっちり、そんな余裕はないといったはずなのに、おまえはまだしつこくせがんでるんだ」

「ちがうよ、そんなことといってない！　ぜったいいってないって！」ボビーは怒りと傷ついた気持ちとで、大きく目を見ひらいた。「ほんのちょっと、たった半ロックでいいからって――」

「こっちで五十セント、あっちでまたちょっと――それがみんな積み重なっていくんだよ。おまえは母さんに、自転車以外の物を買うお金をぜんぶ出させようとしてる。いいかえれば、母さんに自転車を買わせようとしてるってことじゃないか。だってそうだろう、おまえは自転車以外にいろんな買いたいものがあっても、そっちには自分のお金をぜったいに出したくないっていうんだから」

「そんなの不公平だよ！」

母親が返事をする前から、ボビーにはその中身がわかった。それどころか、自分がまんまと母親の思う壺《つぼ》にはまってしまったと考える時間さえあった。

「ええ、人生は不公平なものよ、ボビー坊や」母親は鏡にむきなおり、ブラウスの右肩の下に幽霊のように透けているスリップの肩紐《かたひも》を、さいごにもう一回だけ引っぱった。

「更衣室用の五セントもくれないの？」ボビーはたずねた。「せめてそのくらいは――」

「ええ、そうね。わたしもいろいろ勝手な思いこみをしてるのかもしれない」母親は、単語のひとつひとつを切りつめたような発音でいった。母親は会社に行くときはいつも頬紅をつけるが、いまその顔が赤らんでいるのは化粧のせいだけではなかった。ボビーは怒りに駆られてはいたが、同時に用心したほうがいいこともわきまえていた。ここで母親に負けないほど怒りを爆発させて、われを忘れたがさいご、この自分は一日じゅう、それこそ廊下に一歩足を踏みだすことさえ禁じられて、暑苦しいこのアパートの部屋で過ごさなければならなくなる。

母親はソファの端にあるテーブルからハンドバッグをつかみあげると、フィルターがつぶれるほどの激しい力を手にこめてタバコを揉《も》み消《け》し、ボビーをにらみつけた。

「もし母さんが、『あら、大変。このあいだ〈ハンシッカー〉ですごくすてきな靴を見つけたものだから、今月はふたりとも飲まず食わずで暮らさなくちゃ』といったら、おまえはどんな気持ちになる?」

《そんなことをいわれたら、母さんは嘘つきだと思うだろうね》ボビーは内心でそういった。《それから、きっとこういうよ。もしそこまでお金がないというのなら、母さんの部屋のクロゼットのいちばん上の棚にある〈シアーズ〉の通信販売カタログ、あれはいったいなに? あのカタログのまんなかあたりは下着のページだけど、そこにセロハンテープでとめてある一ドル札や五ドル札はなに? それだけじゃなくて、十ドル札や二十ドル札もあるけど、あれはなに? それから、キッチンの食器棚の奥にある青い水差しは? いちばん奥の隅、ひびのはいった舟形のソース入れで隠すみたいにおいてある、あの青い水差しは? 父さんが死んでからずっと、母さんはあの水差しに二十五セント硬貨を貯《た》めこんでるじゃないか。水差しがいっぱいになると、その硬貨を銀行にもっていって、お札に換えてもらってくる。そのお札が、あのカタログにはさまれるんじゃないの? そうだよ、そのお札が通販カタログの下着のページに貼《は》りつけられることになるんだ》

しかしボビーは思いをひとことも口に出さないまま、焼けつくように痛む目で自分のスニーカーを見つめるばかりだった。

「わたしはね、どちらかをえらばなくちゃいけない立場なの。おまえだって、自分で働けるくらい大きくなったのだから、自分でどちらがいいかをえらびなさい。まさか、母さんがおまえに好きでお金をあげないといっていると、そう思ってるの？」

《そうは思ってないよ》ボビーはスニーカーを見おろしたまま、また頭のなかでそう答えて唇を嚙《か》んだ。嚙みでもしないことには、唇が上下にわかれて、赤ん坊じみた言葉にならない言葉を垂れ流してしまいそうだった。《そんなことは思ってない。でも、母さんだって心ならずもそういってるわけじゃない、とは思うよ》

「うちが大金持ちのお大尽さまだったら、おまえが海辺に遊びにいくとなれば、わたしだって五ドルくらいあげたわ――いいえ、十ドルだって！　そうなっていれば、おまえだって自転車貯金のガラス瓶からお金を借りださなくても、あのかわいいガールフレンドを誘って〈ループ・ザ・ループ〉にだって――」

《キャロルはぼくのガールフレンドなんかじゃない！》ボビーは頭のなかで叫んだ。

《ぼくのかわいいガールフレンドなんかじゃない！》

「――〈西部開拓鉄道〉にだって乗れたでしょうね。でも、あいにくうちはお大尽じゃない。だいたい、おまえがお大尽のうちの子なら、最初から自転車を買うための貯金なんて必要なかったはずじゃないか。そうだろう？」母親の声は、ひたすら大きくなってきていた。この数カ月のあいだ母親がなにに頭を悩ませていたにせよ、その鬱積《うっせき》したものがいま奔流となってあふれだし、炭酸飲料のようにぶくぶくと泡だとうとしていた

――それも、酸のように強烈な腐食力をそなえて。「おまえが気づいてるかどうかは知らないけど、おまえの父さんはほとんどなにも残していかなかったんだよ。母さんだって精いっぱいやってる。おまえにひもじい思いもさせず、おまえの服も用意して、おまけにこの夏のあいだ〈スターリング・ハウス〉に行けるように会費だって出してやった――それもこれも、わたしが蒸し暑い会社で書類仕事を片づけているあいだにも、おまえが野球三昧《ざんまい》で楽しめるようにね。で、おまえはほかの子どもたちといっしょに海岸に遊びにいかないかと誘われた。よかったね、母さんもうれしいわ。でも、遊びのための お金をどこからひねりだすかというのは、ボビー、おまえの問題よ。もし遊園地の乗り物に乗りたければ、あの瓶からお金をもっていって、思うぞんぶん乗ってくればいい。お金をもっていくのがいやなら、ずっと砂浜で遊んでいるか、さもなければ家にいるんだね。母さんは、どっちだっていいと思ってる。ただひとつ、おまえが哀れっぽい泣きごとをつらねるのをやめてほしいだけ。おまえが情けない泣きごとをつらねるのが、母さんには我慢がならないの。まるで……」そこで母親は口をつぐんで、ため息をつき、ハンドバッグをあけてタバコをとりだすと、「とにかく、おまえが情けない泣きごとをつらねるのが我慢ならないってこと」という先ほどの言葉をくりかえした。《まるで、おまえの父さんそっくり》母親はそういいかけ、すんでのところで口を閉じたのだ。

「さあ、まだなにかいいたいことはある？　最初はずいぶん勢いがよかったじゃないか」母親はたずねた。「それとも、話はもうおわり？」

ボビーは黙ったまま立ちつくしていた。頬が焼けるように熱く、目が焼けるように痛んだ。ひたすら自分のスニーカーをにらみつけ、意志の力のありったけをふりしぼって、決して泣くまいと必死にこらえる。いまこのとき、ほんのひと声でも嗚咽《おえつ》が口から洩《も》れたがさいご、きょう一日は外出禁止令を食らうことになる。母親は心底怒り狂っていて、その命令を出す口実をひたすらさがしていた。しかもいまボビーが直面している危険は、いまにも泣きだしそうなことだけではなかった。うっかりしたら、母親を大声で怒鳴りつけそうだったのだ。母さんそっくりになるくらいなら、父さんそっくりになりたいよ……母さんなんて、しみったれのしわんぼうだ……まったく、たった五セントぽっちも出したくないなんて……だいたい、あんまり偉くなかったランダル・ガーフィールドが、ぼくたちにほとんどなにも残さずに死んだからって、それがなに？　なんで母さんは、わるいのはぜんぶ父さんみたいな話ばかりするの？　そもそも、そんな父さんと結婚したのはどこのだれ？

「じゃ、わかったのね、ボビー坊や？」こまっしゃくれた口ごたえの文句も種が尽きたってこと？」母親の口から、もっとも危険な調子の言葉が流れだしてきた——張りつめた雰囲気と快活な調子をあわせもつ声である。母親のことをよく知らなければ、上機嫌にちがいないと錯覚しかねない声だった。

ボビーはスニーカーを見おろしたまま、口をつぐんでいた。嗚咽のありったけを押しこめ、怒りの言葉を残らずのどに閉じこめ、ひたすら無言をつらぬく。ふたりのあいだで、沈黙の時間がつづいた。ボビーの鼻は母親がいま吸っているタバコのにおいだけでなく、このタバコの裏側に隠れている昨夜のすべてのタバコのにおいも嗅《か》ぎとっていたし、さらにはそれ以外の夜、母親がテレビをつけっぱなしにしていながら、ろくに画面に目をむけもせず、電話のベルが鳴るのを待ちわびていたあいだに吸ったすべてのタバコのにおいを嗅ぎとっていた。

「わかった。じゃ、話はこれでまとまったのね」母親はたっぷり十五秒ほど、ボビーに口をひらいて、みずから墓穴を掘るための時間を与えたのちにそう宣言した。「じゃ、せいぜい楽しんでくるのよ、ボビー」

それから母親は、ボビーにキスもしないで出かけていった。

ボビーはあけたままの窓に近づいてカーテンを引きあけ（このときには涙が頬をつたって流れ落ちていたが、自分では気づいていなかった）、ハイヒールの音も高らかにコモンウェルス公園の方角に歩いていく母親の姿を見おくった。それから水っぽい音をたてながら二回ほど大きく息を吸い、ボビーはキッチンにはいっていった。反対側にある食器棚、青い水差しと舟形のソース入れがしまってある食器棚に目をむける。その気になれば、あの水差しから数枚の硬貨をちょろまかすこともできる。どうせ母親はあそこの金額を正確につかんではいないだろうから、二十五セント硬貨が二、三枚なくなっても気づかないはずだ。しかし、ボビーにはその気はなかった。そんなお金をつかっても楽しい気分にはなれない。なぜそう思うのかはわからなかったが、盗む前からわかっていた。それどころか、最初に水差しのなかに小銭が隠されていることを知った九歳のときから、そのことはしっかりとわかっていたくらいだ。そこでボビーは、自分が正しいことをしているという思いではなく、どちらかといえば後悔に似た気持ちをおぼえながら自分の部屋にはいっていき、《自転車貯金》と書いてある瓶を見つめた。

たしかに母親のいうことは正論だ、という思いが頭をかすめる——この貯金からわずかな金をもちだして、〈セイヴィンロック〉でのお楽しみに充《あ》てることもできなくはない。そんなことをすれば、シュウィン製自転車をわが物とするのが一カ月ほど先に延びることになるが、それでもこのお金なら気持ちよくつかえるはずだ。ほかの事情もあった。もしこの貯金からは一セントのお金ももちださず、ひたすら貯めるだけ貯めて、決してつかわないとかたくなな態度をとったりすれば、母親とそっくりになってしまうではないか。

この思いが、問題を解決してくれた。ボビーは自転車貯金から十セント硬貨を五枚とりだしてポケットにしまい、さらにその上からクリネックスを一枚詰めこんで、どこかで走っても硬貨が飛びはねて落ちることのないようにした。それから、砂浜遊びの品をあつめはじめる。ほどなくボビーが口笛を吹きはじめたころ、テッドが一階まで降りてきて、ボビーのようすを目にとめた。

「そろそろ出発かな、ガーフィールド船長？」

ボビーはうなずいた。「うん。〈セイヴィンロック〉は、すごくおもしろいところなんだ。いろんな乗り物があったりね。知ってる？」

「ああ、知っているとも。楽しんでおいで、ボビー。なにかから落ちないように気をつけるんだぞ」

ボビーはドアのほうに歩きかけたところで、階段を降りきったところにスリッパのまま立っているテッドのほうをふりむいた。「おじさんも外に出て、ポーチにすわっていたらいいのに。家のなかにいたんじゃ暑いでしょ？」

テッドはにっこりと笑った。「そうだろうな。しかし、わたしは家にいることにするよ」

「大丈夫？」

「ああ、大丈夫だよ、ボビー。わたしならなんともない」

ブロード・ストリートを横断してガーバー家のある側にむかいながら、ボビーは自分がテッドを哀れんでいることに気づかされた。これといった理由もないのに、一日じゅう蒸し暑い部屋に閉じこもっているとは。そんなことをする理由なんてひとつもないに決まっているじゃないか。ああ、ないに決まっている。たとえほんとうに下衆男という連中がどこかをうろついているにしても（西にいるんだ——ボビーは思った——彼らは西にむかっている）、テッド・ブローティガンみたいな引退した老人にいったいなんの用があるというのだろう？

最初のうちボビーは、母親との口論が原因でちょっぴり気分が沈んでいた（ミセス・ガーバーの友だちで太ったリオンダ・ヒュースンは——どんな意味かはよくわからなかったが——ボビーが〝沈思黙考している〟と指摘して、ボビーのわき腹やわきの下をくすぐってきた。これにはたまらず、ボビーも大笑いして降参した）。しかし海岸についてしばらくすると、ボビーの気分も明るくなって、いつもの自分らしさをとりもどしていた。

本格的なシーズンの到来はまだ先だったが、〈セイヴィンロック〉は早くも夏全開の雰囲気だった。メリーゴーラウンドはくるくるとまわり、乗り物のひとつである〈ワイルド・マウス〉は轟然《ごうぜん》とうなりをあげ、小さな子どもたちは黄色い歓声をあげ、びっくりハウスの外側にある粗悪なスピーカーからは割れるような音でロックンロールが流れ、屋台の客引きは大声でがなっていた。サリー・ジョンは三つある牛乳瓶形積木のピラミッドのうちふたつしか倒せず、惜しくも念願のテディベアには手がとどかなかったが（リオンダは、あの手の牛乳瓶形積木には底のほうに錘《おもり》を入れた細工がしてあるものがあって、ちゃんと命中させないかぎり倒れない仕組みになっていると主張した）、それでもボール投げの屋台にいた男はサリー・ジョンになかなかしゃれた景品を与えてくれた。黄色いフラシ天で覆《おお》われた、おかしな顔のアリクイのぬいぐるみ。サリー・ジョンは一も二もなく、この景品をキャロルの母親に押しつけた。アニタは大喜びで笑ってサリー・ジョンを抱きしめ、きみは世界でいちばんすてきな男の子だ、きみがあと十五歳年上だったら、重婚の罪をおかしてでもきみと結婚するのに、といった。サリー・ジョンは、顔が紫色になるほど恥ずかしがっていた。

ボビーは輪投げをやってみたが、三つの輪をことごとくはずした。射的の屋台ではもうすこし運に恵まれた——二枚の標的を撃ち砕いて、賞品に小さなぬいぐるみの熊《くま》をもらったのである。ボビーはこのぬいぐるみを、キャロルの弟の洟たれイアンにあげた。この幼児は、いつになく行儀がよかった。癇癪《かんしゃく》を起こして泣きわめくことも、パンツを濡らすこともなかったばかりか、サリー・ジョンやボビーのタマを殴ろうとさえしなかったのである。イアンは熊をぎゅっと抱きしめ、神さまその人を見るような目つきでボビーを見あげた。

「ありがとう、ボビー。この子も気にいったみたいね」アニタはそういった。「でも、おうちにいるお母さんへのお土産にしなくていいの？」

「うん、いいんだ。どうせ母さんは、こういう物があんまり好きじゃないし。でも、母さんへのお土産に香水をとりたいな」

そのあとボビーとサリー・ジョンは、たがいに〈ワイルド・マウス〉に乗る度胸はあるのかと挑発しあい、結局ふたりとも乗ることにした。ふたりとも、それぞれのゴーカートがコースの穴にがくんと落ちこむたびに馬鹿《ばか》みたいな大声をあげ、このまま自分は永遠に生きるにちがいないという思いと、ここで即死するにちがいないという思いを同時に嚙みしめていた。そのあとふたりは、〈ティルト・ア・ワール〉と〈クレイジー・カップ〉に乗った。手もち資金がさいごの十五セントになったボビーは、気がつくとキャロルとふたりで観覧車に乗っていた。ふたりの乗ったゴンドラがちょうど頂点にまであがったそのとき、観覧車の動きがとまった。ゴンドラがわずかに揺れて、ボビーは腹のあたりがちょっと変な気分になった。左に目をむけると、大西洋が果てしなく湧《わ》きでる白波となって海岸に打ち寄せていた。砂浜はひたすら白く、大海原は現実とは思えないほどの深みをそなえた青い色を見せている。水面にきらめく日ざしは絹のよう。そして真下には、遊園地のメインストリートが見えた。スピーカーから流れているフレディ・キャノンの歌声が、ここでもきこえていた。あの娘《こ》はタラハシーからやってきた、ハイファイ・クラスのボディのあの娘。

「ここから見ると、なにもかも小さく見えるわ」キャロルがいった。そういう本人の声も小さかった――いつになく。

「怖がらなくてもいいよ。これ以上はないくらい安全だからね。だいたいこれくらい高くなくちゃ、観覧車がちっちゃい子どもの乗り物になっちゃうじゃないか」

仲よし三人組のなかでも、キャロルはいろいろな意味でいちばん大人だった。汚い言葉を口にした罰として、サリー・ジョンに本をもたせた日の出来ごとでもわかるように、へこたれない強い性格だし、自分に自信をもってもいる。しかしいま、キャロルの顔はまるで赤ちゃん時代に逆もどりしたかのようだった。顔全体が丸みをおび、ちょっと青白くなって、不安をたたえた青い瞳《ひとみ》の目ばかりが目だっていたのである。ボビーはなにも考えないまま上体をかたむけると、自分の口をキャロルの口もとにもっていき、キスをしていた。ボビーが体を離すと、キャロルの目はこれまで以上に大きく見ひらかれていた。

「大丈夫、ぜったい安全だから」ボビーはそういって、にやりと笑った。

「ね、もう一回!」キャロルにとっては、これが正真正銘のファースト・キスだった。夏休み最初の土曜日の〈セイヴィンロック〉で、ついにファースト・キスを体験したというのに、ろくすっぽ注意を払っていなかった。いまキャロルはそんなことを考えていたし、もう一回キスをせがんだ理由もそこにあった。

「やめておいたほうがいいと思うけど」ボビーは答えたが……しかし観覧車のてっぺんにいるいまなら、だれかに見られて女の腐ったの呼ばわりされる心配もないのでは？

「頼むから。頼んだほうが先にしろとか、そういうことはいわないで」

「だれかにしゃべるのかい？」

「まさか。神さまに誓って、だれにもしゃべらない。ねえ、早くして。ゴンドラが下に動きだす前に」

そこで、ボビーはもういちどキャロルにキスをした。キャロルの唇はなめらかで、上下がしっかりと閉じあわされており、日ざしの温《ぬく》もりをたたえていた。ついで観覧車がふたたび動きだしたので、ボビーは唇を離した。キャロルはしばし、頭をボビーの胸にもたせかけていた。

「ありがとう、ボビー。とっても……とってもすてきだった」

「うん、ぼくもそう思うよ」

ふたりはわずかに身を遠ざけあった。やがてゴンドラが下にたどりつき、刺青《いれずみ》のある係員が安全バーをあげてドアをあけると、ボビーは先に降り立って、キャロルをふりかえりもせず、待っていたサリー・ジョンのほうに駆けだした。それでも、キャロルとのキスがきょう一日で最大の意味をもつ出来ごとだったことはわかっていた。ボビーにとってても正真正銘のファースト・キスだったし、押しあてられたキャロルの唇の感触は忘れられそうになかった――乾いていて、なめらかで、日ざしの温もりをたたえていた唇の感触は。それは一生を通じてほかのキスの良否を判断する基準となるようなキス、おなじようなキスを求めつづける目標となるようなキスだった。

午後三時をまわるころになると、ミセス・ガーバーは一同に荷物をまとめるようにいいはじめた。家に帰る時間だった。キャロルはいつもどおり、「母さんったら」という声をあげて、荷物の片づけにとりかかった。女の子の友だちがキャロルの手伝いをした。イアンでさえ、すこし手伝っていた（荷物をよちよち運ぶあいだも、砂まみれになった熊のぬいぐるみを決して手から放そうとはしなかった）。ボビーは、きょうはこの先ずっとキャロルにまつわりつかれるものと半分覚悟していたし、キャロルが観覧車でのキスの一件を女の子の友だちに打ち明けるにちがいないとにらんでもいた（キャロルがみんなに話していれば、女の子たちが寄りあつまって、手で口もとを隠したまま小声でくすくすと笑い、楽しそうな心得顔でボビーをちらちら盗み見るに決まっているから、ボビーにもすぐわかったはずだ）。しかし、キャロルはボビーにまつわりつくこともなく、女の子たちに秘密を打ち明けることもしなかった。とはいえ、自分を見ているキャロルと目があったことは何回もあったし、ボビーもこっそり盗み見ているところをキャロルに気づかれたことが何回もあった。観覧車に乗っているときのキャロルの目の表情が、幾度となく脳裡《のうり》によみがえってきた。あの目がどれほど大きく見ひらかれて、不安の色をたたえていたことか。そしてぼくはキャロルとキスをした。あっさりと。ビンゴ。ビーチバッグの大半は、ボビーとサリー・ジョンが手わけをして運ぶことになった。

「働き者の驢馬《ろば》たちよ！　いざ出発！」リオンダが笑いながらかけ声をかけ、一同は砂浜とボードウォークを結ぶ階段をあがりはじめた。リオンダは顔や肩にコールドクリームを塗りたくっていたが、その下の素肌は日焼けで茹《ゆ》でたロブスターのようにまっ赤になっていた。これじゃ、今夜は一睡もできないにちがいない――リオンダはそうアニタ・ガーバーにこぼしていた――たとえ日焼けで一睡もできないことがなくたって、メインストリートの屋台の食べ物のせいで胸焼けして眠れないにちがいない、と。

「だったら、最初からフランクフルトを四本食べたうえに、揚げパンをふたつも食べなければよかったじゃない」ミセス・ガーバーはそう答えた。ボビーがきいたこともないような、苛立《いらだ》たしげな口調だった。疲れているせいだろう、とボビーは思った。ボビー自身も、強い日ざしのせいで頭がぼうっとしていた。背中は日焼けでぴりぴり痛んだし、靴下には砂粒がはいりこんでいる。肩に吊《つ》るしたいくつものビーチバッグはやたらに左右に揺れては、たがいにぶつかりあってばかりいた。

「だって、遊園地で売ってる食べ物ってすっごくおいしいんだもの」リオンダが悲しげな声で抗議した。ボビーはこらえきれずに、声をあげて笑った。

一同はメインストリートを、ゆっくりと未舗装の駐車場にむかって歩いていた。もうだれも乗り物には目を奪われたりしない。客引きたちは彼らにいったんは目をむけるが、すぐもっと新しいカモたちに注意をむけた。荷物をぶらさげて足を引きずりながら駐車場にむかう人々は、客引きから見れば多かれすくなかれ客としての見こみのない連中なのである。

メインストリートの終端の左側に、ぶかぶかの青いバミューダパンツとランニングシャツという服装で、山高帽子をかぶった痩《や》せた男が立っていた。山高帽子は古びて色褪《あ》せてはいたが、男はこの帽子をちょっとはすにかたむける小粋《こいき》なかぶり方をしていた。おまけにつばには、プラスティック製のひまわりの造花を挿《さ》している。見るからにおかしな男だった。女の子たちはここにきてついに、口を手で隠してくすくす小声で笑う絶好の好機を手にしていた。

男は、くすくす笑いの達人から笑われることに慣れきった空気をただよわせながら一同を見かえし、笑みを浮かべた。これがまた、キャロルと少女たちの笑いを誘うことになった。山高帽子の男はなおも笑顔を見せながら、自分の前にある即席のテーブルの上で両手をさっと広げた。テーブルといっても、まばゆいオレンジ色に塗られたふたつの木挽台《こびきだい》の上に安物の建材をはりわたしただけの代物《しろもの》である。その建材の上には、裏側に赤い模様が描かれたバイシクル社製の三枚のトランプがおいてあった。男はその三枚を、目にもとまらぬ優美な手つきで、つぎつぎに裏返してめくっていた。ボビーは、男の指が細長いうえに、抜けるような白さをたもっていることに——ほんのすこしも日焼けしていないことに——目をとめた。

三枚のまんなかにあったのは、ハートのクイーンだった。山高帽子の男はこのカードを手にとって一同に見せつけ、器用に指のあいだから指のあいだへと移動させていった。

「赤い服を着たこの女性、この女性を見つけるだけでいいんだよ。気どっていえば、赤い服の女《シェルシエ・ラ・ファム・ルージュ》をさがせってところ。ほうら簡単、だれでもできる、とっても簡単、朝飯前だ、だれでも簡単、猫にもできるってね」男はイヴォンヌ・ラヴィングを手招きした。「こっちへいらっしゃいな、お人形みたいなお嬢ちゃん。みんなにお手本を見せておやりよ」

イヴォンヌはまだくすくす笑いながら、黒い髪の毛の根もとまで顔をまっ赤に染めてあとじさり、リオンダの体にしがみついて、お金をぜんぶつかったから、もう一セントももっていないの、といった。

「気にしなくてもいいんだよ」山高帽子の男はいった。「だってこれは、ただのお手本なんだもの、お人形みたいなお嬢ちゃん。これがどれだけ簡単なことか、きみのお母さんやお友だちに見せてあげてほしいんだ」

「どっちの人も、わたしの母さんじゃないもん」イヴォンヌはそう答えたが、早くも前に歩を進めていた。

「ほんとにもう出発しないと、道路の渋滞に巻きこまれて大変な目にあうわよ」ミセス・ガーバーがいった。

「いいじゃない、ちょっと待ってよ。おもしろそうだわ」リオンダがいった。「これって、スリーカードモンテっていう賭博《とばく》の一種でしょう？　この人のいうとおり、すごく簡単そうに見えるけど、気をつけていないとつい熱中して、さいごは身ぐるみ剝《は》がれて家に帰ることになるのよ」

山高帽子の男は一瞬だけ不快そうな目つきをリオンダにむけ、すぐにいかにも人を安心させるような満面の笑みを見せた。これこそ下衆男の笑顔だ——いきなりボビーはそんな思いをいだいた。テッドが怯《おび》えている下衆男のひとりじゃない。でも、やっぱり下衆男にはちがいなかった。

「ははあ、そういうことでしたか」山高帽子の男はいった。「奥さまは以前に、不幸にも性質《たち》のわるいならず者に食い物にされた経験がおありなんですね。いやはや、奥さまのようなお美しくもお上品なご婦人を騙《だま》すような極悪非道の輩《やから》がいるというのは、このわたしにはどうしても理解できかねる話ですな」

美しく上品なご婦人——身長は百六十五センチほど、体重は約九十キロ、肩と顔は〈ポンズ〉のコールドクリームまみれ——は楽しげな笑い声をあげた。「出まかせの口上はたいがいにして、この子たちに見本を見せてやってちょうだい。ひとつきいておくけど、法律的にはまったく問題ないんでしょうね？」

テーブルの反対側の男は顔をさっと天に向け、からからと笑った。「遊園地のメインストリートのいちばん端っこなら、なにをやっても法律にふれる気づかいはありませんよ――もちろん、連中にとっつかまって外に投げだされたら話はべつ……ですが、奥さまならそのへんの事情はすっかりお心得のはず。さてと……名前はなんというのかな、お人形みたいなお嬢ちゃん？」

「イヴォンヌ」少女は、ボビーにはきこえないほど小さな声で答えた。となりに立っているサリー・ジョンは、興味津々《しんしん》の顔で食いいるように見つめている。「たまにイヴィって呼ばれることもあるけど」

「ようし、イヴィちゃん。これをよく見ておくれよ、かわいいベイビー。なにが見える？　おいらに見た物の名前を教えておくれよ。きみみたいな頭のいい子なら、みんなわかっちゃうんじゃないかな。わかったら指さして教えとくれ。怖がらないで、さわってもいいんだよ。おっかない仕掛けなんかなんにもないからね」

「いちばん端っこはジャック……こっちの端っこはキング……で、これはクイーン。クイーンはまんなかよ」

「大正解だよ、お人形みたいなお嬢ちゃん。現実の世界もトランプの世界とおんなじでね、ひとりの女がふたりの男の板ばさみになるのは珍しくない。それが女の力なんだ。お嬢ちゃんも、そうさな、あと五、六年もすればわかるようになるともさ」男の声が低くなって、催眠術効果のある呪文《じゅもん》の文句じみた調子をはらんできた。「さあて、お嬢ちゃん、ぜったいぜったいカードから、お目々を離しちゃいけないよ」男はカードをひっくりかえして、裏側の模様の面を上にむけていった。「さて、お人形みたいなお嬢ちゃん、クイーンはどこに行ったかな？」

イヴォンヌ・ラヴィングは、まんなかのカードの赤い模様を指さした。

「さあて、お立ちあい。この子の答えは正解かな？」山高帽子の男は、テーブルのまわりにあつまった小集団に問いかけた。

「これまではね」リオンダはそういって、激しく笑いはじめた。あんまり笑いころげたので、サンドレスに隠されたコルセットを締めていない腹の肉がぶるんぶるんと揺れていた。

山高帽子をかぶった下衆男はリオンダの笑い声に笑みで応じながら、まんなかのカードの片隅をぐいっとめくりあげた。まちがいなく、ハートのクイーンだった。「いいぞ、すごいぞ、ここまでは大正解だね、お嬢ちゃん。じゃ、しっかりお目々を見ひらいて！しっかり気合いを入れて見ておくれ！　いよいよこれから試合だぞ。きみのお目々とおれの手の、勝負を決める一騎打ち！　はたして勝つのはどっちかな？　これこそきょうの大問題!」

男は薄板をはりわたしたテーブルの上で、三枚のカードをめまぐるしく移動させはじめた。忙しく手を動かしながら、男はこんな呪文のような文句を垂れ流していた。

「上から下へ下から上へ、ぐるっとまわってこっちがあっち、内側が外側に行って、ぜんぶまわして、前うしろ、こいつはこっち、こいつもこっち、ぐるっと動いて逆もどり、ちゃんとならべて、はい、もとどおり。じゃ、当ててみてくれ、お人形ちゃん。クイーンはどこに隠れてる?」

男のいうように、最初とおなじく横ならびになっている三枚のトランプをイヴォンヌがじっと見つめていると、サリー・ジョンがボビーの耳に口を近づけてこういった。

「こいつがカードを動かすのを見張ってなくたって、正解はわかるさ。端っこがちょっとめくれてるカードがクイーンなんだから。わかるだろ?」

ボビーはうなずき、さらにイヴォンヌがいちばん左側のカード——隅がちょっとめくれているカード——を指さすのを見て、《いいぞ》と内心ひとりごちた。山高帽子の男がそのカードをめくると、はたしてハートのクイーンの図柄があらわれた。

「お見事、でかした、大当たり!」男はいった。「お嬢ちゃんは鋭いお目々をもってるね。ほんとに鋭いお目々のもちぬしだ」

「ありがとう」イヴォンヌは顔を赤らめていった。ボビーがキスをしたときのキャロルにも負けず劣らず、幸せそうな顔つきだった。

「もしお嬢ちゃんが十セント出してくれたら、大正解のご褒美に二十セントをあげてたところだな」山高帽子の男はいった。「どうしてかってききたいか？　だってきょうは土曜日で、土曜は特別倍返しの日だから！　さてさて、そこのご婦人がた、みんなの若いそのお目々と、この老いぼれの手との一騎打ちに十セント出してやろうという向きはいないかな？　首尾よく勝てればご主人に——ついでにいえばご主人は、こんな美人と結婚できた、めったにいない果報者——〈セイヴィンロック〉のモンテ・マンことハーブ・マックォンなる男が駐車場代金を払ってくれたといえるかも。いやいや、いっそ二十五セント出してみてはいかがかな？　見事ハートのクイーンを指さしたら、大正解のご褒美《ほうび》に五十セントをあげましょう」

「半ロックだって、そりゃすごい！」サリー・ジョンがいった。「ここに二十五セントあるんだ。おれと勝負しようよ」

「ジョニー、これは賭博よ」キャロルの母親がおぼつかなげな口調でいった。「あなたがそんなものに手を出すのを許していいものかどうか——」

「いいじゃない、この子に身をもって勉強させてあげれば」リオンダはいった。「それに、この男はわざとサリー・ジョンを勝たせるかもしれない。そうやって、わたしたち全員を引っぱりこむ魂胆かもしれないわ」

リオンダは声を低くしようという努力をいっさい放棄していたが、山高帽子の男——ミスター・マックォン——はリオンダに目をむけて、愛想よくほほえんだだけだった。ついでマックォンは、注意をサリー・ジョンにもどした。

「それではまず、きみのお金を見せてもらおう。さ、お金を出してごらん」

サリー・ジョンは二十五セント硬貨を手わたした。マックォンは片目をつぶり、硬貨をしばし日ざしにかざして検分した。

「ああ、どこから見ても本物のお金だね」そういって、三枚ならんだカードの左側に硬貨をおくと、すばやく道の左右に目を走らせ——警官の姿の有無を確かめたのだろう——皮肉っぽい笑みをたたえたリオンダにウインクを送り、あらためてサリー・ジョンに目をむけた。「さてと、きみの名前は?」

「ジョン・サリヴァン」

マックォンは驚いたように目を見ひらき、山高帽子をそれまでと反対側にかたむけた。その動きで、プラスティックのひまわりが楽しげにうなずいたり揺れたりした。「これはこれは有名人じゃないか! だれの話をしているかはわかるかい?」

「もっちろん。このぼくも、いつかは拳闘士《けんとうし》になれるかもね」サリー・ジョンはそう答えると、マックォンの即席のテーブルの上の中空めがけて左フックを叩《たた》きこみ、つづけて右フックもお見舞いした。「ずばっ、ずばっ」

「これはお見事、ずばっずばっ」マックォンはいった。「さてと、きみのお目々はどんな具合かな、サリヴァンの若旦那《わかだんな》？」

「めちゃくちゃよく見えるよ」

「それなら、そのお目々をしっかり見ひらいて！　いよいよ一騎打ちのはじまりだからね！　そうともさ！　きみのお目々とおれの手の一騎打ち！　そうらそら、上から下へ下から上へ、ぐるっとまわってこっちがあっち。クイーンはどこに行ったやら。とんと見当つきませぬ」カードは前よりもすばやい動きをくりかえし、やがてゆっくりとなり、停止した。

サリー・ジョンはいったん指さしかけたが、顔をしかめて手を引っこめた。片隅がめくれあがっているカードが二枚に増えていた。サリー・ジョンはマックォンを見あげた。いまこの男は、汚らしいランニングの胸もとで腕組みをして、にやにやと笑っていた。

「じっくり考えていいんだぞ、小僧」マックォンはいった。「午前中は商売繁盛で大忙しだったけど、午後はめっきりお客が減ったんでね」

《帽子のつばに鳥の羽根を飾るのが洒落《しゃれ》てると錯覚している手あいだ》ボビーは、テッドの言葉を思い出した。《薄暗い路地でクラップス賭博をやったり……賭博をやりながら、茶色い紙袋に隠した酒瓶をまわし飲みしたりする連中のことだ》

マックォンの帽子には鳥の羽根ではなく、おかしなプラスティックの造花が飾ってあったし、目につく場所に酒の瓶は見あたらなかった……しかし、そのポケットには酒瓶が一本はいっていた。小さい瓶だ。ボビーはそのことに確信をいだいた。一日もおわりに近づいて、客足がしだいに途絶え、目と手の一致協力した動きを隙《すき》のない鋭い状態にたもっておく必要が優先順位リストの一位ではなくなってくるころには、マックォンがその瓶を口に運ぶ回数が増えてくるのだろう。

サリー・ジョンが、いちばん右側のカードを指さした。

《ちがうぞ、サリー・ジョン》ボビーは思った。マックォンがそのカードをひっくりかえした。スペードのキングだった、つづけてマックォンは、いちばん左側のカードもひっくりかえした。こちらはクラブのジャック。クイーンはまんなかに逆もどりしていた。

「残念だったな、小僧。さっきは、ちょっくら目の動きが遅かったみたいだ。でも、それで警察に逮捕されるわけじゃない。どうかな、いいウォーミングアップになったところで、再挑戦と行くか？」

「まいったな……さっきので、全財産をつかいはたしちゃったよ」サリー・ジョンは世にも悲しげな顔を見せていた。

「これでよかったのよ、サリー・ジョン」リオンダがいった。「どれだけお金をもっていようとも、この人にかかったら、あんたは身ぐるみ剝がれて、ちっちゃいパンツ一枚の姿でほうり出されたに決まってるんだから」この言葉に、女の子たちがまたいっせいにくすくす笑いだし、サリー・ジョンは顔をまっ赤に染めた。リオンダは女の子たちにも、サリー・ジョンにも目をむけずにつづけた。「以前マサチューセッツに住んでいたとき、しばらくリヴィア・ビーチで働いていたことがあるの。こんどはわたしが、みんなにこのゲームの仕掛けを見せてあげるわ。一ドル欲しくない？　それじゃ、あんたを喜ばせるだけ？」

「あなたがお相手なら、たとえいくらだろうと、この身は大喜びですとも」マックォンは妙に甘ったるい口調でいうと、リオンダがハンドバッグから一ドル紙幣を抜きだすなり、その紙幣をひったくった。すかさず紙幣を光にかざし、冷たい目つきで検分すると、そのままカードの左側におく。「どうやら正真正銘のお札みたいだ。さて、試合開始といきますか。で、そちらのお名前は？」

「とんだ間抜け女とでも呼んでちょうだい」リオンダは答えた。「もう一回おなじ質問をされても、おんなじように答えるからね」

「リー、いったいなにを考えて――」アニタ・ガーバーがいいかけた。

「いったでしょう？　この手のいかさまを見ぬく目はもってるの」リオンダはいった。「さあて、はじめてちょうだい」

「では遠慮なく」マックォンはうなずくと、両手を目にもとまらぬ速さで動かして、赤い模様を見せている三枚のカードをめまぐるしく動かしていき（上から下へ下から上へ、ぐるっとまわってこっちがあっち、前とうしろも動かして、ちゃんと見てなよこの動き)、ひとしきり動かしてから、また三枚をもとのように横一列にならべた。しかも今回は、三枚ともまったくおなじように隅が軽くめくれあがっている——そのことに気づいて、ボビーは驚きに目をみはる思いだった。

リオンダの薄笑いはすっかり消えていた。リオンダは短い列をつくってならぶ三枚のカードからマックォンに目をうつし、またすぐ視線を下にむけて、片側においてある紙幣に目を落とした。いま紙幣は、すこし前から吹きはじめたわずかな海風にあおられて、ひらひらと揺れ動いていた。しばらくして、リオンダはまた顔をあげてマックォンを見つめた。「このわたしをまんまと騙した。いまあなたはそう思ってるでしょう？」

「まさか」マックォンは応じた。「おれはあんたと一騎打ちしたんだよ。さて、お客さん……あんたのお答えは？」

「そうね、いわせてもらえば、これは本物のまっとうな一ドル札、どこに出しても通用するお金だし、ここでみすみす一ドル損をするのはまっぴら御免よ」リオンダはそう答えて、まんなかのカードを指さした。

マックォンがそのカードをひっくりかえしてキングの絵柄を見せるなり、リオンダの一ドル紙幣はたちまちポケットに吸いこまれた。今回、クイーンは左側に隠れていた。

これで一ドルと二十五セントを稼いだマックォンは、ハーウィッチから来た面々に笑顔をむけた。帽子のふちを飾るプラスティックの造花が、潮の香りをはらんだ空気のなかで静かに前後に揺れていた。

「おつぎはだれかな？」マックォンはいった。「おれの手と一騎打ちしたいというお目々のもちぬしは、はてさて、だれかな？」

「どうやら、わたしたちの完敗みたいじゃない？」ミセス・ガーバーはそういって、テーブルの反対側にいる男に淡い笑みをむけ、片手を娘の肩におき、もう一方の手を眠たげな目つきになっている息子の肩におくと、ふたりの体の向きを変えさせた。

「ミセス・ガーバー？」ボビーは口をひらいた。ほんの一瞬、脳裡《のうり》をこんな思いがかすめた――〝どんなインサイドストレートにも飛びついた〟男と結婚していた母さんがこれを知ったら……こうして息子が、父親ランディ・ガーフィールドゆずりの将来が危ぶまれる赤毛を直射日光で焼かれながら、マックォンとかいう男がぞんざいにつくったテーブルの前に立っていると知ったら……いったいどんな気分になるだろう？　そう思ってボビーはうっすら口もとをほころばせた。いまではボビーも、インサイドストレートがなんなのかを知っていた。ついでにいえば、フラッシュやフルハウスも知っていた。自分で調べたのである。「やってみてもいいかな？」

「ボビー、これだけ遊べばもう充分だと思うけど」

ボビーはポケットに詰めこんだクリネックスの奥から、さいごに残っていた三枚の五セント硬貨をとりだした。

「これが手もちの全財産なんだ」そういって硬貨をまずミセス・ガーバーに、ついでマックウォンに見せてたずねる。「これでもいい？」

「もちろんだとも」マックウォンはいった。「一セントでこのゲームをしたこともあるけど、楽しさはぜんぜん変わらなかったね」

ミセス・ガーバーはリオンダに問いかけの視線を送った。

「あきれた」リオンダはそういいながら、ボビーの頬をつねった。「どうせ散髪代程度のお金じゃない。好きなように散財させて、みんなで家に帰りましょうよ」

「じゃ、やってもいいわよ、ボビー」ミセス・ガーバーはそういって、ため息をついた。

「きみがどうしてもというのなら」

「では、その硬貨をここにおいてもらえるかな、ボブくん。きみにもちゃんと見える場所にね」マックウォンがいった。「どうやら正真正銘のお金みたいだ。さて、はじめてもいいかな？」

「うん、いいよ」

「よし、試合開始だ。ふたりの男の子とひとりの女の子が隠れんぼをするんだぞ。男の子たちには用はない。見事女の子を見つけだしたら、このお金を二倍にして返してやろう」

抜けるように白い器用きわまる指が、カードをつぎつぎに裏返していく。マックォンは立て板に水の口調でまくしたてると、三枚のカードが目にもとまらぬ速さで動きはじめた。ボビーはテーブルの上であちこち動いているカードに目をむけてはいたが、強いてクイーンのカードを目で追ったりはしなかった。そんな必要はなかった。

「これで充分、だんだんゆっくり、はい、おわり。さて、いよいよテストの時間だぞ」裏側の赤い模様を見せている三枚のカードが、もとどおり横ならびになった。「答えてもらおうか、ボビーくん。クイーンはどこに隠れてる？」

「これだ」ボビーはそういって、左側のカードを指さした。

サリー・ジョンがうめいた。「まんなかに決まってるじゃんか、ぼんくら。おれは目を離さずに、ずっとクイーンを追ってたんだからな」

マックォンはサリー・ジョンには目をむけもせず、ひたすらボビーを見つめていた。ボビーはマックォンを見かえした。一拍おいて、マックォンはボビーが指さしたカードに手を伸ばしてひっくりかえした。ハートのクイーンだった。

「そんな馬鹿な！」サリー・ジョンが叫んだ。

キャロルは大喜びの顔で手を叩《たた》き、その場でぴょんぴょん飛び跳ねていた。リオンダは歓声をあげて、ボビーの背中を平手でぴしゃりと叩いた。「すごい、この男を出し抜いたじゃないの！　でかした！」

マックォンはなにやら魂胆の感じられる歪《ゆが》んだ笑みをボビーにむけると、ポケットに手を突っこんで、ひとつかみの小銭をとりだした。

「なかなかやるな、小僧。きょう一日で、おれさまが負かされたのははじめてだぞ。といっても、わざと負けてやったのは勘定にはいらない」マックォンは二十五セント硬貨をひとつ、五セント硬貨をひとつえらびだし、ボビーの十五セントの横においた。「どうだ、再賭《さいが》けするか？」勝った賭け金をそのまま、また賭け金にまわすという意味の言葉だったが、ボビーのきょとんとした顔を見て、マックォンはいいなおした。「もういっぺんやってみたいか？」

「いいの？」ボビーはアニタ・ガーバーにたずねた。

「勝っているうちにやめたほうが無難じゃない？」ミセス・ガーバーは口ではそういったものの、目にはきらめきが宿っていたし、道路が渋滞しはじめる前に家に帰ろうという気持ちも、すっかり忘れ去ったように見えた。

「うん、勝っているうちにやめるつもりだよ」ボビーはミセス・ガーバーにいった。

マックォンは笑った。「こりゃ、えらく鼻っ柱の強い坊主《ぼうず》だな！　あと五年たっても、あごには一本のひげも生えないようなガキだってのに、鼻っ柱の強さだけはもう一人前ときてやがる。さあて、どうする、鼻っ柱小僧？　もう一回ゲームをやってみるか？」

「もちろん」ボビーは答えた。もしキャロルやサリー・ジョンから、鼻っ柱の強い自慢屋だなどと指摘されたら、本気になって抗弁したところだ。ジョン・ウェインから宇宙レンジャーのラッキー・スターにいたるまで、これまでボビーが憧《あこが》れてきた英雄たちはみな、世界を破滅から救ったり幌馬車隊《ほろばしゃたい》を危機から救ったりしたあとには、「たいしたことじゃないさ」と謙遜《けんそん》すると決まっていた。しかし、マックウォンにむかって自分を弁護する必要は感じなかった。この男は青いショートパンツをはいた下衆男で、たぶんカード詐欺師《さぎし》なのだから。それに、いまボビーの頭のなかで得意げに自慢をしようなどという気持ちはいちばんちっぽけなものだった。これが父さんのインサイドストレートのようなものだとは思っていなかった。インサイドストレート――ポーカーで、ある数字のカードがあいだにはいればストレートができる手――は、しょせん希望と当て推量にすぎない。ハーウィッチ小学校の用務員をつとめるチャーリー・イヤーマンにいわせれば、〝愚者のポーカー〟だ。イヤーマンは、サリー・ジョンやデニー・リヴァーズがまったく知らないこのカードゲームのすべてを、ボビーに喜んで教えてくれた。しかし、こちらのゲームには当て推量はない。

マックウォンは、これまでよりもまじまじとボビーを見つめていた。自信のほどをうかがわせる冷静なボビーの態度に不安を禁じえない顔つきだった。それからマックウォンは手を上にもっていって山高帽子の傾き具合を直し、両腕を前に突きだして指をもぞもぞと屈伸させた。漫画映画の《メリー・メロディーズ》のシリーズで、バッグズバニーがカーネギーホールでピアノを弾く前に見せた動作によく似ていた。「目ん玉をよくあけて見てるんだぞ、鼻っ柱小僧。いいか、最初っからさいごまで、おれもこんどは本気で行くからな」

たちまちカードがぼやけて、ピンク色の一枚のフィルムと化したかに見えた。背後でサリー・ジョンが、「こりゃおったまげた」とつぶやく声がボビーの耳にとどいた。キャロルの友だちのティナが、「いくらなんでも速すぎやしない？」とすました声で非難していたのが妙におかしかった。今回もボビーはすばやく動くカードに目をむけていたが、それが当然とまわりから思われているように感じたので目をむけていただけだった。今回マックォンがやくたいもない口上をいっさい省いていたのが、救いといえば救いだった。

やがてカードの動きがとまった。マックォンは両眉《りょうまゆ》を吊《つ》りあげて、問いかけるようにボビーを見つめた。口もとには薄笑いが浮かんでいたが、呼吸は速まり、上唇の上にはうっすら汗がにじんでいた。

ボビーはすぐさま、右側のカードを指さした。「これがクイーンだよ」

「なんでわかる？」マックォンが笑みの消え失《う》せた顔でたずねた。「いったい全体、なんでわかるんだ？」

「だって、わかるんだもの」ボビーは答えた。

マックォンはカードをひっくりかえそうとはせず、ただ頭をわずかに動かしてメインストリートを見やった。先ほどまでの薄笑いに代わって顔に貼《は》りついていたのは、いかにも不機嫌そうな表情だった——唇はへの字にひん曲がり、眉間《みけん》には皺《しわ》が一本できていた。帽子に挿《さ》された造花のひまわりさえ腹を立てているようで、前後に揺れるその動きも、さきのような陽気な雰囲気ではなく、なにやら拗《す》ねているそぶりに見えた。

「いまのシャッフルで、おれを負かしたやつはいなかったんだ」マックォンはいった。「ああ、いまのシャッフルでおれを負かしたやつは、ひとりだって、いやしなかった」

リオンダはボビーの肩ごしに手を伸ばし、ボビーが指さしたカードをひっくりかえした。ハートのクイーンだった。こんどは子どもたち全員が拍手をした。拍手の音に、マックォンの眉間の皺がますます深くなった。

「わたしの見たところ、あんたはこの鼻っ柱小僧のボビーに、そこにある四十五セントの二倍、つまり九十セントを払うことになりそうね」リオンダはいった。「どうなの、払う気はある？」

「もし払わなかったら？」マックォンは、渋面をリオンダにむけた。「どうするんだい、ちびでぶちゃん？　警官でも呼ぶか？」

「ねえ、もうこのまま帰ったほうがいいんじゃない？」アニタ・ガーバーが不安そうな声でいった。

「警官を呼ぶ？　このわたしがそんな真似《まね》をするわけがない」リオンダはアニタの言葉を無視してつづけた。その視線は一瞬たりともマックォンの顔から離れない。「まったく、たった九十セントを払うだけだっていうのに、あんたったら漫画の赤ちゃんアヒルがパンツにうんちを洩《も》らしちゃったときみたいに情けない顔になっちゃって。神さまが泣くわよ！」

しかし、ボビーにはわかっていた——これは金の問題ではない。これまでにも負けて、もっと大きな金額を相手に払ったことはある。〝サクラ〟相手に負けたこともあるし、〝逃げ〟を打つためにわざと負けたこともある。しかしいまマックォンが頭から湯気を噴きあげるほどの怒りに駆られているのは、これが本気のシャッフルだったからだ。年端《としは》もいかないガキに、シャッフルで負けたことが気にくわないのである。

「金を払ってもらえなかったら、そうだね」リオンダはつづけた。「ここのメインストリートで耳を貸してくれる人がいたら、あんたがどんな守銭奴かをたっぷり話してきかせてやるわ。あんたはみんなから、九十セントのマックォンと呼ばれるでしょうね。そんなことをされて、商売に響くとは思わない？」

「おれの商売なんかより、あんたの命に響くことをしてやりたい気分だよ」マックォンは険悪にうなったが、それでもポケットに手を突っこんで、またひとつかみの硬貨を——今回は前よりも額の大きな硬貨を——とりだし、すばやくボビーの儲《もう》け分を勘定した。「さあ、これで九十セントだぞ、小僧。どっかで自分にマティーニでも奢《おご》るんだな」

「ぼく、ほんとに当てずっぽうでいっただけなんだよ」ボビーはそういいながら、硬貨をすばやく手のひらにしまいこみ、そのままポケットに突っこんだ。硬貨の重みで、ポケットがずしりと垂れ下がった。いまにして思えば、けさの母親との口喧嘩《くちげんか》はなんと馬鹿《ば》《か》らしいものだったことか。結局は、来たときよりもたくさんのお金をポケットにしまって家に帰ることになった。だったら、あんな喧嘩にはなんの意味もなかった。なんの意味も。「ぼくって、当てずっぽうが得意なんだ」

マックォンは肩の力を抜いた。どちらにせよ、この男に人を傷つけようという気はなかった――こいつは下衆男のひとりかもしれないが、人を傷つける人間ではないし、そもそも巧みに動く細長い指をもった手で拳骨《げんこつ》をつくるような不名誉な真似をするはずはなかった。それでもボビーは、この男を不愉快な気分のままにしておきたくはなかった。マックォン本人が、わざと〝逃げ〟を打ったといえるようにしてやりたかった。

「そうだな」とマックォン。「たしかにおまえは、当てずっぽうが抜群に得意みたいだ。だったら、三回めも当てずっぽうで正解してみるか、ボビー？　巨万の富が待ってるぞ」

「ほんとに、もうそろそろ行かないと」ミセス・ガーバーがせわしない口調でいった。

「もう一回やったら、こんどこそぼくが負けるよ」ボビーはいった。「ありがとう、マックォンさん。楽しいゲームでした」

「わかった、わかった。とっとと失せな、小僧」マックォンは、すでにメインストリートのほかの客引きたちと同様に、列のずっと先のほうにばかり目をむけていた。そう、新たなカモを血眼《ちまなこ》でさがしていたのである。


帰路のあいだ、キャロルとその女の子の友だちはずっと畏敬《いけい》のまなざしでボビーを見つめていた。サリー・ジョンは、困惑混じりの尊敬とでもいうべき目つき。おかげでボビーは、なんだか居ごこちのわるい思いを味わわされた。途中でいちどリオンダがうしろの座席に顔をむけて、つくづくとボビーの顔を見つめてきた。

「ほんとは当てずっぽうじゃなかったんでしょう？」

ボビーは慎重にリオンダの表情を見まもり、いっさいのコメントをさし控えた。

「あんたにはね、〈ひらめき〉があるのよ」

「〈ひらめき〉って？」

「わたしの父はあまり賭け事に強くなかったんだけど、ときどきナンバーズくじの数字に妙な勘がはたらいたことがあったの。で、それを〈ひらめき〉って呼んでた。その〈ひらめき〉に恵まれたときには、賭けをしていたわ。五十ドルも勝ったことがあったっけ。それこそひと月分もの食料品を買ってきてくれた。あんたも、さっきはそういうひらめきに恵まれたんじゃない？」
「そうかもしれないね」ボビーは答えた。「もしかしたら、ぼくにもその〈ひらめき〉があるのかも」

ボビーが家に帰ったとき、母親はポーチのぶらんこ椅子《いす》に横ずわりしていた。すでに土曜日用のスラックス姿に着替えていた母親は、物思わしげな顔でぼんやり道路に目をむけていた。キャロルの母親が運転する車が走り去っていくときには、ちょっとだけ手をふり、そのあともアニタが自分の家のドライブウェイに車を乗り入れるまで見まもっていた。ボビーは重い足を引きずって、玄関に通じる小道を歩いていった。母親の頭に去来している思いは手にとるようにわかった。海軍所属のミセス・ガーバーの夫はいまは家にいないが、それでもアニタに夫がいるという事実に変わりはない。おまけにアニタは、エステート・ワゴンも所有している。一方リズにあるのは、自分の足だけ。多少遠くに行くときにはバスに乗り、ブリッジポートまで行く用事ができたときにはタクシーに乗るしかない。

しかしボビーには、母親がもう自分のことを怒っていないことがわかった。これはこれでひと安心だった。
「〈セイヴィンロック〉では、いっぱい楽しんできた？」

「最高だったよ」ボビーはそう答えて、思った。《それがどうしたっていうのさ、母さん？　どうせ、ぼくが海岸でどんな一日を過ごしたかなんてことには関心のかけらもないくせに。ほんとはいまなにを考えてるの？》しかし、ボビーにはわからなかった。

「よかった。あのね、きいてほしい話があるの……けさは、あんなふうにおまえと口喧嘩をして、母さんはすまないと思ってる。土曜日に出社するのは、ほんとうにいやなのよ」さいごの一節は、まるで吐き捨てるような口調だった。

「いいんだよ」

母親はボビーの頰に指先をあてがって、かぶりをふった。「おまえの白くてきれいな肌はどこに行っちゃったの？　おまえはいくら日にあたっても、褐色に日焼けすることはないのよ。おまえはそういう性質《たち》なの。さあ、家にはいりましょう。日に焼けて赤くなっているところに、ベビーオイルを塗ってあげるから」

ボビーはリズのあとから家にはいってシャツを脱ぎ、ソファにすわった母親の前に立った。母親は香りのよいベビーオイルを背中や腕や首すじ、さらには頰にまでべたべたと塗ってくれた。気持ちがよかったし、自分がどれほど母親を愛しているか、母親からこうしてふれられることをどれほど愛しているかということを、あらためて嚙《か》みしめるきっかけにもなった。ぼくが観覧車でキャロルとキスをしたことを話したら、母さんはどう思うだろうか？　にっこり笑ってくれるだろうか？　いや、そうは思えない。おまけにマックォンと三枚のカードの件を話したりしたら――

「そういえば、上の階に住んでるおまえの友だちの顔を見てないわ」母親はベビーオイルの瓶にふたをしながらいった。「上の部屋にいるのはわかるのよ。ラジオでやってるヤンキースの試合中継がきこえてくるから。でもポーチのほうが涼しいのに、外に出てこないなんて、おかしな話だと思わない？」

「そんな気分じゃないんじゃないかな」ボビーは答えた。それから――「母さん、なんともない？」

母親は、はっとした表情になってボビーを見つめた。「ええ、なんともないわ」

そういって母親はほほえみ、ボビーも笑顔を返した。笑顔をとりつくろうのは容易ではなかった。というのも、母親がなんともない状態だとはどうしても思えなかったからだ。いや、それどころか、そんな状態とは正反対であることにボビーは確信をもっていた。

そう、ボビーには〈ひらめき〉があるのだから。

その晩もボビーは両足のかかとをベッドの隅に押しつけて仰向《あおむ》けに横たわり、目を大きく見ひらいて天井を見あげていた。部屋の窓はあけはなたれ、そよ風の息づかいにあわせてカーテンが窓を出入りしながら揺れていた。どこかの家のおなじようにひらいた窓からは、プラターズが《日の名残りのなか、ぼくたちは青い空の下でデートをつづけるんだ》と歌う声がきこえてきた。もっと遠いところからは眠気を誘うような飛行機の音と、車のクラクションがきこえてきた。

リオンダの父親はこれを〈ひらめき〉と呼んでいて、毎日のナンバーズくじで五十ドルを当てたことがあったという。あの場でボビーはリオンダの意見に同意したが——そう、〈ひらめき〉だ。ぼくには〈ひらめき〉がある——ナンバーズくじの番号を当てるようなことは、逆立ちしてもできないに決まっている。肝心なのは……

《肝心なのは、あのマックォンさんが毎回、クイーンがどこにいるのかをちゃんと知っていたということだ。だから、ぼくにもわかったんだ》

ひとたびその結論に達すると、ほかにもあれこれと腑《ふ》に落ちてくることがあった。考えてみれば、あまりにも当たり前のことだったが、なんといってもボビーには楽しいことがいっぱいあったし……それに……人は、自分が事実として知っていることをあえて疑問視することはないのでは？　〈ひらめき〉——青天の霹靂《へきれき》のように降りかかってくる感覚——ならば、自分で疑問に思うかもしれない。しかし、確固たる事実として知っていることをわざわざ疑問視する人はいない。

とはいうものの、母親の部屋のクロゼットのいちばん上の棚に〈シアーズ〉のカタログがあって、その下着のページに紙幣がテープで留めてあることを、自分はどうやって知ったのだろう？　だいたい、そんなところにカタログがあることをどうやって知ったのか？　母親からそんな話をきかされたことはない。二十五セント硬貨を青い水差しに貯《た》めていることも、母親からはひとことも教えられてはいなかったが、もう何年も前から知っていた。母親はどうやらボビーにはなにも見えていないと考えているようだが、むろんそんなことはない。しかしカタログの件は？　あの二十五セント硬貨が両替で紙幣になり、その紙幣がテープでカタログに留められることになるということについては？　ふつうに考えれば、そんなことを自分が知っているはずがないではないか。しかし、こうやってベッドに横たわり、〈トワイライト・タイム〉がおわったあとではじまった〈アース・エンジェル〉を耳にしているいまも、カタログがあそこにあることは知っていた。自分がそれを知っているのは、ひとえに母親がそれを知っているからであり、この事実がいま母親の頭の前面をかすめていったからだ。観覧車に乗っているときも、ボビーはキャロルがもういちどキスをしてほしいと思っているのを知っていた。キャロルがそう思ったのは、これが正真正銘の男の子にしてもらったファースト・キスであり、それなのにろくすっぽ注意を払っていなかった――それこそ、なにが起きているのかをはっきり認識する前にキスがおわってしまった――からだということも知っていた。しかし、そういったことを事実として知ることができても、未来を知ることはできない。

「そう、ただ人の心を読みとっているだけなんだ」ボビーは小声でささやき、つぎの瞬間、日焼けがすべて氷と化したかのように全身をぞくりとふるわせた。
《気をつけるんだぞ、ボビー――気をつけていないと、さいごには下衆男たちにとり憑《つ》かれてるテッドみたいに頭がいかれちまうからな》
ずっと遠く、街の中央広場の時計が十時の鐘を鳴らしはじめた。ボビーは頭をめぐらせて、机の上の時計を見やった。ビッグ・ベンは、いまがまだ九時五十二分だと告げていた。
《そういうことか。ダウンタウンの時計がすこし進んでるか、ぼくの時計がちょっと遅れてるだけだろう。どうってことないよ、マクニール。さあ、もう寝るんだ》
そう簡単に寝つけるとは思っていなかったが、きょうが波瀾《はらん》万丈の一日だったことも あって――母親との口喧嘩、スリーカードモンテの男に勝って金を稼いだこと、それに観覧車のてっぺんでのファースト・キス――ボビーは心地よく眠りにむかってただよいはじめた。
《キャロルは、ほんとにぼくのガールフレンドなのかもしれないな》ボビーは思った。《やっぱり、ぼくのガールフレンドなのかも》
街の広場の時計が定刻よりも早く時を告げる鐘の音が、しだいに小さくなりながらもまだ空中に響きわたっているあいだに、ボビーは眠りに落ちていた。

ボビー、新聞を読む。

茶色、胸もとだけが白。リズに願ってもないチャンス到来。

キャンプ・ブロード・ストリート。落ち着かない一週間。

プロヴィデンスへの出発。

V

月曜日、母親が出勤していったあと、ボビーはテッドの部屋まであがっていって、新聞を読んでやった（じつをいえば、テッドの目はまだまだ新聞を読める視力をそなえてはいたが、いまではボビーの声をきくのが楽しみになってきたし、ひげを剃《そ》りながら記事を耳できくという贅沢《ぜいたく》が身についてしまった、ということだった）。テッドがドアをあけはなしたバスルームに立って、顔から剃刀《かみそり》で泡を剝《は》ぎ落としていくあいだ、ボビーは新聞のさまざまなセクションからつぎつぎと見出しを読みあげて、テッドの意向をたずねていた。

「《ヴェトナムでの軍事衝突が激化》は？」

「朝食前にそんな記事か？　いや、ご勘弁願いたいね」

「《ショッピングカート牧場？　地元住民逮捕》は？」

「最初の段落だけ読みあげてくれないかな、ボビー」

「『われわれ警察は昨日の夜遅く、ハーウィッチのポンド・レインにあるジョン・T・アンダースンの自宅をたずねました。アンダースンはその場で、自分の趣味について滔々《とうとう》と語りはじめました。自分の趣味は、スーパーマーケットのショッピングカートだとね』こう語るのは、ハーウィッチ警察署所属のカービー・マロリー巡査である。『しかしわれわれ警察は、アンダースンのコレクションのある部分について、それが正当な手段で入手されたものであると納得することができませんでした』マロリー巡査の推測は、まさに真実を射抜いていたことが判明した。アンダースンの自宅裏庭にあつめられた五十台以上のショッピングカートのうち、すくなくとも二十台はハーウィッチの〈A&P〉および〈トータル・グロサリー〉からの盗品だった。それ以外にも、スタンズベリーの〈IGAマーケット〉から盗まれたカートも数台発見された」

「もういい」テッドはそういって湯で剃刀をすすぎ、もういちど剃刀をもちあげて、首すじのなめし革のような皮膚に刃をあてがった。「強迫観念に駆られての悲しむべき窃盗行動を、田舎街一流のユーモアのセンスでもって笑い物にしているわけか」

「なんの話か、よくわからないんだけど」

「その記事から察するに、アンダースンさんはノイローゼを患《わずら》っているようだ。言葉をかえていうなら、心の病気だよ。で、きみは心の病気がお笑いぐさだと思うかね?」

「まさか。頭のネジがゆるんじゃった人は気の毒だなって思うよ」

「きみがそう答えるのをきいて、わたしもうれしいよ。知りあいにも、頭のネジがゆるんだどころか、完全に吹き飛んでしまった者がいてね。はっきりいって、そういう人間がそれはもうたくさんいた。そういう人たちは痛ましいものだし、人に畏怖《いふ》の念を呼び起こすことも、恐ろしさを感じさせることもあるが、決して笑いものなどではない。《ショッピングカード牧場?》か。やれやれ。ほかにはどんな記事が?」

「《ヨーロッパでの交通事故で若手女優死亡》は?」

「ごめんだね」

「《ヤンキース、セネターズとのトレードで内野手獲得》?」

「ヤンキースがセネターズ相手になにをしようとも、わたしにはいっさい関心がないな」

「《アルビーニは負け犬の役割に甘んじるか?》は?」

「ああ、その記事を読んでくれ」

テッドははためにも苦労してのどのひげを剃りながら、真剣に耳を傾けていた。ボビーにはあまりおもしろい記事に思えなかったが——なぜならフロイド・パタースンやインゲマール・ヨハンソンについての記事ではなかったからだ（ちなみにサリー・ジョンは、このスウェーデン出身のヘビー級世界チャンピオンのことを〝インギー・ベビー〟

と呼んでいる〉——それでも注意を払いながら読み進めていった。〈ハリケーン〉の異名をとるトミー・ヘイウッドとエディ・アルビーニの十二ラウンドの試合は、来週水曜日の夜にマディスン・スクエア・ガーデンでおこなわれる予定になっていた。どちらのボクサーも赫々《かっかく》たる戦歴のもちぬしではあるが、おそらく年齢が重要な——そして勝敗を決する——要素になると見られていた。三十六歳のエディ・アルビーニにたいし、まだ二十三歳の若さのヘイウッドが断然有利とのもっぱらの観測だった。この試合の勝者は、ヘビー級のタイトルマッチに出場することになるかもしれない。タイトルマッチがひらかれるのは秋、おそらくそのころにはリチャード・ニクソンが大統領になっていることだろう（ボビーの母親はニクソンが大統領になるのは自明の理だ、という意見だった。ケネディはたしかにカトリック教徒だが、そんなことはどうでもいい。あの男はまだ青二才の若僧だし、激しやすいという欠点もある、と）。

記事のなかでアルビーニは、なぜ自分が負け犬なのかは理解できると語っていた——自分はもう若くないし、この前の試合ではシュガー・ボーイ・マスターズにテクニカルノックアウト負けを食らっている。それにヘイウッドのほうがリーチが長く、若いわりにはとても才能のあるボクサーだ。しかし、いま自分は集中的にトレーニングをおこなっている。縄飛びをたっぷりこなし、身ごなしもジャブの流儀もヘイウッドそっくりな男を相手にしてスパーリングをおこなってもいる。記事には、〝闘志〟や〝強固な意思〟

という単語が乱舞していた。アルビーニは〝闘志満々〟と形容されていた。ボビーには、この記事の筆者が来たる試合でアルビーニが手ひどくぶちのめされると予想していることや、アルビーニを哀れに思っていることが感じられた。ハリケーン・ヘイウッドのほうは取材に応じていなかったが、マネジャーのI・クラインディースト（この名前の発音はテッドに教わった）という男は、これがエディ・アルビーニのさいごの試合になるだろう、と話していた。「たしかにアルビーニはトップに立った男だが、その栄光の日々はもう過去のものとなった。もしエディを六ラウンドまでに倒せなかったら、わたしは罰としてハリケーンのやつを夕食抜きで寝かせるつもりだよ」

「アーヴィング・クラインディーストは〈カ-マイ〉だな」テッドはいった。

「え、なんだって？」

「馬《ば》鹿《か》者《もの》という意味だよ」テッドは窓の外に目をむけ、ミセス・オハラの愛犬の声の方角を見つめていた。テッドがときおりおちいる完全にうつろな状態にはなっていなかったが、それでも心が遠くをさまよっている状態だった。

「この人を知ってるの？」ボビーはたずねた。

「いやいや、まさか」テッドはいった。最初はそんな質問をされて面食らっていたようだが、すぐ愉快そうな顔を見せる。「知りあいというのじゃないが、知っていることは知っているとも」

「なんだかぼくには、このアルビーニっていうボクサーが負けそうに思えるけど」

「いざとなればどうなるか、それはだれにもわからない。だからこそ、世の中はおもしろいんだがな」

「それ、どういう意味？」

「なんでもないさ。さあ、連載漫画を読んでくれ。《フラッシュ・ゴードン》がきたいんだ。そうだ、デイル・アーデンがどんな服を着ているかを忘れずに教えてくれよ」

「どうして？」

「そりゃもう、ふるいつきたくなるような別嬪《べっぴん》さんだからに決まってるだろうが」テッドが答え、ボビーは思わず大爆笑していた。笑いをこらえきれなかった。ときたまテッドは、とことんお茶目な一面を見せた。


その翌日、〈スターリング・ハウス〉で夏の野球チーム活動に必要な書類の残りを記入して提出してきた帰り道のこと、ボビーはコモンウェルス公園の楡《にれ》の木に、丁寧な活字体で書かれたポスターが画鋲《がびょう》で留めてあることに気がついた。


お願い！　フィルをさがしてください！

フィルはウエルシュコーギー犬です！

フィルは七歳です！
フィルは茶色、胸もとだけが白です！
目はきらきらと輝き、見るからにお利口さんです！
両耳の先端が黒くなっています！
『急いで、フィル』と声をかけるとボールをもってきます！
ヒューシトニック五‐八三三七までお電話を！
（あるいは）
ハイゲイト・アヴェニュー七四五番地まで連れてきてください！
これがわたしたちサガモア家の住所です！

フィルなる犬の写真はなかった。

ボビーは、かなり長いあいだその場に立って、ポスターを見つめていた。頭のなかには、いますぐアパートに走って帰って、テッドにこれを報告したがっている部分もあった。このポスターの件だけではなく、石蹴《いしけ》り遊びの格子《こうし》の横にチョークで描かれていた三日月と星のことも話そうと思っていた。しかし頭のほかの部分からは、公園にはほかにもあらゆる種類のポスターが貼《は》りだされていると指摘する声や――たしかに、いま立っている楡の木のすぐ向こう側の楡には、街の中央広場でひらかれるコンサートの宣伝ポスターが貼ってあった――テッドにこんな話をわざわざきかせるなんて、いかれているにもほどがあると話す声がきこえてきた。相反するふたつの考えが頭のなかで激しく争い、やがてその争いは二本の木の棒が強くこすりあわされるようなレベルにまで達して、ボビーの脳みそは燃えあがる危険にさらされた。

《もう考えるのはよそう》ボビーはポスターからあとじさって離れながら、自分にいいきかせた。そのときだった。頭の奥深いところに潜む声――危険なほど大人の声――が、おまえはこういったことを考えるためにお金をもらっているし、こういったことを教えるためにお金をもらっているんだぞといって、ボビーに抵抗してきた。ボビーはその声にむかって、いいから黙っていろと命じた。声は命令にしたがった。

家に帰ると、きょうも母親はポーチのぶらんこ椅子《いす》に腰かけており、普段着の袖《そで》をつくろっていた。母親が顔をあげると、目の下が腫《は》れて、瞼《まぶた》が赤くなっていることがボビーにも見えた。母親の片手には、丸めたクリネックスがあった。

「母さん――？」

《いったいどうしたの？》と言葉をつづけるつもりだったが、そんな質問を口にするのは賢明な態度とはいえまい。むしろ厄介な事態を引き起こしかねないからだ。〈セイヴィンロック〉への日帰り旅行の日に体験したような明敏な洞察には恵まれなかったが、それでも母親のことは知っている。気分が荒れているときに、母親がどんな目つきをむけてくるかも知っていれば、神経を張りつめさせているときに母親がクリネックスを握った手をどうするかも、その手が拳骨《げんこつ》同然にまで握られることも知っている。それに、ひゅっと息を吸いこんで背すじをすっくと伸ばし、楯《たて》つこうという者があれば戦いをうけて立つそなえを固めるしぐさも知っていた。

「どうしたの？」母親がたずねてきた。「その頭に、髪の毛以外のなにかが生えでもした？」

「ちがうよ」ボビーは答えた。自分の耳にさえ、その声はぎこちなく、妙なことに恥らっているかのように響いた。「いま〈スターリング・ハウス〉に行ってきたんだ。野球チームの選手リストができたからね。ぼく、今年の夏もウルフ・チームだったよ」

母親はうなずき、その肩からわずかに力が抜けた。

「来年はライオン・チームにはいれるに決まってるわ」そういうと、裁縫道具のバスケットをぶらんこ椅子からポーチの床に降ろし、椅子の空いた部分を手で叩《たた》く。「ちょっとでいいから、母さんのとなりにすわって。おまえに話しておきたいことがあるの」

ボビーは不安の胸騒ぎを感じながら、ぶらんこ椅子に腰を降ろした。なんといっても母親はこれまで泣いていたようだし、口調も重く沈んでいたからだ。しかし結局は——すくなくともボビーの立場から見るかぎり——たいした問題ではないことが判明した。

「バイダーマンさん——ドン——から誘われたの。プロヴィデンスで開催される業界のセミナーに、クッシュマンさんとディーンさんのふたりといっしょに行くから、きみも来ないかってね。わたしにとっては、大きなチャンスなのよ」

「セミナーってなに？」

「ひとことでいえば、会議のようなものね——いろいろな人があつまって、ひとつのテーマについて勉強したり議論をかわしたりするの。今回のセミナーのお題は〈六〇年代の不動産業界〉というもの。ドンからセミナーに誘われたのは、ほんとうに意外だった。ビル・クッシュマンとカーティス・ディーンも行くには行くけど、それも当然よね、あのふたりは正規の免許をもった不動産周旋業者なんだから。でも、ドンがわたしにも誘いの声をかけてきたとなると……」母親はつかのま言葉を途切らせたまま、ボビーに顔をむけて笑みを見せた。ボビーの目にはそれが本心からの笑みに見えたが、その反面で泣きはらして赤くなった瞼とは妙にちぐはぐな印象もあった。「母さんは、ずっと前から自分も免許をもった不動産業者になりたいと思ってた。そこに今回のお誘いが……それこそ青天の霹靂《へきれき》みたいに飛びこんできて……そう、わたしにとっては願ってもないチャンスなのよ、ボビー。わたしたちふたりの生活も、これをきっかけに大きく変わるかもしれないし」

ボビーは、母親が自分の手で不動産を売れる日を夢見ていることを知っていた。その種の本を何冊も買いこんでは、毎晩のように寝る前にすこしずつ読んでいたし、本の一部に下線を引いていることもよくあった。しかし、これが願ってもないチャンスだというのなら、どうして母親は泣いていたのだろう？

「うん、よかったね」ボビーはいった。「最高じゃん。母さんがいっぱい勉強してくるといいな。で、いつなの？」

「来週よ。わたしたち四人は火曜日の朝早くにこっちを出発して、帰ってくるのは木曜日の夜の八時ごろになるわ。会議はぜんぶウォーウィック・ホテルでひらかれるし、わたしたちもおなじホテルに泊まることになる。ドンがもう部屋を予約しているのよ。ホテルに泊まるなんて、十二年ぶりくらいだと思う。だから、ちょっぴり緊張してるの」

緊張しているからといって泣くだろうか？　ボビーは内心首をかしげた。でも、大人になればそういうこともあるのかもしれない——大人の女の人となれば、なおさらそうなのかもしれない。

「それでね、おまえからサリー・ジョンに頼んでみてくれない？　火曜日と水曜日のふた晩、おたくに泊めてもらえないかって。サリヴァンさんの奥さんならきっと——」

ボビーは首をふった。「だめだよ」

「なんでだめなの？」リズは剣呑《けんのん》な表情でボビーをにらみおろしてきた。「だって、サリヴァンさんは、前にもおまえを家に泊めてくれたことがあるじゃないの。まさか、おまえがなにかしでかして、サリヴァンさんのブラックリストに名前が載ったとか？」

「ちがうよ、母さん。サリー・ジョンのやつ、キャンプ・ウィニーで過ごす一週間のキャンプに懸賞で当選したんだ」いかにも売り口上めいた調子の言葉にわれながら笑いを誘われそうになったが、ボビーは笑みをこらえた。母親がいまもまだ剣呑な顔つきでにらみつけていたからだが……その顔つきに混じって、うろたえたような表情がのぞいてはいないだろうか？　狼狽《ろうばい》だかなんだか、その手の表情が？

「キャンプ・ウィニーってなに？　いったい、なんの話をしてるの？」

そこでボビーは、サリー・ジョンが抽選でキャンプ・ウィニウィナイアでの一週間の旅という大当たりを当てたことや、その一週間を利用してミセス・サリヴァンがウィスコンシン州の両親をたずねることにした話などを説明していった。ちなみに後者の旅程も、〝でっかい灰色ワン公〟ことグレイハウンドの長距離バスの件もふくめて、すでに一切合財が決まっていた。

「くそ。なんてツイてないんだろう、わたしって」母親はいった。母親の口からこの種の罵《のの》りの文句が出ることはめったになかったし、罵りの言葉や〝いかがわしい言葉〟（これは母親の表現）を口にするのは、学のない人間であることの証拠だとまでいっていた。その母親がいま握り拳《こぶし》をつくって、ぶらんこ椅子の肘かけを殴りつけていた。

「ええい、くそ……こん畜生」

そのあと母親はしばし動きをとめて、じっとなにやら考えをめぐらせていた。ボビーも考えこんでいた。おなじ町内でもうひとり友だちをあげるならキャロルだろう。しかし、母親がアニタ・ガーバーに電話をかけて、ボビーを泊まらせてくれないかと頼むとは考えられなかった。キャロルは女の子で、なぜかはわからないが、この事実が友人宅での外泊に大きな意味をもつらしいからだ。では、母親の友人はどうか？　ありていにいうなら、母親には友人といえる人間がいない……例外はドン・バイダーマンくらいだろう（それに、いっしょにプロヴィデンスのセミナーに行くというふたりも、やはり友人かもしれない）。ただの知人ならたくさんいる。スーパーマーケットからの帰宅途中や金曜日の夜にダウンタウンの映画館に行ったりするとき、道で顔をあわせればちょっとした挨拶《あいさつ》をかわしあう程度の知人ならたくさんいるが、十一歳の息子をふた晩泊めてくれないかと頼めるような相手はいなかった。親戚《しんせき》も——ボビーの知っている範囲では——いない。

ボビーと母親は、合流点に通じている二本の道を旅している人のように、しだいに共通の結論へと近づきつつあった。先に結論にたどりついたのはボビーだったが、それとて一、二秒程度の差しかなかった。

「テッドに頼んでみたら？」そう口にしたとたん、あわてて片手で口を覆《おお》いかけたが、結局その手は膝《ひざ》よりすこし上で静止して、下に落ちていった。

母親はその手の動きを、昔ながらの皮肉っぽい薄笑いを浮かべた顔で見まもっていた。

これは、母親がこんなことをいいたいときに見せる表情だった。《死ぬ前に恥をしのんで謝る羽目になるわよ》とか、《ふたりの男が刑務所の鉄格子《てつごうし》から外を見てる――ひとりはぬかるみを、もうひとりは星をね》とか。そしてきわめつきは、もちろん母親いちばんのお気にいりである《人生は不公平なものよ》だ。

「おまえはあの人とふたりきりになると、そんなふうにテッドと呼びかけてるけど、まさかそのことをわたしが知らなかったとでも？」母親はたずねた。「そんなふうに思ってるとしたら、おまえは母さんが〝頭のわるくなる薬〟を飲んでるとでも思ってるのね、ボビー坊や」

母親はすわりなおして、道路のほうに目をむけた。クライスラー・ニューヨーカーがゆっくりと通り過ぎていった。車体後部にひれ《フィン》があり、フェンダーには裾飾り《スカート》がついていて、クロームめっきの部品が要所要所のアクセントになっていた。ボビーは、通り過ぎる車を目で追っていた。運転していたのは高齢の白髪の男で、青い上着を着ていた。あの人はたぶん問題ないだろうな――とボビーは思った。年をとってはいるけれど、下衆男には見えない。

「もしかしたら、うまくいくかもしれないわね」しばらくののち、リズはいった。内心の思いをそのまま口にしたようなその言葉は、ボビーにではなく、むしろ自分に語りかけているように響いた。「じゃ、ブローティガンさんに相談するだけしてみましょうか」

母親のあとをついて階段をあがっていきながら、ボビーは思った。いったい母さんは、いつからテッドの名字をきちんと発音できるようになったんだろう？　一週間前から？　それともひと月前？　《最初から発音できたに決まってるだろ、ぼけなす》ボビーは思った。《テッドが引っ越してきた最初の日からだよ》

最初ボビーは、テッドはそのまま三階の部屋にとどまり、自分は一階の部屋で寝ればいいと思っていた。双方のドアをあけはなしておけば、たがいになにか用事ができたときには、大声で呼びかければすむ。

「だけどね、おまえが夜中の三時に怖い夢で目を覚まして、大声でブローティガンさんに呼びかけたりしたら、キルガレンさんやプロスキーさんたちがあまりいい気分じゃないと思うの」リズは棘《とげ》のある口調でいった。キルガレン一家とプロスキー一家は、ともに二階の狭いアパートメントに住んでいる。リズもボビーも、そのどちらの家の人たちともこれといった交友がなかった。

「怖い夢なんか見るもんか」ボビーはいった。小さな子どもあつかいされて、深く傷ついた気分だった。「ぜったいそんな夢は見ないって」

「思っていても、そんなことを口に出すものじゃないわ」母親はいった。三人はいまテッドの部屋のキッチンテーブルを囲んでいた。ふたりの大人はタバコをくゆらせ、ボビーは前にルートビアをおいていた。

「きみの案には、あまり感心できないね」テッドがボビーに話しかけた。「たしかにきみはいい子だ。責任感も強いし、思慮分別も充分そなわっている。しかし十一歳という年齢は、完全にひとりだちするには早すぎると思うな」

おなじ子どもあつかいされるのでも、母親よりもこの友人の言葉のほうがすなおに耳にはいってきた。それに正直にいえば、夜中の十二時をまわった深夜にふと目が覚め、アパートメントに自分しかいないことを意識しながらトイレに行くとなったら、怖くてびくびくすることになるだろう。トイレに行けることは行けるだろうし、その点に疑いはなかったが、それでも……そう、恐怖にびくつくのはまちがいない。

「うちのソファはどうかな？」ボビーはたずねた。「背もたれを倒せばベッドになるんじゃなかったっけ？」

ボビーも母親もソファをそんなふうに利用したことはなかったが、前に母親からベッドにも転用できるという話をきいた確かな記憶があった。はたしてそのとおりで、これが問題を解決してくれた。母親は自分のベッドに（〝ブラティガン〟はいうにおよばず）ボビーが寝るのをいやがっているふしがあったし、ボビーがこの三階の蒸し暑い部屋で寝るのを本気でいやがっていたことはまちがいない——この点には確信があった。きっと母親は解決策をひねりだそうとして真剣に考えこむあまり、すぐ目の前に転がっている解決策をかえって見すごしていたのだろう。

かくして、来週の火曜日と水曜日の夜は、テッドがガーフィールド家の居間にあるソファベッドで寝ることで話がまとまった。その日のことを予想すると、いまからボビーの胸は躍った。丸々二日間――木曜日を入れれば三日も――ひとりきりの生活。おっかない気持ちになる夜には、いっしょに過ごしてくれる人がいる。ベビーシッターなんかじゃない。ちゃんとした大人の友だちだ。サリー・ジョンが行く一週間のキャンプ・ウィニーとおなじとまではいえないが、ある意味ではこれもキャンプ生活のようなもの。《キャンプ・ブロード・ストリートだ》頭にふと浮かんだその思いに、ボビーは声をあげて笑いそうになった。

「ぞんぶんに楽しもうじゃないか。そうだ、得意料理の豆とフランクフルトのキャセロールをつくってあげよう」テッドはそういって手を伸ばし、ボビーのクルーカットの髪の毛をくしゃくしゃっとした。

「もし豆とフランクフルトを食べるのなら、あれを下にもっていったほうが正解かもしれないわね」母親はそういって、タバコをもった手の指でテッドの扇風機を指さした。

テッドもボビーも笑った。リズ・ガーフィールドは、例によって皮肉っぽい薄笑いを浮かべると、タバコを吸いおえてテッドの灰皿で揉《も》み消《け》した。そのしぐさを見ながら、ボビーは母親の瞼《まぶた》が腫《は》れぼったくなっていることにあらためて気づかされた。

そのあと母親とふたりで階段を降りていきながら、ボビーは公園で見かけたポスターのことを思い出した。迷子になったウェルシュコーギー犬、「急いで、フィル」と声をかけるとボールをもってくる犬。テッドにあのポスターのことを話しておかなくては。ほかのいろんな話のありったけを話しておかなくては。しかし、話をきいたテッドがこの一四九番地のアパートから去っていったら、来週だれが自分といっしょに過ごしてくれるというのか？ 友人同士でテッドの得意料理だという豆とフランクフルトのキャセロールをテレビを見ながら食べて（これは母親がめったに許してくれないことだった）、そのあと好きなだけ夜ふかしができるキャンプ・ブロード・ストリートが、いったいどうなってしまうことか？

ボビーは自分と約束した。来週の金曜日、母親が会議だかセミナーだかから帰宅してきた翌日には、すべてをテッドに話そう。一点の洩《も》れもない完璧《かんぺき》な報告をおこなえば、テッドもなんなりと必要な行動をとれるはずだ。ひょっとしたら、ここに住みつづけることをえらぶかもしれない。

ひとたびこう決断すると、ボビーの頭は驚くほど晴れやかに澄んできた。おかげでその二日後、〈トータル・グロサリー〉の店内掲示板で上下逆さまに貼《は》りだされた《売ります》のカードを見たときにも——ちなみに売り物は洗濯機と乾燥機のセットだった

──ボビーはほとんど即座に、カードのことを頭から押しだすことができたくらいだった。

とはいえこの一週間は、ボビーにとって不安な一週間だった。とてつもない不安だらけの一週間だったといえる。迷子のペットの捜索を呼びかけるポスターは、そのあとさらに二枚も見かけた。ひとつはダウンタウン、もうひとつは〈アッシャー・エンパイア〉からアッシャー・アヴェニューをさらに八百メートルほど行ったところにあった（というのも、自宅のあるブロックだけでは不充分に思えてきたからだ。気がつくとボビーの日課である偵察の範囲は、日ごとに広がっていた）。おまけにテッドはますます頻繁に、あの不気味きわまるうつろな状態におちいるようになっていた。しかもその状態が、これまでより長くつづくようになってもいた。この心あらずの状態におちいったテッドがなにやら話すこともあったし、その言葉もつねに英語とはかぎらなかった。英語で話すときでも、その言葉がつねに意味をなすとはかぎらなかった。たいていの場合、ボビーはテッドのことを、これまでに会った人々のうちでも最高に正気で、最高に物知りで、最高にいかす人間だと思っていた。しかし、どこか遠くの世界に行ってしまったときのテッドは不気味そのものだった。せめてもの救いは、母親がこの件をまったく知らないことだった。自分が留守のあいだ息子がともに過ごす相手が、ときたま頭がぶっ飛ぶことがあり、英語でまったく無意味なことをしゃべりはじめるか、さもなければどこの国の言葉ともつかない言葉でちんぷんかんぷんな話をまくしたてる男だと知ったら、母親として心穏やかではいられないにちがいない。

あるときテッドはほぼ一分半にもわたって微動だにせず、うつろな目つきで虚空《こくう》の一点を凝視しつづけ、しだいに焦燥もあらわになっていくボビーの問いかけにもいっさい応じなかったが、このときの発作がおわってから、ボビーはこんなことを思いついた。こういうときのテッドはもう自分の頭のなかからいなくなり、完全にどこかほかの世界に行っているにちがいない。そう、シマックの『太陽をめぐる輪』のなかで、ひとりの子どもの独楽《こま》の上に出現した螺旋《らせん》をたどることで、それこそどんな世界にも行けることを発見した人々とおなじように。

うつろな状態におちいったそのとき、テッドは指のあいだにチェスターフィールドをはさんでいた。灰がしだいに長くなって、テーブルに落ちた。やがて先端の熾《おき》がテッドの節くれだった指の関節に危険なほど接近したので、ボビーはそっとタバコを引き抜き、すでにあふれそうになっていた灰皿においた。ちょうどそのとき、テッドが目を覚ました。

「タバコを吸っていたのか？」テッドは渋面になってそういった。「だめだぞ、ボビー。子どもがタバコを吸ってはいかんな」

「ちがうよ、おじさんの手からタバコを抜いてあげただけ。だって、そのままだと……」そういいかけたところで、ボビーは肩をすくめて言葉を途切らせた。

テッドは右手の人さし指と中指――ニコチンがもはや消えることのない黄色い染《し》みをつくっている箇所――を見おろし、おもしろみのかけらさえない短い笑い声をあげた。

「そのままだと、わたしが気づかないうちに火傷《やけど》をすると思ったわけだな？」

ボビーはうなずいた。「さっきみたいに頭が留守になっちゃうのって、どういうことだと思ってるの？　どこかに行っちゃってるわけ？」

「ひと口では説明できないな」テッドはそう答え、ボビーに星占いの該当箇所を読んでくれと頼んできた。

テッドの自失状態《トランス》のことを考えると、不安で精神集中が乱された。テッドから仕事の報酬をもらっているのに、報告するべきことを報告していないことを思うと、さらに心が騒いで精神集中を乱された。そのため、いつもはかなり優秀な打者であるボビーは、〈スターリング・ハウス〉でおこなわれたウルフ・チームの野球の試合で四回も三振することになった。また雨が降った金曜日にサリー・ジョンの家でやった〈戦艦ゲーム〉では、四回つづけて負けを喫することにもなった。

「おまえ、いったいどうしちゃったんだよ？」サリー・ジョンはたずねた。「自分が前に獲ったマスをまた自分で獲ろうとしたのは、これでもう三回めだぞ。それに、こっちがおまえの耳もとで大声で叫ばなくちゃ、おまえは返事もしないときてる。なにかあったのか？」

「なんにもないよ」というのがボビーの答えだった。本心では、《ありとあらゆることだよ》と答えたかった。

キャロルも、この一週間で二回もボビーにどうかしたのかと質問してきた。キャロルの母親のミセス・ガーバーからは、〝気分が沈んでいるのか〟ときかれた。イヴォンヌ・ラヴィングにいたっては、伝染性単核症《モノ》にでもかかったのかときいてきたあげく、この感染症に〝キス病〟という別名があるのを知ってか知らずか、それこそ体が爆発する危険にさらされそうなほど激しく笑いころげていた。

ボビーの奇妙な行動に気づかなかったただひとりの人物、それはボビーの母親だった。リズ・ガーフィールドの頭は、近づくプロヴィデンスへの旅のことでますますいっぱいになっていた。夜になると母親は電話でバイダーマンか、旅に同行するふたりの男のどちらかと電話で話しこんでいた（そのひとりの名前はビル・クッシュマン。しかし残るひとりの男の名前が、ボビーにはどうしても覚えられなかった）。シーツが見えなくなるほど何着もの服をベッドに広げてながめわたしては、不機嫌そうにかぶりをふって、服をすっかりクロゼットにもどしてもいた。美容院に予約の電話を入れてから、再度また女性店員を電話で呼びだして、マニキュアも追加できるかどうかを問いあわせたりもしていた。ボビーは、マニキュアとはいかなるものかも知らなかった。これについては、テッドにぜひとも質問しようと思った。

母親は旅の準備にすっかり舞いあがっているようでありながら、その挙措にはどこか鬼気迫る雰囲気もあった。これから敵国の海岸に奇襲をかけようとしている兵士や、いましも飛行機から飛びおりて敵陣深くに侵入しようとしている落下傘《らっかさん》兵に通じるところがあった。ある晩の電話での会話は、声を押し殺しての議論のようだった――ボビーは電話の相手がバイダーマンだと思ったが、確証はなかった。そして土曜日、ボビーが母親の寝室に足を踏みいれると、母は新品の二着のドレス――それも見るからにドレッシーなドレス――を真剣に見つめていた。一着は、きわめて細い肩紐《かたひも》のついているドレス。もう一着は水着のトップのように、肩紐がまったくないドレスだった。床には二着のドレスがはいっていた箱が転がって、包装用の薄葉紙《うすようし》が泡のようにあふれだしていた。ベッドに広げた二着のドレスのすぐ前に立ちはだかっている母親は、これまでボビーが見たこともない表情を見せていた。目を大きく見ひらき、眉根《まゆね》をきりりと寄せ、張りつめたような白い頬に点々と赤い輝きが散っていた。片手は口もとまでもちあげられ、母親が爪《つめ》を嚙《か》むときの〝かちかち〟という骨を思わせる音がきこえた。衣装箪笥《だんす》の上の灰皿ではクールが煙をあげていたが、どうやら母親はタバコの存在も忘れ去っていたようだ。大きく見ひらかれた目が、二着のドレスのあいだをせわしなく往復していた。

「母さん？」ボビーが声をかけると、母親は飛びあがった——比喩《ひゆ》ではなく、ほんとうに飛びあがったのである。それから母親はさっとボビーにむきなおり、不機嫌そうに口を歪《ゆが》めた渋面をむけてきた。

「びっくりするじゃない！」母親は歯を剝《む》きださんばかりの剣幕で怒鳴った。「ノ、ノックくらいできないの？」

「ごめんなさい」ボビーはそう答え、寝室から出ていこうとした。母親がこれまでノックのことを口にしたことはない。「母さん、気分でもわるいの？」

「気分は最高よ！」母親はタバコに目をむけると、すぐさまつかみあげ、猛然と煙を吸いはじめた。煙を吐きだす勢いたるや、見ていたボビーがこのぶんだと鼻と口だけではなく、左右の耳の穴からも煙が噴きでるにちがいないと思ったほどのすさまじさだった。「ええ、もっと気分がよくなるはずよ——わたしが着ても、広告に出てくる〈牝牛《めうし》のエルシー〉みたいに不格好に見えないカクテルドレスさえ見つかればね。わたしだって、昔は六号サイズの服を着ていたのよ。知ってる？　あんたの父さんと結婚する前は、六号の服を着ていたんだから。それがいまじゃどうなったと思う？　〈牝牛のエルシー〉よ。それどころか、陸にあがった白鯨同然じゃない！」

「母さんはそんなに太ってないよ。それどころか、最近はまた——」

「出ていって、ボビー。お願いだから、母さんをひとりにしてちょうだい。頭痛がするの」

その晩、ボビーはまた母親の泣き声を耳にした。翌日見ると、母親はドレスの片方――肩紐のついたほう――を丁寧にスーツケースにしまいこんでいた。もう一着は、ふたたび店の箱に舞いもどっていた――箱の上側には、優美な書体の栗色《くりいろ》の文字で《ブリッジポート〈ルーシー〉謹製お召物》と書かれていた。

月曜日の夜、リズはテッド・ブローティガンを夕食に誘った。ボビーは母親のつくるミートローフが大好物で、いつもならお代わりをするのだが、この夜にかぎっては最初の一枚をのどに押しこめるのもやっとのありさまだった。テッドが例の自失状態《トランス》におちいって、母親がこれに驚き、かんかんに怒りだしはしないかと気が気でなかったからだ。しかし、これは杞憂《きゆう》におわった。テッドは楽しげにニュージャージーで過ごした子ども時代のことを物語り、さらにボビーの母親にたずねられて、ハートフォードでの仕事のことも話していた。ボビーには、会計士としての仕事について話すテッドが、子ども時代の橇《そり》遊びについて話していたときとくらべて居ごこちわるい思いをしているようにも感じられたが、母親はそんなことに気づいたようすはなかった。おまけにテッドは、ミートローフのお代わりを欲しがった。

食事がおわってテーブルが片づくと、リズはテッドに電話番号のリストをわたした。医者のゴードンさんや〈スターリング・ハウス〉の夏期レクリエーション事務室、滞在先のウォーウィック・ホテルなどの電話番号が書かれていた。「もしなにか問題が起こったら、わたしのところに電話をしてもらえますね？」

テッドはうなずいた。「ええ、承知しました」

「ボビー？　なにか心配ごとがあるの？」母親はそういって、おまえは熱があるみたいだと口にするときのように、片手の手のひらをほんの一瞬だけボビーのひたいに押しあてた。

「なんにもないよ。きっと、ふたりで楽しく過ごせるさ。そうでしょう、ブローティガンさん？」

「あら、そんな堅苦しい呼び方はやめて、テッドと呼んだらいいのに」母親は無遠慮といえなくもない口調でいった。「うちの居間で夜を明かしてもらうんだもの、わたしもテッドと呼んだほうがいいみたいね。かまいません？」

「ええ、かまいませんとも。では、いまを境にわたしのことはテッドと」

そういって、テッドはほほえんだ。人なつっこく親愛の情がこぼれるようなその笑顔が、ボビーにはたとえようもなくすばらしいものに見えた。そんな笑顔をむけられて抵抗できる人間がいるということが理解できない。しかし、母親には抵抗力があり、いまもその力を発揮していた。テッドの笑顔に笑顔を返しているいまですら、クリネックスを握った母親の片手の拳《こぶし》が、不安混じりの不興の念に苛《さいな》まれているときの例に洩《も》れず、強く握りしめられては力を抜く例の動作をしていることが、ボビーには見てとれた。母親のお気にいり文句のなかでも、きわめつきのお気にいりが思い出されてきた。《あの男（あるいは女）をどこまで信頼するかは、そうね、わたしがピアノを投げられる距離ってところかしら》

「だったら、いまを境にわたしのことはリズと」そういって母親はテーブルごしに手をさしのべ、ふたりは初対面の人間同士のように握手をかわした……しかしボビーには、母親がテッド・ブローティガンについての意見を前々から固めていたことがわかった。ここまで追いつめられていなければ、母親がテッドにボビーのことを一任するようなことはなかったはずだ。たとえ百万年たっても。

つづいて母親はハンドバッグをあけると、無地の白い封筒をとりだした。

「これに十ドルはいってます」いいながら、封筒をテッドに手わたす。「ふたりで一回くらいは、夕食を外で食べるかと思いまして。差し出口で申しわけないんですが、ボビーは〈コロニー・ダイナー〉の料理が好きなんです。それに、映画もごらんになりたいかと思ったんです。ほかにどんなことでお金が入り用になるかはわかりませんけど、多少の余裕があったほうが安心だとは思いませんか？」

「ええ、後悔先に立たず、備えあれば憂いなし、といいますからな」テッドは賛同の言葉を口にすると、慎重な手つきで封筒をスラックスの前ポケットにしまいこんだ。「三日間で、この十ドルをつかいきってしまうようなことはないと思いますよ。そうだね、ボビー?」

「そうだよ、決まってるさ。そんな大金、どうやってつかえばいいかもわからないよ」

「無駄づかいはせず、やたらに欲しがらないことよ」リズはいった――これもお気にいりの文句のひとつで、ふだんなら《愚か者とお金はたちまち離れ離れになる》という一節がつづく。それから母親はソファの横のテーブルにあったタバコの箱から一本抜きだし、かすかにわななく手で火をつけた。「これでふたりのことは、もう心配ないわね。たぶん、わたし以上に楽しい三日間を過ごすんじゃないかしら」

噛みちぎったせいでぎざぎざになっている母親の爪を見ながら、ボビーは思った。《うん、きっとそうだね》

母親をはじめとする一行は、バイダーマンの車でプロヴィデンスまで行くことになっていた。あくる日の朝七時、リズとボビーのガーフィールド親子はポーチに立って、車の到着を待っていた。昼間になれば暑い夏の日になることを予告する、靄《もや》がかった早朝の静かな空気が早くもあたりに満ちていた。アッシャー・アヴェニューのほうからは、出勤していく人々を乗せた車の音やクラクションの音がさかんにきこえてきたが、そこからブロード・ストリートをくだったこのあたりでは、車や配達トラックがぽつりぽつりと走っていくだけだった。ボビーの耳には、回転するスプリンクラーの〝しゅっ・しゅっ〟という音がきこえ、ブロックの反対側からはいつ果てるともないバウザーの〝きゃん・きゃん・きゃん〟という鳴き声がきこえていた。六月だろうと一月だろうと、バウザーはまったく変わらない声で吠《ほ》えていた。ボビー・ガーフィールドには、このバウザーという犬が神とおなじような不変の存在に思えていた。

「なにも、母さんといっしょにここで待ってなくてもいいのに」リズはいった。きょうは薄手の上着を着て、タバコを吸っていた。化粧はいつもより濃い目だったが、ボビーの目には母親の目の下の隈《くま》が隠しきれていないことがわかった——ゆうべもまた、じりじりと眠れぬ一夜を過ごしたのだろう。

「ううん、いいんだよ」

「おまえのことをあの人に任せたけど、それでよかったんでしょうね……」

「母さんこそ、そんな心配はもうよしてよ。テッドはいい人なんだから」

母親は、なにやらうめき声にも似た声を洩らした。

坂道のいちばん下のあたりでクロームめっきの部品がきらりと光り、バイダーマンのマーキュリー（下品というほどではないにしても、かなり大きな車だ）がコモンウェルス・アヴェニューからブロード・ストリートにはいってきて、一四九番地のアパートメントに近づいてきた。

「やっと来た、やっと来てくれた」母親のその声には、不安と期待が交錯していた。それから母親は上体をかがめた。「キスは軽くしてちょうだい、ボビー。口紅が乱れるから、わたしからおまえにはキスができないの」

ボビーは母親の腕に手をかけると、頰に軽く唇を押しあてた。母親の髪の毛のにおいや、体につけた香水や白粉《おしろい》の香りが鼻をついた。これをさいごに、ボビーがこうした翳《かげ》りひとつない愛を感じながら母親にキスをすることはなかった。

母親はボビーに気もそぞろな笑みをむけはしたが、その目は息子にむけられてはいなかった。目がむいていたのは、バイダーマンの大きなマーキュリーだった。マーキュリーは優雅にカーブしながら道路を走ってくると、アパートメント正面の歩道ぎわに寄って停止した。母親はふたつのスーツケースに手を伸ばしたが（わずか二泊の旅行でスーツケース二個というのは、ボビーには荷物が多すぎるように思えたが、例の高級なドレスが片方のスーツケースのかなりのスペースを占めているのだろう）、すでにボビーはふたつのスーツケースの把手《とって》をつかんでいた。

「おまえには重くて運べないわよ、ボビー。階段で転んじゃうに決まってるわ」

「大丈夫だよ。もっていけるって」

母親は心ここにあらずの顔をボビーにむけ、つづいてバイダーマンに手をふり、ハイヒールの音も高らかに車のほうへ歩いていった。そのあとを追っていくボビーは、スーツケースの重さに顔をしかめないように気をつけながら歩いていった。まったく、母さんはこのなかになにを詰めこんだんだ？　服か、それとも煉瓦《れんが》とか？

それでも、途中一回も立ちどまったり休憩したりせず、なんとか歩道までスーツケースを運ぶことができた。バイダーマンは車から降りてくると、まず母親の頰に気やすげなキスをしてから、トランクをあけるためのキーをポケットからとりだした。

「調子はどうだ、大将。元気でやってるか？」バイダーマンはボビーのことを、いつも〝大将〟と呼びかけてきた。「荷物は車のうしろにもっていってくれ。わたしがトランクに積みこむから。女ってやつは、どいつもこいつも農場を丸ごと詰めこんだみたいなでっかい荷物をつくると決まってる。昔から、こんな言葉があるじゃないか——女といっしょには暮らせない、モンタナ州以外では女を撃っちゃいけない、って」にやりと歯を剝きだしたバイダーマンの笑みに、ボビーは『蠅《はえ》の王』に出てくる少年のひとり、ジャックを連想していた。「片方のスーツケースは、わたしが運んだほうがいいかな？」

「いえ、ぼくがもっていきます」ボビーはそういうと、バイダーマンのあとから歯を食いしばって足を引きずっていった。肩が痛くなり、うなじが熱くなって、全身から汗が噴きだしてきた。

バイダーマンはトランクをあけると、ボビーの手からスーツケースをうけとり、ほかの荷物が詰まったトランク内にすべりこませた。ふたりのうしろでは、母親が後部座席の窓をのぞきこみ、これから旅行に同行するふたりの男と話をしていた。そのうち片方の男がなにかいい、母親が声をあげて笑った。ボビーの耳にはその笑い声が、木製の義足ほどにも嘘《うそ》くさいものにきこえた。

バイダーマンはトランクを閉めると、ボビーを見おろしてきた。体は細いが、顔の幅はたっぷりと広い男だった。頬は、ほとんどいつも赤らんでいる。髪の櫛《くし》の目の隙間《すきま》からは、ピンク色の頭皮がのぞいていた。顔には小さくて丸い金縁眼鏡をかけている。ボビーの目にはこの男の笑顔が、先ほどの母親の笑い声とおなじくらい嘘くさいものに見えた。

「今年の夏も野球をするのかい、大将？」ドン・バイダーマンはちょっと膝《ひざ》を曲げて、架空のバットをかまえる姿勢を見せた。間抜けもいいところだ——ボビーは思った。

「はい、そのつもりです。〈スターリング・ハウス〉ではウルフ・チームに所属してます。ライオン・チームにはいれるかと思ってたんですけど——」

「そうか、それはよかった」バイダーマンはこれ見よがしの動作で腕時計に目をやった。幅の広い金色の〈ツイスト・オー・フレックス〉の時計バンドが、早朝の朝日をうけてまばゆく輝いた。それからバイダーマンは、ボビーの頬をぽんぽんと叩《たた》いてきた。反射的に身をすくませて指先をかわしたいという衝動を、ボビーは意識して抑えこまなくてはならなかった。「ようし、そろそろ幌《ほろ》馬車隊《ばしゃたい》を出発させないと！　バットはやさしくふるんだぞ、大将。母さんを貸してくれたことに、礼をいわせてもらうよ」

バイダーマンはボビーに背をむけると、リズをエスコートしてマーキュリーをぐるりとまわり、助手席側のドアに近づいていった。そのあいだバイダーマンは、母親の背中に手をあてがっていた。この男が母親の頰にキスをする光景以上に、このしぐさがボビーの嫌悪《けんお》を誘った。ボビーは、後部座席の丸々と太ったビジネススーツ姿の男たち――もうひとりの名前がディーンであることが、いま思い出されてきた――にちらりと目をむけた。ふたりはちょうど、おたがいを肘《ひじ》でつつきあっていた。おまけに、ふたりともにやにやと下卑た笑みを見せていた。

《なんだか怪しい雰囲気だな》ボビーは思った。バイダーマンが母親のために車のドアをあけていた。母親は感謝の言葉をつぶやくと、ドレスが皺《しわ》にならないように裾《すそ》をたくしあげてから、車内に身を滑りこませた。ボビーはふいに、行っちゃいけないと母親にいいたい衝動に駆られた。ロードアイランド州はとんでもなく遠い、たとえブリッジポートだって遠すぎるくらいだ、母さんは家にいなくちゃだめなんだ、と。

しかしボビーはなにもいわず、助手席のドアを閉めたバイダーマンがまた車をぐるりとまわって運転席側に歩くあいだも、ただ無言で歩道のへりに立っていた。バイダーマンは運転席のドアをあけると、その場で体の動きをとめ、またしても例の間抜けなバッターの物真似《ものまね》をした。ご丁寧にも今回は、絵に描いた馬鹿《ばか》よろしく尻をおかしなふうにくねらせることまでした。《とんだ間抜けのごろつきもいたもんだ》と、ボビーは思った。

「このわたしがしないことは、きみもやるんじゃないぞ、大将」バイダーマンが声をかけてきた。

「それでもやるのなら、わたしにならうといい」クッシュマンが後部座席から声をあげた。ボビーにはどういう意味の言葉かさっぱりわからなかったが、どうやら笑える言葉だったらしい。というのもディーンが声をあげて笑い、バイダーマンは〝男同士ならわかるだろう?〟といいたげなウインクを送ってきたからだ。

母親がボビーのほうに顔を突きだしてきた。「いい子にしてるのよ、ボビー。わたしは木曜日の夜八時ごろには帰ってくるわ――十時より遅くなることはないはず。ほんとうに大丈夫?」

《大丈夫じゃない、ぜんぜん大丈夫なんかじゃない。この人たちといっしょに行っちゃだめだよ、母さん。バイダーマンや後部座席でにやにや笑ってるふたりの間抜けといっしょに行っちゃいけない。こんなふたりのごろつきと。お願い、行かないでよ》

「ああ、大丈夫に決まってるさ」バイダーマンがいった。「こいつは一人前の大将なんだから。そうだろう、大将?」

「ボビー?」母親はバイダーマンには顔をむけずに、重ねてたずねてきた。「ほんとうに大丈夫なのね？」

「大丈夫さ」ボビーは答えた。「ぼくは大将なんだから」

バイダーマンはいかにも腹黒そうな笑い声を絞りだし——ボビーの頭のなかに、《豚ヲ殺セ。喉《ノド》ヲ切レ》という『蠅《はえ》の王』の一節が響きわたった——マーキュリーのギアを入れた。

「万難を排して、いざプロヴィデンスへ行かん」バイダーマンがひと声あげると、車は歩道のへりから滑るように離れてブロード・ストリートの反対側の車線にはいっていき、そのままアッシャー・アヴェニューの方角にむかいはじめた。キャロルの家の前を、そしてサリー・ジョンの家の前を通りすぎていくマーキュリーにむかって、歩道に立ったボビーはずっと手をふっていた。心臓に骨がはいりこんだような気分だった。これが一種の予感——あるいは〈ひらめき〉——なら、こんなものは二度と経験したくなかった。

だれかがボビーの肩にぽんと手をおいた。ふりかえって見あげると、バスローブとスリッパという姿のテッドがすぐうしろに立って、タバコをふかしていた。毎朝恒例のブラシとの挨拶《あいさつ》をすませていないせいだろう、耳のまわりで髪の毛が逆立っており、妙な形の白い小枝のようにも見えた。

「じゃ、いまの人が母さんの上司なのか」テッドはいった。「たしか……ミスター・バイダーマイヤーといったかな？」

「バイダーマンだよ」

「で、あの人のことをどう思ってるんだね、ボビー？」

ボビーは低く、辛辣《しんらつ》なまでにはっきりとした声で答えた。「あの人をどこまで信頼するかといわれたら、そうだね、ぼくがピアノを投げられる距離くらいだよ」

VI　変態エロじじい。テッド特製キャセロール。悪夢。《光る眼》。あの界隈《かいわい》へ。

母親を見おくってから小一時間ほどしたころ、ボビーは〈スターリング・ハウス〉の裏手にあるBグラウンドまで足を運んだ。本当の試合は昼過ぎでないとはじまらないし、それまでは〝三フライ、六ゴロ〟のゲームかトス・バッティングがせいぜいだが、たとえトス・バッティングでもなにもしないよりはましだ。北側のAグラウンドでは、小さな子どもたちが野球とわずかに共通していなくもないでたらめな遊びに興じていた。南側のCグラウンドにはハイスクールの生徒たちがあつまり、こちらはまずまず本物の野球といえるゲームをしていた。

街の広場の時計が正午の鐘を鳴らし、少年たちがホットドッグの屋台を求めてグラウンドから去ったすこしあとで、ビル・プラットがたずねた。「おい、あそこにいる怪しい男を知ってるか？」

そういって、木蔭《こかげ》のベンチを指さす。すわっていた人物はトレンチコートを着て中折れ帽子をかぶり、黒いサングラスをかけてはいたが、ボビーにはすぐにテッドだとわかった。サリー・ジョンがキャンプ・ウィニーに行かずにここにいれば、同様にテッドだと見ぬいたはずだ。ボビーはうっかり挨拶《あいさつ》代わりに片手をあげかけて、手の動きをとめた。テッドが〝変装〟していたからだ。それでもテッドは、下の階に住む友だちが野球をするところを見物するために、わざわざ足を運んでくれた。なるほど、本物の野球の試合をしていたわけではないが、ボビーは理屈では割りきれない熱い塊のようなものが、のどにこみあげてくるのを感じた。ここで野球をするようになってもう二年になるが、そのあいだに母親が観戦にきてくれたのは、たったのいちどだ。あれは去年の夏、所属チームが三つの街で構成される地区の選手権大会に出場したときのこと。とはいえ、母親は四回の途中で帰ってしまった――チームの勝利を決定づけることになったボビーのあざやかな三塁打を見ることもないまま。《だれかが働かないといけないのよ、ボビー坊や》かりに、試合をさいごまで見てくれなかったことで母親にひとこと文句をいう勇気があったとしても、こんな返事をかえされただけに決まっている。《おまえのお父さんは、わたしたちにほとんどなにも残してくれなかったんだから》

たしかに、事実ではある。母親は仕事に出なくてはならない一方で、テッドはすでに引退した身だ。とはいえテッドは黄色いコートの下衆男《ロウ・メン》たちから隠れていなければならず、それがテッドのフルタイムの仕事だといえなくもない。下衆男たちが存在しないという事実は、このさい関係なかった。テッドは下衆男たちの存在を本気で信じている、――それなのに、外に出てきて、ボビーの野球を見にきてくれたのだ。

「どうせ、そのへんのガキんちょをおしゃぶりしたがってる変態エロじじいだろうな」ハリー・ショウがいった。ハリーは小柄でタフ、あごを思いきり突きだしたまま一生を送りそうな少年だった。ビルとハリーのふたりといっしょにいることで、ふいにサリー・ジョンを恋しく思う気持ちがボビーの胸にこみあげてきた。サリー・ジョンは月曜日の朝（それも頭に靄《もや》がかかったような午前五時というとんでもない時間に）、バスでキャンプ・ウィニーにむかって出発していた。サリー・ジョンはそれほど短気ではないし、なにより人の気持ちがわかる。ボビーは、それこそサリー・ジョンのいちばんの美点ではないかと思っていた――そう、人の気持ちがわかるという点が。

Cグラウンドから、ずっしりとした手ごたえの感じられるバットの快音が響いてきた――バットがお手本どおりにしっかりとボールをとらえたときの音、Bグラウンドの少年たちにはまだ出せない音だった。この快音につづいて荒々しい歓声が湧《わ》き起こり、ビルとハリーとボビーの三人はわずかに不安の入り混じった顔をCグラウンドの方角にむけた。

「セント・ゲイブリエル校の連中だよ」ビルがいった。「やつら、Cグラウンドをわが物顔でつかってやがる」

「どうせカトリックのチンカス野郎じゃんか」ハリーがいった。「そろいもそろって腰ぬけのへたれさ。いつだって相手になってやるぜ」

「だけど、それが十五人とか二十人とか束になってかかってきたらどうするよ?」ビルの問いかけに、ハリーは黙りこんだ。その向こうで鏡のように輝いている物があった——ホットドッグの屋台だ。ボビーはポケットに手を入れて、一ドル紙幣を確かめた。母親がおいていった封筒のなかから、テッドがわたしてくれたお金だった。そのあとテッドは封筒をトースターの裏にしまいこみ、お金が必要になったら自分でここから出すがいいといってくれた。自分がこれほど信頼されているとわかって、ボビーは喜びのあまり天に舞いあがりそうな気分になった。

「まあ、前向きに考えようぜ」ビルがいった。「セント・ゲイブリエル校の連中が、さっきの変態エロじじいをぶっ飛ばしてくれるかもしれないじゃん」

最初ボビーはホットドッグを二本買うつもりだったが、いざ屋台に着いたときには、結局一本しか買わなかった。食欲が急に失《う》せていたのだ。そのあとBグラウンドにもどると、ウルフ・チームのコーチが用具カートを押して姿を見せており、さっきまでテッドが腰かけていたベンチは無人になっていた。

「さあさあ、さあさあ」コーチのターレルは両手を打ち鳴らして、大声をあげた。「ちょっくら野球をやりたいやつはあつまってこい!」

その夜テッドは、ガーフィールド家のオーブンをつかって特製キャセロール料理をつくってくれた。これは昼間のホットドッグにつづいて、またもやソーセージを食べるということを意味したが、一九六〇年夏のボビー・ガーフィールドは一日三食すべてホットドッグを食べて、そのあと夜食にホットドッグを食べてもかまわない心境だった。

テッドが夕食を用意しているあいだ、ボビーは新聞から記事を読みあげていた。テッドは、間近に迫ったパタースンとヨハンソンの再試合——だれもが〝世紀の試合〟と呼んでいる試合——についての記事は、わずか二段落でもうききたくないといったくせに、あしたニューヨークのマディスン・スクエア・ガーデンでおこなわれる予定のアルビーニ対ヘイウッドの試合についての記事は、一語残らずそっくりききたがっていた。これがボビーにはいささか奇妙なことにも思えたが、心が浮き立っているいま、文句をつけるどころか、ちょっと意見を口にすることさえしなかった。

これまで母親がいない夜を過ごした覚えはなかったし、母親を恋しく思う気持ちに駆られたが、その一方わずかのあいだ母親が家からいなくなったことで、ひと息ついている面もあった。いまにして思えば、この数週間というもの——いや、もしかしたらこの数カ月間ずっと——家のなかには奇妙な緊張が立ちこめていた。電気の低い雑音のようなものだといえるだろうか。たえず流れているせいで、いつしかとりたてて意識することもなくなっているのだが、いざ耳にきこえなくなると、生活の一部になっていたことにはじめて気づくような雑音。そんなことを考えていたせいだろう、母親の得意の言いまわしがまたひとつ思い出されてきた。

「なにを考えていたんだい？」皿の用意をするためにボビーが近づいていくと、テッドがたずねてきた。

「いつもとちがうことをするのは、ゆっくり休むのとおなじくらい価値がある、ってこと」ボビーは答えた。「母さんがよくいってるんだ。母さんも、ぼくに負けないくらい楽しく過ごしているといいのにな」

「わたしもおなじ気持ちだよ、ボビー」テッドはそういって身をかがめ、オーブンの扉をひらいて夕食の出来ばえを確認した。「ああ、まったくおなじ気持ちだよ」

キャセロールは最高だった。材料はB&M社の缶詰の豆――ボビーがほんとうにおいしいと思える唯一《ゆいいつ》のブランド――と、なにやら異国風のスパイスが効いたソーセージ。スーパーマーケットで売っている品ではなく、街の広場のすぐ近くにある精肉店の品だった（ということは、例の〝変装〟をしているあいだにソーセージを買ってきたのだろう）。この料理にかかっていたのはホースラディッシュのソースで、口に入れると舌にぴりりと刺戟《しげき》が走り、つづいて顔に汗が噴きだしてくるような気分になる味だった。テッドは一回お代わりをし、ボビーはグレープ味の〈クールエイド〉を何杯も飲みながら、二回もお代わりをした。

食事のあいだ、テッドは一回だけうつろな状態におちいった。目の裏側に彼らの存在を感じるという言葉を口にしたのち、外国語かまったく意味のないでたらめな言葉をひとしきりしゃべっていた。しかし今回の発作はごく短時間だったので、ボビーの食欲にはいささかも影響しなかった。うつろな状態も、いまでは足を引きずるその歩き方や、右手の人さし指と中指のあいだに染《し》みついたニコチンとおなじく、テッドの一部というだけになっていた。

ふたりはいっしょに、食事の後片づけをした。テッドはあまったキャセロールを冷蔵庫にしまって皿を洗い、いろいろな物のしまい場所をすっかり心得ているボビーが食器をふいては、所定の場所にしまっていった。

「あしたは、わたしといっしょにブリッジポートまで行ってみないかね？」後片づけをしながら、テッドはそうたずねてきた。「映画を見てもいいな。昼間の早めの回をね。そのあと、わたしはちょっと用足しがあるんだ」

「うん、行きたいよ！」ボビーはいった。「見たい映画があるの？」

「なにか提案があれば喜んできたいところだが、いま考えているのは《光る眼》というイギリス映画だ。原作は、ジョン・ウインダムというSF作家の『呪《のろ》われた村』という傑作でね。それでもかまわないかな？」

最初ボビーは、喜びのあまり口もきけない状態だった。新聞で《光る眼》の広告を目にしてはいたが——目玉を妖《あや》しく光らせた不気味な子どもたちをあしらった広告だった——まさか、ほんとうにこの映画を見られる日が来るとは思ってもいなかった。街の広場近くの〈ハーウィッチ・シアター〉や〈アッシャー・エンパイア〉の土曜午後の特別興行で上映されるような種類の映画ではない。特別興行でかかるのは、たいてい巨大昆虫ものの怪物映画か西部劇、それにオーディー・マーフィーの出る戦争映画と決まっている。もちろん母親が夜の回を見にいくときには、ボビーもいっしょに連れていってもらえるが、あいにく母親はSF映画がきらいだった（リズの好みは、《階段の上の暗闇《くらやみ》》のような沈んだ雰囲気の恋愛映画だった）。おまけにブリッジポートの映画館は、骨董《こっとう》品《ひん》のような古びた〈ハーウィッチ・シアター〉とは大ちがい、地味でなんの飾りもない庇《ひさし》をかかげている、なにがなしそっけない雰囲気の〈エンパイア〉とも大ちがいだ。ブリッジポートの映画館ときたら、どこも童話のお城そっくり——スクリーンは大きいし（幕間《まくあい》には、このスクリーンがひだをたっぷりとった天鵞絨《びろうど》の緞帳《どんちょう》で覆《おお》われる）、小さな明かりがいっぱいある天井は満天の星空さながら、壁から突きだした燭台《しょくだい》形の照明は明るい光をふりまいて……おまけにバルコニーの貴賓席がふたつもある。

「ボビー？」

「行くに決まってるよ！」ようやく声を出しながら、ボビーはこのぶんだと今夜は寝つけないかもしれないと思っていた。「うん、ぜったい行きたい。でも……おじさんは怖くないのかな……その……」

「バスの代わりにタクシーで行けばいい。家に帰ってくる段になったら、また電話でタクシーを呼ぶ。心配はいらないよ。どのみち、あの連中はもう遠ざかっているようだ。連中の存在を、それほどはっきりとは感じなくなっているからね」

しかし、この言葉を口にするときテッドはずっと目をそらしていたし、ボビーの目には、それが信じてもいない作り話を自分にいいきかせている人間のそぶりに見えた。うつろな状態になる回数がしだいに増えていることには、なにか意味があるのかもしれないとも思ったし、それならいま目にしたテッドのそぶりには、それなりの理由があるのだろう。

《よせって。下衆男たちなんて存在しないんだ。フラッシュ・ゴードンとデイル・アーデンとおんなじ、まったく架空の存在なんだぞ。そりゃテッドから、あれこれに目を光らせろとはいわれたけど……どれもただの……ただの物じゃないか。そいつを忘れるなよ、ボビー。どれもこれも、ありふれた物でしかないってことを》

夕食の後片づけがすっかりおわると、ふたりはソファに腰かけて、タイ・ハーディン主演の西部劇《ブロンコ》を見た。〝大人向きの西部劇〟といわれているドラマのなかでは最高レベルにあるとはいえなかったが（最高レベルにあるのは《シャイアン》と《マーベリック》だ）、それほどわるい出来ではなかった。番組が半分くらいにさしかかったころ、ボビーはかなり大きなおならをした。テッドのキャセロールが、いよいよガス発生効果を発揮しはじめていた。ボビーは横目でこっそり、テッドのようすを確かめた。てっきり顔をしかめて鼻をつまんでいると思ったのに、そんなことはなかった。テッドは魂を吸いとられたような顔で、一心不乱にテレビを見つめていた。

コマーシャルの時間になると（なんとかいう女優が冷蔵庫を売りこんでいた）、テッドはボビーにルートビアを飲むかとたずねてきた。ボビーは飲みたいと答えた。テッドはいった。「わたしは、さっきバスルームで見かけたアルカセルツァーを飲んでくるよ。どうも、ちょっと食べすぎたみたいで胃がもたれるのでね」

立ちあがりしなに、テッドは長く尾を引く重低音のおならをした。トロンボーンそっくりの音だった。ボビーは両手で口をふさいで、忍び笑いを洩《も》らした。テッドは悲しげな笑みを見せて、部屋を出ていった。くすくす笑ったせいだろう、ボビーはまたおならをした。今回は短い警笛を立てつづけに鳴らしたような音だった。片手に炭酸の泡がふつふつ立っているアルカセルツァーのグラスを、もう一方の手に〈ハイアーズ・ルートビア〉が盛大に泡だっているグラスをもってテッドが引きかえしてきたときには、ボビーはとめどなく笑いころげて、目から涙を流し、その涙があごの先に雨のしずくのようにぶらさがっている状態だった。

「これを飲むと、腹具合がおさまるはずだぞ」そういって身をかがめ、ボビーにルートビアのグラスを手わたそうとしたそのとき、テッドの尻《しり》からひときわ大きな音が鳴りわたった。「わたしの尻の穴から、鵞鳥《がちょう》が飛び立ったみたいだな」

テッドのこともなげなひとことに、ボビーはまた激しい笑いの発作に襲われて、ついにはソファに腰かけてもいられなくなった。そのまますずるずると床に滑り落ちても、ボビーは力のはいらない体を横たえているしかなかった。

「すぐもどってくる」テッドはボビーにいった。「ちょっと、もってきたい品物があるんでね」

テッドがアパートの玄関ホールに通じているドアをあけはなしていったので、ボビーにも階段をあがっていくテッドの足音がきこえていた。テッドが三階まであがりきったときには、ボビーはなんとかソファに這《は》いのぼっていた。これほど底抜けに笑ったのは、生まれてはじめてのような気がした。ルートビアをすこし飲むと、またおならが出た。

「鵞鳥が飛び……飛び……」いいかけた言葉も、さいごまでいえなかった。ボビーはソファの上で体をそっくりかえらせ、頭を左右にせわしなくふりながら、延々と馬鹿《ばか》笑いをつづけた。

階段がきしんで、テッドが引きかえしてきた。部屋にもどってきたテッドは、扇風機を手にしていた。電源コードは、片腕にかかえている基部に丁寧に巻きつけられている。

「きみのお母さんは扇風機が必要だと話していたが、そのとおりだったね」テッドはそういった。電源プラグをコンセントにさしこむためにテッドが身をかがめた拍子に、また一羽の鷲鳥が尻の穴から飛び立っていった。

「そりゃ、母さんはいつだって〝そのとおり〟のことしかいわないよ」ボビーがいった

この言葉が、ふたりには妙に愉快なものに思えた。扇風機が左右に首をふって、しだいにかぐわしくなる一方の居間の空気をかきまわすなか、ふたりはまた腰をおろした。ボビーは、いますぐ笑うのをやめないかぎり、頭がぽんと破裂するのではないかと思った。

《ブロンコ》がおわると（そのころにはボビーは、物語の筋がまるっきりわからなくなっていた）、ボビーはソファをたいらにしてベッドにするテッドを手伝った。内側に隠れていた部分を引きだして出来あがったベッドはあまり魅力的に見えなかったが、リズは予備のシーツと毛布を用意してくれており、テッドはこれで充分だといった。ボビーは歯を磨くと、自分の部屋のドアのところに立ってテッドに目をむけた。テッドはソファベッドに腰をおろして、ニュース番組を見ていた。

「おやすみ」ボビーはいった。

テッドが目をむけてきた。ボビーは一瞬、テッドが立ちあがって居間を横切り、おやすみの抱擁をしてくるのではないか、もしかしたらキスもされるのではないかと思った。

しかしテッドはそんなことをせず、なにやら奇妙でぎこちない敬礼めいたしぐさをちょっと見せただけだった。「ぐっすり寝るんだぞ、ボビー」

「ありがとう」

ボビーは自室のドアを閉めると、明かりを消してベッドにもぐりこみ、両足の踵《かかと》をマットレスの隅に押しつけた。暗闇を見あげると、あの日の朝のことが……テッドがボビーの左右の肩をつかみ、そのあと節くれだった老いた手を背中にまわしてきたときのことが思い出されてきた。あのときふたりの顔は、観覧車でキスをかわす寸前のボビーとキャロルの顔とおなじくらい接近していた。母親とお金のことで口論をしたのもおなじ日のことだった。母親が通販カタログに紙幣をテープで留めていることを知ったのもおなじ日。おまけにあの日は、マックォンとの賭《か》けで九十セントを稼ぎもした。《どっかで自分にマティーニでも奢《おご》るんだな》とはマックォンの言葉だ。

それもこれも、もとはといえばテッドのおかげなのか？〈ひらめき〉の力は、テッドに体をさわられたことで身についたのか？

「そうだ」ボビーは暗闇でささやいた。「そうだよ、きっとそうだと思うな」

《だったら、もういちどテッドにあんなふうにさわられたらどうなるんだろう？》

そのことをあれこれ考えているうちに、ボビーはいつしか寝入っていた。

その夜ボビーは、いろいろな人がジャングルで母親を追いかけている夢を見た。ジャック、ピギー、ちびっ子たち、それにドン・バイダーマンとクッシュマンとディーン。母親は〈ルーシー〉謹製の新しいドレス、肩紐《かたひも》のある黒いドレスを着ていた。ただしそのドレスは、木の棘《とげ》や小枝にあちこち引き裂かれていた。ストッキングもずたずたに裂けている。そのせいで、死んだ皮膚が細く裂けて足から剝《は》がれているかに見えた。両目は恐怖にぎらぎら輝く深いふたつの穴。母親を追っている少年たちは、みな裸だった。バイダーマンとふたりの男たちはビジネススーツ姿。その全員が、顔を赤と白の縞《しま》模様に塗っていた。その全員が槍《やり》をふりまわしては、口々にこう叫んでいた。《豚を殺せ、その女の喉《のど》を切れ！　豚を殺せ、その女の血を飲め！　豚を殺せ、その女のはらわたを抜け！》

体をふるわせながら、はっとして目覚めれば、あたりは夜明けの灰色の光に満たされていた。ボビーはベッドから起きあがって、バスルームに行った。部屋にもどってきたときには、はや夢の正確な内容はほとんど忘れていた。それからさらに二時間眠り、ベーコンと卵の食欲をそそる香りであらためて目が覚めた。部屋の窓からは目にもまぶしい夏の日ざしが射しこみ、テッドは朝食をつくっていた。

《光る眼》は、ボビー・ガーフィールドが子ども時代に見たさいごの映画に、そしてもつとも感銘をうけた映画になった。さらにいうなら、子ども時代につづいておとずれた期間——しばしば不品行に耽《ふけ》り、いつも頭が混乱し、自分でもボビー・ガーフィールドという人間がさっぱりわからなかった暗黒の時期——を迎えてはじめて見た映画でもあり、この期間を通じていちばん感銘をうけた映画でもあった。最初に逮捕されたときには、警官がブロンドの髪の毛のもちぬしだった。この警官の手に引かれて、自分が押しいった小さな個人商店から引き立てられていくとき（その当時、母親とボビーはボストン北方の郊外住宅地に暮らしていた）、ボビーの頭には《光る眼》に登場してきたブロンドの子どもたちのことが思い出されていた。ひょっとしたら、この警官があの子どもたちのだれかの成長した姿であってもおかしくはなかった。

映画が上映されていたのは〈クライテリオン〉。前の晩にボビーが考えていたブリッジポートに数ある〝夢の宮殿〟のひとつだった。映画はモノクロだったが、アパートにあるゼニス製のテレビのようにぼやけることもまったくなく、明暗のコントラストはくっきりとしていた。くわえて、映像そのものが圧倒的だった。また音も抜群だった——なかでもミドウィッチ村の子どもたちがその特殊な能力を本格的に行使しはじめるくだりに添えられた、テルミンによる背すじの寒くなるような音楽がすばらしかった。

ボビーは物語に夢中になった。『蠅《はえ》の王』が本物の物語だとわかったように、この映画も見はじめて五分もしないうちに、本物の物語だと確信していた。登場人物がみな現実の人々のように感じられたせいもあって、虚構の部分の恐ろしさがいや増していた。サリー・ジョンなら、結末部分は例外だが、それ以外の部分では退屈であくびをしたことだろう。サリー・ジョンが好きなのは巨大な蠍《さそり》がメキシコシティを破壊するような場面か、ラドンが東京を壊滅させる場面だ。サリー・ジョンは本人いうところの〝怪獣映画〟に興味をもってはいるものの、その興味の範囲はせいぜいここまでだ。しかし、サリーはきょうここにはいない。そしてボビーはサリーがキャンプに行って以来はじめて、この友人がそばにいないことをうれしく思った。

ふたりは午後一時からの上映時間に間にあった。客席は、無人も同然のがら空き状態だった。テッド（中折れ帽をかぶり、黒いサングラスは折りたたまれてシャツの胸ポケットにしまってあった）はポップコーンの大袋と〈ドッツ〉をひと箱、それにボビーにはコーラを、自分には（もちろん！）ルートビアを買いこんだ。テッドはおりにふれボビーにポップコーンかキャンディをすすめ、ボビーもすすめられるまま口にしてはいたが、なにを食べているかはもちろん、自分が物を食べていることにさえほとんど気づいていなかった。

映画はまず、イギリスのミドウィッチ村の住民全員がいきなり眠りこむ場面から幕をあけた（この時点でトラクターを運転していた男が死亡し、ある女は前のめりに倒れて火のついたガスレンジに顔を突っこんだ）。通報をうけた軍は偵察機を派遣して、現地のようすを確かめようとする。機がミドウィッチ上空にさしかかったとたん、パイロットは急に眠りこみ、偵察機は墜落。腰にロープを巻きつけられたひとりの兵士は、村に足を踏みいれて十歩ばかり歩いたところで、突如として深い睡眠状態におちいった。兵士はロープをつかって引きもどされた。ハイウェイにペンキで描かれた〝睡眠境界線〟を体が越えるなり、兵士はぱっと目を覚ました。

しばらくして、ミドウィッチ村の全員が目を覚ます。なにごとも起こらなかったかのように思える……だが、それから数週間後、村の女性の全員が妊娠していることが発覚した。老いも若きも、そしてキャロル・ガーバーとおなじ年代の少女たちも全員が。そしてその女たちから生まれた子どもたちこそが、ポスターの絵柄にもなっていたあの不気味な子どもたち、ブロンドの髪と妖しく光る目をもった子どもたちだった。

映画ではなんの説明もなされなかったが、ボビーは不気味な子どもたちが生みだされた原因は、映画《ボディ・スナッチャー／恐怖の街》の莢《さや》人間とおなじく、外宇宙から来たなんらかの存在にあると見当をつけていた。その当否はともかく、この子どもたちは通常の子どもたちよりも速いペースで成長した。彼らには超絶的な知能がそなわっており、人々を思いのままに動かす力をもっていた……おまけに彼らは、およそ情け容赦がなかった。ついにひとりの父親が、ことのほか邪悪なひとりの子どもを懲《こ》らしめようとするが、子どもたちは全員が一カ所にあつまって、自分たちに危害を与えようとする大人たちにいっせいに念を送る（彼らの目が爛々《らんらん》と光りはじめ、脈打つような奇妙なテルミンによる音楽が流れると、ちょうどコークを飲んでいたボビーの腕にさあっと鳥肌が立った）。すると問題の男はわれとわが手で頭にショットガンの銃口をむけて、自殺してしまう（そのシーンそのものは画面には登場せず、ボビーはほっとした）。

この物語の英雄となる役目を演じていた俳優は、ジョージ・サンダーズだった。主人公の妻は、例のブロンドの子どものひとりを生んでいる。サリー・ジョンならサンダーズのことを〝へなちょこ野郎〟とか〝金ぴかおじん〟と呼んでくさしただろうが、ランドルフ・スコットやリチャード・カールスン、それに忘れてならないオーディー・マーフィーといった男優たちが演じる英雄ばかりを見なれている目には、かえって新鮮に映った。サンダーズは——あくまでもねじれたイギリス流でという意味で——けったクソかっこよかった。友人のデニー・リヴァーズ流にいうなら、サンダーズは自分をクールに見せるテクニックを心得ていた。締めているネクタイはとびきりクールだったし、髪の毛は櫛《くし》でぴったりとオールバックに固めていた。酒場の酔漢たちをまとめて叩《たた》きのめす腕っぷしのもちぬしには見えなかったが、ミドウィッチ村の住民ではただひとり、〝光る目をした子どもたち〟から声がかかった人間だった。なんと、彼らの教師に抜擢《ばってき》されたのである。およそなにを教えるのであれ、ランドルフ・スコットやオーディー・マーフィーが外宇宙からやってきた超絶知能をもつ子どもたちになにかを教えている場面など、ボビーには想像もできなかった。

結末にいたって、ジョージ・サンダーズは子どもたちを退治する人間にもなる。サンダーズは、子どもたちから——一時的なものにせよ——心を読まれないようにする方法を発見する。頭のなかで煉瓦《れんが》の壁を想像し、いちばん隠しておきたい思考を壁の裏に押しこめておくのである。やがて、子どもたちを抹殺しなくてはならないという点で全員の意見が一致すると(なにせ数学を学ぶことはできても、だれかを罰する手段として、その人間の心をあやつり、みずからの手で車を断崖《だんがい》絶壁から転落させるよう仕向ける行為がいけない理由は、まったくわからない連中なのだ)、サンダーズはブリーフケースに時限爆弾を仕込んで、教室に出向いていく。子どもたちが一堂に会する場所は、この教室しかないからだ。ここにいたってボビーは——漠然とではあったが——この子どもたちが、『蠅の王』に出てきたジャック・メリデューとその配下の狩人《かりゅうど》たちを超自然的な形に変形させたものにすぎないことを理解していた。

子どもたちは、サンダーズがなにやら隠しごとをしていることを察する。映画のクライマックスにいたる部分では、サンダーズが頭のなかに築きあげた壁から煉瓦が飛びはじめる。子どもたちがサンダーズがなにを隠しているのかをつきとめたい一心で、この教師の頭をこじあけようとするにつれ、壁から煉瓦が飛散していくペースはどんどん速まっていく。そしてついに、彼らはブリーフケースに隠された時限爆弾のイメージにたどりつく。電線で目覚まし時計につながれた八本か九本のダイナマイト。その意味を理解した子どもたちの目が、不気味きわまる輝きを帯びる。しかし、彼らに対処する時間は残されていなかった。爆弾が爆発する。英雄を演じた人物が死ぬことに、ボビーはショックを感じた――〈エンパイア〉の土曜特別興行でランドルフ・スコットが死ぬようなことはないし、オーディー・マーフィーもリチャード・カールスンもやはり死ぬようなことはない。しかしボビーには、ジョージ・サンダーズが〈至高の善なるもの〉のために、みずからの命を捧げたことを理解していた。ほかにも、理解できたように思えたことがあった――テッドのうつろな状態のことだ。

テッドとボビーがミドウィッチ村を訪問していたあいだに、コネティカット州南部はぎらぎらと太陽の照りつける暑い時間になっていた。ほんとうにいい映画を見たあとでは、ボビーは現実の世界が気にくわなくてならなかった。短いあいだとはいえ、世界が嘘《うそ》くさいジョークにしか思えなくなった――濁った目をして、せせこましいことしか考えない、不細工な顔だちの人間ばっかりだからだ。ときどきボビーは、この世界にもプロットがあれば、もうすこしましな場所になるのではないかとさえ思った。

「ブローティガンとガーフィールドが、これから街に繰りだすぞ！」ふたりで映画館の庇《ひさし》の下から足を踏みだしながら（ちなみに庇の正面には《**館内冷房中の当館へようこそ**》と書かれた横断幕が張られていた）、テッドが気勢をあげた。「で、映画の感想はどうかな？　おもしろかったかい？」

「すごくよかったよ」ボビーは答えた。「ぶっ飛んじゃうくらい最高。連れてきてくれてありがとう。いままで見た映画のなかでも、ほんとにいちばんよかった。あの人がダイナマイトを用意するところはどうだった？　うまくあいつらを騙《だま》しとおせると思った？」

「どういえばいいかな……ほら、わたしは前に原作を読んでいたからね。どうだ、原作も読んでみたくなっただろう？」

「もっちろん！」それどころかボビーは、いますぐ走ってハーウィッチに帰りたい、熱い日ざしが照りつけるコネティカット・パイクもアッシャー・アヴェニューもぜんぶ走っていき、すぐにでも成人用図書館利用カードで『呪《のろ》われた村』を借りだしたい衝動がいきなりこみあげてくるのを感じた。「この作者って、ほかにもSFを書いてる？」

「ジョン・ウインダムか？　ああ、書いているよ。かなりたくさんね。これからも書きつづけるだろうな。SFやミステリーの作家にひとつ取柄があるとすれば、つぎの作品を発表するまで五年もあいだをあけないことだ。そんなことをするのは、ウイスキーを浴びるほど飲んでは女遊びに憂《う》き身をやつしている純文学作家たちだよ」

「ほかの本も、いま見た映画の原作とおなじくらいの傑作かな？」

「ああ、『トリフィドの日』はおなじくらいの傑作だ。それよりすばらしいのが『海竜めざめる』だな」

「海竜ってなに？」

このときふたりは交差点に立ち、信号が変わるのを待っていた。テッドは目玉を大きく剝《む》きだした世にも不気味な表情をつくると、膝《ひざ》に手をあててボビーの顔に顔を寄せ、かなり巧みなボリス・カーロフの物真似《ものまね》でこう答えた。「かぁぁ、いぃ、ぶぅつ、だよ！」

そのあともふたりは、いろいろな話をしながら街を歩いた。映画の感想からはじまり、そのつぎは〝はたして地球以外の宇宙に、ほんとうに生命が存在するか〟について話しあい、さらに映画でジョージ・サンダーズが締めていたとびきりクールなネクタイの話をした（テッドは、それがアスコットタイと呼ばれている種類のネクタイであることを教えてくれた）。つぎにボビーがあらためて周囲を見まわしたときには、ふたりはブリッジポートのなかでも、これまでボビーが来たことのない界隈《かいわい》にやってきていた。母親とこの都会に来るときには、ふたりは大きな商店がならぶダウンタウンから外に出なかった。この界隈ではどこの商店も小さく、無理やり詰めこまれたようにごみごみした街なみをつくっていた。大きなデパートに売っているような商品――服や日用雑貨、靴やおもちゃ――を売っている店はひとつもなかった。ボビーの目にはいってくる看板は、錠前屋や小切手換金屋、古本屋などの看板ばかり。ある看板には《ロッド銃砲店》とあった。《ウォー・ファット・ヌードル社》なる看板もあった。三つめに見えた看板には、

《フォト・フィッシング》と書いてあった。《ウォー・ファット》のとなりは、《特選珍品みやげ物》を売っている店だった。この通りには、〈セイヴィンロック〉のメインストリートに通じるいかがわしい雰囲気があった。そのせいでボビーは、街角にあのモンテ・マンが立っており、即席のテーブルの上にロブスターみたいな赤い模様のトランプを伏せて待っているのではないかという気分にさえなった。

《特選珍品みやげ物》の店の前を通りかかるとき、ボビーはショーウィンドウをのぞきこもうとしたが、ガラス窓は竹のブラインドですっかり覆《おお》われていた。営業時間中なのにウィンドウを覆っている商店など、話にきいたこともなかった。「ブリッジポートの特選珍品みやげ物なんて、どんな人が買いたがるんだろう?」

「まあ、ほんとうにみやげ物を売っているわけじゃないだろうな」テッドは答えた。

「ああいった店は、セックスがらみの商品を売っているんだ――しかもその大部分は、法律にふれるような代物《しろもの》だろうね」

ボビーにはさらにたずねたい質問が――十億ばかり――あったが、ここは口をつぐんでいたほうがいいと判断した。そのあと、店の入口の上に金色の球体が三つ吊《つ》るしてある質屋の前で足をとめたボビーは、十個ほどの剃刀《かみそり》が途中まで刃が引きだされた状態で天鵞絨《びろうど》の上にならべられているさまに目を奪われた。剃刀は全体で輪をつくるようにならべられていたため、珍奇で(ボビーの目には)美しい光景がつくりだされていた。見つめていると、なにかの機械からとりだした危険きわまる部品を見ている気分にさせられた。どの剃刀の把手《とって》も、テッドがつかっている剃刀とくらべるとはるかに風変わりだった。ある物は象牙《ぞうげ》のように見えたし、細い金の線が引かれてルビーが埋めこまれている物や、水晶製の物もあった。

「ここにある剃刀のどれかを買えば、もうちょっとスマートにひげが剃《そ》れるんじゃない？」ボビーはたずねた。

てっきりテッドがにっこり笑ってくれると思ったのに、テッドは笑みを見せなかった。

「こういう剃刀を買う人たちは、ひげを剃ろうと思って買うわけじゃないんだよ」

「じゃ、なんのために買うの？」

テッドはこの質問に答えようとしなかったが、ギリシア人の経営するデリカテッセンで〝イロ〟なるサンドイッチを買ってくれた。自家製のパンになにかをはさんでふたつ折りにした物で、正体不明の白っぽいソース――ボビーの目にはにきびの膿《うみ》そっくりに見えた――がじくじくとあふれだしていた。決死の覚悟で口にいれてみたのは、ひとえにテッドがぜったいにおいしいと断言したからである。そして……なんのことはない、これまでに食べた最高においしいサンドイッチだということがわかった。ホットドッグや〈コロニー・ダイナー〉のハンバーガーにも負けないほど肉の味がしたうえに、どんなハンバーガーやホットドッグにもない異国風の風味もあった。しかも友だちとふたりで街をそぞろ歩いて、あちこち見たり、人から見られたりしながらの食事はまた格別だった。

「ブリッジポートのこのあたりは、なんと呼ばれてるの？」ボビーはたずねた。「名前がついてる？」

「最近のことは、だれにもわからないんじゃないかな」テッドはそう答えて、肩をすくめた。「昔はギリシア人が多かったもので、〝グリークタウン〟と呼ばれていたな。でもそのあとでイタリア人が来て、プエルトリコ人が来て、いまじゃ黒人も来るようになった。デイヴィッド・グーディスという作家がいるんだが――大学教授がぜったいに読まないような作家でね、まあペーパーバック・ラックの輝ける天才とでもいおうか――この作家は、〝あの界隈〟と表現していたよ。グーディスがいうには、どんな街にも〝あの界隈〟がかならずあるんだそうだ。金さえあれば、セックスでもマリファナでも、汚い言葉をしゃべる鸚鵡《おうむ》でも買える界隈。いま道の反対側にいる男たちがいい例だが、家々の玄関先に男たちがすわりこんでいるような界隈、女たちはいつだって〝鞭《むち》でひっぱたかれたくなけりゃ、とっとと家に帰っておいで〟と子どもたちを怒鳴りつけている界隈、そしてワインがいつも紙袋に隠されている界隈だな」

そういってテッドは、道ばたの排水溝を指さした。その言葉のとおり、茶色い紙袋から安ワインの〈サンダーバード〉の瓶のネック部分が突きだしていた。

「そう、ただ〝あの界隈〟と呼ばれるだけの場所。デイヴィッド・グーディスがいうには、名字を名乗る必要のいっさいない界隈、ポケットに現金さえあれば、およそ手に入れられない物のない界隈ということだ」

《あの界隈……か》ボビーは、褐色の肌をもった十代の三人組の少年に目をむけながら思った。いずれもギャング風のジャケットを着た少年たちは、通りかかったボビーとテッドをじっと見ていた。《ここは、折りたたみ式の剃刀と特選珍品みやげ物の国なんだ》映画館の〈クライテリオン〉やデパートの〈マンシーズ〉が、これほど遠くに思われたことはなかった。ブロード・ストリートは？　あの通りばかりか、ハーウィッチの街のすべてが、ここととは異なる星系にあるといわれても信じてしまいそうだった。

ふたりがたどりついたのは、〈コーナー・ポケット〉という名前の店だった。ビリヤード、各種ゲームマシン、樽出《たるだ》し〈ラインゴールド〉。ここにも、**《店内冷房中の当店へようこそ》**という横断幕が張りだされていた。ちょうどボビーとテッドがその横断幕の下を通りかかったとき、チョコレート色のランニングシャツを着て、フランク・シナトラがかぶるようなふちの細い帽子をかぶった若い男が、店内から外に出てきた。片手に細長いケースをもっている。

《キュースティックだ》ボビーは恐怖と驚きを同時に感じながら思った。《あいつ、自前のキュースティックを、まるでギターみたいにケースにいれてもち歩いてるんだ》

「おっと、このあたりじゃ見かけないナイスガイだな、え？」若い男はボビーに話しかけて、にやりと笑った。ボビーもにやりと笑い返した。キュースティックのケースを手にした男は、片手を拳銃《けんじゅう》の形にしてボビーに銃口の指をむけた。ボビーも自分の手で拳銃をつくって、若者にむけた。若者は、《わかったよ、おまえはナイスガイだ、おれもナイスガイ、仲間じゃねえか》といいたげにうなずくと、頭のなかに流れている音楽にあわせているのだろう、なにももっていない手でリズムを刻みながら道路をわたっていった。

テッドはまず通りの前方に目をむけ、つづいて後方にも目を走らせた。前方では三人の黒人少年が消火栓を勝手に途中までひらき、噴きだす水を浴びてはしゃぎまわっている。これまで歩いてきた歩道では、ふたりの若者——片方は白人で、もうひとりはおそらくプエルトリコ人——が、手術中の医者にも負けない手早く真剣な動きで、年代物のフォードからタイヤのホイールキャップをとりはずしているところだった。テッドはそのふたりを見つめてため息を洩《も》らすと、ボビーに目をうつした。

「〈ポケット〉は昼日中でも子どもを連れていく店じゃないが、こんな通りにきみを置き去りにするわけにはいかん。さあ、来るんだ」テッドはそういってボビーの手をとり、店内にはいっていった。

VII

〈ポケット〉店内で。大盤ぶるまい。
〈ウィリアム・ペン・グリル〉の外で。
フランス生まれのセクシーな子猫ちゃん。

ボビーがまっさきに意識したのは、ビールのにおいだった。においは強烈な打撃となって襲いかかってきた――ピラミッドがまだ建設計画の段階にあった時代から、この店には人々がたむろしてビールをがぶ飲みしていたのではないかと思えるほどだ。つぎに気がついたのは、テレビの音だった。《バンドスタンド》ではなく、午後の遅い時間に放映されているソープオペラだ（ちなみにボビーの母親はこの手の番組のことを、〝おおジョン、おおマーシャ〟ドラマと呼んでいる）。それから、キューで球を撞《つ》く音。こうして、においと音をきっちり認めたのち、ようやく目からの視覚情報が整理されはじめた。というのも、店内がかなり薄暗かったせいで、目が慣れるまで時間がかかったのである。

薄暗いだけではなく、店がかなりの奥ゆきをそなえていることもわかった。右側にはアーチ状になった入口があって、その先は無限に広がっているようにさえ思える広い部屋になっていた。ビリヤード台のほとんどには覆《おお》いがかかっていたが、いくつかの台は天井からの照明を浴びて島のように浮きあがって見えており、男たちがもの憂《う》げにそのまわりを歩いては、ときおり立ちどまって体をかがめ、球を撞いていた。それ以外にも――ほとんど姿は見えないが――壁ぎわにならぶ高い椅子《いす》に男たちが腰かけて、ゲームを観戦していた。ひとり、靴を磨いてもらっている男がいた。とんでもない年寄りに見えた。

正面の先にも大きな部屋があって、ゴットリーブ社製のピンボール・マシンで埋めつくされていた。無数の赤とオレンジ色の豆電球がせわしなく明滅し、大きな電飾看板が胃痛を起こさせかねない光で、《同一マシンを二回傾ける反則をした場合は店外退去》と呼びかけていた。ここでも、ふちの細い帽子――どうやらこれが、この界隈《かいわい》にとぐろをまく不良バイク族公認の帽子のようだ――をかぶった若い男が〈辺境警備隊〉なる名前がついたピンボール台にかがみこみ、熱中もあらわにフリッパーを操作していた。男の下唇にはタバコがぶらさがり、立ち昇る煙がその顔や櫛《くし》でうしろに撫《な》でつけた髪のほつれ毛の前を通りすぎていく。男は裏返しにしたジャケットの左右の袖《そで》を縛って、腰のまわりに巻きつけていた。

ロビーの左はバーカウンターになっていた。テレビの音とビールの臭気の出所は、このバーだった。カウンターにすわって、ピルスナーグラスに顔を近づけている客は三人。

いずれの客も、両隣のスツールは空席になっている。三人とも、広告で見かけるような愉快なビール飲みには見えなかった。それどころかボビーの目には、この三人が地球上でもっとも寂しい人々に見えた。どうせなら、せめて三人で肩を寄せあって、すこしおしゃべりでもすればいいのに——ボビーはそう思った。

バーカウンターより手前にデスクがあった。そのうしろのドアから、いまひとりの太った男がぬうっと姿をあらわした。ほんの一瞬だったが、ボビーはラジオの音を耳にした気がした。太った男は口に葉巻をくわえ、椰子《やし》の木の模様が描かれたシャツを着ていた。男は先ほどのキュースティック・ケースをもったナイスガイとおなじように指をぱちぱち鳴らし、小声で歌っていた。「チュー・チュー・チャウ、チュー・チュー・カ・チャウ・チャウ、チュー・チュー・チャウ・チャウ！」

ボビーには、その曲がわかった。ザ・チャンプスの〈テキーラ〉だ。

「あんたはだれなんだ？」太った男はテッドにたずねた。「知らない顔だな。それに、あんたの連れはここにはいっちゃだめだ。こいつが読めないのか？」

太った男は爪《つめ》の汚れた指をぐいっと突きだして、デスクの上においてある札を指さした。**《二十一歳未満の入店禁止》**と書いてあった。

「あんたはわたしを知らないだろうが、ジミー・ジラーディのことは知っているね」テッドは鄭重《ていちょう》に返事をした。「ジミーから、あんたに会いにいけといわれたんだよ……ま、あんたがレン・ファイルズその人だとすればの話だが」

「おれがそのレンだ」男はいった。男の態度は、かなり親しげなものに豹変《ひょうへん》していた。男は、アニメ番組でミッキーやドナルドやグーフィーがはめている手袋同然に白くて肉づきのいい手をさしだした。「おまえさんはジミー・ジーのやつを知ってるのか？　あのジミー・ジーのクソったれ野郎ときたら！　やつの祖父《じい》さんが、ほれ、あっちで靴を磨いてもらってるぞ。このごろじゃ、やつもでかい靴を磨かせてばかりいやがる」

レン・ファイルズという男は小首をかしげて、テッドにウインクを送った。テッドは笑みを返して、レンの手を握った。

「これはあんたの子かい？」レン・ファイルズはそうたずね、デスクごしに身を乗りだしてきて、ボビーをしげしげと見つめた。ボビーの鼻は、男の吐息に〈センセン〉のミントキャンディの香りと葉巻の香りをとらえ、男の汗のにおいも嗅《か》ぎとっていた。男が着ているシャツの襟には、点々とふけが散っていた。

「友だちだよ」テッドが答えたその言葉に、ボビーはうれしさのあまり体が爆発しそうな気分になった。「この子を外の通りで待たせておく気分にはなれなくてね」

「そりゃそうだ。金を払って、この子をとりもどす目にあいたいんなら話はべつだが」レン・ファイルズはテッドに同意し、ボビーにいった。「おまえを見てると、だれかを思い出すんだな。いったいどうしてだろう？」

ボビーは小さく首を左右にふった。自分がレン・ファイルズのような男の知りあいに顔だちが似ているとは、考えるだけでもいささか恐ろしかった。

太った男は、かぶりをふっているボビーにはろくに目をむけてもいなかった。早くもすっくと背中を伸ばし、テッドに目をむけている。「ただし、子どもをあっちの部屋に入れるわけにはいかないな、ミスター……?」

「テッド・ブローティガンだ」そういってテッドは手をさしのべた。レン・ファイルズはその手を握った。

「どういうことかはわかるな、テッド? おれみたいな商売の人間は、それでなくても警察から目をつけられてるんでね」

「もちろん事情はわかる。しかし、ここで待っているのならいいだろう? どうだ、待てるか、ボビー?」

「うん、平気さ」

「仕事の話は手短にすませられる。しかし、ちょっといい仕事の話ではあるんだ、ミスター・ファイルズ――」

「おれのことはレンと呼んでくれ」

そう、もちろんレンとだけ呼べばいい。ボビーは思った。ただのレン。名字はなし。ここは、あの界隈なのだから。

「さっきもいったが、かなり旨味《うまみ》のある商売の話をしたいんだ。あんたもきっと賛成してくれるものと思ってる」テッドはいった。

「あんたがジミー・ジーのことを知ってるのなら、このおれがしみったれた商売には目もくれないってことを知ってるはずだぞ」レンはいった。「しみったれた商売は、黒人にまかせることにしてるんでね。で、なんの話をしにきた？　パタースン対ヨハンソンの試合か？」

「アルビーニ対ヘイウッド。マディスン・スクエア・ガーデンでの試合は……あしただったかね？」

レンの目が大きくなったかと思うと、でっぷりとふくれた無精ひげだらけの頬が笑みを形づくった。「これはこれは、驚き桃の木だ。ぜひとも、くわしい話をしたいもんだ」

「ああ、ぜひとも話をしたいな」

レン・ファイルズはデスクの奥から出てくるとテッドの腕をつかみ、そのままビリヤード台のならぶ部屋のほうに歩きかけた。しかしすぐに足をとめ、くるっとふりかえった。「ここにいるボビーは、家に帰って、のんびり体を休めてるボビーくんかな？」

「はい、そうです」これがほかの場所なら、《はい、ボビー・ガーフィールドです》と答えるところだ。しかし、ここはあの界隈、だからただボビーとだけ名乗れば充分に思えた。

「よし、ボビー。おまえの目には、あそこにならぶピンボール・マシンがおもしろそうに見えるだろうし、ポケットには二十五セント硬貨の一枚や二枚あるかもしれない。でもな、おまえはアダムができなかったことをやれ。誘惑に耐えろってことだ。どうだ、我慢できるか？」

「はい、できます」

「すぐもどるからな」テッドはそうボビーに声をかけ、レン・ファイルズにうながされるままアーチ状の入口をくぐって、ビリヤード室にはいっていった。ふたりは、高い椅子に腰かけた男たちの前を通りすぎた。テッドはそこで足をとめ、靴を磨かせている男に話しかけた。ジミー・ジーの祖父とならぶと、テッド・ブローティガンもかなり若く見えた。老人はテッドを見あげて、なにか話しかけた。ふたりの男はたがいの顔を見あわせて、笑いあった。ジミー・ジーの祖父は、高齢の人間にしては元気のいい笑い声をあげていた。テッドは両手を伸ばし、老人の血色のよくない頰を左右から愛情のこもったやさしい手つきで叩《たた》いた。このしぐさが、またもジミー・ジーの祖父の笑いを誘った。そのあとテッドはレンに手を引かれるまま、ほかの椅子に腰かけた男たちの前を通って、カーテンで仕切られた小部屋にはいっていった。

ボビーは足に根が生えでもしたみたいにデスクの近くに立っていたが、レンからあちこち見てまわることまで禁じられたわけではなかったので、店内を見てまわることにした――店内のあらゆるところを。壁はビールのロゴマークの看板や、ほとんど服を身につけていない女性の写真をあしらったカレンダーで埋めつくされていた。ひとりの女性は、どこか田舎のフェンスをよじのぼっていた。またべつの女性はパッカードから降りようとしているところで、スカートが膝《ひざ》の上までまくれあがり、ガーターベルトが丸見えになっていた。デスクの奥の壁にも、いろいろな標語めいた物が張りだしてあった。そのどれもが、なんらかの行為を禁止している物だった（《おれたちの街が気にいらなけりゃ時刻表でも見るんだな》《大人の仕事にガキのつかいをよこすな》《ロハの昼食なんてどこにもない》《小切手支払いお断わり》《ツケ払いお断わり》《当店では泣きごとに耳を貸しません》）。そして、《警察直通》と書かれた赤い大きなボタン。天井からは、埃《ほこり》のついたワイヤでセロファンの包みがいくつも吊《つ》りさげられていた。《東洋の愛の木の根・薬用人参《にんじん》》と書かれた物や、《スペインの快楽の妙薬》と書かれた物もある。ビタミン剤の一種だろうか、とボビーは思った。しかし、このような店でなんでビタミン剤を売っているのだろう？

ゲームマシンがいっぱいある部屋にいた若い男が、〈辺境警備隊〉のマシンの側面をひっぱたき、一歩あとじさると、忌《い》まいましそうにマシンにむかって中指を突き立てた。それから若者は帽子の位置をなおしながら、ロビーのほうに歩いてきた。ボビーは手を拳銃《けんじゅう》の形にして、若者に突きつけた。若者はわずかに驚いた顔を見せたが、すぐににんまりと笑って、おなじように手で拳銃をつくってボビーに突きつけながら、ドアのほうに歩いていった。歩きながら、若者は腰で結んであったジャケットの袖をほどいた。

「この店じゃ、チームのジャケットを着ちゃいけないんだ」好奇心たっぷりに目を丸くしているボビーを見て、若者が説明した。「ジャケットの色も見せちゃいけない。店の決まりでね」

「へえ、そうなんだ」

若い男はにやっと笑い、片手をかかげた。その手の甲には、悪魔がつかう三叉《みつまた》が青いインクで描きこまれていた。「だけど、チームのシンボルはちゃんと描いてあるってわけさ、小僧。わかるか？」

「うん、わかるよ」刺青《いれずみ》だ。ボビーは羨望《せんぼう》のあまり気絶しそうになった。若者はボビーの気持ちを顔から読みとったらしい——口もとがさらに大きく広がって、白い歯がすっかり見えるほどの笑顔になった。

「クソったれ〈ディアブロス〉さ、小僧。最高のチームだよ。クソったれ〈ディアブロス〉はこの街を支配してる。ほかの連中は、みんな腰抜けのへたれだよ」

「この街……この界隈ということだね」

「この界隈に決まってらあな。ほかにどこがあるってよ？　元気でな、小僧。おまえが気にいったぜ。なんたって、面《つら》がまえがいい。だけどな、そのクルーカットはいただけないぜ」

ドアがひらき、一陣の熱風と同時に街のさまざまな活動のざわめきが店内に吹きこんできたかと思うと、若者は去っていた。

デスクの上においてある小さな籐《とう》のバスケットが、ボビーの目をとらえた。ちょっと傾けて、中身を確かめてみる。バスケットには、プラスティックのタグがついたキーホルダーが山盛りになっていた。タグは赤と青と緑の三種類。そのひとつを手にとると、タグの部分に書かれたこんな金文字が読みとれた。《コーナー・ポケット／ビリヤード／ゲームマシン／電話ケンモア八-二一二七》

「いいよ、坊や、ひとつもっていきな」

ボビーは驚きのあまり、キーホルダーのバスケットを床に突き落としそうになった。声をかけてきたのは、レン・ファイルズとおなじドアから出てきた女だった。しかもレンを上まわる巨体のもちぬしだった。サーカスに出てくるでぶ女にも匹敵する巨体だ。しかし身ごなしは、バレリーナにも負けないほど軽やかだった。ボビーは、すぐ目の前にのしかかるようにして立っている女を見あげた。レンのお姉さんか妹さんだ――そうにちがいない。

「ごめんなさい」ボビーは口のなかでつぶやくと、先ほど手にとったキーホルダーをもどし、バスケットを手のひらで軽く叩いて、デスクのへりから反対側に押しやった。女が片手でバスケットをとめたからよかったようなものの、そうでなければボビーの力でバスケットがデスクの反対側から床に落ちたかもしれない。女のにこやかな笑顔に怒りのかけらさえ見あたらないことに、ボビーは心の底から安心した。

「ほんとよ。嫌味なんかでいったんじゃない。ひとつもっていきな」そういって女は、キーホルダーをひとつ手にとった。緑のタグがついていた。「どうってことない安物だけど、とにかく無料《ただ》よ。宣伝のために、お客にあげてるの。マッチみたいなものね。でも、子どもにマッチはあげられないわ。タバコは吸っちゃだめよ。わかった？」

「はい」

「なにごとも最初が肝心よ。それからお酒にも近づかないこと。さあ。もっていきなさい。この世界でロハで物をくれるといわれたら、いいかい、ぜったい断わっちゃいけない。無料《ただ》の物なんて、そうそう見つかりゃしないんだから」

ボビーは、緑のタグがついたキーホルダーをうけとった。

「ありがとうございます、マダム。とってもきれいですね」ボビーはそういってキーホルダーをポケットにしまったが、この品をどこかで捨てなくてはならないこともわかっていた。こんな物をもっていることを母親に知られたら、ただではすむまい。サリー・ジョンのいいぐさを借りれば、〝二十の扉なみの質問〟を浴びせかけてくるに決まっている。いいや、三十は行くかもしれない。

「あんた、名前は？」

「ボビーです」

そういって、女から名字を質問されるかと思って待っていたボビーは、その質問が来ないことに内心喜んでいた。

「あたしはアランナ」女は指輪が鈴なりになった手をさしだしてきた。指輪の宝石が、ピンボール・マシンの照明のようにきらめいていた。「ここには父さんといっしょに来たのかい？」

「いえ、友だちといっしょに来ました」ボビーはいった。「その友だちは、たぶんいまヘイウッド対アルビーニのボクシング試合をネタに賭《か》けをしてるんだと思いますけど」

アランナは、警戒しつつもおもしろがっている顔を見せると、指を一本立ててまっ赤な唇にあてがい、前に身を乗りだしてきた。アランナが〝しいいっ〟という声をボビーにむけると、呼気とともに強烈な酒のにおいが吹きつけてきた。

「この店じゃ〝賭け〟という言葉はご法度《はっと》だよ」アランナは釘《くぎ》を刺してきた。「ここはビリヤード・パーラーなんだから。そのことさえ忘れなければ、あとはなんの心配もいらないよ」

「わかりました」

「あんたは、ハンサムなちび悪魔だね、ボビー。それにその顔は……」アランナはいったん言葉を切った。「ひょっとして、あんたの父さんを知ってるかもしれない。そんなことってあると思うかい？」

ボビーはかぶりをふって一応は否定してみせたが、内心はあやふやな気持ちだった。さっきもレンから、おまえを見ているとだれかを思い出すといわれたばかりだからだ。

「父は死にました。もうずいぶん前のことです」ボビーがかならずこの一句を追加しているのは、ひとえに話をきいた人が大げさに同情してくるのを前もって防ぐためだった。

「お父さんの名前は？」アランナ・ファイルズはそう質問したものの、ボビーに答える隙《すき》もあたえなかった——赤く塗られたその唇のあいだから、魔法の言葉のように答えが転がりでてきたのである。「ランディじゃなかった？　ランディ・ギャレットとかランディ・グリアとか、とにかくそんなような名前だったんでしょう？」

つかのま、ボビーは驚きのあまり言葉をうしなっていた。肺から瞬時にして空気が叩きだされたような、そんな気分だった。「ランダル・ガーフィールドです。でも、いったいどうして……」

アランナは楽しそうな笑い声をあげた。乳房のふくらみがゆっさゆっさと揺れた。

「それはね、あんたのその髪の毛よ。そばかすもそうだし……このスキーのジャンプ台みたいな鼻もね」

そういってアランナが前に身を乗りだしてくると、貯水樽《だる》なみの大きさがありそうな乳房の上半分の白くなめらかな肌が、ボビーにも見えるようになった。アランナは一本だけ突きだした指を、ボビーの鼻筋にそってスキーのようにやさしく滑らせた。

「じゃ、父はこの店に来てビリヤードをやってたんですか？」

「いいや。キューさばきはからきしだっていってた。いつもビールを飲んでたね。それに、たまに……」アランナは口を閉じると、トランプの束からカードを配るしぐさをしてみせた。それを見てボビーは、マックウォンのことを思い出した。

「そうなんですか」ボビーはいった。「父は、どんなインサイドストレートにも飛びついた男だったときいてます」

「その話がほんとかどうかは知らないけど、でも気だてのいい人だったわ。この店に顔を見せるのは月曜日の夜と決まってた。月曜の夜っていうと、店は墓場みたいに沈んだ雰囲気なの。でもお父さんが来て三十分もすると、お客がみんな楽しそうに笑ってたっけ。よくジョー・スタフォードの歌を歌ってては――曲名は忘れちゃったけど――レニーにいってジュークボックスでその曲をかけさせてたわ。ほんと、とってもいい人だったのよ。あんたのお父さんで、いちばん印象に残ってるのはそのこと。赤毛で、とってもいい人なんて珍しいのよ。それにあの人、酔って出来あがってる人にはぜったいに奢《おご》らなかった。その点は主義だったみたい。でも、そうでなければ、みんなに大盤ぶるまいしていたっけ。ひとこと頼めば、こころよくお酒を奢ってたわ」

「でも、それじゃ父はずいぶんたくさんのお金をつかったんですね」ボビーはいった。こんな会話をかわしていることが——生前の父親を知っている人間と話をしているという事実が——とても現実だと思えなかった。それでも、こうした新発見の多くが、おなじように完全な偶然でなされたのだろうとも思った。目先のことだけを考えながら、なにげなく暮らしている……そして突如、過去がななめ後方から不意討ちをしかけてくるのだ。

「ランディが？」アランナは心底驚いた顔を見せた。「まさか。この近所にでも寄ったら、あの人は週に三回は店に顔を出して飲んでいったでしょうね。あの人はたしか不動産か保険の関係で、なにかを売ってたかなんとか——」

「不動産です」ボビーはいった。「不動産の仕事をしていました」

「——この街には仕事で顔を出す事務所があったのよ。不動産関係の仕事をしてたんなら、営業用不動産とかの関係でしょうね。医療関係の器具の会社じゃなかったのは確か？」

「はい、不動産です」

「まったく、人の記憶って変なものね」アランナはいった。「ちゃんと覚えていることもあるのに、その反対に月日が流れると緑を青と思いこんじゃうんだから。それにね、このごろじゃ、スーツ姿できちんとネクタイを締めてる人がいるような会社は、この界《かい》隈《わい》から軒なみ消えちまったし」アランナは悲しげにかぶりをふった。

この地区がいかにして没落したかという話には、ボビーはまったく興味がなかった。

「でも、ポーカーをしたときには決まって負けたんでしょう？　いつも決まって、インサイドストレートで、ストレートができるのを待ってたはずなんです」

「それ、母さんからきかされた話かい？」

ボビーは無言だった。

アランナは肩をすくめた。と同時に、アランナの体の前面全体に人の目を引きつける現象が発生した。「まあ、あんたと母さんのあいだでは、そういう話になってるわけだね……それに、ああ、あんたの父さんがここじゃない店で大負けをしたこともあるかもしれない。あたしが知ってるのはね、あんたの父さんはひと月にせいぜい一回か二回、この店で知りあいの連中といっしょに真夜中までポーカーで遊んで、家に帰っていったってことだけ。もし父さんがだれかを大勝ちさせたとか、反対にだれかを大負けさせたってことがあったなら、あたしは覚えてるはず。でも、そんな覚えはないからね。となりゃ、珍しくここでポーカーで遊んだ夜は、たいてい損得とんとんの状態で帰っていったってことになる。話はそれるけど、これはポーカーの達人ってこと。あっちにいる連中よりは、ずっとましね」アランナは、テッドと自分の兄が消えていった方向に目をむけた。

ボビーはしだいに混乱してくる頭をかかえたまま、じっとアランナを見つめていた。《あんたのお父さんは、わたしたちにほとんどなにも残していかなかったんだよ》母親は口ぐせのように、そういっていた。残された物は失効した生命保険証書と、未払いの請求書の束だけ。《わたしはなんにも知らなかった》今年の春、母親がそんなことを口にしていたこともあった。いまボビーは、おなじ言葉が自分にもぴったりと当てはまるのを感じていた。《ぼくもなんにも知らなかった》と。

「そりゃ、いい男だったねえ、あんたの父さんは」アランナがいった。「ボブ・ホープみたいな鼻もなにもかも。楽しみだね、あんたもあんなハンサムになるよ——だってあんた、父さん似だもの。ガールフレンドはいるのかい？」

「はい、います」

じゃ、未払いの請求書の束の話はでっちあげだったのか？　そんなことがあるか？　生命保険は失効なんかしていなくて、ちゃんと保険金が支払われて、そのお金は〈シアーズ〉の通販カタログなんかじゃなくて、銀行あたりにしっかりと預けられているということか？　なぜだか、そう考えると、そら恐ろしくなってきた。だいたい、父さんが悪人じゃなかったのなら、いったい母さんはどうして、父さんが（下衆男《げすおとこ》、赤毛の下衆男）悪人だったなどという嘘《うそ》をぼくに信じこませようとするのだろう？　見当もつかなかった。しかしこの考えには、なにがなし……真実に思える部分もなくはなかった。ひとたび怒りだしたら手がつけられない——それが母さんの特徴だ。ひとたび怒りだしたら、めちゃくちゃ怒りまくる。怒りまくってたら、なにをいいだすかわからない。だから、こういうことも考えられる。当時の父親——いくら記憶をさぐっても、母親が〝ランディ〟という愛称を口にしたことが一回もない男——は、自分の懐《ふところ》からあまりにもたくさんの人々に度を越えた大盤ぶるまいをした……それが、しだいしだいにリズ・ガーフィールドを怒らせていった、と。リズ・ガーフィールドは、自分の懐からであれ他人の懐からであれ、およそ他人に大盤ぶるまいをすることのない人間だ。この世界で暮らすかぎり、懐の中身はしっかり守っておかなくてはいけない、なぜなら人生は不公平だから。

「彼女の名前は？」

「リズです」ボビーはいま、暗い映画館からまばゆい日ざしのなかに踏みだしたときに感じるような、頭がくらくらする感じを味わっていた。

「リズ・テイラーのリズね」アランナはうれしそうな顔つきだった。「すてきな名前のガールフレンドがいてよかったじゃないの」

ボビーは、いささか気恥ずかしい思いで笑った。「ちがいます。リズというのは母の名前です。ガールフレンドはキャロルっていいます」

「かわいい子？」

「そりゃ、ふるいつきたくなるような別嬪《べっぴん》さんです」ボビーはにやにや笑いながら、片手を右から左へとくねくね動かしていった。ついでアランナが盛大に笑い声をあげたのを見て、ボビーもうれしい気持ちになった。アランナはデスクの反対側から腕を伸ばしてきて——上腕からぼってり垂れ下がった贅肉《ぜいにく》が、この世のものならぬパン生地の塊のように見えた——ボビーの頬をきゅっとつねった。ちょっと痛くはあったが、決していやではなかった。

「かわいい坊や！　ひとつ、いいことを教えてあげようか？」

「はい、きかせてください」

「まずね、男がちょっとくらいトランプ遊びをするからといって、その男がフン族のアッティラ大王みたいな極悪人だとはかぎらないってこと。こいつはわかるね？」

ボビーは最初ためらいながらうなずき、つづいてきっぱりとうなずきなおした。

「あんたの母さんはあんたの母さん、あたしは他人の母親の悪口はいいたかない。あたしだって、自分の母親が好きだしね。でも、母親という人種がそろいもそろってカード遊びやビリヤードや……こういった店を認めているかっていえば、そんなことはない。あたしの見方の問題ではあるけれど、それが万事を決めるわけじゃない。話が見えてるかい？」

「はい」ボビーは答えた。嘘ではなかった。話はよくわかった。言葉ではあらわせない奇妙な気分、泣きたい気持ちでありながらも、同時に笑いたくもあった。《父さんはここに来たことがあるんだ》と思う。とりあえず当面のことだけかもしれないが、いまはこの事実こそが、これまで母親から吹きこまれた父親についてのどんな嘘よりも大事なものに思えた。《父さんはここに来たことがある……もしかしたら、いまぼくが立っているこの場所に、父さんが立ったこともあるかもしれない》

「ぼく、父さん似でよかったと思います」意識しないうちに、その言葉が口からほとばしりでた。

アランナは笑顔でうなずいた。「あの人の息子が、なにも知らないで街を歩いてきて、こんなふうにふらりとこの店に姿をあらわすなんて。そんな確率は、いったいどのくらいあると思う？」

「わかりません。でも、父のことを教えてくれて、ありがとうございました。ほんとうに、心から感謝してます」

「あんたのお父さんはね、ほっとけば、ひと晩じゅうでもジョー・スタフォードの歌を歌ってたよ」アランナはいった。「いいかい、店のなかをあちこちふらふら歩くんじゃないよ」

「わかりました、マダム」

「だめ、アランナと呼んでちょうだい」

ボビーはにやりとした。「アランナ、アランナ、アランナ」

アランナは、母親がたまにやるようにキスを投げる真似《まね》をしてきた。ボビーがそのキスを空中でうけとめるふりをすると、アランナはまた声をあげて笑い、さっきのドアにはいっていった。ドアの向こうが、ふつうの家の居間のような部屋になっているのが、ボビーの目にも見えた。壁に大きな十字架がかかっていた。

ボビーはポケットに手を突っこみ、指先をキーホルダーのリング部分に通すと（これこそ——ボビーは思った——この界隈を訪問した記念の品、特選珍品みやげ物だ）、いま自分は〈ウエスタン・オート〉で買ったシュウィン製自転車で、ブロード・ストリートを疾駆しているところだ、と想像してみた。目ざすは公園。頭には、チョコレート色のふちの細い帽子を小粋《こいき》に傾けてかぶっている。髪の毛はいまよりずっと伸びており、櫛《くし》でダックテールの形にまとめていた——もうクルーカットとはおさらばさ、ジャック。腰には、所属チームの色のジャケットを縛りつけている。手の甲には青い刺青《いれずみ》。深くまでインクを滲《し》みこませたから、永遠に消えることはない。Bグラウンドの外では、キャロルがぼくを待っている。キャロルは自転車で近づくぼくを見つめている。ぼくがシュウィン製自転車で小さな円を描いて急カーブをかけ、砂利や埃《ほこり》をキャロルのスニーカーのほうへ（でも、ぜったいにスニーカーにはかからないように）跳ね飛ばすと、キャロルはこんなふうに思う。《もう、いかれてるにもほどがある！》そう、いかれているにもほどがある。だってぼくは筋金いりのワルの暴走族、情け知らずのかっとびボーイなんだから。

そんなところに、レン・ファイルズとテッドが引きかえしてきた。ふたりとも、うれしそうな顔つきだった。それどころかレンは、(ボビーの母親の口ぐせを借りれば)カナリアを食べたばかりの猫のように満足しきった顔つきだった。テッドは例の老人のところでまた足をとめ、さっきよりは短い言葉をかけた。老人は笑顔でうなずいていた。レンと連れだってロビーにまでやってくると、テッドは入口をはいってすぐの場所にある公衆電話のブースにむかって歩きだした。レンがその腕をつかんで、代わりにテッドをデスクのほうに押しやった。

テッドがデスクの反対側にはいっていくと、レンがボビーの髪の毛を手でくしゃくしゃっとやりながらいった。「おまえさんがだれに似てるかを思い出したよ。裏の部屋にいるあいだに、やっと思い出したんだ。おまえの父さんは——」

「ガーフィールド。ランディ・ガーフィールドです」ボビーは、妹とそっくりなレンの顔を見あげた。考えてみると、こんな形で親兄弟とつながりあっているのは奇妙なことでもあり、またある意味ではすばらしいことではないか。そのつながりが強ければ、まったくの赤の他人が人ごみのなかから自分をひょいと見つけだすこともあるのだから。

「父のことはお好きでしたか、ミスター・ファイルズ?」

「ランディのことかい？　そりゃもう、やつは最高にいいやつだったさ」

この言葉とは裏腹に、レン・ファイルズの記憶はいささか曖昧《あいまい》なようだった。どうやら妹のアランナほどは、父さんのことをよく見ていたわけじゃないみたいだ——ボビーは思った。おそらくレンはジョー・スタフォードの歌のことも、ランディ・ガーフィールドが大盤ぶるまいをしたことも覚えていないのだろう。でも、いくら大盤ぶるまいをしたといっても、父さんは酔っぱらいに酒を奢ろうとはしなかった。ぜったいに、そういうことはしなかったのだ。

「おまえの連れも気にいったぜ」レンは、先ほどよりは熱のこもった口調でつづけた。「おれは、上流階級の人間が好きだし、連中はおれを好いてくれる。だけど、おまえの友だちみたいな本物の粋人には、ここらへんじゃめったにお目にかかれない」それから、電話帳に顔をすり寄せんばかりにして番号を調べているテッドにむきなおる。「サークル・タクシーに電話をかけてみるといい。番号はケンモア六 - 七四〇〇だ」

「ああ、ありがとう」テッドはいった。

「よせやい、礼なんか」レンはテッドの横を通りすぎ、デスクの裏のドアから姿を消した。今回もボビーの目は、居間の光景と大きな十字架をとらえた。ドアが閉まると、テッドがボビーに目をむけていった。

「ボクシング試合に五百ドルばかり賭《か》けると、ほかの有象無象といっしょの公衆電話をつかわなくてもよくなるわけさ。いい話だろう？」

それをきいてボビーは、全身から空気が吸いだされた気分になった。「じゃ、ハリケーン・ヘイウッドが勝つほうに五百ドルも賭けたの？」

テッドはチェスターフィールドの箱をふって一本抜きだすと、口にくわえ、にやりと笑って火をつけた。「まさか。わたしが賭けたのはアルビーニのほうだとも」

電話でタクシーを呼ぶ手配をすませると、テッドはボビーといっしょにカウンター席にすわって、ふたり分のルートビアを注文した。

《この人、ぼくがほんとはルートビアが好きじゃないのを知らないんだ》ボビーは思った。

これもまた、パズルを構成するピースのひとつに思えた——テッドという名前のパズルを。飲み物を出してくれたのはレンその人だった。しかしレンは、本来ならボビーがカウンター席にすわってはいけないことも口にせず、ボビーがどんなにいい子であれ、二十一歳未満の入店を禁じる規則を破って店に厄介をかけていることも口にしなかった。ボクシング試合に五百ドルも賭けることで得られる余禄《よろく》は、店の電話を無料でつかえることだけではないらしい。それに賭けの話をきいていくら昂奮《こうふん》を感じたとはいえ、ボビーは心に芽ばえた漠とした確信から長いこと目をそらしてはいられなかった。この確信はまた、父親がほんとうはそれほどの悪人ではなかったという話をきかされた喜びの大部分をも盗みとっていった。そう、テッドが賭けをしたのは逃走資金を稼ぐために決まっている。テッドは逃げようとしているのだ。

やってきたタクシーはチェッカーキャブで、後部座席の広いタイプだった。運転手は、ラジオで中継されているヤンキースの試合を夢中になってきいていた。どのくらい夢中になっていたかといえば、ときおりアナウンサーに反論したりするほどだった。

「ファイルズとその妹さんは、きみのお父さんのことを知っていたんだね？」このテッドの言葉は、じっさいには質問ではなかった。

「うん。それも、アランナさんがくわしく知ってた。父さんのことを、本物のナイスガイだと思ってたんだって」ボビーはいったん言葉を切った。「でも、それって母さんの考え方とはちがうみたいだけど」

「きみのお母さんは、お父さんのなかでも、アランナ・ファイルズが見たことのない側面を目にしていたんじゃないのかな」テッドは答えた。「その側面もひとつとはかぎらない。その意味で、人間はダイヤモンドのようなものなんだよ、ボビー。ひとりの人間がいくつもの側面をもっているんだ」

「でも母さんの話だと……」いや、あまりにもこみいった話で簡単には話せない。母親は具体的なことを口にしたためしはない――ただ、なにかをほのめかすような言葉を口にしていただけだ。その母親にもいろいろな面があることを、テッドにどう話せばいいのかもわからなかった。母親にそういった側面があればこそ、母親が決して明言せずにほのめかすばかりだった話も信じがたくなる。いや、もっとはっきりいうなら、はたして自分はどこまで本気で知りたいと思っているのか？　なんといっても、父親はもうこの世の人ではない。母親は死んではいないし、ボビーは母親と暮らしていかなくてはならず……母親を愛していかなくてはいけない。ほかに愛する相手はいない。テッドでさえ愛することはできない。なぜなら――

「いつ出発するの？」ボビーは低い声でたずねた。

「きみのお母さんがもどってきたらね」テッドはため息を洩《も》らして窓の外に目をむけてから、組んだ膝《ひざ》の上においてある自分の両手に目を落とした。しかし、ボビーには目をむけなかった。「金曜日の朝になるかな。賭け金をうけとれるのは、明日の夜以降だ。アルビーニの賭け率は四対一。となると、わたしの取り分は二千になる。それだけの大金ともなると、わが友レンはニューヨークに電話をかけて金を調達せにゃならんからね」

タクシーは運河に架かる橋をわたり、〝あの界隈《かいわい》〟はついに背後に走り去った。いまタクシーは、この街でも前にボビーが母親といっしょに来たことのある一帯を走っていた。街を歩く男たちは、みな上着を着てネクタイを締めている。女たちは、くるぶしまでのソックスではなく、ちゃんとストッキングをはいている。アランナ・ファイルズのような見た目の人間はひとりもいないし、もし〝しいぃっ〟といっても、その息が酒くさい人間もひとりもいないだろう、とボビーは思った。午後の四時といういまの時間なら、なおさらだ。

「なんで、おじさんがパタースン対ヨハンソンの試合に賭けなかったのか、その理由はわかってるよ」ボビーはいった。「そっちの試合だと、どっちが勝つかを知らないからだ」

「まあ、パタースンが勝つとは思うよ」テッドは返事をした。「今回パタースンは、ヨハンソンが相手ということを念頭においた調整をしているからね。だから、二ドルぽっちなら、フロイド・パタースンに賭けてもいいところだ。しかし五百ドルとなると？ ああ、五百ドルも賭けるとなれば、結果を知っているか、さもなければ正気をうしなっているというところかな」

「じゃ、アルビーニ対ヘイウッドの試合は、最初から結果が決まってる八百長《やおちょう》試合だってことだね？」

テッドはうなずいた。「きみに、クラインディーストが一枚嚙《か》んでるという新聞記事を読んでもらったときに、これは八百長だとわかったんだよ。で、アルビーニが勝つように仕組まれているはずだと察したんだ」

「じゃ、前にもクラインディーストさんがマネジャーをやっていた選手の出るボクシング試合に賭けたことがあるわけだ」

テッドはしばしなにもいわず、ただ窓から外を見ていた。ラジオの野球中継では、だれやらがホワイティー・フォードにむかって強烈なピッチャー返しを打っていた。フォードは打球を見事キャッチし、一塁のムース・スカウロンに送った。これで八回表、ツーアウトになった。ようやくテッドが口をひらいた。「ふつうならヘイウッドが勝っていただろうな。ありそうもない話だが、ヘイウッドが勝つはずなんだ。それで……ああ、あの店の奥にいた年寄りを見たか？　靴磨きの椅子《いす》に腰かけていた男を？」

「うん。おじさんが頬を軽く叩《たた》いていた人でしょう？」

「やつの名前はアーサー・ジラーディ。あの男が店をうろついても、ファイルズが黙認しているのは、ジラーディが昔はコネがあった人物だからだ。ともかくファイルズはそう考えてる──昔はコネがあったと。いまじゃジラーディは、朝の十時に店に来て靴を磨かせても、午後の三時にはすっかり忘れて、また靴を磨いてもらいにくるだけの老いぼれだ。ファイルズはあの老人のことを、なにも知らない耄碌《もうろく》じいさんだとばかり思ってる。ジラーディはジラーディで、ファイルズに好きに思わせている。もしファイルズから、月はほんとは緑のチーズなんだぞといわれても、ジラーディは反論ひとつ口にしないだろうね。ジラーディじいさんは、あの店の冷房目あてに来ている。しかもそれだけじゃない……いまだにコネをもってるんだ」

「ジミー・ジーとコネがあるって……」

「ありとあらゆる、その筋へのコネがね」

「ファイルズさんは、試合が八百長だとは知らないの？」

「ああ、はっきりとは知らなかった。知っていると思っていたんだが」

「でも、ジラーディさんは知ってるんだ。試合で、どっちがノックアウトされるふりをするかを知ってるんだね」

「そう。つまり、わたしはツイてたんだよ。ハリケーン・ヘイウッドは八ラウンドでノックアウトされるはずだ。そのあと来年、賭け率がもっとよくなったころ、ハリケーンに給料日がめぐってくるという寸法だね」

「あの店にジラーディさんがいなくても、やっぱり賭けをした？」

「いいや」テッドは言下に答えた。

「そうなってたら、なにをしてお金を手にいれるつもりだったの？　これから逃げるというときなのに？」

その言葉――《これから逃げるというときなのに》――に、テッドは沈んだ表情を見せた。それからボビーの肩に腕をまわすような動作をしかけたが、すぐにその動きを自分でとめた。

「いつだって、どこかにかならず、なにかを知っている人間がいるものだよ」テッドはいった。

タクシーはいま、アッシャー・アヴェニューを走っていた。まだブリッジポートの街から出てはいないが、あとわずか一キロほどでハーウィッチとの境界線になる。なにが起こるかを充分承知の上で、ボビーはニコチンの染《し》みのあるテッドの大きな手に自分の手を伸ばした。

テッドは組んだ膝を——上に載せた手もそのまま——タクシーのドアのほうに動かして、ボビーの手をかわした。「やめたほうが無難だ」

ボビーには、あえて理由を問いただす必要もなかった。人が《ペンキ塗りたて。さわるな》という注意書きを貼《は》りだすのは、ペンキを塗ったばかりの場所に手をふれれば、そのペンキが手にくっついてしまうからだ。洗い流すこともできるし、日がたてば自然に消えもするが、しばらくは手に貼りついたままになる。

「どこに行くの？」

「わからない」

「なんだかいやな気持ち……」ボビーはいった。目の隅に涙があふれだしてくるのがわかった。「もしおじさんの身になにかあったら、それはぼくの責任だよ。だって、いろんな物を見たのに……おじさんから、目を光らせていろっていわれた物をあちこちで見たのに、それをちゃんと話さなかったんだから。おじさんがどっかに行くのがいやだったから。だから、自分にこんなふうにいいきかせてた。テッドは正気じゃない……すっかり正気じゃないわけじゃなくて、下衆男《ロウ・メン》たちに追いかけられてると思いこんでるところだけが……正気じゃない、だから、なにも話さないほうがいいんだ、ってね。せっかく仕事をもらったのに、ぼくったら満足に役目を果たさなかった……」

テッドの片腕が、ふたたびもちあげられた。しかしテッドはその腕をさげ、ボビーの腿《もも》を軽く叩くだけにとどめた。ヤンキー・スタジアムでは、トニー・キューベックが二塁打をはなって、出塁していたふたりをホームインさせていた。観衆は熱狂していた。

「それでも、わかっていたんだよ」テッドは穏やかな声音でぽつりといった。

ボビーはまじまじとテッドを見た。「なに？　話がわかんないよ」

「彼らがしだいに接近しているのを感じていたんだ。わたしの自失状態《トランス》が頻繁になってきたのは、それが理由だったんだな。それがわかっていながら、わたしも自分に嘘《うそ》をついていた。きみとおなじだよ。それには、いくつかの理由もある。まさかわたしが、こんなときにきみを残して去っていきたいと思っているとでも？　きみのお母さんが、あれほど悩みをかかえて迷っているときに？　正直にいえば、わたしはきみのお母さんのことに、それほど関心はないんだよ。わたしとお母さんはそりが合わない。それはもう、初対面のときからはじまったことだ。しかし、そうはいってもきみのお母さんだしね、それに——」

「母さんがどうかしたの？」ボビーはたずねた。声を低くすることは忘れていなかったが、思わずテッドの腕をつかんで揺すぶっていた。「教えて！　知ってるんでしょう？　わかってる、おじさんは知ってるんだ！　バイダーマンさんのこと？　バイダーマンさんに関係したことなんじゃない？」

テッドは眉根《まゆね》を寄せ、唇をきっぱりと引き結んだまま、窓の外の光景を見つめていた。しばらくしてため息を洩らし、タバコを一本抜きだして火をつける。「いいか、ボビー。バイダーマンさんは立派な人間なんかじゃない。きみのお母さんはそのことを知っている。しかしお母さんは、相手が立派でない人間であっても調子をあわせなくちゃいけない場合があるってことも知っていた。自分の目標に近づくために、あえて調子をあわせる——お母さんはそんなふうに考えているし、それを実践していたんだよ。この一年間、お母さんは人には決して自慢できないことをしてきた。しかし、同時にずっと注意も欠かさなかった。ある意味では、お母さんはわたしに負けないくらい注意しなくちゃいけない立場だったしね。きみのお母さんのことが好きかきらいかに関係なく、わたしはお母さんが立派にやってのけたことを褒めたいと思ってる」

「母さんはなにをしたの？　バイダーマンさんになにをさせられたの？」いいながらも、

ボビーの胸のなかでは冷たい物が蠢《うごめ》いていた。「バイダーマンさんは、なんで母さんをプロヴィデンスに連れていったの？」

「不動産関係の会議のためだよ」

「それだけ？　ほんとうにそれだけなの？　母さんも知らなかった。あるいは、なにか知っていたり、なにかに怯《おび》えていたのかもしれないが、なにか明るいことを願う気持ちで覆《おお》い隠していたのかもしれない。わたしには、なんともいえん。人の気持ちがわかることもある――いろいろなことが、直接はっきりとわかるんだ。たとえば、きみを最初にひと目見たとき、わたしはきみが自転車を欲しがっていることも、自転車を手にいれることがきみにとって大きな意味をもっていることも、できることなら夏休みをつかって、自転車を買うためのお金を貯《た》めるつもりであることも、すっかりわかった。わたしには、きみの固い決意がとても立派なものに思えたよ」

「じゃ、あのときわざとぼくにさわったんだね？」

「ああ、そのとおりだ。最初のときはね。きみのことを、ほんのすこし知りたい一心だった。しかし、友だちならスパイ活動はしない。ほんとうの友情とは、おたがいのプライバシーを尊重することでもある。それにわたしがさわるというのは……ある意味で……一種の窓を相手にわけ与えるようなものだ。きみも気づいていると思うがね。二度めにきみにふれたとき……ほんとうの意味でふれたとき……つまり、ほら、きみを抱きしめたあのときだよ……あれはまちがいだった。いや、とりかえしのつかないまちがいではなかったかな。たしかに、きみはしばらくのあいだ、本来なら知っているはずのないことまで知っていた……でも、その力はだんだん消えていっただろう？　でも、もしわたしがおなじことをくりかえしたら……親しい人間同士がするように、なんどもくりかえし体にふれていたら……ある時点を境に、性質が変わることになる。そう、そこを境に、この力が消えなくなるんだ」テッドは手をもちあげて、ほとんど吸いおわったタバコを憎々しげな目つきで見つめた。「あと一本、もう一本とこいつを吸いつづけているうちに、いつしか死ぬまでやめられない中毒になってるようなものだな」

「いま、母さんは大丈夫なの？」ボビーはたずねたが、その答えはテッドにさえわからないことは充分に意識していた。テッドの能力は――その正体がいかなるものであれ――そこまで広範囲をカバーするものではない。

「わからないな。わたしは――」

突然、テッドが体を硬直させた。窓ごしに前方のなにかを一心に見つめている。それからタバコを肘《ひじ》かけの灰皿に叩きつけるようにして揉《も》み消《け》した。その力の激しさに、タバコの火の粉が手の甲に降り注いだが、テッドに気づいたようすはなかった。

「大変だ」テッドはいった。「大変だぞ、ボビー。ものすごく厄介なことになった」

　ボビーはテッドの膝《ひざ》の上に身を乗りだして、外のアッシャー・アヴェニューの光景に目を走らせたが、そうしながらも頭の奥のほうでは、テッドがついさっき口にした言葉――《親しい人間同士がするように、なんどもくりかえし体にふれていたら》――について思いをめぐらせてもいた。

　前方にあるのは、アッシャー・アヴェニューとブリッジポート・アヴェニュー、それにコネティカット・パイクという三本の道がまじわる交差点で、ピューリタン・スクエアという名前で呼ばれていた。午後の日ざしに、路面電車のレールがぎらぎらと輝いていた。配達のトラックが、この混雑のなかを突っきっていく順番を待ちながら、苛立《いらだ》ちもあらわにクラクションを鳴らしている。白い手袋をはめた警官が口にホイッスルをくわえ、大汗をかきながら車の流れをさばいていた。道路の左側にあるのは有名なレストランで、コネティカット州いちばんのステーキを出すという評判の〈ウィリアム・ペン・グリル〉だった（以前、会社がウェイヴァリー家の地所を首尾よく売ったとき、バイダーマンは社員全員をこのレストランに連れていった。ボビーの母親は、この店のブックマッチを十あまりももらって家に帰ってきた）。その母親が前に話してくれたところでは、〈ウィリアム・ペン・グリル〉が有名になっている理由は、店がふたつの街の境界線にまたがっている――バーの部分がハーウィッチ、レストラン部分がブリッジポート――ことだけらしい。

店の外、ピューリタン・スクエアにぎりぎり近い場所に、一台のデソトがとまっていた。車体は、ボビーが見たこともないような――それどころか、そんな色があるとは想像すらしたことのない――紫色だった。あまりにもまぶしいその色あいに、見ているだけで目がしくしく痛む。いや、目ばかりか、頭のすべてが痛んできた。

《なぜなら連中の車も、あの黄色い上着や先の尖《とが》った靴や、連中が髪の毛をうしろにべったり撫でつけるのにつかうポマードとおなじでね。つまり、騒々しくて不作法のきわみだからだ》

紫色の車には、特別な附属品やクロームめっきの部品がどっさり装備されていた。フェンダースカートもあった。ボンネットには巨大なエンブレム――靄《もや》がかった日ざしを浴びて、デソト隊長の頭部が模造宝石のように光っていた。タイヤは脇《わき》に白い帯状のラインのはいったホワイトウォールと呼ばれる種類のもので、ホイールキャップはスピナータイプ。車体後部からホイップアンテナが突きだし、アンテナの先端に洗い熊《ぐま》の尻尾《しっぽ》が吊《つ》りさげてあった。

「下衆男たちだ」ボビーは小声でささやいた。疑問の余地はまったくなかった。車種はたしかにデソトだったが、同時に生まれてこのかた目にした覚えのまったくない車だった。それこそ小惑星のように、この地球とはとことん異質の存在だ。三本の道路がまじわって混みあう交差点にタクシーが近づくにつれ、ボビーの目にもシートが蜻蛉《とんぼ》を思わせるメタリックグリーンであることが見えてきた――ボディの紫色とは、怒鳴りあいをしているように思えるほど対照的な色だ。ハンドルには白い毛皮が巻きつけてある。

「大変じゃないか、あいつらだよ！」

「心をほかの方向にむけなくちゃいかん」テッドはそういってボビーの肩をつかみ（この情況で救いがあったとするなら、タクシーの前の座席でヤンキースがなおも快進撃をつづけているせいで、運転手が後部座席にはなんの関心もむけていなかったことだけだ）、一回だけ強く体を揺すぶって、すぐに手を放した。「いいか、いますぐ心をどこか遠くに運んでいけ。わかったな？」

ボビーは理解していた。《光る眼》のジョージ・サンダーズは、ブロンドの子どもたちから自分の考えや計画を隠すために、煉瓦《れんが》の壁を頭のなかに築いていた。ボビー自身も、以前にモーリー・ウィルスを利用したことがあったが、今回は野球では力不足に思えた。だったら、なにがいい？

ふと見ると、ピューリタン・スクエアから三、四ブロック先にある〈アッシャー・エンパイア〉の歩道に突きだした庇《ひさし》が目に飛びこんできた。そのとたん、サリー・ジョンのボロ・バウンサーの音がきこえてきた。ぼん・ぼん・ぼん。《もしバルドーが屑《くず》だったら》サリー・ジョンが話していた。《おれは喜んで屑をあつめる収集人になるぞ》

いまボビーの頭を、あの日目にした映画ポスターが占領していた。ブリジット・バルドー（新聞が書き立てているところによれば〝フランス生まれのセクシーな子猫ちゃん〟）がタオルと笑みだけをまとっている姿。バルドーはどことなく、さっき〈コーナー・ポケット〉で見かけたカレンダーの女、車から降りようとしていた女、スカートが膝の上までめくれあがってガーターベルトが丸見えになっていたあの女に似ていた。ただし、ブリジット・バルドーのほうがずっと美人だ。おまけに現実の存在でもある。もちろん、ボビー・ガーフィールドの年代の男の子からすれば、ずっと年上（《きみはぼくより年上と》一千台ものトランジスタラジオから、ポール・アンカが歌っている。《まわりの人はいうけれど》）だけれど、とにかく美人ではあるし、母親の口ぐせのとおり、猫だって女王さまを見ることはできる。ボビーがシートの背もたれに体を押しつけ、例のただような、遠くを見るときのような光——ほかならぬテッドがうつろな状態になったとき、その目に浮かぶのとおなじ光——が目に浮かびはじめると、バルドーの姿がますますはっきりと見えてきた。シャワーに濡《ぬ》れたロール巻毛にした金髪も、タオルへと吸いこまれていく乳房の曲線も、すらりと長い太腿《ふともも》も、赤く塗られた足の爪《つめ》も……その足が立っているのは、《成人指定、運転免許証もしくは出生証明書の呈示が必要、例外はなし》と書かれた掲示の上。バルドーの石鹸《せっけん》のにおいも感じられた——花を思わせる淡い香りだ。さらにボビーの鼻がとらえたのは

〈パリの夜〉

香水の香り。そして耳は、となりの部屋にあるバルドーのラジオから流れる歌をとらえていた。歌っていたのはフレディ・キャノン。〈セイヴィンロック〉の夏を代表するビバップ歌手だ。「あの子が踊れば退屈吹っとぶ、チャ・チャ・ラグ・ア・モップ、あの子が踊れば絨緞《じゅうたん》吹っとぶ、バニーホップで踊りたおすぜ」

タクシーが〈ウィリアム・ペン・グリル〉のすぐ前で、それも車体が丸ごと痣《あざ》になったような紫のデソトのすぐ横に停止したことも、ボビーは意識していた——ただし、ごくうっすらと意識していただけ。それも、遠い遠いところの物として——回転する独楽《こま》の上の螺旋《らせん》をずっと遠くまで行った先にある別世界の物として——意識していただけだった。ボビーの頭のなかには、車の声がきこえるかのようだった。もし言葉を発することができたら、デソトは《おれを撃ってくれ、これじゃあんまり紫すぎる！　おれを撃ってくれ、これじゃあんまり紫すぎる！》とでも絶叫していたはずだ。さらに、そこからほど遠からぬ場所にいる彼らの存在も意識で感じていた。彼らはレストランの店内で、早めの夕食としてステーキを食べていた。ふたりとも、ステーキの調理法はおなじ——血のしたたるようなレア。食事をおえて店を出る前には、店内の公衆電話コーナーに迷子のペットを探すポスターを貼《は》るか、手書きの《**車売ります。オーナー直売**》のカードを貼りだしていくのだろう——もちろん上下さかさまに。彼らはいまレストランにいる……黄色いコートを着て白い靴を履いた男たちは、おりおりにマティーニを飲みながら、生同然の牛肉を食べている。その彼らが、もし一瞬でもこちらに精神をふりむけてきたりすれば……。

シャワーからは、もうもうたる湯気があがっていた。ブリジット・バルドーは爪を赤く塗った裸足《はだし》の足で立ちあがると、タオルを両手でひらいて一瞬だけ翼のような形にしたかと思うと、そのままはらりと床に落とした。ここにいたってボビーは、これがブリジット・バルドーでないことに気がついた。キャロル・ガーバー。《タオル一枚だけの裸を人前にさらすなんて、勇気がなくちゃできないことだと思う》といったその当人が、いまそのタオルさえ床に落としたのである。ボビーが見ているのは、いまから八年か十年ばかり未来のキャロルの裸身だった。

ボビーはキャロルを見つめていた。目をそむけることもできず、恋に落ちることしかできず、石鹼と香水の香りやラジオの音（フレディ・キャノンがおわって、プラターズに変わっていた――《天国のような夜が降ってくる》）、そして色を塗られた足の爪先《つまさき》に夢中になって、ほかのことがなにもわからなくなった。心臓はまるで独楽のようにくるくると回転している。その独楽から一本の筋が伸びでて、その先はほかの世界に通じて見えなくなっている。ここではない、ほかの世界に。

タクシーが、のろのろと先に進みはじめた。紫まみれの四ドアの悪夢、レストランのすぐ横にとめてある車（ボビーは、このデソトが荷物の積載場にとまっていることに気づいた。しかし、あの連中がそんなことを気にかけるだろうか？）が、じりじりと後方に移動していく。そこでタクシーはまたいきなり停止し、路面電車が〝がちゃん・がちゃん〟と音をたてながらピューリタン・スクエアを通過していった。運転手が低い声で罵《ののし》った。下衆男たちのデソトは背後に過ぎ去っていたが、クロームめっき部品に反射した光が小さな光の粒となって、タクシーの車内でぎくしゃくと踊っていた。そしてボビーはいきなり、目玉の裏側に痒《かゆ》みが猛然と襲いかかってくるのを感じた。つづいて視界に、ねじくれた糸のような物が何本も降り注いできた。キャロルの姿を見つめていることはまだできたが、それもいまでは視界に干渉してくる一種の場を通じて見ているようになっていた。

《あいつらがぼくたちの存在を感知したんだ……いや、はっきりぼくたちとわかったわけではなく……なにかを感知したのかも。神さま、お願いです、ここからぼくたちを逃がしてください。どうか、ぼくたちを逃がしてください》

運転手は車の切れ目を見つけて、タクシーを猛然と突っこませていった。たちまちタクシーは、アッシャー・アヴェニューをかなりのスピードで走りはじめていた。ボビーの目玉の裏側の痒みが、しだいにおさまってきた。内面の視界を邪魔していた黒い糸も消えていく。糸がすっかり消えてわかったが、全裸の女性はキャロルではなかった（というか）。もはやキャロルではなかったというべきか）。それどころかブリジット・バルドーでさえない。そこにいたのは、〈コーナー・ポケット〉の店に飾ってあったカレンダーの写真の女。ボビーの想像力が、女を一糸まとわぬ裸身にしていた。ラジオの音楽は消えていた。石鹸と香水の香りも消えていた。女の体からは生命が消えていた。いまでは女は……もう……ただの……

「ただの煉瓦の壁に描かれた絵だ」ボビーはそう口にして、すっくと背すじを伸ばした。

「なんかいったかい、坊や？」運転手がたずねて、ぱちりとラジオを切った。試合はもうおわっていた。メル・アレンが出演するタバコのコマーシャルが流れていた。

「なんでもないよ」ボビーは答えた。

「居眠りをしてたんじゃないのか？　道は渋滞してたし、きょうはまた暑いからな。ハトローの漫画の言いぐさじゃないが、こんな日はだれだって眠くなるってな。おまえの相棒のほうは、まだ目が覚めてないみたいじゃないか」

「いや、起きてるよ」テッドはそういって、体をまっすぐにした。「これでひと安心だな」軽く伸びをすると背骨が鳴り、テッドは痛みに顔をしかめた。「ま、ちょっとは居眠りをしたがね」つづいてリアウィンドウから後方を確かめる。しかし、〈ウィリアム・ペン・グリル〉は、もう見えなくなっていた。「ヤンキースが勝ったんだろうね？」

「ああ、へなちょこインディアンズをぶっ飛ばしたところさ」運転手はそう答え、声をあげて笑った。「まったく、ヤンキースの試合中継の最中に居眠りするなんて、あんたらどんな神経してるんだ？」

タクシーはブロード・ストリートにはいり、その二分後には一四九番地の前にとまった。ボビーは建物の塗装が新しくなっていたり、翼棟がひとつ増築されていてもおかしくないように思いながら、アパートを見つめた。十年ぶりで帰ってきたような気分だった。いや、ある意味では十年間留守にしていたといえるのではないか――すっかり大人になったキャロル・ガーバーの姿を目にしたのだから。

《ぼくはキャロルと結婚するんだ》ボビーはそう心に決めながら、タクシーから降り立った。コロニー・ストリートではミセス・オハラの愛犬が、ボビーの決心をはじめとする人間の野望すべてを否定するかのように、果てしなく吠えつづけていた。きゃん・きゃん、きゃん・きゃん・きゃん。

テッドは財布を手に、運転席の窓にむかって体をかがめていた。最初一ドル札を二枚とりだし、ちょっと考えてもう一枚追加する。「釣りはとっといてくれ」

「旦那《だんな》はいい人だね、まったく」

「この人は粋人だよ」ボビーは運転手の言葉を訂正してにやりと笑い、走り去るタクシーを見おくった。

「家にはいろう」テッドがいった。「わたしが家のなかにいたほうが安全だからね」

ふたりは玄関ポーチの階段をあがり、ボビーが自分の鍵《かぎ》をつかってホールに通じる扉をあけた。ボビーはいまもまだ、自分の目玉の裏の不気味な痒みと、視界に降ってきた黒い糸のことを考えていた。とくに黒い糸には、恐ろしい思いをさせられていた。自分の目が、もうすぐ見えなくなる前兆にも思えたからだ。「あの連中には、ぼくたちが見えてたの、テッド？　それとも、ぼくたちの存在を感じていたとか、そういうことはあった？」

「やつらがわたしたちの存在を感知していたのは、きみも知ってのとおりだ……しかし、わたしたちがどれほど近くにいたかまでは、察知されていないと思う」ふたりでガーフィールド家のアパートの部屋にはいると、テッドはサングラスをはずして折りたたみ、シャツのポケットにしまった。「きみのごまかしが、よっぽど巧みだったんだろうよ。いやはや！　家のなかは暑いな！」

「ぼくたちがどれだけ近くにいたかは悟られてないって、なぜそんなふうに思うの？」

テッドは窓をあけようとしていた手をとめると、顔だけうしろにむけ、ボビーに無表情な視線をむけてきた。「もし連中がそれを察していれば、さっきタクシーがここに到着したとき、例の紫色の車がすぐうしろにいたはずだからだよ」

「あれは車じゃなかった」ボビーは、自分の手で窓をあける仕事にかかった。しかし窓をあけても、たいして役に立つとは思えなかった。外から吹きこんで、カーテンを落ち着かなげに小さくはためかせる風も、室内に一日じゅう閉じこめられていた空気に負けないくらい熱く感じられたからだ。「ぼくには正体はわからない。でも、あれは見かけが車に似ているだけだ。それに、ぼくが感じた連中の雰囲気といったら——」

暑い部屋のなかにいるというのに、ボビーはぶるっと身をふるわせた。

テッドが扇風機をもちあげ、リズのこまごました品物のおいてある棚の横の窓に近づいて、窓の下枠の前に扇風機をおいた。「連中は連中で精いっぱい変装してはいるがね、それでもわれわれは連中の存在を感じるんだ。連中のことをまるっきり知らない人でさえ、あいつらを感じることもあるくらいだ。変装の下にあるものが、じわじわ滲《し》みだしてくるんだな。いっておけば、変装の下には醜悪な物が隠されている。どのくらい醜悪な物なのか、きみがそれを知る日が来ないことを祈るよ」

ボビーもおなじことを祈った。「あいつらはどこから来たの？」

「暗いところだよ」

テッドは床に膝《ひざ》をついてプラグをコンセントに挿しこむと、スイッチを入れた。扇風機が外から部屋に呼びこんでくる空気は多少涼しかったが、とても〈コーナー・ポケット〉や〈クライテリオン〉の涼しさにはおよばなかった。

「それって、『太陽をめぐる輪』に出てきたような、ほかの世界にあるの？　そうなんでしょう？」

テッドはまだ電源コンセントの近くの床に、膝をついたままだった。まるで祈りを捧げているかに見えた。ボビーの目には、疲れはてた人のように――まもなく寿命が尽きようとしている人のように――も見えた。こんな状態で、下衆男たちから逃げおおせることができるだろうか？　いまのテッドときたら、雑貨店の〈スパイサーズ〉に行くだけでも足をよろめかしてしまいそうではないか。

「そのとおり」しばらくして、やっとテッドは口をひらいた。「彼らはほかの世界からやってきたんだ。まったくちがう世界、まったくちがう時間のね。きみに話せるのはここまでだ。あまりいろいろ知れば、きみの身も安全ではなくなる」

しかしボビーは、なおも質問を重ねないではいられない気持ちだった。「おじさんも、そういうほかの世界のひとつから来たの？」

テッドは真面目《まじめ》くさった顔でボビーを見つめた。「わたしは、ニュージャージー州ティーネックの出身だよ」

ボビーは、しばしあっけにとられてテッドを見つめていたが、やがて笑いはじめた。扇風機のそばに膝をついたままのテッドも、いっしょになって笑いはじめた。

「タクシーのなかでは、なにを考えていたんだ、ボビー？」ようやく笑い声が一段落しかけてくると、テッドがたずねてきた。「厄介な目にあいかけたあのとき、きみはどこに行っていた？」いったん間《ま》をおいて、「なにを見ていた？」

ボビーは足の爪をピンクに塗っていた二十歳のキャロルを、足もとに落としたタオルもそのまま、湯気が渦を巻いているなかで裸身をさらしていたキャロルを思った。成人指定、運転免許証もしくは出生証明書の呈示が必要、例外はなし。

「それは話せないや」しばらくして、ボビーは答えた。「だって……その……」

「自分だけの秘密というものもあるからね。わかるよ」テッドは立ちあがろうとした。ボビーは前に進みでて手を貸そうとしたが、テッドは手をふってボビーをしりぞけた。「どうだ、すこし外に行って遊んできたら？　しばらくしたら——そうだな、午後の六時ごろでどうだ？——わたしはまたサングラスをかけるから、ふたりでこのブロックをひとまわりして、〈コロニー・ダイナー〉で夕食をとろうじゃないか」

「でも、豆料理はだめだよ」

テッドの口の端がかすかに吊《つ》りあがり、笑みの亡霊を形づくった。「そうとも、ぜったい豆はだめだ、豆はご法度《はっと》、禁制の品だからな。そのあと夜の十時になったら、わが友レン・ファイルズに電話をかけて、試合の首尾をきくとしよう。どうした？」

「下衆男たちのことだけど……あいつら、いまじゃぼくのことも鵜《う》の目鷹《たか》の目でさがしてるのかな？」

「もしそうだと思っていたら、わたしはきみをこの家から一歩も外には出さないよ」テッドは心底意外そうな顔をして、そう答えた。「きみは大丈夫だし、この先もなんの心配もないままいられるように、わたしが万全の手を尽くす。さあ、もう行くんだ。キャッチボールでも隠れんぼでも、なんでも好きなことをして遊んできなさい。わたしにも、いくつか用事があるからね。ただ、わたしを心配させないように、六時までには帰ってくるんだぞ」

「うん、わかった」

ボビーは自分の部屋に行くと、ブリッジポートに行くときにもっていった四枚の二十五セント硬貨を自転車貯金の瓶にもどした。それから部屋をぐるりと見まわしながら、これまでとはちがう新しい目でいろいろな物を見つめていった。カウボーイの絵のベッドカバー、壁に飾ってある母親の写真、反対側の壁に飾ってあるマスクをかぶったクレイトン・ムーアの写真（これは、シリアルの箱の上蓋《うわぶた》をあつめて手にいれたもの）、部屋の片隅にあるローラースケート（ストラップが一本切れている）、壁に寄せてある机。いま自分の部屋が前よりも狭苦しく見えた。帰りつく部屋ではなく、立ち去るべき部屋という感じだった。ボビーは自分が、オレンジ色の図書館利用カードの領域にまで成長しつつあることを認めた。頭の奥で、苦々しげに反対している大きな声があった。ちがう、そうじゃない、ちがう、ちがう――声はそう叫んでいた。

Ⅷ

ボビー、告白する。
ガーバー・ベビーとマルテックス・ベビー。
リオンダ。テッド、電話をかける。狩人《かりゅうど》たちの叫び。

コモンウェルス公園では、小さな子どもたちがティッキーボールで遊んでいた。Bグラウンドは無人。Cグラウンドではセント・ゲイブリエル校のオレンジ色のTシャツを着た数人の十代の少年たちが、人数不足のまま野球をしていた。そしてベンチには、キャロル・ガーバーが膝《ひざ》に縄とびのロープをおいてすわり、試合を見物していた。近づいてきたボビーに気がつくと、キャロルは笑顔を見せた。しかし、その笑顔はすぐに消え去っていった。

「ボビー、なにかあったの？」

キャロルにこの言葉をかけられるまで、ボビーは自分にいつもとちがう妙なところ、があるとは思ってもいなかった。しかしキャロルの心配そうな顔を見たとたん、すべてがすとんと腑《ふ》に落ち、心の結び目がほどけた。まず下衆男《ロウ・メン》たちが現実の存在だったこと、そしてブリッジポートからの帰路、その下衆男たちから間一髪で逃れてきたことだった。

母親の身を案じる心配の気持ちもあった。そして心の大部分を占めていたのは、テッドのことだった。テッドがなぜ自分をアパートから蹴《け》りだすように追いだしたのかも、いまテッドがなにをしているのかも、痛いほどわかった。テッドはいま、小さなスーツケースと把手《とって》のついた紙袋に荷物を詰めている。ボビーの友人は、いま街から去ろうとしているのである。

ボビーは泣きはじめた。女の子の前でおいおいと声をあげて泣くのはいやだったし、キャロルの前で泣くなんてもってのほかだったが、泣きたい気持ちはこらえられなかった。

つかのま、キャロルは茫然《ぼうぜん》としていた——怯《おび》えていたのだろう。しかし、すぐに立ちあがると、ボビーに近づいて両腕で抱きしめてきた。「泣くことないのに。ね、もう大丈夫。ボビー、お願い、泣かないで。大丈夫だから」

こみあげる涙でほとんどなにも見えず、さらに激しくしゃくりあげながら——頭のなかで夏の嵐《あらし》が吹き荒れているような気分だった——ボビーはキャロルにみちびかれるまま、野球のグラウンドと公園の中央遊歩道から姿を隠せる低い木立ちのなかにはいっていった。草地に腰をおろしたときも、キャロルはまだボビーをしっかり抱きしめながら、汗で濡れてごわごわするクルーカットの髪の毛を撫《な》でていた。ひととき、キャロルはなにもいわず、ボビーもまた言葉を口にできる状態ではなかった。ただひたすら、しゃくりあげて泣くうちに、やがてのどが痛くなり、眼窩《がんか》のなかで眼球がずきずきと疼《うず》くように痛みはじめた。

そしてようやく、嗚咽《おえつ》の間隔がしだいにあいてきた。ボビーはすわりなおすと、腕で顔をぬぐい……その感触にぞっとするような恐怖と恥ずかしさを感じた。涙だけではなく、顔に鼻水と唾《つば》がべったりついたからだ。これでは、さぞかしキャロルの肌や服を汚してしまったにちがいない。

しかし、キャロルは気にしているそぶりひとつ見せていなかった。キャロルの指先がボビーの顔にふれた。ボビーはまたしてもしゃくりあげながら、あわててその指をよけ、地面の草に目を伏せた。涙が目玉をきれいに洗ったせいだろうか、視界が異常なほど鋭敏になっていた——草の葉の一本一本、タンポポの花ひとつひとつが、すべてくっきりと見えていた。

「いいのよ、気にしないで」キャロルはそういったが、ボビーはまだ恥ずかしくて、まともにキャロルの顔を見られなかった。

ひととき、ふたりはともに無言ですわっていた。つぎに口をひらいたのもキャロルだった。

「ボビー、あなたさえよければだけど……わたし、あなたのガールフレンドになってもいいのよ」

「だって、きみはもうぼくのガールフレンドじゃないか」

「だったら、なにがあったのかを話して」

そして気がつくとボビーは、一部始終をキャロルに打ち明けていた。話のはじまりは、テッドがアパートに引っ越してきて、その姿をひと目見るなり母親がテッドを毛ぎらいしたあの日のことだった。そのあとボビーは、テッドが最初にうつろな状態になったときのことを話し、下衆男たちのことを話し、下衆男たちが近づいてきたことを示す兆候の件を話した。話がこのくだりにさしかかると、キャロルがボビーの腕にそっと手をかけてきた。

「どうした？」ボビーはたずねた。「ぼくの話が信じられないとか？」

のどにはまだ、激しく泣きじゃくったあとの感覚――なにかが詰まっているような痛みをともなった感覚が残っていたが、気分はずいぶん回復していた。もしキャロルが話を信じてくれなくても、それでキャロルを怒るつもりはまったくなかった。いや、それどころか、無理もないとさえ思った。しかし、胸に溜《た》めこんでいた秘密を吐きだすのはひたすら爽快《そうかい》だった。

「信じなくたっていいんだよ。ぼくだって、どれだけいかれた話かってことはわかってるし――」

「わたしもね、街じゅうでおかしな石蹴り遊びの格子《こうし》をいっぱい見たの」キャロルはいった。「イヴォンヌやアンジーも見たといってたわ。その話をみんなでしたこともある。石蹴り遊びの格子の横に、星や月の絵が描いてあるの。それだけじゃなくって、彗星《すいせい》の絵が描いてあることもあったし」

ボビーは驚きあきれ、目を丸くしてキャロルを見つめた。「嘘《うそ》だろ……」

「嘘じゃない。理由は知らないけど、女の子はいつも石蹴り遊びの格子を見てるのよ。なんで、ぼけっと口をあけてるの？　蝿《はえ》が飛びこんでも知らないから」

ボビーはあわてて口を閉じた。

キャロルは満足した顔でうなずくと、ボビーの手をとり、指と指をからみあわせてきた。すべての指が、まるであつらえたようにぴったり組みあわさることに、ボビーは驚きを禁じえなかった。「じゃ、残りの話をきかせて」

そこでボビーは話をつづけ、しめくくりに過ごしたばかりの驚くべき一日のことを話した。映画、〈コーナー・ポケット〉までの道のり、アランナがボビーの顔を見ただけで父親のことを思い出した件、そして帰り道での危機一髪。ボビーは、紫色のデソトが外見こそ車のようでありながら、そのじつ現実の車にはまったく思えなかったことを、なんとかうまく伝えようと苦心した。われながらいちばん近いと思えたのは、あの車がなぜだか生きているように思えた、という言葉だった。それも、二年生のときにだれもが夢中になったドリトル先生のシリーズ、動物としゃべることのできる医者が出てくるあの物語で、主人公のドリトル先生が乗っている駝鳥《だちょう》を邪悪にしたような雰囲気だった、と。たったひとつ、ボビーが告白しなかったことがあった。タクシーが〈ウィリアム・ペン・グリル〉の横を通って目の裏側がむず痒《がゆ》くなったあのとき、どこに頭の中身を隠したのかは話さずにおいた。

ボビーは思い悩んだあげく、話の終章として最悪の不安をひと思いに打ち明けた。母親がバイダーマンやほかのふたりの男といっしょにプロヴィデンスに行ったのは、まちがいだった——とんでもない大まちがいだったのかもしれない、という思いを。

「バイダーマンさんは、お母さんが好きなんだと思う？」キャロルはたずねた。このときにはふたりは、先ほどキャロルが縄とびのロープを忘れてきたベンチにむかって歩いていた。ボビーがロープを拾って、キャロルに手わたした。そのあとふたりは公園を出て、ブロード・ストリートにむかって歩きはじめた。

「うん、たぶんね」ボビーはむっつりと答えた。「というか……」その先こそ、ボビーが恐れていたものの正体だった。といっても、恐怖の対象には名前もなければ、はっきりした形もなかった。たとえるなら、なにやら不気味きわまる物体の上にキャンバス布がかぶせられているような状態だった。「というか……母さんはそう思いこんでるよ」

「バイダーマンさんは、お母さんに結婚を申しこむつもりなのかな？　そうなったら、バイダーマンさんは、あなたの継父《ままちち》になるのよ」

「うわっ！」ドン・バイダーマンが自分の継父になるかもしれないとは、これまでいちども考えたことはなかった。いまボビーは全身全霊をあげて、キャロルがこんな話をもちださなければよかったのにと強く思っていた。考えるだに身の毛がよだつ話だ。

「もしお母さんが本気でバイダーマンさんを愛してるのなら、あなたも慣れておいたほうがいいかも」

キャロルは、もっと年上の女にこそ似つかわしい口調でいった。そんな世慣れた女のような言葉は、できればききたくなかった。おおかたキャロルは、今年の夏、母親といっしょにいやというほど〝おおジョン、おおマーシャ〟ドラマを見ていたのだろう。さらにいうなら、われながらひねこびた考えだとは思ったが、母親がバイダーマンを本気で愛していようがいまいが、そんなことはどうでもいいと思っている自分もいた。もちろん母親がバイダーマンを愛しているとなれば、ボビーには地獄の苦しみになるだろう。バイダーマンは薄気味のわるい男だからだ。しかし、そうなればそうなったで、頭で理解できない話ではない。問題は、なにやらそれだけではない部分があるということだ。母親が金にうるさいこと――しみったれの、し、わ、ん、ぼ、う、になっていること――もその一部だし、母親がまたタバコを吸いはじめるにいたった事情や、ときおり夜になると母親が泣いている理由も、やはりその一部なのだろう。さらにいうなら、母親が語るランダル・ガーフィールド――未払いの請求書の束をあとに残していった無責任な男――と、アランナ・ファイルズの語るランディ・ガーフィールド——ジュークボックスを大音量で鳴らすのが大好きな気だてのいい男——との天地ほどのちがいすら……もしかしたら、その一部かもしれない（そもそも、未払いの請求書がほんとうにあったのか？　生命保険はほんとうに失効していたのか？　なんで母親が、その手のことでぼくに嘘をつく道理がある？）。このあたりのことを、ボビーはキャロルに打ち明けられなかった。話したくなかったのではない——どう話せばいいかがわからなかっただけだ。

ふたりは坂道をあがりはじめた。ボビーが縄とびのロープの把手の片方を手にとり、ふたりはロープを歩道に引きずりながら横にならんで歩いた。その途中、ボビーはいきなり足をとめて指さした。「あれを見ろよ」

道の先のほうで道路を横切っている電線の一本から、黄色い凧《たこ》の尻尾《しっぽ》がぶらさがっていた。尻尾は風でくねって、クエスチョン・マークのような形をつくっていた。

「ええ、見てる」キャロルは沈んだ声でいった。ふたりはまた歩きはじめた。「テッドはきょうにも、ここを出発するべきだと思うの」

「それは無理だ。試合は今夜なんだよ。アルビーニが勝ったら、テッドは金をうけとるために、あしたの夜ビリヤード・パーラーに行かなくちゃいけないんだ。その金がどうしても必要なんだと思う」

「そうでしょうね」とキャロル。「あの服をひと目見れば、テッドがほとんど文なしだってわかるもの。賭《か》けにつかったお金が、手もちのさいごのお金だったんだろうし」テッドの服──《そういうことに気づくのは女の子だけだ》とボビーは思い、その言葉を口にしかけた。しかしボビーがじっさいに言葉を出すよりも先に、背後からこんな声がきこえてきた。

「おやおや、見てみろよ。ガーバー・ベビーとマルテックス・ベビーじゃないか。ごきげんいかが、赤ちゃんカップルさん？」

キャロルの名字とベビーフードで有名なガーバー社をひっかけ、さらにシリアルで有名なマルテックス社のキャラクターをひっかけたからかいの言葉だった。

ふたりはうしろをふりかえった。背後からゆっくりと自転車で坂をのぼってくるのは、オレンジ色のシャツを着たセント・ゲイブリエル校の生徒たちだった。それぞれの自転車のかごには、野球用具が積みこまれている。ひとりの少年──首に銀の十字架のネックレスをぶらさげた、間抜けなにきび面《づら》の生徒──は、手製とおぼしきケースにいれたバットを背中に背負っていた。

《ロビン・フッド気どりだな》ボビーはそう思ったが、恐怖にふるえあがってもいた。なんといっても、年上のハイスクールの生徒たち、カトリック学校の生徒たちだ。もしこの連中がボビーを病院送りにしてやると思いさだめれば、まちがいなく病院送りになる。《オレンジのシャツを着た下衆男たちだ》とも思った。

「あら、ウィリー」キャロルは、生徒のひとりに声をかけた。背中にバットを背負った間抜け面をした少年ではない。キャロルの声は冷静で、楽しげな響きさえそなえていたが、その声の下で恐怖の念が鳥の翼のようにふるえているのを、ボビーはききとっていた。「あなたたちの野球をさっき見てたの。ナイス・キャッチをしてたわね」

キャロルが話しかけたのは、容貌《ようぼう》のさだまりかけた顔が、赤褐色の髪を櫛《くし》でべったりうしろに撫でつけた頭と一人前の大人の肉体に、上下からはさまれているような少年だった。この少年が乗っていると、ハフィー製の自転車が笑いたくなるほど小さく見えた。こいつ、おとぎ話に出てくるトロールにそっくりだな——ボビーは思った。

「それがどうしたってんだ、ガーバー・ベビー?」ウィリーと呼ばれた少年はいった。

三人のセント・ゲイブリエル校の生徒たちは、ボビーとキャロルに追いついてきた。そのうちふたり——十字架のネックレスをぶらさげた少年と、キャロルがウィリーと呼びかけた少年——はすこし前に出ると、サドルから降りてフォークをまたぎ、自転車を手で押して歩きはじめた。高まる不安のなか、ボビーは自分とキャロルがすっかり包囲されたことを悟った。オレンジのシャツを着た少年たちから、汗と〈バイタリス〉の整髪料の混ざりあったにおいがただよってきた。

「で、おまえはだれなんだ、マルテックス・ベビー?」三人めのセント・ゲイブリエル校の生徒がボビーにたずねかけ、さらに自転車のハンドルから前に身を乗りだして、ボビーの顔をもっとよく見ようとした。「ガーフィールドか？　そうなんだろ？　ビリー・ドナヒューが、去年の冬からずっとおまえをさがしてるぞ。こんど見つけたら、歯の二、三本も抜けるほど殴ってやるってな。そうだ、やつの先まわりをして、おれが歯を一本か二本抜いてやってもいいな」

なにやらおぞましい物がもぞもぞ這《は》いずっているような感覚が、ボビーの胃のあたりに芽ばえはじめた——バスケットのなかで蛇が蠢《うごめ》いているような感触だった。《二度と泣くもんか》そう自分にいいきかせる。《なにがあっても泣かない、こいつらに病院送りにされるような目にあわされたって泣かない。それにぼくは、キャロルを守るんだから》

この年上の悪ガキどもを相手にまわして、キャロルを守る？　冗談も休み休みいえ。

「なんで、そんなにすごんだ顔してるの、ウィリー？」キャロルがたずねた。キャロルは赤褐色の髪の少年だけに話しかけていた。「ひとりのときは、そんな怖い顔してないでしょ？　なんで、いまはすごまなくちゃいけないの？」

ウィリーは顔を赤らめた。赤褐色の髪の毛——ボビー自身の赤毛よりも沈んだ色あいだった——もあいまって、ウィリーは首から上に火がついたような見かけになった。自分だけのときは人間らしくふるまっていることを、友だちに知られたくないらしい。

「黙ってな、ガーバー・ベビー！」ウィリーは険悪な声を出した。「くだらないことをしゃべるひまがあるのなら、まだボーイフレンドに歯がそろってるいまのうちに、こいつとキスしておいたほうが百倍いいぞ」

三人めの少年は、バイク乗りが愛用するベルトを横っ腹で締め、野球場の土埃《つちぼこり》にまみれた年代物の〈スナップ・ジャック〉の靴を履いていた。キャロルの背後にいたこの少年が、自転車を押しながら距離を詰めたかと思うと、いきなりキャロルのポニーテールの髪を両手でつかんで、ぐいぐい引きずりはじめた。

「やめて！」キャロルは悲鳴同然の声をあげた。痛みにあげた声であり、不意をつかれた驚きの声にもきこえた。かなり強い力で髪の毛を引っぱられたせいで、キャロルは危うく倒れかけた。ボビーがその体を抱きとめると、ウィリー——キャロルによれば、仲間といっしょでないときは親切になるという少年——が声をあげて笑った。

「なんでこんなことするんだよ？」ボビーは、バイク乗り御用達《ごようたし》ベルトの少年に大声で叫んだ。その言葉がまだ口から出きらないうちから、これがもう飽きるほど耳にしてきた言葉だという気分になりかけた。どれもこれも儀式のようなものだ。いよいよ本格的な小突きあいがはじまって、空中を拳骨《げんこつ》が飛びかう前には、この手の言葉のやりとりがあるものと相場が決まっている。このときもボビーの頭には、『蠅《はえ》の王』が思い出されてきた——ジャックをはじめとする追手からラーフが逃れるシーンだった。ゴールディングの小島には、なにはなくともジャングルがあった。いまの自分とキャロルには、走って逃げようにも逃げこむ場所がどこにもない。《こいつはぜったい、「やりたいからやったに決まってるだろ」というんだ。そういう返事が来るに決まってる》

しかし、バックルを横っ腹にまわしてベルトを締めた少年が口をひらくより先に、手製のバットケースを背負ったロビン・フッド気どりの少年が代わって返事をしてきた。

「こいつがやりたかったから、やったに決まってるだろ。さあ、おまえはどうするんだ。マルテックス・ベビーちゃん？」

いうが早いか、この少年は蛇のようなすばやさで手を繰りだし、ボビーの顔にぴしゃりと平手打ちをくれた。ウィリーがまた笑った。

キャロルが少年たちに近づこうとした。「ウィリー、お願いだからもうよして——」

ロビン・フッドがぬっと腕を伸ばして、キャロルのシャツの胸もとをわしづかみにした。「ちっとはおっぱいが膨らんでんのか？　いやいや、まだぺしゃんこだな。どうせただの赤んぼ、ガーバー・ベビーなんだよ、おまえは」

ロビン・フッドはキャロルの体を押しもどした。ボビーは先ほどの平手打ちでまだ頭ががんがん鳴ってはいたものの、今回もあやうく地面に倒れこもうとするキャロルの体をしっかりとささえた。

「一丁、この弱虫小僧を痛めつけてやるか」バイク乗りベルトの少年がいった。「こいつの面《つら》が気にくわねえんだ」

少年たちは、自転車のブレーキを重々しくきしませながら、ボビーたちにじりじり近づいてきた。ウィリーは自転車から手を放して――自転車は死んだ子馬のようにばたりと横倒しになった――ボビーに腕を突きだしてきた。ボビーは両手をさっとあげたが、じょせんはフロイド・パタースンのお粗末な物真似《ものまね》にすぎなかった。

「ちょっと、あんたたち、いったいなにしてるの？」一同の背後から、こんな声が響きわたった。

ウィリーはすかさず、突きだした拳《こぶし》の片方を引っこめると、引き寄せた拳をなおもかまえたまま、顔をうしろにむけた。ロビン・フッドも、バイク乗り愛用ベルトの少年も、おなじくうしろに顔をむけた。歩道ぎわに、古いスチュードベイカーがとまっていた。ロッカーパネルは錆《さ》びつき、ダッシュボードには磁石で固定するイエス・キリスト人形が飾ってある。そして車の前に立ちはだかっていたのは、豊満という言葉では足りないほど胸が大きく、とんでもなく幅の広いヒップを突きださせた女、アニタ・ガーバーの友人のリオンダだった。薄い夏服がこの女性の味方になることはこの先一生ないだろうが（たとえ十一歳でも、ボビーにはそのことがわかった）、いまリオンダはスパッツ姿の女神のように見えた。

「リオンダ！」キャロルが大きな声を出した――泣き声ではなかったが、いまにも泣きそうな声だった。それからキャロルは、ウィリーとバイク乗りベルトの少年の横をすりぬけて歩きはじめた。ふたりとも、キャロルを引きとめようとはしなかった。セント・ゲイブリエル校の生徒三人は、全員がリオンダを見つめていた。気がつくとボビーは、ウィリーがかまえている拳骨を見つめていた。朝起きると、ちんちんが岩のように固くなって、月ロケットかなにかのようにまっすぐ天をむいてそそり立っていることがある。そのあとトイレに行って小便をするうちに、ちんちんはぐんにゃり柔らかくなって、また下をむく。ウィリーがかまえていた腕は、ちょうどそんな感じでしだいに下に降りていき、腕の先端で握りしめられていた拳も力をうしなって、手のひらを広げた。両者が似ていることに気づいて、ボビーは思わず口もとをほころばせかけたが、あわててその衝動を抑えこんだ。たとえいまこの連中に笑みを見とがめられても、連中はなにもしないだろうが、あとになれば……またべつの日に仕返しをされるかもしれない。

リオンダはキャロルを両腕で抱きとめると、その豊かな胸もとに少女の体を引き寄せた。つづいてオレンジ色のシャツを着た少年たちに視線をめぐらせたとき、なんとリオンダはにたりと笑っていた。にやにや笑いながら、しかも笑みを隠そうとはしていない。

「あんたはウィリー・シーアマンだね？」

先ほどまでパンチのかまえをとっていたウィリーの腕も、いまは体の横にだらんと下がっていた。ウィリーはなにやら小声でつぶやきながら、倒れていた自転車を起こした。

「そっちはリッチー・オウマーラかい？」

バイク乗りベルトの少年は、埃だらけになった〈スナップ・ジャック〉の靴に目を落とし、やはりなにか小声でぶつぶついっていた。その頬はまっ赤に染まっていた。

「まあ、オウマーラ家のガキどものひとりといったほうがいいかもしれないね。とにかく数が多すぎて、とてもじゃないけど、ひとりひとり覚えてられないんだよ」リオンダの目がロビン・フッドに移動した。「で、あんたはだれかな、でっかいの？　デッダム一家の子かな？　あの家の人間に、どことなく顔が似てるじゃないか」

ロビン・フッドは自分の手を見おろしていた。その指の一本にクラスリングがはまっていたが、こっそり指輪をまわしはじめている。

このときもリオンダはまだ、片腕をキャロルの肩にかけていた。キャロルも片腕を精いっぱい伸ばして、リオンダの腰にしがみついている。リオンダが歩きはじめると、キャロルは少年たちに顔をむけないまま、いっしょに歩きだした。リオンダは道路から一段あがり、歩道の縁石と歩道そのもののあいだにある芝生に足を踏みだした。あいかわらず、ロビン・フッド少年から視線をそらさぬまま。「いっとくけどね、あたしから質問されたら、正直に答えたほうが身のためだよ。その気になれば、あんたの母親がどこのだれか、苦もなく調べがつくんだから。そうさ、神父のフィッツジェラルドさんにきくだけでいいんだ」

「おれはハリー・ドゥーリンだよ」少年はついに打ち明けた。指輪をまわすスピードがますます速くなっていた。

「そうかい。でも、あたしの見立てもいい線だったとは思わないか？」リオンダは楽しげな声でいいながら、また二、三歩前に進みでた。これでリオンダは完全に歩道までやってきた。キャロルは、少年たちにこれほど近づくのが怖かったのだろう、リオンダを押しもどそうとしたが、リオンダは意に介した風もなかった。「デッダム家とドゥーリン家は、たくさんの結婚という絆《きずな》で結ばれてるんだもの。それこそ、故郷アイルランドのコーク郡にまでさかのぼれるほどにさ、トララ・トラ・リー」

ロビン・フッドなんかじゃなかった。馬鹿《ばか》げた手製のバットケースを背負って意気がっているハリー・ドゥーリンという少年だった。映画《乱暴者《あばれもの》》のマーロン・ブランドじゃなく、リッチー・オウマーラという名前の少年、いずれそのベルトにお似あいのハーレーダヴィッドソンに手がとどくにしても、あと五年は待つしかない少年だった。そしてウィリー・シーアマンは、そばに友だちがいると女の子に親切に接することのできない腰ぬけ小僧。こんなふうに少年たちを現実の卑小なサイズにまで縮めるには、ゆったりしたシエルトップとスパッツという服装の太りすぎの女性ひとりが顔を見せるだけでこと足りた。しかもこの女性は白馬を駆って救出にきたわけではなく、一九五四年型のスチュードベイカーに乗ってやってきた。こんなふうに思えばボビーは気が休まるはずだったが、現実にはそうならなかった。気がつくと、ボビーはウィリアム・ゴールディングの言葉を思い出していた。孤島の少年たちは巡洋艦の乗組員によって救出されたし、少年たちにとってはよかったが……しかし、だれが乗組員たちを救うのか？

馬鹿ばかしい。いまこの瞬間、リオンダ・ヒュースンほど救出活動を必要としていない人間はどこをさがしてもいないかに思えた。しかし、ゴールディングの言葉はボビーの脳裡《のうり》に谺《こだま》しつづけていた。もし大人がどこにもいなかったとしたら？　大人なんて、ただの幻想にすぎないとしたら？　大人がつかっているお金が、ほんとうはただのおはじきで、大人の商取引が野球のトレーディングカードと変わらず、戦争がしょせんは公園での銃の撃ちあいごっこだとしたら？　スーツやドレスを着てはいても、中身は洟《はな》たれ小僧のまんまだったら？　なにを馬鹿な、そんなはずがないじゃないか。考えるだけでも恐ろしい。

リオンダはあいかわらず、凄味《すごみ》のある、いささか剣呑《けんのん》な目つきでセント・ゲイブリエル校の生徒たちをにらみつけていた。「あんたたち、三人でよってたかって自分たちより年下の小さな子をいじめようなんて、よもやそんな真似をしようとしてたんじゃないだろうね？　いいかい、そのひとりは、あんたたちの妹とおんなじ女の子なんだよ」

三人はもはや小声でつぶやくこともしなくなり、じっとおし黙ったまま、足をもぞもぞ動かしているだけだった。

「そうだね、まさかそんなことはしないだろうよ。そんな卑怯《ひきよう》な真似をするはずがないと思うわ」

ここでもまたリオンダは三人に返答のチャンスを与え、三人に自分たちの沈黙ぶりをたっぷりと意識させていた。

「ウィリー？　リッチー？　ハリー？　あんたたちは、この子たちをいじめていたわけじゃないんだろう？」

「もちろん、ちがいますよ」ハリーが答えた。ボビーは、もしこの少年がいま以上にすばやく指輪を回転させていたら、摩擦で指が燃えあがってしまうのではないかと思った。

「もしそんな気配がすこしでも感じとれたなら」リオンダは、あいかわらず剣呑な雰囲気の笑みを発散したまま言葉をつづけた。「わたしとしても、神父のフィッツジェラルドさんに相談しにいかなくちゃいけない。そうだろ？　そんな話をすれば、あの神父さんのことだもの、あんたたちの家族にひとこと話しておくべきだと思うに決まってるし……そうなれば、あんたたちはお父さんにきついお灸《きゆう》をすえられることになるね……そうなって当然だと思うだろう？　そりゃそうだ、弱い者いじめをしたんだから」

あいかわらず三人の少年たちは無言のままだった。いまは三人とも、その愚かしいほど小さな自転車を起こして、フォークにまたがって立っていた。

「ボビー、あんたはこの男の子たちにいじめられてたの？」リオンダはたずねた。

「いいえ」ボビーは即座に答えた。

リオンダはキャロルのあごに指をかけると、その顔を上にむかせた。「あんたはこの子たちにいじめられてた？」

「そんなことない、リオンダ」

リオンダは笑顔でキャロルを見おろしていた。キャロルは目の隅に涙をたたえながらも、笑みを返していた。

「そういうことなら、あんたたちは無罪放免だね」リオンダはいった。「だってこのふたりが、あんたたちは告解室で不愉快な時間を過ごす理由になるようなことを、ひとつもやってないといってるんだから。いわせてもらえば、あんたたちはこのふたりに感謝するべきだ。そうじゃないか？」

セント・ゲイブリエル校の少年たちは口々に、なにかもごもごとつぶやいていた。

《もうそのへんで勘弁してやってよ》ボビーは声を出さずに懇願した。《お願いだから、こいつらにわざわざお礼なんていわせないで。こいつらの傷口に塩を擦りこむようなことはよしてったら》

リオンダは、この思いをききとったのかもしれない（いまではボビーも充分な根拠があって、人が他人の心の声をきくこともあると信じるようになっていた）。「まあ、感謝の言葉の儀式をするまでもないかもしれないね。さあ、三人ともおとなしく家に帰りなさい。ああ、そうだ、ハリー。モイラ・デッダムに会ったら伝言してちょうだい、友だちのリオンダはいまでもまだ、毎週ブリッジポートのビンゴ大会に遊びにいってるから、車に相乗りしたければいつでもいってくれ、とね」

「ああ、わかったよ」ハリーはそういってサドルにまたがると、あいかわらず歩道に目を落としたまま坂道をあがっていった。反対側から歩道をだれかが歩いてきても、気づかずに轢《ひ》き倒してしまいそうだった。残ったふたりも、ハリーに追いつくためにペダルの上に立って自転車を漕ぎながら、走り去っていった。

遠ざかっていく三人を見おくっているうちに、リオンダの顔から笑みが薄れはじめた。しばらくして、リオンダはこういった。「落ちぶれたアイルランド人ときたら。ほんと、トラブルの火種が服を着て歩いてるようなものだよ。厄介払いできて、せいせいした。キャロル、ほんとうに大丈夫なのかい？」

キャロルは、ほんとうに大丈夫だと答えた。

「ボビー、あんたは？」

「うん、平気だよ」いまリオンダの目の前で、クランベリー・ゼリー同然にふるえそうになる体をしっかりと抑えこんでおくためには、これまで身につけた訓練のありったけが必要だった。しかしキャロルが倒れずにしっかり立っていられるのだから、自分にもそのくらいはできるはずだ。

「車に乗りなよ」リオンダはキャロルにいった。「家まで送ってってあげるからさ。あんたは自分の足で行きなさい、ボビー——急いで走って帰って、家のなかに飛びこむこと。どうせあしたになれば、あの子たちはあんたのことも、わたしのキャロルちゃんのことも忘れてるに決まってるけど、今夜はとりあえずふたりとも家にいたほうが安心だね」

「わかった」ボビーは答えたが、あの連中があしたになっても忘れていないことくらいわかっていた。今週がおわっても忘れていないだろうし、夏がおわっても忘れてはいまい。自分とキャロルは、これからも長いこと、ハリーとその一味に気をつけている必要があった。「じゃね、キャロル」

「さよなら」

ボビーは小走りにブロード・ストリートを横断した。反対側までわたりきると、その場に立ったまま、リオンダの古い車がガーバー家の住んでいるアパートメントに近づいていくのを見ていた。車から降り立ったキャロルは、ふりかえると坂道の下のほうに目をむけ、手をふった。ボビーも手をふりかえしてから、一四九番地にあるアパートメントのポーチの階段をあがって建物の玄関をくぐった。

テッドは居間でタバコを吸いながら、ライフ誌を読んでいた。表紙は女優のアニタ・

エクバーグの写真。ボビーは、テッドがスーツケースと紙袋に荷物を詰めおわっていることを信じて疑わなかったが、目につく範囲には荷物は見えなかった。きっと三階の自分の部屋においてあるのだろう。ボビーはそのことに安心した。そんな荷物を目にしたくはなかった。旅立ちのための荷物が、おなじ建物にあると知っているだけでも気分がふさいだからだ。

「なにをしてきたんだい？」テッドがたずねた。

「あんまり遊べなかったんだ」ボビーは答えた。「夕食まで、ベッドに横になって本を読んでることにするね」

ボビーは自室にはいっていった。ベッドの横の床には、ハーウィッチ公立図書館の成人用書架から借りだしてきた三冊の本が積んであった。クリフォード・D・シマックの『大宇宙の守護者』、エラリー・クイーンの『ローマ帽子の秘密』、そしてウィリアム・ゴールディングの『後継者たち』。ボビーは『後継者たち』を手にとると、ベッドの足側に頭を載せ、靴下をはいたままの足を枕《まくら》に載せた。本の表紙には洞窟《どうくつ》に暮らす原始人たちが描いてあったが、まるで抽象画のような筆致の絵だった。子どもの本の表紙に原始人が出てくるとすれば、ぜったいにこんなタッチの絵にはならない。成人用の図書館利用カードをもっていて、ほんとうによかった……とは思ったものの、なぜかいちばん最初のときとくらべて、その思いは若干色褪《あ》せていた。

《ハワイアン・アイ》は午後九時からの放送だった。ふだんならボビーは夢中になって見いったはずだが（母親は《ハワイアン・アイ》や《アンタッチャブル》のような番組は暴力的すぎて子どもには見せられないという意見で、いつも見せてくれなかった）、今夜はいっこうに物語に集中できなかった。ここから百キロと離れていない場所では、エディ・アルビーニとハリケーン・ヘイウッドが壮絶な殴りあいをくりひろげているはず。毎ラウンドの開始時には、青い水着と青いハイヒールという姿の〈ジレット・ブルー・ブレード・ガール〉が、青い数字でラウンド数を書いたプラカードをかかげて、リングのまわりを歩いていることだろう。1……2……3……4……。

九時半にはボビーは、金髪の社交界の名花を殺した真犯人はいうにおよばず、ドラマの主人公の私立探偵がだれなのかもわからなくなっているありさまだった。《ハリケーン・ヘイウッドは八ラウンドでノックアウトされるはずだ》テッドはそういっていた。老ジーがそのことを事前に知っていたのだ。しかし、もしなんらかの手ちがいが起こったら？　テッドにはどこにも行ってほしくない。しかし、どうしても行くしかないのなら、せめて財布が空《から》のままで旅立つようなことにだけはなってほしくなかった。いや、そんなことになるはずがないではないか？　いや、その可能性もあるのでは？　前にテレビで、八百長《やおちょう》でノックアウトされる手はずになっていたボクサーが、途中で心変わりを起こすという筋のドラマを見たことがある。今夜おなじことが起こったらどうなる？　八百長でわざと負けるのはわるいことに決まっている。人を騙《だま》すことだからだ――なんだって、シャーロック、きみが最初に真相に気づいた手がかりはなんだった？――が、もしヘイウッドが騙され、な、か、っ、た、としたら？　テッドはかなり厄介な目にあうことになる。サリー・ジョンなら、〝ど、つ、ぼ、まちがいなし〟とでもいうところだ。

居間の壁にかかった日輪模様の時計が、いまは九時半だと告げていた。ボビーの計算が正しければ、問題の第八ラウンドがいままさに進行中のはずだ。

「『後継者たち』は気にいったかい？」

自分の世界にひたって考えこんでいたせいで、ボビーはテッドの声に文字どおり飛びあがった。テレビではキーナン・ウィンがブルドーザーの前に立ちはだかり、一本のキャメルのためなら一キロ半の道のりだって歩いていくぜ、といっていた。

「『蠅《はえ》の王』よりも、ずっとむずかしい本だね」ボビーは答えた。「いまのところは、洞窟に暮らす原始人の二家族が、あちこちをうろついているだけみたい。で、かたっぽの家族のほうが賢いんだ。でも話の主人公は、もうひとつの家族、あんまり頭のよくない家族なんだ。途中で読むのをやめちゃおうかとも思ったけど、だんだん面白くなってきたよ。このぶんなら、さいごまで読みとおせると思う」

「きみが最初に出会った家族、少女がいるほうの家族はネアンデルタール人なんだよ。

ふたつめの家族——厳密にいうなら部族だな、ゴールディングとその部族というわけだ——は、クロマニョン人だ。題名になっている後継者たちというのは、クロマニョン人のことなんだよ。この両者のあいだで起こるさまざまな事件は、悲劇の定義をきっちりと満たすものでね。つまり、いろいろな物事が順を追って起こるうちに、避けられない悲しい結末にいたる、という意味でね」

テッドはそんなふうに、シェイクスピアの戯曲やポーの詩、それにシオドア・ドライサーとかいう作家の長篇小説についてしゃべりつづけていた。いつもならボビーは夢中になってききいったはずだが、今夜はどうしてもマディスン・スクエア・ガーデンのことが気になってしかたがなかった。心の目にリングが見えた。リングは、〈コーナー・ポケット〉のビリヤード台にも負けないほど皓々《こうこう》たる照明を浴びていた。ヘイウッドが全力をふりしぼって、驚いているエディ・アルビーニに右と左のパンチをたてつづけに食らわせると、観客があげる大歓声がボビーの耳にきこえてきた。ヘイウッドには、わざと負ける気はない。あのテレビドラマのボクサーのように、いまヘイウッドは相手を猛烈な痛みの世界へ案内しようとしていた。ボビーには汗のにおいも嗅《か》ぎとれたし、グローブが肉体に命中するときの〝ばしっ・ばしっ〟という音もききとれた。そしてエディ・アルビーニの両目が白目を剝《む》きだし、膝《ひざ》からがっくりと力が抜けて……観客は総立ちになって大歓声をあげ……。

「——運命を逃れられない力として考える態度は、ギリシア時代にまでさかのぼることができる。そのころ活躍した劇作家にエウリピデスという男がいて——」

「電話をかけてよ」ボビーはいった。生まれてから一本のタバコも吸ったことのないボビーだったが(とはいえ、一九六四年には一週間に一カートンも吸うヘビースモーカーになっていた)、その声は夜遅い時間のテッド、一日分のチェスターフィールドを吸ったテッドののどから出てくる声そっくりにしわがれていた。

「は? いまなんといったんだね?」

「ファイルズさんに電話をかけて、試合の結果を教えてもらってよ」ボビーは日輪模様の時計を見あげた。九時四十九分。「八ラウンドまでで試合がおわったのなら、もう結果がわかってるはずだから」

「わたしも試合はもうおわっていると思うがね、あまり早く電話をかければ、事前になにか知っていたのではないかとファイルズから疑われるかもしれないよ」テッドは答えた。「ラジオをきいても、結果はわからない——きみも知ってるだろうが、この試合はラジオでは中継されていないからね。だから、待つのがいちばんんだ。そのほうが安全なんだよ。ファイルズには、わたしが勘のいい果報者だと思わせておくにかぎる。十時になったら電話をかけよう。そうすればわたしがノックアウトを予想していたのではなく、いかにも判定にもつれこむと予想していたみたいじゃないか。それまでは、ボビー、やきもきする必要はないぞ。こんなのは、海岸通りをのんびり散歩するようなことなんだから」

ボビーはついに、《ハワイアン・アイ》の筋を追う努力を完全に放棄した。ただソファに腰を降ろし、俳優たちのおしゃべりをきき流しているだけ。ひとりの男が、でっぷり太ったハワイ警官を怒鳴りつけていた。白い水着姿の女が砂浜を走っていた。ずんずんと響きわたるドラムの音を背景に、車が車を追いかけていた。日輪模様の時計の針は這《は》うようなのろさでしか動かず、10と12の数字をめざす二本の針ときたら、エヴェレスト登頂へむけてさいごの数百メートルを行く登山家の動きそのままだった。社交界の名花を殺害した犯人の男もパイナップル畑を走って逃げているさなかに殺されて、《ハワイアン・アイ》はようやくおわった。

「ボビーはもう、来週の予告篇を悠長に待っていられる心境ではなかった。すかさずテレビを消すと、ボビーはいった。「電話してよ？　お願いだから電話してみて」

「いますぐ電話するとも」テッドはいった。「ただ、どうもルートビアを一本ばかり飲みすぎたようでね。年をとるにつれて、わたしの貯水タンクは年々小さくなってるみたいだ」

そういってテッドは足を引きずりながら、バスルームにはいっていった。なんの音もしない時間が延々とつづいたあげく、ようやく便器に放尿する音がきこえてきた。

「はあぁ！」テッドの声には、かなりの充足感が満ちあふれていた。

ボビーはもうすわっていられなかった。ソファから立ちあがり、居間をうろうろと歩きはじめる。いまボビーはこう確信していた――マディスン・スクエア・ガーデンでは、いまハリケーンことトミー・ヘイウッドが自分のコーナーにすわって、写真を撮られているところにちがいない。顔は傷だらけだが、それでもフラッシュの光を浴びている顔には、輝くような笑みが浮かんでいる。〈ジレット・ブルー・ブレード・ガール〉がかたわらに寄りそい、片腕をヘイウッドの肩にかけている。ヘイウッドはお返しに、女の腰に腕をまわしていた。その一方、反対のコーナーにいるエディ・アルビーニの存在は忘れ去られている。目もとは瞼《まぶた》が完全にふさがってしまいそうなほど腫《は》れあがり、強烈な打撃を食らった影響で、まだまともに意識をとりもどしてはいない。

テッドが居間にもどってきたときには、ボビーはもう完全に沈みこんでいた。アルビーニは試合に負けた、そして友だちは五百ドルをうしなったと、心の底から信じこんでいた。無一文になったら、テッドはここに残るだろうか？　残ってくれるかもしれない……でもテッドがここに残れば……下衆男たちがやってくる……。

受話器をとりあげて番号をダイヤルするテッドを、ボビーは握り拳《こぶし》をつくったり手をゆるめたりしながら、じっと見まもっていた。

「落ち着くんだ、ボビー」テッドはいった。「上首尾の結果になるに決まってるからね」

しかし、落ち着いてはいられなかった。腹のなかに電線がぎっしり詰めこまれたような気分だった。それから永遠に思えるほどの時間が経過してもなお、テッドは受話器を耳にあてたまま、なにも口にしなかった。

「なんで、だれも電話に出ないの?」ボビーは嚙《か》みつかんばかりの剣幕でささやいた。

「まだベルが二回鳴っただけだよ、ボビー。そんなにかっかするものじゃ——ああ、もしもし? こちらはブローティガンです。テッド・ブローティガンかって? ええ、そうですよ、マダム。きょうの午後おうかがいしました」信じられないことに、テッドはボビーにウインクを送ってきた。どうすれば、こんなに落ち着いていられるんだ? もし自分がテッドの立場なら、だれかにウインクをすることはおろか、受話器をもって耳に押しあてることさえおぼつかないに決まっている。「ええ、マダム、あの子ならここにいますよ」テッドはそういってボビーにむきなおり、送話口を手でふさぎもせずに話しかけてきた。「アランナが、きみのガールフレンドは元気かときいてるぞ」

ボビーは答えようとしたが、口からは〝ぜいぜい〟という音しか出なかった。

「ええ、元気だといってますよ」テッドは電話の向こうのアランナにいった。「夏の一日のようにかわいい子ですね。で、レンと話をさせてもらえますかな? ええ、待ちますとも。しかし、その前に試合の結果を教えてください」そのあとにつづいた沈黙は、永遠につづくかに思われた。テッドはまったくの無表情になっていた。そして今回ボビーに顔をむけて話しかけてきたときには、送話口をちゃんと手で覆《おお》っていた。「アランナの話だと、アルビーニは最初の五ラウンドではかなり激しく殴られたが、六ラウンドと七ラウンドはかろうじてもちこたえた。そのあと八ラウンドで、どこからともなく強烈な右フックを叩《たた》きだし、ヘイウッドをリングに沈めたそうだ。ハリケーンは一巻のおわり。いやはや、意外な結果になったもんだな」

「うん」ボビーは答えた。唇が痺《しび》れたようになっていた。それでは、やはりすべては現実だったのだ。金曜日のこの時間には、もうテッドはここにいない。ポケットに二千ロックもの現金があれば、どんなにたくさんの下衆男が追いかけてきても、どこへなりと逃げていくことができる。ポケットに二千ドルあれば、〝でっかい灰色ワン公〟ことグレイハウンドの大型長距離バスに乗って、大陸のこっち側の海岸から反対側の波がきらめく海岸にだって逃げていくことができる。

ボビーはバスルームにはいっていくと、歯ブラシに〈イパーナ〉の歯磨きを搾《しぼ》りだした。テッドが見当ちがいのボクサーに大金を賭《か》けたのではないかという恐怖はもう消えていたが、別れが刻一刻と迫っていることを悲しく思う気持ちはまだ残っており、着実に大きくなってきていた。現実になってもいないことが、いまからこれほど悲しく思えるとは予想したこともなかった。《一週間もすれば、ぼくはテッドのどこがどんなにクールだったのかも忘れちゃうに決まってる。一年もすれば、テッドその人のこともほと

んど忘れてるに決まってるんだ》

ほんとうに？　まさか、ほんとうにそうなってしまうというのか？

《まさか》ボビーは思った。《そんなはずがあるか。ぜったいそんなふうになるものか》

居間では、テッドがレン・ファイルズと電話で話しあっていた。きいているかぎり、テッドが予想していたように、会話はきわめて友好的に進んでいるようだった……それに、そう、テッドは自分が勘にしたがって賭けただけだ、と話していた。とびっきり強い勘だった……自分を腰ぬけだと思いたいのならいざ知らず、そんな勘に恵まれたら、思いきって賭けるしかない……ああ、金の支払いはあしたの夜九時半で問題ないとも……友人の母親は八時に帰ってくることになっているからね……もし母親の帰りが多少遅くなったら、そっちに行くのが十時か十時半になる……それでもいいかね？　そういうと、テッドはまた笑った。どうやら太ったレン・ファイルズには、その条件でなんの異存もないということらしい。

ボビーは歯ブラシを鏡の下の棚にあるグラスにもどし、スラックスのポケットに手を突っこんだ。指先に正体不明の物がふれた。いつもポケットにはいっているこまごました品物のどれでもなかった。手をポケットから抜きだすと、指先にひっかかっていたのは緑のタグのついたキーホルダーだった。ブリッジポートの街のなかでも、母親がまったく知らない地域――〝あの界隈《かいわい》〟とだけ呼ばれる地域――を訪問したことを記念する

特選珍品みやげ物。《コーナー・ポケット／ビリヤード／ゲームマシン／電話ケンモア八-二二七》

本来ならもっと早くどこかに隠しておくべきだった（いや、いっそすっきり処分しておくべきだった）。しかしいま、頭に天啓が閃《ひらめ》いた。この夜はなにをもってしてもボビー・ガーフィールドの気分を浮き立たせることは不可能だったが、この名案はそれに近いことを成しとげた。このキーホルダーを、キャロル・ガーバーにあげよう。もちろん、どこで手にいれたかを決してお母さんに話してはいけないと釘《くぎ》を刺したうえで。キャロルなら、このキーホルダーにつける鍵《かぎ》をすくなくとも二本もっている。アパートメントの玄関の鍵と、リオンダから誕生日のプレゼントにもらった錠前つき日記帳の鍵だ（キャロルはボビーより五カ月以上も年上だったが、この点につけこんで年上風を吹かすことは決してなかった）。キャロルにこのキーホルダーをプレゼントするのは、ステディとしてつきあってくれと申しこむようなものになる。こうすれば、その頼みをわざわざ口にして、こっぱずかしい思いをさせられるのを回避することもできる。キャロルなら、いわなくてもわかってくれるはずだ。それもまた、キャロルをクールな女の子にしている理由のひとつなんだし。

ボビーはキーホルダーを棚の上、歯磨き用のグラスの横におくと、自室にいってパジャマに着替えた。そのあと部屋から出てくると、テッドがソファにすわってタバコをふかしながら、ボビーに目をむけてきた。

「ボビー、気分はなんともないか？」

「うん、まあね。だって、気をしっかりもたなくちゃいけないんでしょ？」

テッドはうなずいた。「ああ、きみも……そしてわたしもね」

「いつか、また会える日が来る？」ボビーはたずねた。内心ではテッドがローン・レンジャーみたいな口をきくことのないように、《また会えることもあるだろうさ、相棒》みたいなセンチな言葉を口にすることのないようにと祈る気持ちでいっぱいだった。なぜなら、これはそんな言葉で語るものではないからだし、そんな言葉では生ぬるいだけだからだ。はっきりいえば、おためごかしの嘘《うそ》っぱちになる。これまでボビーはテッドに嘘をつかれたことは一回もなかったはずだと思っていたし、ふたりの別れが近くなったいま、嘘をつかれるのはまっぴらだった。

「わからないな」テッドは、吸っているタバコの先端の熾《おき》を見つめていた。そのあとふっと顔をあげると、ボビーにもテッドの目が涙にうるんでいることがわかった。「そんな日は来ないんじゃないかと思うよ」

涙を見たことで、ボビーはもう我慢ができなくなった。ボビーは走って部屋を横切った。テッドを抱きしめたかった。抱きしめないではいられない気分だった。しかし、ボビーは足をとめた。テッドが腕をあげ、老人向けのゆったりしたシャツの胸もとで両腕を交差させたからだった。テッドの顔には、不意を討たれた恐怖の表情が宿っていた。ボビーは、テッドを抱きしめるためにさしのべた腕もそのままに、おなじ場所に立ちすくんでいた。のろのろと腕を降ろす。抱きしめてはいけない、素肌に指をふれてはいけない。それがルールだったが、こんな残酷なルールがあっていいものか。ルール自体がまちがっている。

「手紙をくれる？」やがてボビーはたずねた。

「葉書を送るよ」テッドはしばし考えたのち、こう答えてきた。「ただし、きみに直接送るわけにはいかないな――ふたりにとって、あまりにも危険だからね。どうすればいい？　なにかいい考えでもあるかね？」

「だったらキャロルに送ってよ」ボビーはいった。あらためて考えることもなく、即座にそう答えていた。

「キャロルには、いつ下衆男たちのことを話したのかな？」テッドの声には、不愉快に思っている響きのかけらもなかった。不愉快に思う道理があるだろうか？　どうせ、すぐこの街を去るのではないか？　テッドが街を去ったからといって、なにが変わるというのか？　例のショッピングカート泥棒の記事を書いた男が、これをネタに記事を書くくらいか。《頭のいかれた老人、異星人の侵略を恐れて逃亡》とか。人々はコーヒーとシリアルの朝食をとりながら、たがいにこの記事を読みあって笑うだろう。そういうことを、あの日テッドはどういっていたっけ？　田舎街一流のユーモアのセンスでもって笑い物にしている、だ。しかし、もしこれが笑えるユーモアだとしたら、なんで胸が痛むのだろう？　なぜ、こんなに胸が痛くてたまらないんだろう？

「きょうだよ」ボビーは蚊の鳴くような声で答えた。「公園でキャロルを見かけたら……なにもかも……いっぺんに……あふれだしたみたいになって」

「ああ、そういうこともあるよ」テッドは重々しくいった。「よく知っているとも。ダムがいきなり決壊するようなことがあるんだ。おそらく、それでよかったんだろうな。では、わたしがキャロルを通じてきみに連絡をとるということを、きみからキャロルに話しておいてくれるね？」

「わかった」

テッドは唇に指をとんとん当てながら、しきりに考えをめぐらせていたかと思うと、やがてひとつうなずいた。「わたしが送る葉書のいちばん上には、《親愛なるキャロル》と書く代わりに、ただ頭文字だけで《親愛なるCへ》とだけ書こう。いちばん下には、《友人より》という署名を書く。こうすれば、きみたちのどちらにもわたしが書いた葉書だとわかる。いいかな？」

「いいね」ボビーはいった。「クールだよ」クールなんかじゃない、どれひとつクールなんかじゃなかった。しかし、こういっておかなくては。

ボビーはいきなり片手をもちあげて指にキスをすると、そのキスを部屋の向こう側に投げる真似《まね》をした。ソファにすわっていたテッドはにっこりと笑い、キスをつかまえて、それを皺《しわ》だらけの頬にぺったりくっつけるしぐさをした。「さあ、そろそろベッドに行ったほうがいいぞ、ボビー。きょうは大変な一日だったし、もう夜遅いからね」

ボビーは床についた。

最初は、前夜とおなじ夢を見ているのかと思った。バイダーマンとクッシュマンとディーンの三人が、ウィリアム・ゴールディングの孤島のジャングルで母親を追いかけているという夢。しかし、やがてボビーは気がついた。木々や蔓草《つるくさ》と見えた物はじっさいには壁紙の模様で、飛ぶように走る母親の足が踏んでいるのは茶色いカーペットだった。ジャングルじゃない。ここはホテルの廊下だ。これはぼくの心がつくりだしたウォーウィック・ホテルだ、と。

しかし、バイダーマンとふたりのごろつき男はまだ母親を追いかけていた。そこにいまは、セント・ゲイブリエル校の生徒たちも加わっていた。ウィリーとリッチーとハリー・ドゥーリンだ。全員が、顔を赤と白の縞《しま》模様に塗っていた。さらに全員が、おそろいの黄色い古風なダブレットを身につけていた。この中世風の上着には、まばゆい赤で大きな目玉が描いてあった。

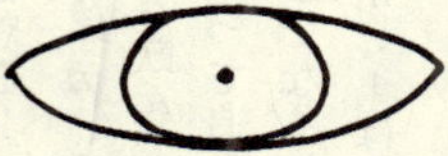

そのダブレット以外、男たちは全員が丸裸だった。彼らの陰茎が、もじゃもじゃした恥毛の茂みに囲まれて前後左右に揺れていた。ハリー・ドゥーリン以外は全員が槍《やり》をふりかざしている。ハリーだけは野球のバットをかまえていた。バットの両端は槍のように鋭く削《そ》ぎあげてあった。

「あの女を殺せ！」クッシュマンが叫んだ。

「あの女の血を飲め！」ドン・バイダーマンが叫び、リズ・ガーフィールドにむかって槍を投げたが、リズのほうはすかさず廊下の角を曲がりこんで槍をかわした。槍はジャングル模様の壁紙に突き立って、ぶるぶるとふるえていた。

「あの女のどぐされマンコに槍を突っこんでやれ！」ウィリーが叫んだ——友人たちといっしょでないときには親切になることもあるというウィリーが。上着の胸もとに描かれた目がぎょろりとにらみつけている。その下では、ペニスも独眼を見ひらいているかに見えた。

《逃げてよ、母さん!》ボビーは叫びかけようとしたが、声が出てこなかった。いまのボビーには口も、肉体もなかった。ここにいながら、ここにはいなかった。いまボビーは母親に影のように寄りそって、ともに走っていた。母親が息を切らしているのがきこえたし、母親が体をふるわせていることも、恐怖もあらわな口もとや引き裂かれたストッキングも見えた。高級なドレスも破れていた。片方の乳房にはひっかき傷があり、傷口からは血が流れていた。片目は腫《は》れあがり、瞼《まぶた》がほとんど閉じた状態になっている。ひっくるめていえば、エディ・アルビーニかハリケーン・ヘイウッドと……あるいはその両者と……数ラウンドの試合をおえたばかりのようなありさまだった。

「腹をざっくり切り裂いてやる!」リッチーが叫んだ。

「生きたまま食ってやる!」カーティス・ディーンが(声をかぎりと)合いの手を入れた。「おまえの血をごくごく飲んで、臓物でシチューをつくってやる!」

ボビーの母親はふりかえって追手一行に目をむけ、その拍子に左右の足をもつれさせかけた(すでに靴はどこかでなくしてきていた)。

《だめだよ、母さん!》ボビーはうめいた。《うしろなんか見ちゃだめ、ぜったいだめだ》

その声が耳にとどいたかのように、リズはふたたび前に顔をむけ、これまで以上に速く走ろうとしはじめ、壁に貼《は》りだされたポスターの前を通りすぎた。

迷子になったわが家のペットの豚をさがしてください！
リズはわが家の大事なマスコット！
リズはいま三十四歳です！
癇癪《かんしゃく》もちの性悪女、だけど家族みんなはリズを愛してます！
「約束する」と話しかければ、どんなことでもします。
（もうひとつの手は）
「ここにお金があるよ！」と話しかけること！
ヒューシトニック五‐八三三七までお電話を。
（あるいは）
〈ウィリアム・ペン・グリル〉まで連れてきてください！
お店では黄色いコートの下衆男たちをご指名あれ。
われらのモットー：『**レア**で食うのがいちばんだ！』

母親もこのポスターに目をやった。その拍子にまたも左右の踝《くるぶし》がもつれ……今回はほんとうにその場に倒れこんでしまった。

《立ってよ、母さん！》ボビーは叫んだが、母親は立たなかった——立てなかったのかもしれない。立たない代わりに、母親は顔だけをうしろにむけながら、茶色いカーペットの上を這《は》いずって進みはじめた。汗に濡《ぬ》れてもつれあった髪の毛が、頬やひたいにかぶさっていた。ドレスの背中も破れていた。ふと見ると、母親の尻《しり》が丸見えになっていた。パンティがなくなっていたからだ。そればかりか、太腿《ふともも》の裏側に点々と血が飛び散っている。やつらは母さんになにをした？　いったいやつら、ぼくの母さんになにをしやがった？

ドン・バイダーマンが、母親の前方の角を曲がって姿をあらわした。近道を見つけて、母親の先まわりをしたのだ。ほかの面々も、バイダーマンのすぐあとからやってきた。いまバイダーマンのペニスは、まっすぐ上をむいてそそり立っていた。ボビーも、朝ベッドから出てトイレに行く前には、ペニスがそんなふうになっていることがある。しかし、バイダーマンのペニスは巨大だった。まるで海竜、まるでトリフィド、まるで怪獣だ。それを見てボビーは、母親の足に血が散っている理由がわかった気がした。わかりたくもなかったが、わかった気がした。

《母さんに手出しをするな！》ボビーはバイダーマンを怒鳴ろうとした。《母さんに手を出すんじゃない！　もう気がすんだんだろう？》

バイダーマンが着ている黄色いダブレットに描いてある深紅の目が、いきなりくわっ、と見ひらかれ……ずるずると横に動きはじめた。いまボビーは透明人間だ——肉体は、このホテルのロビーの世界から回転する独楽《こま》をひとつ通過した世界にあるのだから……それなのに、この目にはボビーの姿が見えるらしい。そう、この緋色《ひいろ》の目はすべてを見ているのだ。

「豚を殺せ、この女の血を飲め」バイダーマンがほとんど理解できないような不明瞭《ふめいりょう》な声でいい、前に足を進ませた。

「豚を殺せ、この女の血を飲め」ビル・クッシュマンとカーティス・ディーンも唱和した。

「豚を殺せ、はらわたを抜け、肉を食え」ごろつき男たちのあとからやってきたウィリーとリッチーも、声をあわせて叫んだ。男たちとおなじく、この少年たちのペニスも槍のようになっていた。

「女を食え、女を飲め、女をずたずたに切り裂け、女にねじこめ」ハリーが声をあわせてきた。

《立ちあがってよ、母さん！　走って逃げて！　こいつらの思いどおりになっちゃうよ！》

母親は立ちあがろうとした。しかし、母親がようやく床に膝《ひざ》を突いて立ちあがろうともがいているそばから、バイダーマンが母親に躍りかかった。ほかの面々もあとにつづいて、母親をとり囲んだ。彼らの何本もの手が母親の体から服を引き剝《は》がすのを見ながら、ボビーは思った。

《ぼく、こんなところから出ていきたい……独楽から降りていって自分の世界にもどりたい……独楽の回転をとめて、それから逆方向にまわせば……そうすれば……自分の世界にある自分の部屋にもどれるんだから……》

しかし、独楽ではなかった。夢の映像が壊れて、すべてが闇《やみ》に閉ざされはじめるうちから、ボビーにはそれがわかった。独楽ではない……塔だ。静止した紡錘形の塔、その上ではあらゆる存在が動き、回転をつづけている。ついで塔はどこへともなく消えていき、つかのま、あたりには慈悲深い無だけが広がっていた。やがてボビーが瞼をひらいたとき、寝室には太陽の日ざしがあふれていた。夏の一日の日ざし。アイゼンハワーが大統領として迎えたさいごの六月の木曜日だった。

IX　さんざんな木曜日

テッド・ブローティガンについて、これだけは断言できる――この老人は料理を心得ていた。ボビーの前にさしだされた朝食――軽く火を通しただけのスクランブルエッグ、トースト、かりかりに炒《いた》めたベーコン――は、これまで母親に出されたどんな朝食よりもすばらしかったし（母親の得意料理は大きいだけで味のないパンケーキで、ふたりはこれにアーントジャマイマ印のシロップをいやというほどかけて食べる）、それどころか〈コロニー・ダイナー〉や〈ザ・ハーウィッチ〉で出るどんな料理にも負けないおいしさだった。ただ、ひとつだけ問題があった――ボビーに食欲がなかったことだ。どんな夢を見たのか、こまかい部分はよく覚えていなかったが、それが悪夢だったことはわかっていたし、夢を見ている途中で泣いたはずだともわかっていた。目が覚めたとき、枕《まくら》が濡《ぬ》れていたからだ。しかし、けさ気分が沈んでおもしろくない理由は悪夢だけではなかった。夢は、しょせん現実ではない。しかし、テッドがここを去るのは現実だ。しかも、テッドは永遠にいなくなる……。

「〈コーナー・ポケット〉に行ったら、そのまま出発しちゃうの？」テッドが自分のスクランブルエッグとベーコンの皿を運んで、テーブルのさしむかいに腰を降ろすと、ボビーはたずねた。「そのつもりなんでしょう？」

「ああ。それがいちばん安全だからね」テッドは食べはじめたが、そのペースはのろくさく、食事の喜びはみじんも感じられなかった。では、テッドも重い気分をかかえているのか。ボビーにはそれがうれしかった。「きみのお母さんには、イリノイ州にいる弟が病気になったと話しておこう。それ以上のことをお母さんに知らせる必要はないからね」

「〝でっかい灰色ワン公〟に乗っていくの？」

テッドはちらりと笑みをのぞかせた。「いや、電車をつかうつもりだ。忘れたのかい、わたしはこれでもそこそこの金持ちなんだぞ」

「どの電車？」

「きみはあまり詳細を知らないほうがいい。知らないことは、口に出せないからね。あるいは、だれかに無理じいされても口にすることはできないから」

ボビーはこの言葉につかのま考えこみ、テッドにたずねた。「葉書のことは忘れてないよね？」

テッドは一枚のベーコンを口に運びかけ、また皿にもどした。「葉書……ああ、たくさんの葉書を送るとも。約束する。さあ、この話題はそろそろ打ち切りにしないか」

「ほかになんの話題があるというのさ？」

テッドは考えをめぐらせる顔を見せてから、にこりと笑った。やさしく人なつこい笑顔だった。テッドの笑顔を見るたびに、この老人の二十歳のころの顔だち、いまよりずっと力があったころの顔だちが、ボビーにはまざまざと想像できた。

「本の話があるじゃないか」テッドはいった。「さあ、本のことを話しあおう」


早くも朝の九時には、きょうが死ぬほどの猛暑の一日になることが明らかになっていた。ボビーは食事の後片づけを手伝い、食器を拭《ふ》いて所定の位置にしまった。それがすむと、ふたりは居間に腰をおろし――テッドの扇風機は、はや疲れはてている空気をかきまわすべく最大限の努力をしていた――本のことを話しあった。いや、テッドひとりが本の話をしたというべきか。けさは、もうアルビーニ対ヘイウッドの試合で気が散ることもなかったため、ボビーはテッドの話に真剣にきいった。テッドの話のすべてが理解できたとはいえないが、それでも書物が独自の世界をつくっていることや、ハーウィッチ公立図書館がその世界ではないことがわかる程度には理解できていた。図書館は、その世界に通じる戸口にすぎないのだ。

テッドはウィリアム・ゴールディングと、ゴールディングのいう〝暗黒郷《ディストピアン》ファンタジー〟について語り、そこからH・G・ウエルズの『タイム・マシン』に話を進め、この作品に出てくる未来世界に住むモーロック人とイーロイ人の関係には、ゴールディングの描く孤島におけるジャックとラーフの関係に通じるものがある、と話した。さらにテッドは〝文学のただひとつの存在理由〟と称するものについても語った。その話によれば、文学は無垢《むく》と経験、善と悪の問題を探求するものだという。この即興の講義が結末に近づいたころ、テッドはこのふたつの問題を（〝大衆文学の文脈において〟）あつかった小説として『エクソシスト』の名前をあげ、そこでいきなり黙りこむと、頭をすっきりさせたがっているかのように、かぶりをふった。

「どうしたの？」ボビーはルートビアをひと口飲んだ。いまでもルートビアはどうしても好きになれなかったが、冷蔵庫にあるソフトドリンクはこれだけだった。それに、すくなくとも冷えてはいた。

「わたしはなにを考えていたんだ」テッドは突然の頭痛に見舞われた人のように、片手でひたいをこすった。「あの作品はまだ書かれていないではないか」

「え？　どういうこと？」

「なんでもない。話がそれたな。どうだ、すこし外で遊んできては？　足をほぐすのもわるくないぞ。わたしは、ちょっと横になりたい。ゆうべは、あまりよく眠れなかったんでね」

「いいよ」ボビーは、わずかでも外の新鮮な空気を吸えば――たとえそれが新鮮な熱い空気であれ——多少は気も晴れるのではないかと思った。それにテッドの話をきくのはおもしろかったものの、アパートの部屋の壁が周囲からしだいに迫ってくるような感覚にとらわれてもいた。きっとこの部屋も、テッドがいなくなるのを知っているんだ——ボビーは思った。この文句が、いまや頭のなかで悲しいリズムを刻んでいた。テッドがいなくなるのを知っている。

野球のグローブをもってくるために自室に引きかえす途中、ほんの一瞬〈コーナー・ポケット〉のキーホルダーのことが頭をかすめた。ふたりがステディな恋人同士になるしるしとして、キャロルにプレゼントするつもりの品。つづいて、ハリー・ドゥーリンとリッチー・オウマーラとウィリー・シーアマンのことが思い出されてきた。あの連中もどこかをうろついているに決まっている。もしこちらがひとりでいるところを連中に見つかったりしたら、こてんぱんに叩《たた》きのめされるはずだ。この二、三日ではじめて、ボビーはサリー・ジョンがいればよかったのにという思いを噛《か》みしめていた。サリー・ジョンもボビーと変わらないちびガキだが、タフでもある。もちろんドゥーリンとその仲間たちにかかったらめった打ちにされてしまうだろうが、サリー・ジョンなら相手にも代価を支払わせるはずだ。しかしサリー・ジョンはキャンプに行っていて、どうしようもない。

だからといって、家に閉じこもっていようという考えは浮かばなかった。どのみち、夏じゅうウィリー・シーアマンの一味から身を隠しているような、そんな間抜けな真似《まね》は不可能だ。それでも家を出ていくときには、ボビーは注意を欠かすな、連中がいないかどうか目を光らせていろと自分にいいきかせた。こちらが連中の姿を先に目にとめているかぎり、なんの問題もないはずだ。

セント・ゲイブリエル校の生徒たちのことで頭がいっぱいだったせいで、一四九番地のアパートメントをあとにするときのボビーは、〝あの界隈《かいわい》〟を訪問した記念の特選珍品みやげ物、例のキーホルダーのことをすっかり忘れていた。キーホルダーは前夜ボビーがおいたとおりの場所、バスルームの棚の歯磨き用グラスの横におかれたままだった。

まるでハーウィッチじゅうを歩きまわったような気分だった。ブロード・ストリートからまずコモンウェルス公園に行き（きょうはCグラウンドにセント・ゲイブリエル校の生徒たちの姿が見あたらなかった。アメリカ在郷軍人会の野球チームが強い日ざしの下でバッティング練習やフライを追いかける守備練習をしていた）、その公園から街の広場へと足を伸ばして、街の広場から鉄道の駅にむかった。鉄道の高架下にある小さなニューススタンドでボビーがペーパーバックをながめているとき（ここの経営者のバートンさんは、本人いうところの〝店《みちえ》の商品《ちょうひん》〟にやたら手出しをしないかぎり、少々の立ち読みを大目に見てくれた）、いきなり正午を告げるサイレンが鳴りわたり、ふたりとも肝をつぶした。

「なんだなんだ、いったいなにがあった？」バートンは憤然としていった。驚きのあまりガムを床じゅうにばらまいてしまったバートンは、お釣り用の小銭をポケットにおさめた灰色のエプロンを前に垂らして身をかがめ、ガムを拾いあつめはじめた。「まったく、まだ十一時十五分すぎじゃないか」

「うん、たしかにまだ早いね」ボビーはそう答えると、そそくさとニューススタンドをあとにした。立ち読みの魅力はもう消え失せていた。ボビーはリヴァー・アヴェニューまで行くと、パン屋の〈ティップトップ〉に寄って昨日のパンを半斤買い（代金二セント）、ジョージ・サリヴァンにサリー・ジョンのようすをたずねた。

「あいつなら元気でやってるよ」サリー・ジョンのいちばん上の兄であるジョージはそう答えた。「火曜日にとどいた葉書には、家が恋しくてたまんない、早く帰りたいって書いてあったな。水曜に来た葉書には、飛びこみを習ってるところだって書いてあった。それがきょうの午前中にとどいた葉書だと、一生でいちばん楽しい思いをしている、いつまでも帰りたくないと書いてあったんだぜ」ジョージはそういって笑った。アイルランド系らしい逞《たくま》しい腕と肩をもつ、逞しいアイルランド系の二十歳の男。「やつがずっと帰りたくないっていっても、ほんとにずっとキャンプにいられた日には、母さんが寂しがるに決まってる。そのパンは、すこし鴨《かも》にわけてやるのかい？」

「うん。いつもどおりね」

「だったら、嘴《くちばし》で指をつつかれないよう気をつけろよ。あの川にいる鴨どもは黴菌《ばいきん》をもってるからな。それに――」

街の広場に面した役場のビルの上にある時計が、正午を告げるチャイムを鳴らしはじめた。しかし時刻はまだ、十一時四十五分になったばかりだった。

「きょうはいったいどうしたってんだ?」ジョージが首をかしげた。「最初はサイレンが早めに鳴ったかと思ったら、こんどは役場の時計までいかれちまってるときた」

「暑さのせいじゃないかな」ボビーはいった。

ジョージは疑わしそうな顔をボビーにむけた。「まあ……そういうことにしておけばいいんだろうよ」

《そうだよ》ボビーは思った。《それに、こう説明しておいたほうが、ほかの説明よりもずっと安全なんだから》

ボビーはリヴァー・アヴェニューを歩いていき、歩きながらパンをすこしずつ食べていった。ヒューサトニック川の近くのベンチにたどりついたときには、半斤のパンの半分はボビーの胃におさまっていた。葦《あし》の茂みから鴨たちが餌《えさ》欲しさの気持ちもあらわに出てくると、ボビーは残ったパンをこまかくちぎりはじめた。いつものことながら、鴨たちがパンに駆け寄っていくようすや、くわえたパンを飲みこむために大げさに顔をのけぞらせるようすには楽しい気分にさせられた。

しばらくすると、ボビーは眠くなりはじめた。川に目をやると、日ざしが反射してつくりだす網目模様が川面《かわも》にちらちら揺れており、これがまた眠気を誘った。ゆうべは眠ることは眠ったものの、ぐっすりと安眠したとはいえない。いまボビーは、両手にパンくずを握りしめたまま、うとうととしはじめた。草地にまかれたパンをすっかり食べおえた鴨たちは、なにやら思いをめぐらしているような低い声で〝くわっ・くわっ〟と鳴きながら、ボビーに近づいてきた。十二時二十分には街の広場の大時計が二時を告げる鐘の音を響かせ、ダウンタウンにいた人々はあきれたようにかぶりをふっては、世の中はどうなってしまったのかとたがいに質問しあっていた。ボビーの眠りは刻々と深くなり、やがて人影が体の上に落ちても、その影を目にすることも感じることもなかった。

「おい、坊主《ぼうず》」

低く張りつめたような声だった。ボビーは小さな悲鳴のような声とともに、大あわてで上体を起こした。手のひらがひらいて、残っていたパンくずがこぼれ落ちた。またしても、腹の底で蛇がのたくっているような感覚が襲ってきた。声の主《ぬし》はウィリー・シーアマンでもリッチー・オウマーラでも、ハリー・ドゥーリンでもなかった——居眠りをして夢で連中の声をきいたのでないこともわかっていた——が、いっそその連中のひとりが来たほうがよかったと思いたかった。いや、三人が束になってきてもいい。とことん叩きのめされたとして、それが自分を見舞う最悪の事態とはかぎらない。いや、断じて最悪の事態ではない。まったく、なんで自分はこんなところで眠りこんでしまったのか？

「坊主」

鴨たちはボビーの足の上にずかずか乗ってきては、予想外のご馳走《ちそう》を夢中になってついばんでいた。鴨たちの翼が足首や脛《すね》にばささ当たっていたが、その感覚はなぜかずっとずっと遠いものにしか感じられなかった。自分の前の草に射している男の頭の影が見えた。男は背後に立っていた。

「坊主」

ボビーはゆっくりと、きしむ体をうしろにひねって顔をむけた。こいつはぜったい黄色いコートを着ているにちがいない……そしてそのコートのどこかには目が、かっと見ひらかれた緋色《ひいろ》の目が描いてあるにちがいない。

しかし背後に立っていた男は、茶色のサマースーツ姿だった。もともとの太鼓腹にひとまわり大きな太鼓腹ができつつあり、それが上着を内側から押しあげていた。ボビーは即座に、この男が彼らのひとりではないことを悟っていた。目の裏側が痒《かゆ》くなることも、視界に黒い糸がたくさん降りかかってくることもなかった……しかし重要なのは、いま目の前にいる男が人間のふりをしているだけの怪物ではなく、ただの人間だという点だった。

「なに？」ボビーはたずねた。その声は低く、ぼやけていた。この期《ご》におよんでなお、自分が人事不省に眠りこけていたことが現実だとは信じられなかった。「なんの用？」

「しゃぶらせてくれたら、二ドルやるよ」茶色のスーツの男はそういうと、上着の内ポケットに手を入れて財布を出してきた。「あっちの木の陰に行けば、だれにも見られない。それに、おまえだって気持ちよくなれるし」

「いやだね」ボビーはいいながら立ちあがった。男がなにを話しているのか完全には理解できなかったが、大方の見当はついていた。鴨たちはいったんは後退して逃げようとしたものの、パンの誘惑には抵抗しがたいのだろう、もとの場所にもどってくると、またボビーのスニーカーのまわりの地面をつついては踊りはじめた。「もう家に帰らなくちゃいけないんだ。うちの母さんは――」

男は財布を手にしたまま、ボビーに近づいてきた。わずか二ドルぽっちどころか、財布ごとボビーにくれてやってもいいと思っていることがうかがえるそぶりだった。

「おまえは、なんにもしてくれなくていい。おれにやらせてくれれば、それでいいんだ。さあ、どうする？　やらせてくれたら三ドルやるよ」男の声がふるえて、やたらに高くなったり低くなったりしはじめた。笑っているような声になったかと思えば、つぎの瞬間にはすすり泣いているような声に変わる。「三ドルあれば、一カ月は映画代に困らないだろう？」

「いやだよ。ほんとにもう、ぼく――」

「気持ちよくなれるんだぞ。これまでの男の子たちは、みんな口をそろえて気持ちよかったといってるんだ」男がボビーにむかって腕を伸ばしてきた。ボビーは突然、テッドに両肩をつかまれて両手を背中にまわされ、そのまま引き寄せられて、ふたりの顔がキスをしそうなほど接近したときのことを思い出した。あのときは、いまとはぜんぜんちがった……しかし、ある意味ではおなじだった。ある意味ではおなじ。

ボビーは自分がなにをしているかも意識しないまま、すばやく上体をかがめて一羽の鴨をつかみあげた。鴨は驚いて嘴《くちばし》をふりまわし翼と足をばたつかせたが、かまわずもちあげる。黒いビーズのような目を一瞥《いちべつ》するなり、ボビーは茶色のスーツの男に鴨を投げつけた。男はぎゃっと叫び、両腕をあげて顔をかばった。財布が地面に落ちた。

ボビーは走りはじめた。

街の広場を横切って家にむかっているとき、ボビーの目は菓子屋の店先にある電話線用の電柱に貼《は》りだされたポスターをとらえた。近づいていったボビーは、言葉も出ない恐怖を感じながらポスターを見つめた。前の晩に見た夢は覚えていなかったが、あの夢にもこれに似たような代物《しろもの》が出てきた。その点には確信があった。

ブローティガンを見かけませんでしたか！
ブローティガンは年寄りの雑種、でもわたしたちは愛してます！
ブローティガンは白い毛、瞳《ひとみ》はブルーです！
とっても人なつこい性格です！
食べ物のくずを人間の手から食べます！
ブローティガンを見つけてくださった方には
莫大《ばくだい》なお礼をさしあげます！
（＄　＄　＄　＄）
ブローティガンを見かけたら！
ヒューシトニック五‐八三三七までお電話を！
（あるいは）
ハイゲイト・アヴェニュー七四五番地の
サガモア一家の家までブローティガンを連れてきてください！

《きょうはさんざんな一日だな》自分の手が前に伸びて、ポスターを電柱から剝《は》がしていくようすを他人事《ひとごと》のようにながめながら、ボビーは思った。電柱の先、映画館の〈ハーウィッチ・シアター〉の庇《ひさし》の電球のひとつから、青い凧《たこ》の尻尾《しっぽ》がぶらさがっているのが目にはいった。《まったく、さんざんな一日じゃないか。こんなことなら、アパートから外に出るんじゃなかった。そうさ、こんなことならずっとベッドで寝てればよかった》

ヒューシトニック五-八三三七というのは、ウェルシュコーギー犬のフィルをさがすポスターにあった電話番号とおなじだった。ただ、ヒューシトニックという電話交換局があっただろうか？　そんな局はきいたこともない。ハーウィッチ交換局の番号ならある。コモンウェルス局の番号もある。しかし、ヒューシトニック？　いや、そんな局はない。この街にはないし、ブリッジポートにもない。

ボビーはポスターをくしゃくしゃに丸めると、《わたしたちの緑の街を清潔に》という標語が書かれている街角のごみ箱に投げ捨てた。しかし道の反対側にも、おなじようなポスターが貼ってあるのが目にとまった。さらに先に進むと、交差点の郵便ポストにもおなじポスターが貼ってあった。ボビーはこの二枚も剝がした。下衆男《ロウ・メン》たちはかなり捜索の的を絞りこんでいるか、そうでなければ藁《わら》をもつかみたいくらい焦《あせ》っているのだろう。その両方かもしれない。とにかくテッドはきょう一日、家を出てはならない――そのことをちゃんと教えておかなくては。それから逃げる準備をしておく必要もある。

そのこともテッドに話すつもりだった。

公園を突っきるとき、ボビーは家に早く帰りつきたい一心でほとんど走るような足どりになっていた。そして野球場の横を通りかかったそのとき、ほとんどききとれないくらいの、小さな悲鳴にも似た声が左側からかすかにきこえてきた。「ボビー……」ボビーは足をとめ、木立ちに目をむけた。きのう大泣きをする寸前に、キャロルに手を引かれていった木立ちだった。ふたたび、ふりしぼるような小さな声が耳をついた瞬間、それがほかならぬキャロルの声だとわかった。

「ボビー……もしあなたなら……助けて……」

ボビーはコンクリートの遊歩道から飛びだすと、木立ちに走りこんでいった。そこで見た光景の衝撃に、ボビーは手にしていた野球のグローブを落とした。アルヴィン・ダーク・モデルのグローブ。あとになってさがしにきたときには、影も形もなくなっていた。だれかがやってきて、これ幸いと盗んだにちがいない。しかし、それがどうしたというのか？　この日がさらに先に進むにつれて、つまらない野球のグローブのことは、ボビーの心配ごとのなかでも、いちばんちっぽけなものになっていた。

キャロルは、きのうボビーを慰めてくれたときとおなじ、あの楡《にれ》の木の根もとにすわり、両膝《りょうひざ》を胸もとに引き寄せて身を縮こまらせていた。顔はすっかり血の気をうしなって、土気色になっていた。両目のまわりに黒々とした痣《あざ》ができているせいで、洗い熊《ぐま》のような顔になっている。片方の鼻孔から、ひと筋の血が流れていた。キャロルは左腕を腹のあたりに横たえ、着ているシャツを強くひっぱっていた。そのせいで、あと一年か二年すれば立派な乳房になるはずの蕾《つぼみ》のようなふくらみが、布地にくっきりと浮かびあがっていた。

キャロルは左腕の肘《ひじ》を、右手でかかえこむようにして支えていた。キャロルが着ていたのはショートパンツと、長袖《ながそで》のスモック型ブラウスだった——頭からかぶって着るタイプの服である。あとになってボビーは、これにつづいて起こったさまざまな事件の責任の大半が、この馬鹿《ばか》ばかしい服にあったと思うことになる。おそらくキャロルは、日焼けを防ぐためにこの服を着たにちがいない——こんなとんでもない猛暑の日に長袖の服を着る理由など、ボビーにはほかに考えられなかった。キャロルが自分でえらんだのだろうか？　それとも、ミセス・ガーバーがこれを着ろと命じたのだろうか？　それが大事なことか？

《もちろん》あとあと考える時間ができたとき、ボビーはそう思った。《そうだよ、大事なこと、めちゃくちゃ大事なことに決まってるじゃないか》

しかし、さしあたり長袖のブラウスはあまり重要ではなかった。キャロルの姿を見るなりボビーがまっさきに目を引かれたのは、左の二の腕だった。左肩がひとつではなく、ふたつに増えているように見えたからだ。

「ボビー」キャロルはうつろな目に光を反射させながら、ボビーを見あげた。「あいつらにやられちゃったの」

もちろん、キャロルもショック状態にあった。そしておなじくショック状態にあったボビーは、本能の命じるまま駆けよって、キャロルの体を起こそうとした。とたんにキャロルが痛みに悲鳴をあげた——いやはや、なんて痛そうな声なんだ。

「ひとっ走り行って、助けを呼んでくるよ」ボビーはまたキャロルをすわらせながら、そういった。「きみはここにじっとすわって、動かないようにしてるんだ」

キャロルはかぶりをふった——それも腕に振動が伝わらないようにだろう、おそるおそるのしぐさだった。いつもはブルーの瞳が、苦痛と恐怖のせいでほとんど黒く見えるほどに翳《かげ》っていた。「だめ、よして、ボビー。わたしをひとりにしないで。あいつらがもどってきたらどうするの？　あいつらがもどってきて、わたしをもっとひどい目にあわせたら？」

ひときわ長く暑かったこの木曜日の出来ごとのなかには、記憶から抜け落ちた部分もある。衝撃波に襲われて消え去った部分もある。しかし、この部分だけは、いつまでも記憶に鮮明に残っていた。キャロルが下から見あげてきて、《あいつらがもどってきて、わたしをもっとひどい目にあわせたら？》と問いかけてきたこの部分だけは。

「でも……キャロル……」

「大丈夫、歩けるから。あなたが手を貸してくれれば、なんとか歩ける」

ボビーはおずおずとキャロルの腰に腕をまわしながら、どうか今回は悲鳴をあげないでくれと祈った。あんな痛ましい悲鳴は一回きけば充分だ。

キャロルは木の幹で背中をささえながら、ゆっくりと立ちあがった。立ちあがると、その左腕がわずかに動いた。グロテスクな二重の肩がぐっとふくらみ、皮膚が引っぱられた。キャロルの口からうめき声が洩《も》れたが、ありがたいことに悲鳴は出てこなかった。

「やっぱり、ここにいたほうがよさそうだ」ボビーはいった。

「いやよ、ここから出ていきたい。手を貸して。ああ……すごく痛い」

ひとたび完全に立ちあがると、キャロルはそれまでより多少楽になったように見えた。ふたりは肩をならべ、これから結婚するカップルのように重々しい足どりで木立ちから外に出ていった。木立ちの緑蔭《りょくいん》から一歩外に出ると、目も眩《くら》むほどの日ざしが照りつけて、あたりはこれまでよりもなおいっそう暑くなった。ボビーは周囲を見まわしたが、人っこひとり見あたらなかった。どこか、公園のずっと奥のほうでは、数名の子どもたち〈スターリング・ハウス〉のスパロー・チームとロビン・チームだろう）が歌を歌っていたが、野球場の周辺はまったくの無人地帯と化していた。子どもたちもいないし、ベビーカーを押している母親もいない。レイマー巡査――機嫌のいいときには、子どもたちにアイスクリームか袋入りのピーナツを買ってくれる地元の警官――の姿も見あたらなかった。だれもかれも、酷暑を避けて家に閉じこもっているのだろう。

ボビーがキャロルの腰に腕をまわして体を支えながら、ふたりはゆっくりとコモンウエルス公園の角からブロード・ストリートに通じている遊歩道を進んでいった。ブロード・ストリート・ヒルの一画も、公園とおなじように人っこひとりいなかった。歩道の上には、焼却炉の上にできるような陽炎《かげろう》がゆらゆらと立っていた。目のとどく範囲には、歩道を歩く人の姿も車も、まったく見あたらなかった。

ふたりで歩道に足を踏みだし、ボビーが道路を横断できそうかとたずねようとしたそのとき、キャロルが上ずったささやき声でこういった。「ボビー……わたし……気絶しちゃう」

あわててキャロルの顔に目をむけると、ちょうど目玉がぎょろりと上をむいて、ぬらぬら光る白目があらわになるところだった。キャロルの体が、いましも完全に切り倒されようとしている木のように前後左右に揺れた。ボビーはなにも考えないまま、さっと体を前にかがめると、キャロルの膝から完全に力が抜ける寸前に腿《もも》と背中を手でしっかりと支えて抱きあげていた。キャロルの右側に立っていたことがさいわいして、体を抱きあげるときにも、よぶんな痛みをキャロルに味わわせることはなかった。それに、気をうしなったいまでさえ、キャロルは右手でしっかりと左の肘を押さえて、腕がすこしでも動かないようにしていた。

キャロル・ガーバーの身長はボビーとおなじくらいか、すこし上まわるほどで、体重はほぼおなじだった。本来ならボビーには、キャロルを抱きかかえたまま、ブロード・ストリートの坂道をよろよろとあがっていくことさえできないはずだった。しかし、ショック状態にある人間は、驚くほどの馬鹿力を発揮することがある。ボビーはキャロルを抱きかかえ、しかも足をふらつかせることもなかった。燃えるような六月の強烈な日ざしのもと、ボビーは走った。だれもボビーを呼びとめなかった。その女の子になにがあったのかとたずねたり、助けを申しでたりする者もいなかった。アッシャー・アヴェニューのほうからは車の音がきこえたが、いま世界のこの一隅《いちぐう》ばかりは、住民全員がいちどきに眠りこんだミドウィッチ村を思わせる異様なまでの静けさにつつまれていた。

　キャロルを母親であるミセス・ガーバーのところに連れていこうという考えは、いちどたりともボビーの頭をよぎらなかった。ガーバー家が住むアパートメントに行くには、坂道をよぶんにあがらなくてはいけなかったのは事実だが、それが理由ではなかった。いまボビーには、テッドのことしか考えられなかった。とにかくキャロルをテッドのもとに連れていかなくちゃ。テッドなら、なにをすればいいかを知っているはずだから。

　アパートメントの正面玄関に通じる階段をあがるころには、ボビーの超自然的な体力も尽きかけていた。ボビーが足をよろめかせ、キャロルのグロテスクに変形した二重の肩が手すりにぶつかった。ボビーの腕に抱きあげられたままキャロルが身をこわばらせて悲鳴を洩らし、半分閉じていた瞼《まぶた》が一気に大きく見ひらかれた。

「あとすこしだからね」ボビーは激しく息を切らしながら、とうてい自分の声とも思えないささやき声で話しかけた。「もうすぐ着くから。ぶつけちゃってごめん。でももうすぐ――」

ドアがあいて、テッドが出てきた。グレイのスーツのスラックスとランニングシャツという姿だった。垂れ下がったサスペンダーが輪になって、膝のあたりで揺れていた。テッドは驚きと心配を顔に見せてはいたが、そこに恐怖の色はなかった。

さいごの一段をあがりきったところで、ボビーの体がぐうっとうしろに傾いた。この恐怖の瞬間、ボビーは自分がこのまま仰向《あおむ》けにぶっ倒れ、小道のコンクリートで頭蓋骨《ずがいこつ》を割ることになるかもしれないと覚悟した。しかしテッドが間一髪でボビーの体をつかみ、倒れることを防いでくれた。

「その子をわたしにわたすんだ」テッドはいった。

「だったら、まず最初にキャロルの体を反対にむけないと」ボビーは荒い息の下からいった。いまや両腕はギターの弦のように小刻みにふるえ、両肩は火がついたような痛さになっていた。「体のそっち側に怪我《けが》をしてるから」

テッドはぐるっとまわりこんで、ボビーのとなりに立った。キャロルがふたりを見あげてきた。サンディブロンドの髪の毛が、ボビーの手首にかかっていた。

「あいつらに痛めつけられたの」キャロルはテッドにささやいた。「ウィリーに……ほかの人たちを止めるようにって頼んだのに……きいてもらえなかった……」

「しゃべっちゃいかん」テッドはいった。「なに、じきに楽になるから」

テッドはこれ以上は無理なほど慎重に、そうっとキャロルの体をボビーからうけとったが、左腕がわずかに動いてしまうのは避けられなかった。白いスモックの下で、二重になった肩が動いた。キャロルはうめき声を洩らして、泣きはじめた。右の鼻の穴から、また新たに鼻血が流れだした。白い肌の上で、鮮血が光っているように赤々と見えた。ボビーの脳裡《のうり》に、昨夜見た悪夢の一部がほんの一瞬だけ閃《ひらめ》いた。目。あの赤い目。

「ドアを押さえていてくれるか、ボビー？」

ボビーはドアを大きくひらいた。テッドはキャロルを抱いたまま玄関ホールにはいり、それからガーフィールド家の部屋にはいっていった。ちょうどこの瞬間、リズ・ガーフィールドはニューヨーク・ニューヘイヴン&ハートフォード鉄道のハーウィッチ駅の鉄の階段を降り、タクシー乗り場のあるメインストリートにむかっているところだった。慢性の持病をかかえた人のような、緩慢な身ごなしだった。両手にはスーツケースがぶらさがっていた。ニューススタンドの経営者のミスター・バートンは、たまたまこのとき店先に立ってタバコを吸っていた。バートンが見ていると、リズは鉄の階段を降りきったところで小さな帽子のヴェールをはねあげ、ハンカチの端でそっと顔を叩《たた》いていた。叩くたびに、リズは顔をしかめていた。化粧はかなり濃かったが、その化粧だけではなんの役にも立たなかった。それどころか、化粧は人目を引いて、この女性がどんな目にあってきたのかを知らせる役にしか立っていない。これなら、顔の上半分しか隠してくれないとはいえ、ヴェールのほうがまだましだった。リズはそのヴェールを、また引きさげた。それからリズが、エンジンをかけたまま客待ちをしている三台のタクシーの先頭車に近づくと、運転手が車を降りてきて荷物の積みこみを手伝いはじめた。

あの女性をあんな目にあわせたのは、いったいどこのどいつだ？　バートンは思った。だれであれ、いまこのときその人物が偉丈夫の警官たちからヒッコリー材の固い警棒で頭をマッサージされていることをバートンは願った。女性をあんな目にあわせるやつには、それ以上のもてなしは断じて無用だ。女性をあんな目にあわせる人間は、断じて野ばなしにしておくべきではない。それがバートンの意見だった。

ボビーは、テッドがキャロルをソファに寝かせるものと予想していたが、テッドはそうしなかった。テッドはキャロルを抱きかかえたまま、居間に一脚だけある背もたれのまっすぐな椅子《いす》に腰かけた。そうやってキャロルを膝《ひざ》に抱いたまますわっている姿は、デパートの〈グラント〉で玉座についたサンタクロースが、群がる子どもたちを膝に抱きあげているところを思わせた。

「ほかに痛いところはあるかね？　この肩以外には？」

「あいつらにおなかを殴られたの。それから横腹も」

「どっち側かな？」

「右側」

テッドは、ブラウスの右側をそっとまくりあげた。キャロルの肋《あばら》のあたりをななめに横切っている打撲傷が目に飛びこんでくるなり、ボビーは思わず音をたてて息を飲んでいた。打撲傷の形状が野球のバットの形と一致することはすぐにわかった。さらに、そのバットのもちぬしもわかった。ハリー・ドゥーリンだ。どんな愚かしい妄想に耽っているのかは知らないが、その妄想のなかで自分をロビン・フッドだと思いこんでいるにきび野郎。ハリーはリッチー・オウマーラとウィリー・シーアマンといっしょに、公園にいたキャロルをつかまえた。リッチーとウィリーがキャロルの体を押さえ、ハリーがバットをふるっての蛮行におよんだ。三人ともからからと笑い、キャロルをガーバー・ベビー呼ばわりした。最初は冗談ではじまったのに、いつしか手がつけられないほど暴走したのかもしれない。だとしたら『蠅《はえ》の王』の展開にいささか似てはいないか？　事態の展開がいくらか手に負えなくなったという意味では？

テッドはキャロルの腰に手をふれた。節くれだった指が広がり、わき腹を上にむかってゆっくり移動していく。そうしながら、テッドは小首をかしげていた。触覚に頼っているというよりも、なにかに耳をかたむけているかのよう。いや、ほんとうに耳をすましているのかもしれない。テッドの手が打撲傷にふれると、キャロルは小さなうめき声を洩らした。

「痛むかね？」テッドがたずねた。

「ええ、すこし。でも……か、肩ほどは痛くない。腕の骨が折れてるんでしょう？」

「いや、折れてはいないと思うよ」テッドは答えた。

「〝ぽん〟っていう音がきこえたの。あいつらにもきこえてたみたい。音がしたとたん、すぐ逃げていったから」

「ああ、きみにもその音がきこえただろうね。そうとも、きみは音をきいたんだ」

頰には涙がしたたり落ちていたし、顔はまだ土気色だったが、キャロルはずいぶん気分が落ち着いたように見えた。テッドはブラウスをキャロルのわきの下にまで押し上げて、打撲傷に目をむけた。

《ぼくだけじゃない、テッドにもこの傷がなんの形かがわかってる》ボビーは思った。

「相手は何人いたんだね、キャロル？」

《三人だ》ボビーは思った。

「さ、三人」

「男の子が三人か？」

キャロルはうなずいた。

「男の子が三人がかりで、小さな女の子ひとりを襲ったのか。さぞやきみのことを怖がっていたんだな。ひょっとすると、そいつらはきみのことをライオンだと思いこんでいたのかもしれないぞ」

「ほんと、ライオンだったらよかった」キャロルはいい、笑みを見せようとした。「そうすれば、大きな声で吠《ほ》えて脅かして、あいつらをおっぱらえたのに。でもあいつら……わ、わたしを……こんな痛い目にあわせた……」

「あ、そうだね。わかっているよ」テッドの手がキャロルのわき腹を滑りおり、バットの形の打撲傷をつつみこんだ。「息を吸ってごらん」

テッドの手のひらの下で、打撲傷が大きく広がった。ボビーにも、テッドのニコチンが滲《し》みついた指のあいだからのぞく紫色の痣《あざ》が見えた。

「どうかな、いまは痛むかい？」テッドがたずねた。

キャロルはかぶりをふった。

「息をしても痛くない？」

「ええ」

「肋骨がわたしの手にふれても痛くない？」

「うん、痛くはない。ひりひりするだけ。ほ、ほんとに痛いのは……」そういってキャロルは、二重に膨らんだ見るも無残な肩にちらりと視線を走らせて、すぐ目をそらした。

「わかってるよ。かわいそうに。ほんとにかわいそうに。あとで手当てをしてあげるよ。ほかにはどこを殴られた？　お腹を打《ぶ》たれたといっていたね？」

「うん」

テッドはキャロルのブラウスの前をまくりあげた。腹にも打撲傷があったが、こちらは肋の部分にくらべて見た目にも軽傷だった。テッドはそっと指でキャロルの腹を――最初は臍《へそ》のすぐ上を、つぎは下を――押していった。キャロルは肩のようには痛まないし、わき腹とおなじようにひりひり痛むだけだ、といった。

「背中は殴られなかったんだね？」

「う、うん」

「頭や首は？」

「殴られなかった。わき腹とお腹をぶたれて、そのあと肩を殴られたの。そしたら〝ぽん〟という音がして、あいつらもその音を耳にして逃げていったのよ。まったく、これまでウィリー・シーアマンは親切な人だとばかり思ってたのに」キャロルはそういって、悲しみに満ちた顔をテッドにむけた。

「顔をこっちにむけてくれるかね？　そうそう……じゃ、反対側にも。どうだ、頭を動かしたときにも痛むかい？」

「ううん、痛くない」

「さっきもきいたけど、頭を打たれなかったのは確かなんだね？」

「ええ。殴られてないはずよ」

「運がよかったな」

いったいテッドは、なにを根拠にいまのキャロルを〝運がよかった〟などといえるのか？　ボビーは内心首をかしげた。ボビーの目には、キャロルが左腕の骨を折られただけには見えなかった。まるで、腕が根もとから引きちぎられかけたみたいじゃないか。突然、日曜日の夕食に出てくるローストチキンや鶏のすねの骨を引き抜いたときの音が思い出されて、ボビーは胃がよじれるような気分を味わった。一瞬、このまま朝食と昼食代わりにたべた一日前のパンのありったけを吐きだすことになるのではないか、という思いが頭をかすめる。

《だめだぞ》ボビーは自分にいいきかせた。《いまは、ぜったい吐いたりしちゃいけない。それでなくてもテッドは手いっぱいなんだ……これ以上テッドに迷惑をかけてどうする？》

「ボビー？」テッドの声ははっきりしていて、鋭い調子をたたえていた。問題をかかえて困っている人間の口ぶりではなく、問題の解決法を心得ている人間のものだった。この声にボビーがどれほど安心したことか。「大丈夫か？」

「うん」この言葉は嘘《うそ》ではない、とボビーは思った。胃は落ち着きはじめていた。

「それは安心だ。よくぞ、キャロルをここまで運んできたものだな。あとすこし踏んばれそうか？」

「うん」

「鋏《はさみ》が必要なんだ。もってきてくれるか？」

ボビーは母親の寝室にはいっていくと、衣装簞笥《だんす》のいちばん上の抽斗《ひきだし》をあけて、裁縫道具をおさめた籐《とう》のバスケットをとりだした。バスケットのなかに、中くらいの大きさの鋏があった。ボビーは鋏を手にして急ぎ足で居間にもどり、テッドに見せた。「これでいい？」

「上等だ」テッドは鋏をうけとると、キャロルにむきなおっていった。「これから、きみのブラウスを鋏で切らせてもらうよ。すまないとは思うが、いますぐきみの肩を見たいし、きみにこれ以上痛い思いをさせないために、できるだけの手をつくしたいからね」

「いいの、気にしないで」キャロルはそう答えて、また笑みを見せようとした。ボビーは、キャロルが見せている気丈なふるまいに畏敬《いけい》の念をおぼえた。もし自分の肩があんなふうになったら、ぼくならきっと鉄条網のフェンスにひっかかった羊みたいに、めえめえ泣き叫んでいるだけだろう。

「うちに帰るときには、ボビーのシャツを着ていけばいい。シャツを貸してあげるね、ボビー?」

「もちろん。すこしくらい虱《しらみ》がたかってても気にしないよ」

「笑わしてくれるじゃない?」キャロルがいった。

テッドは慎重きわまる手つきで、まずブラウスの背中側を下から切っていき、つづいて前をやはり下から切っていった。布地を切りおわると、テッドは茹《ゆ》で卵の殻をとり去る要領で布地をそっとキャロルの体から引き剝《は》がしていった。体の左側の布をとるときには、とりわけて慎重な手つきだったが、それでもテッドの指が肩をかすめると、キャロルののどからしわがれた悲鳴が洩《も》れた。ボビーは思わず飛びあがった。いったんは平常のペースに落ちていた心臓の鼓動が、ふたたび速まりはじめた。

「わるかったね」テッドがつぶやいた。「ああ、かわいそうに。これを見てごらん」

キャロルの肩は悲惨な様相を呈してはいたが、ボビーが恐れていたほど悲惨ではなかった――どんなものでも、ひとたび直視すれば、最初ほど悲惨に思えなくなるのだろう。ふたつめの肩は、もとからある肩よりも上の位置にできており、その部分の皮膚はかなり強く引っぱられて張りつめていた。そのまま〝ぱちん〟と弾けて切れてもおかしくなさそうなのに、そうなっていないのが、かえって不思議に思えるほどだった。この部分の肌もまた、ライラックの花を思わせる不気味な紅藤色《べにふじいろ》になっていた。

「どんな具合?」キャロルは自分の左肩から顔をそむけ、部屋の反対側に目をむけてたずねた。いまその小さな顔は、ユニセフの募金ポスターに出てくる飢えた子どものようにやつれた表情を見せていた。ボビーの知っているかぎり、キャロルは自分の傷んだ肩に先ほど一回だけ視線を走らせたきり、二度と目をむけてはいない。「この夏じゅうギプスをつけることになりそう？」

「いや、これならギプスなんてまったく必要がないようだね」

キャロルは怪訝《けげん》な顔でテッドを見あげた。

「骨は折れていないよ。関節がはずれているだけだ。だれかがきみの肩をバットで殴って――」

「ハリー・ドゥーリンよ」

「――その力がけっこう強かったものだから、左の二の腕の骨が肩の関節からはずれてしまったんだ。これなら、わたしでも元にもどせると思う。あと一、二回はかなり痛い思いをすることになるが、それさえ耐えぬけば、あとはもうなんの心配もない――どうかね、耐えられそうか？」

「ええ」キャロルの返事に迷いはなかった。「治してちょうだい、ブローティガンさん。お願いだから」

ボビーは、いささか疑わしい気分でテッドを見つめた。「ほんとに治せるの？」

「もちろん。きみのベルトを貸してくれ」

「はあ？」

「ベルトだよ。貸してくれ」

ボビーはスラックスからベルトを引き抜くと――クリスマスにプレゼントでもらった、まだそこそこ新品のベルトだ――テッドに手わたした。テッドはキャロルの目から一瞬たりとも目をそらさぬまま、ベルトをうけとった。「きみの名字は？」

「ガーバー。あいつらにはガーバー・ベビー呼ばわりされたけど、わたし、赤ちゃん《ベビー》じゃないわ」

「ああ、そのとおりだ。よし、これからきみが赤ちゃんでないことを実証しようじゃないか」テッドは立ちあがるとキャロルを椅子にすわらせ、昔の映画でこれから女性に求婚する人のように、椅子の前にひざまずいた。テッドはその大きな手にベルトを二重に巻きつけ、キャロルの右手に押しつけた。キャロルは右手を左の肘《ひじ》から放し、ベルトの輪を手でつかんだ。「よし、いい子だ。そしたら、ベルトの端を口にくわえて」

「ボビーのベルトを口のなかに入れるの？」

テッドの視線は、片時たりともキャロルからそれなかった。そしてテッドは、キャロルの無傷の右腕の肘と手首のあいだを、やさしい手つきで撫《な》ではじめた。テッドの指が前腕を滑り降りていき……とまる……ふたたび上がってきて肘にたどりつき……また前腕をたどって手首まで。

《なんだか催眠術をかけているみたいだ》ボビーはそう思ったが、〝みたいだ〟という部分は余計だった。テッドはまちがいなく、キャロルに催眠術をかけていた。テッドの瞳《ひとみ》が、またあの奇怪な動きを見せはじめていた。大きく膨らんでは……収縮し……大きく膨らんでは……収縮し……大きく膨らんでは……収縮する。瞳の動きと手指の動きのリズムは、完全に一致していた。キャロルは口をぽかんとあけて、テッドの顔を見あげていた。

「テッド……その目は……」

「ああ、わかってる、わかってるとも」テッドは苛立《いらだ》ちの感じられる口調でいった。自分の目がいまどうなっているかということには、関心のかけらもないのだろう。「痛みは上にあがってくるんだよ。知ってるかい？」

「知らない……」

テッドはキャロルの目を見つめている。腕におかれたテッドの指は、下に滑りおりては、また上にあがってくる。滑りおりては……また上にあがる。いまテッドの瞳は、緩慢な心臓の鼓動そっくりになっていた。ボビーには、椅子にすわっているキャロルの体の緊張がほぐれていくのがわかった。その手には輪になったベルトが握られたまま。テッドが腕を撫でる動作を中断して、その指をキャロルの手の甲に軽く添えると、キャロルはなんの抵抗も見せないまま右手を顔の前までもちあげた。

「そうなんだよ。痛みはその元の部分から脳にまであがっていくんだ」テッドはいった。「これからきみの腕の骨を肩の関節に入れなおすときには、かなりの痛みが出てくるはずだ。でもきみは、痛みが脳にむかってあがってくる途中で、その大部分を口でつかまえるんだ。きみは痛みの大部分をぐっと歯で嚙《か》みしめて、ボビーのベルトをつかって抑えこむ――そうすれば、いちばん痛みを感じる場所である脳にまであがっていく痛みは、ごく一部分だけになる。わたしの話がわかったかね？」

「うん……」キャロルの声が、遠くからきこえてくるような響きを帯びはじめた。ショートパンツとスニーカーだけの姿で、背もたれの高い椅子にすわっているキャロルは、妙に小さく見えていた。テッドの瞳が落ち着いたことに、ボビーは気がついた。

「さあ、ベルトの端を口にくわえて」

キャロルはベルトを唇のあいだに押しこめた。

「痛かったらベルトを嚙むんだ」

「痛かったらね」

「痛みを途中でつかまえるんだぞ」

「うん、つかまえる」

テッドはその大きな人さし指で、さいごに一回キャロルの肘から手首までを撫でさすると、ボビーに顔をむけていった。「わたしに幸運を祈ってくれないか」

「祈ってる」ボビーは熱っぽく答えた。

遠くで夢を見ているような声で、キャロル・ガーバーがいった。「ボビーったら、男の人に鴨《かも》を投げつけたのよ」

「ほんとに？」テッドはたずねかけながら、これ以上はないほどのやさしい手つきで左手の指をキャロルの左手首にまわしていった。

「ボビーはあの男の人を下衆男のひとりだと思ったの」

テッドがちらりとボビーを見やった。

「下衆男といっても、あいつらとは種類がちがうんだ」ボビーは答えた。「ただの……もういい、忘れてよ」

「それはそれとしても」テッドはいった。「彼らは接近しているよ。町役場の時計台や正午を告げるはずのサイレン――」

「ぼくもきいたよ」ボビーは暗い声でいった。

「今夜、きみのお母さんが帰ってくるのを待っているわけにはいかないようだな――その危険はおかしたくない。昼間は映画館か公園か、その手の場所で時間をつぶすとしよう。どこにも行けなくなったとしても、ブリッジポートに行けば安宿《どや》がある。キャロル、準備はいいかな？」

「うん」

「痛みがあがってきたら、どうするんだっけ？」

「つかまえる。思いっきり嚙んで、ボビーのベルトに痛みを埋めこむ……」

「いい子だ。いまから十秒後には、ずっといい気分になっているはずだぞ」

テッドは深々と息を吸いこむと、右手を前にさしだし、ライラック色になって膨らんでいるキャロルの肩のすぐ上にかざす形にした。

「これから痛くなるからね。気をしっかりもつんだぞ」

結局は十秒も、いや、たった五秒もかからなかった。ボビーには、一瞬の出来ごととしか思えなかった。テッドは右手の掌底《しょうてい》で、キャロルの皮膚が引き伸ばされるほど盛りあがった部分をまっすぐ下に押しこむと同時に、キャロルの手首を強く引っぱった。キャロルがボビーのベルトを強く嚙み、あごに力がはいるのが見えた。ボビーの耳に、〝ぎりっ〟という音が一瞬だけきこえた。首がこわばったときに頭を動かすときこえてくる、あの音に似ていた。それだけでもう、キャロルの肩のふくらみは消えていた。

「ビンゴ！」テッドが喜びの声をあげた。「大丈夫そうだな。キャロル？」

キャロルが口をひらいた。ボビーのベルトが口から離れて、膝《ひざ》に落ちた。ボビーが見ると、ベルトの革には小さな点のような穴が一列にならんでいた——あとすこしで完全に穴があくほど強くベルトを嚙んでいたらしい。

「もうぜんぜん痛くない」キャロルは不思議そうな声でいうと、皮膚が濃い紫色に変色した部分に片手を滑らせて打撲傷にふれ、すぐに顔をしかめた。

「あと一週間ほどは、ひりひりした痛みが残ると思う」テッドがキャロルに注意した。「すくなくとも二週間は、左手で物を投げたり重い物をもったりしないようにな。そんなことをすると、また関節がはずれかねないぞ」

「うん、気をつける」キャロルはもう自分の肩に目をむけられるようになっていた。そのあともキャロルは、軽くためすような手つきで指先を打撲傷に走らせつづけていた。

「痛みをどのくらい口でつかまえた？」テッドはキャロルにたずねた。顔つきこそ深刻そうだったものの、ボビーの耳はテッドの声にわずかな笑みの兆《きざ》しが混じりこんでいることをとらえていた。

「ほとんどつかまえちゃったみたい」キャロルは答えた。「だって、ぜんぜん痛くなかったから」

しかし、この言葉を口にするなり、キャロルはまた椅子にくずおれた。瞼《まぶた》はひらいていたが、目の焦点はあっていない。キャロルはこの日、二度めの気絶をしていた。

テッドは、布を濡《ぬ》らしてもってきてくれとボビーにいった。「冷たい水で濡らしたら、ちゃんと絞れ。しかし、絞りすぎないようにな」

ボビーはバスルームに駆けこむと、バスタブの横の棚からフェイスタオルを一枚とって水で濡らした。バスルームの窓ガラスの下半分は曇りガラスだが、もしいまこのときボビーが窓の上半分の透明なガラスから外に目をむけたなら、母親の乗ったタクシーがアパートメントの前にとまったのを見ていたはずだった。しかし、ボビーは外を見なかった——いいつけられた仕事に集中していたからだ。それどころか、つい目の前の棚におかれていたというのに、緑のタグのついたキーホルダーのことさえ考えもしなかった。

ボビーが居間にもどると、テッドはまたキャロルを膝に抱いて、背もたれのまっすぐな椅子《いす》に腰かけていた。ボビーはキャロルの腕が、混じり気のないなめらかな白さを見せているほかの部分（打撲傷が浮きあがっている箇所は例外）とくらべると、ずいぶん日に焼けていることに気づかされた。

《なんだか、ナイロンストッキングを腕にはめてるみたいだ》ボビーはすこし愉快な気分でそう思った。澄みはじめたキャロルの目は、近づいてくるボビーの動きを追ってはいたが、当人はまだとても完全に恢復《かいふく》したようには見えなかった。髪の毛はもつれて乱れ、顔が汗にまみれているうえに、鼻の穴と口の端のあいだには乾きかけた血がこびりついていた。

テッドはタオルをうけとると、キャロルの左右の頰とひたいをぬぐいはじめた。ボビーは椅子の肘かけの横にひざまずいた。キャロルはすこし背を伸ばし、うれしくてたまらないというように冷たい濡れタオルに自分から顔を押しつけていた。テッドはさいごに鼻の下の血の汚れをきれいに拭《ふ》きとると、フェイスタオルを横のエンドテーブルにおき、手でキャロルの汗にまみれた髪の毛をひたいからかきあげてやった。いく筋かの髪の毛がまた垂れ落ちてきた。テッドは手を伸ばして、その髪をかきあげようとした。テッドがそのしぐさをやりおえないうちに、玄関のポーチに通じているドアが大きな音をたててひらいた。つづいて玄関ホールを歩いてくる足音。キャロルの濡れたひたいにかかっていたテッドの手が凍りつく。ボビーとテッドの目があった——そのとたん共通の思いが、わずか一単語から成るテレパシーとなってふたりのあいだを飛びかった——《あいつらだ》

「ちがう」キャロルがいった。「あ、い、つ、ら、じゃないわ、ボビー。あなたのおか——」

アパートの部屋のドアがひらいて、片手に鍵《かぎ》を、もう一方の手に帽子——ヴェールのついている帽子——をもったリズが姿をあらわした。その背後のずっと先のほうでは、炎暑の外界すべてに通じているドアがあけはなたれたままになっていた。ポーチのウエルカムマットの上には、タクシーの運転手が運んできたまま、二個のスーツケースがならべておいてあった。

「ボビー、ここのドアにはきちんと鍵をかけておきなさいと、なんどいえばわかる——」

母親はそこまでいいかけて、いきなり口を閉ざした。後年、この瞬間を頭のなかでなんどもくりかえし再現するうち、プロヴィデンスへの災難だらけの旅から帰宅した母親の目から見た部屋の光景が、ボビーにもしだいにはっきり見えるようになった。息子が椅子の横にひざまずいている……椅子に腰かけているのは、母親が好意をもったこともなければ信頼したためしもない老人……老人は少女を膝に抱いている……少女は意識が朦朧《もうろう》とした顔つきで、髪の毛は汗でもつれて乱れている。そしてブラウスは切り裂かれ、裂けた布地が床に落ちている。リズ自身も瞼が腫《は》れあがって、ほとんど目をつぶっているような状態だったが、それでもキャロルの生々しい打撲傷は——肩とわき腹と腹部、それぞれにひとつずつある打撲傷は——はっきり見えたはずだ。

そしてキャロルとボビーとテッド・ブローティガンの三人も、驚愕《きょうがく》のあまり時間が停止したようなこの一瞬で、リズの姿をあますところなく目にしていた。周囲が黒く痣《あざ》になった左右の目(じっさいのところ、右目は変色して丸く腫れあがった肉の奥深くからのぞく黒い輝きとしか見えなかった)。やはり腫れあがったうえに二カ所でざっくりと切れ、古くなった口紅を思わせる醜い色のかさぶたがへばりついたままの下唇。一方にひん曲がって、出来そこないの鉤鼻《かぎばな》というか、漫画の魔女のパロディのような形に変わっている鼻。

静寂……炎暑の夏の午後におとずれた、人々が考えをめぐらしているがゆえの一瞬の静寂。どこかで車がバックファイアを起こした。どこかで子どもが、「おおい、みんなこっちに来いよ！」と叫んでいた。そしてアパートメントの裏手にあたるコロニー・ストリートの方角からは、後年ボビーが子ども時代というと決まって思い出した音、とりわけこの木曜日のことを思い出すとき、かならず脳裡《のうり》によみがえってきた音がきこえていた。かくしてミセス・オハラの愛犬バウザーの鳴き声は、二十世紀のはるか先のほうまで響きわたることになった。きゃん・きゃん、きゃん・きゃん・きゃん。

《ジャックにやられたんだ》ボビーは思った。《母さんは、ジャック・メリデューとあのごろつきの狩人《かりゅうど》たちにやられたんだ》

「母さん、いったいなにがあったの？」ボビーが母親にたずねるその声が、沈黙を破った。本心から知りたかったわけではない。しかし、知る必要があった。ボビーは母親に駆けより、駆けよりながら大声をあげていた。その声は恐怖の声でもあったが、同時に悲しみから出た声でもあった。母さんの顔、母さんのかわいそうな顔。自分の母親とは似ても似つかない面相だった。まるで老婆《ろうば》だ――それも緑蔭《りょくいん》の多いブロード・ストリートなんかじゃなく、〝あの界隈《かいわい》〟……人々が紙袋にいれた瓶から直接ワインを飲み、だれにも名字がない〝あの界隈〟こそが似つかわしい老婆に見えた。「あいつにいったいなにをされたの？　あの人でなしになにをされたの？」

母親はまったくボビーに目をむけず、その言葉も耳にはいっていないかのようだった。それでもボビーの体をしっかりと押さえはした。それどころか、肩におかれた母親の手にはかなりの強い力がこもっており、指先が肉に食いこんで痛く感じられたほどだった。母親はそうやってボビーの体をつかむと、一回も目をむけることのないまま、ボビーの体を横にどけた。

「その子を放しなさい、この変態」リズはしゃがれた低い声でいった。「いますぐその子を放しなさいったら」

「ミセス・ガーフィールド、どうか誤解しないでいただきたい」テッドはキャロルを膝からおろすと——こんな局面にいたってなお、テッドは自分の手がキャロルの痛む肩にふれないよう細心の注意を払っていた——立ちあがり、スラックスを軽く揺すってまっすぐに伸ばした。いかにもテッドらしい、ちょっとした几帳面《きちょうめん》な動作だった。「この子は怪我《けが》をしていましてね。ボビーがこの女の子を見つけて——」

「人でなし！」リズが金切り声をあげた。右側のテーブルに花瓶がおいてあった。リズはその花瓶をつかみあげ、テッドに投げつけた。テッドは頭をさげてかわそうとしたが、その動作はわずかに遅く、完全にかわしきることはできなかった。花瓶の底がテッドの頭頂部にぶつかって、池の水面に投げた小石のように跳ねて壁にぶつかり、粉々に砕けちった。

キャロルが悲鳴をあげた。

「母さん、よして！」ボビーは大声をあげた。「テッドはなんにもわるいことをしてないんだ！　なんにもわるいことをしてないんだよ！」

リズはボビーの言葉を歯牙《しが》にもかけなかった。「よくもまあ、その子の体にさわれたものね。うちの息子の体も、そんなふうにしてさわってたの？　さわってたんでしょう？　男も女も関係ない、とにかく子どもだったらいいってことね！」

テッドはリズにむかって、一歩足を踏みだした。サスペンダーが輪をつくって、テッドの左右の足の横で前後に揺れていた。ボビーには、先ほど花瓶がぶつかったテッドの頭頂部、わずかな髪の毛しかないその頭のてっぺんに血が流れだしているのが見えた。

「ミセス・ガーフィールド、はっきりと申しあげておきますが――」

「ひらきなおるんじゃないわよ、この薄汚い変態！」

花瓶をすでに投げていたため、テーブルにはもうなにも載っていなかった。そこでリズはテーブルそのものをもちあげて、投げつけた。テーブルはテッドの胸にまともにぶつかり、テッドはうしろによろめいた。背もたれのまっすぐな椅子がなかったら、床にそのまま倒れていたことだろう。テッドはばったりと椅子に体を落としこむと、大きく見ひらいた目に信じがたい光を浮かべてボビーの母親を見あげた。唇が小刻みにわなないていた。

「うちの子に手伝わせたの？」リズはたずねた。その顔は死人の白さだった。そのせいで、顔の傷が生まれつきの痣のようにくっきり浮かびあがっていた。「まさか、うちの子に手伝い方を教えこんだんじゃないでしょうね?」

「母さん、キャロルを傷つけたのはテッドじゃないんだよ!」ボビーは大声で叫んで、母親の腰をつかんだ。「テッドはキャロルを傷つけたりなんかしてないんだ。ただ——」

リズはボビーを花瓶のように、テーブルのように、ひょいともちあげた。あとになってボビーはこのときの母親が、公園からずっと坂をのぼってキャロルを運んできた自分とおなじような火事場の馬鹿《ばか》力状態だったのではないか、と思うことになる。とにかく母親は、ボビーを部屋の反対側にむかって投げ飛ばした。ボビーは壁に激突した。頭ががくんとうしろにのけぞり、日輪模様の時計とぶつかった。時計は床に叩《たた》き落とされて、永遠にとまることになった。ボビーの視界に黒い点が群れ飛び、つかのま下衆男たちにまつわる混乱した思考が

(着々と迫ってきていてポスターにも名前がはっきり書いてあって)

脳裡をよぎっていった。ついでボビーは床までずり落ちていった。なんとか途中で立とうとしたが、膝に力がはいらなかった。

リズはさしたる関心も感じられない目つきでボビーを一瞥《いちべつ》すると、すかさず視線をテッドにむけた。いまテッドは背もたれのまっすぐな椅子に腰かけて、膝にテーブルを載せていた。テーブルの脚が、テッドの顔にむかって突き立っていた。片側の頰に血がしたたり落ち、その髪は白い部分よりも赤く染まった部分のほうが多くなっていた。テッ

ドはなにかしゃべろうとしたが、口から出てきたのは長年タバコを吸ってきた老人特有の、乾いたような頼りない咳《せき》だけだった。

「穢《けが》らわしい男。なんて穢らわしい男なのかしら。二セントしかもらえなくてもいい、あんたのズボンを引きずり降ろして、穢らわしい代物《しろもの》をひっこ抜いてやりたいくらいよ」

リズは顔をめぐらせ、床で縮こまっている息子にまた目をむけた。ボビーにもちゃんと見える母親の目は片方だけだったが、その目の表情に——軽蔑《けいべつ》と非難の表情に——ボビーはなおいっそう激しく泣きはじめた。母親がはっきりと《おまえも同罪だ》と口にしたわけではない。しかし、母親の目はそのひとことを語っていた。それから母親はテッドにむきなおった。

「いいことを教えてあげる。あんたは刑務所行きよ」リズはテッドに指をつきつけた。目に涙がたまってはいたが、ボビーははっきりと見てとっていた——バイダーマンのマーキュリーに乗ったときにはそろっていた母親の爪《つめ》が、いまはすっかり消え失せていた。爪があった場所には、血の色をしたぎざぎざのみみずばれのような物があるだけ。それに、母の声は不明瞭《ふめいりょう》だった——大きく腫れあがった下唇の上を通ることで、声が押し広げられているような感じだった。「いまから警察に電話をするわ。多少なりとも知恵があるのなら、おとなしくすわって、わたしのしていることをよく見ているがいい。無駄口を叩かず、じっとすわってることね」

母親の声がしだいしだいに大きくなってきた。爪が割れているだけではなく、甲や関節が切り傷だらけで腫れあがっている母親の手がぎゅっと握り拳《こぶし》の形になり、テッドにむかってふりあげられた。

「逃げたりしてごらんなさい。このわたしが追いかけてつかまえて、うちにあるいちばん長い肉切り包丁で体をめった刺しにして、めった切りにしてやる。本気かどうかをためしたいのなら、どうぞご自由に。ええ、ここの通りでやってやる、みんなが見ている前でやってやるわ。そうね、手はじめにどこを切るかというと……あんたが……あんたたち男どもが……厄介を起こす理由になってる部分がいい。だから、じっとすわってなさいよ、ブラティガン。牢屋《ろうや》に行くくらい長生きしたければ、じっとすわってなさい」

電話は、ソファ横のテーブルにあった。リズはつかつかと電話に近づいた。テッドはテーブルを膝に載せ、頬に血を流した姿ですわっていた。ボビーは落ちた時計の横、母親が商店のサービススタンプをあつめてもらった時計の横で、膝をかかえて縮こまっていた。テッドの扇風機が室内に呼び寄せる風に乗って、バウザーの鳴き声がきこえてきた。きゃん・きゃん・きゃん。

「あなたは、ここでなにがあったのかをご存じないんですよ、ミセス・ガーフィールド。たしかに、あなたの身にはとんでもない災難が降りかかったし、それについてはわたしも心から同情しています……しかし、あなたの身に起こったこととキャロルの身に起こったことは、まったくの別物だ」

「お黙り」リズはテッドの話を耳に入れてもいなかったし、テッドのほうを見ようともしていなかった。

キャロルがリズにむかって走り寄りながら手をさしのべ、途中で棒立ちになった。青ざめた顔のなかで、キャロルの目が大きく見ひらかれ、口があんぐりとひらいた。

「あの人たち、おばさんのドレスを脱がしたの？」ささやきとうめき声が半々に混じった声だった。リズはダイヤルをまわす手をとめ、のろのろとふりむいてキャロルを見おろした。「あの人たち、どうしておばさんの服を無理やり脱がせたりしたの？」

リズはどう答えるべきかを思案している顔を見せていた。それも真剣に考えこんでいる顔を。しばらくして、リズはこういった。「静かにしてなさい。とにかく黙ってること。わかった？」

「あの人たち、なんでおばさんを追いかけたの？　おばさんをぶってるのはだれ？」キャロルの声が不安定になりはじめた。「いったいだれなの？」

「黙って！」リズは受話器を落とすと、両手で耳をふさいだ。ボビーは高まる恐怖を感じながら、ただ母親を見つめた。

キャロルがボビーにむきなおった。新たにこみあげてきた涙が、いまその頬をつぎつぎに伝い落ちていった。キャロルの瞳《ひとみ》には、知っている者ならではの光が浮かんでいた——知っている者ならではの。ぼくとおなじだ——ボビーは思った——マックォンさんがぼくを騙《だま》そうとしたときにぼくが感じていたのとおなじ、あの〝知っている〟気持ちだ。

「あの人たちはおばさんを追いかけたのよ」キャロルがいった。「おばさんが逃げようとしたものだから、あの人たちはおばさんを追いかけて、無理やり連れもどしたの」

ボビーも知っていた。あの男たちは、ホテルの廊下で母親を追いかけ、つかまえた。その光景を目にしたことがある。どこで目にしたのかは記憶になかったが、見たことは確実だった。

「だれか、あの人たちをとめて！　こんなものを、わたしにもう見せないで！」キャロルが絶叫した。「おばさんは男たちを殴ってる、でも逃げられない！　おばさんは男たちを殴ってる、でも逃げられない！」

テッドはテーブルを傾けて膝の上からおろすと、はた目にも苦労しながら立ちあがった。両眼が爛々《らんらん》と燃えていた。「ボビーのお母さんを抱きしめるんだ、キャロル。力いっぱい抱きしめろ！　それでもう見えなくなるはずだぞ！」

キャロルは傷めていないほうの腕を、ボビーの母親の体にまわした。リズは一歩あとじさり、その拍子に片足の靴をソファの脚にひっかけて、あぶなく転びかけた。なんとか転ばずにすんだものの、電話機がテーブルから落ち、かん高い機械音を発しながら、ボビーが前に伸ばした足のスニーカーのすぐ横にあるラグマットまで転がってきた。つかのま、すべてはその状態のまま静止していた――全員が〝はいポーズ〟ごっこで遊んでいる最中であり、鬼が《動くな！》というかけ声をかけたかのように。最初に動いたのはキャロルだった――リズ・ガーフィールドの腰から離れて、あとじさったのである。汗まみれの髪の毛が目もとにまで垂れていた。テッドはそんなキャロルに近づき、手を伸ばしてキャロルの肩を押さえようとした。

「その子にさわらないで」リズがいったが、その言葉はいかにもおざなりで、なんの力もそなえてはいなかった。テッド・ブローティガンが膝の上に少女を載せている光景を目にしたことで、リズの内面にどんな炎が燃えあがったにしろ、いま――とりあえず当座だけは――炎の勢いが多少弱まっているようだった。リズは疲れはてた顔になっていた。

それでもテッドは、すぐに手を降ろした。「ああ、たしかにわたしがさわってはいかんな」

リズは深々と息を吸い、空気を肺にしばし溜《た》めこんでから吐きだした。いったんボビーに目をむけ、すぐに目をそむける。いまボビーは全身全霊で願っていた。母さん、ぼくに手をさしのべてよ……ほんのすこしでいいから手を貸して……ぼくが立ちあがるのに手を貸して……それだけでいいんだ……。しかし母親は、キャロルに顔をむけてしまった。ボビーは自力で立ちあがった。

「じゃ、ここでなにがあったのかを教えて」リズはキャロルにいった。

キャロルはまだ泣いていたし、息をととのえようとして言葉のあいまにしゃくりあげてばかりいたが、それでもボビーの母親にむかって、公園で三人の中学生たちに見つかったことや、最初はこの連中ならではの悪ふざけだとしか思えなかったこと、いつもより悪質だとは思ったものの、それでもしょせん悪ふざけにすぎないと思いこんでいたことを話していった。それから、ふたりの少年に押さえつけられ、ハリーがバットで殴りはじめたこと。肩から〝ぽん〟という大きな音がして少年たちが怖気《おじけ》づき、たちまち走って逃げていったこと。さらにキャロルは、その五分か十分後に――痛みがあまりにも激しくて正確な時間はわからなかった――通りかかったボビーに見つけられ、この家まで抱きかかえて運んでもらったことも話した。また、テッドから〝これで痛みの大部分をつかまえろ〟といってボビーのベルトをわたされ、肩を治してもらったことも話した。キャロルは身をかがめて床から当のベルトを拾いあげ、誇らしい気持ちと気恥ずかしさの入り混じった顔で、ベルトに残った小さな歯型をリズに見せた。

「ぜんぶはつかまえられなかったけど、痛みのほとんどはつかまえたのよ」

リズはベルトにお義理のような一瞥をくれただけで、すぐテッドにむきなおった。

「どうしてこの子の服を引き裂いたのかを教えてもらえる?」

「引き裂いたりしてないって!」ボビーは大声をあげた。いきなり、母親への猛烈な怒りがこみあげてきた。「テッドが服を切ったのは、キャロルに痛い思いをさせずに肩のようすを確かめるためなんだ! そのために、ぼくが鋏《はさみ》をもってきてあげたんだよ! 馬鹿なことをいうにもほどがあるよ、まったく。どうしてこんな簡単なことがわかんない――」

母親は体の向きをまったく変えないまま、大きく腕をふった。ボビーにとってはまったくの不意討ちだった。母親の手の甲の一撃が、ボビーの頬に炸裂《さくれつ》した。あろうことか、母親の人さし指が目をまともについて、ボビーの頭の奥まで強烈な痛みの閃光を送りこんできた。涙が瞬時にとまった。涙を制御するポンプがいきなり故障したかのようだった。

「わたしを馬鹿呼ばわりするなんて百年早いわ、ボビー」母親はいった。「いいえ、百年でもまだ早いくらいよ」

キャロルは、ミセス・ガーフィールドの服を着てタクシーで家に帰ってきた鉤鼻《かぎばな》の魔女を、恐怖に凍った目で見あげた。ミセス・ガーフィールド……必死で逃げ、もう逃げられないとなるや果敢に戦った女性。しかし結局あの男たちは、この女性から目あてのものをまんまと奪いとった……。

「ボビーをぶっちゃだめ」キャロルはいった。「だってボビーは、あの男の人たちとはちがうんだから」

「あら、ボビーはあなたのボーイフレンドってわけ？」リズは笑った。「そうなの？　よかったじゃない！　でもね、とっておきの秘密をひとつ教えてあげる——ボビーだって、この子の父親やあなたのお父さんや、ほかの男どもの同類なのよ。さ、バスルームに行きなさい。体をきれいに洗って、なにか着る物を見つくろってあげるから。まったく、なんてひどいざまなのかしら！」

キャロルはひとしきりリズを見つめてから、体の向きを変えてバスルームにむかった。剝《む》きだしの背中がとても小さく、かよわい物に見えた。白くも見えた。褐色に日焼けした両腕とくらべて、とてもとても白く。

「キャロル！」テッドがその背中に声をかけた。「もう具合はよくなったかい？」

それが腕の具合をたずねた質問でないことは、ボビーにもわかった。今回ばかりはちがう質問だ。

「ええ」キャロルはふりかえらずに答えた。「でも、まだあの人の声が遠くからきこえる。あの人、悲鳴をあげてるわ」

「だれが悲鳴をあげてるですって？」リズがたずねても、キャロルは答えず、そのままバスルームにはいっていってドアを閉めた。リズは、キャロルが飛びだしてこないかどうかを確かめる目つきでしばしドアを見つめ、おもむろにテッドにむきなおった。「だれが悲鳴をあげてるの？」

テッドは無言のまま、油断ない目つきでリズを見ているだけだった——まるで、いつまた大陸間弾道弾が射《う》ちこまれても不思議はないと思っているかのように。

リズの顔に笑みがのぞきはじめた。ボビーもよく知っている笑みだった——〝そろそろ堪忍袋の緒が切れるわ〟と語る笑み。しかし、これでもまだ堪忍袋の緒が残ってるなんて、そんなことがあるだろうか？　目のまわりが黒く痣《あざ》になり、鼻が曲がって、唇が腫《は》れあがっているせいで、ひときわ恐ろしげな笑顔になっていた。こんなの、ぼくの母さんじゃない——ボビーは思った——どこかの頭のいかれた女だ。

「つまりあなたは〈善きサマリア人《びと》〉、困っている人を助ける立派な善意の人というわけ？　あの子の肩を治すのを口実に、どれだけいやらしい手つきで体をさわったの？　まだ子どもだから、さわる場所もそんなにはなかったはず。でも、ひととおり調べたんでしょう？　チャンスは決して逃がさないってね？　さあ、そろそろ正直に白状したらどう？」

ボビーは高まる嫌悪感《けんおかん》とともに、母親を見つめた。キャロルは一切合財を話した。事実をありのまま、すべて話した——それなのに、なにひとつ変わっていない。なにひとつ変わっていないとは。あんまりだ！

「この部屋には、危険な大人がひとりいるようだな」テッドがいった。「といっても、わたしのことではないよ」

最初リズは話が理解できない顔を見せていたが、つぎにはいまの言葉が信じられないという顔になり、さいごには怒りの形相を見せた。「よくもそんなことがいえたものね！　よくもまあ、そんなことがいえたものね！」

「テッドはなんにもしてないってば！」ボビーは金切り声を張りあげた。「キャロルの話をきいてなかったの？　あの話を母さんはひとつも——」

「お黙り」母親はボビーのほうに顔もむけずにいった。いまリズはテッドだけを見つめていた。「警官たちは、あなたに興味をいだくんじゃないかしら。金曜日に……あんな……あんなことになる前のことだけど……ドンがハートフォードに電話をかけたの。あの街に知りあいがいるから。あなたがコネティカット州政府の役所で働いていた記録はなかったわ。会計検査院だろうとどこの役所だろうとね。これまで牢屋にいたんじゃないの？」

「ある意味では、ああ、そうもいえるな」テッドは答えた。顔の片側に血がしたたっているにもかかわらず、もうずいぶん落ち着いた顔つきを見せていた。シャツのポケットからタバコの箱をとりだし、ちらりと見て、またポケットにもどす。「しかし、あんたが頭に思い描いているような牢屋ではないよ」

《それに、その牢屋はこの世界にはないんだ》ボビーは思った。

「なんの罪で牢屋に入れられたの？」母親はたずねた。「まさか、一親等の関係にある小さな女の子を気持ちよくさせてあげた罪？」

「わたしは貴重なものをもっているんだ」テッドはそういって手をあげ、こめかみを叩《たた》いた。叩くのにつかった指が血にまみれた。「わたしのような者はほかにもいる。それから、わたしのような者を捕え、閉じこめて、利用する役目の者もいる。なんのために利用するかというと……いや、この話はしないでおこう。わたしは、ふたりの同類たちと逃げだした。ひとりは捕えられ、ひとりは殺された。いまだに自由の身でいるのは、このわたしだけだ。まあ、こんな境遇を……」まわりをぐるりと見まわして、「……自由の身と呼ぶのであれば」

「やっぱり、頭がいかれているのね。頭のいかれたボケ老人のブラティガン。どこに出しても恥ずかしくないいかれっぷりね。これから警察に電話をかけるわ。あなたが脱走してきた刑務所に連れもどされるのか、それともダンベリーの精神病院に閉じこめられるのか、そのあたりは警官に決めてもらいましょう」

そういって母親は上体をかがめ、床に落ちた電話機を拾いあげようとした。

「よしてよ、母さん！」ボビーはそういって母親に手を伸ばした。「電話なんかやめて――」

「ボビー、よ、す、んだ！」テッドが語気鋭くいった。

ボビーはあわててあとじさり、最初に電話機を床から拾いあげている母親を、ついでテッドを見やった。

「いまのお母さんに手出しをしちゃいけない」テッドはボビーにいった。「いまのお母さんに手出しをしても、嚙《か》みつかれるだけだ」

リズ・ガーフィールドはきらめくような笑顔を、〝筆舌に尽くしがたい〟という形容が似あう笑顔を——そして《見事な攻撃ね、この人でなしが》と語っている笑顔を——のぞかせ、架台から受話器をとりあげた。

「ねえ、どうしたの？」キャロルがバスルームから声をかけてきた。「もうそっちに行ってもいい？」

「まだだよ、キャロルや」テッドが叫びかえした。「もうすこしそこにいなさい」

リズは電話のフックを何回かかちゃかちゃと押しさげた。ついで、その手をとめ、満足したような顔で受話器の音に耳をかたむけると、番号をダイヤルしはじめた。

「これで、あなたが何者なのかもわかるわ」リズは、なにやら秘密を打ち明けるような奇妙な口調だった。「さぞやおもしろい事実が出てくるでしょうね。あなたが過去にやってきたことも明らかになる。ええ、そっちのほうがもっとおもしろくなりそう」

「警察に電話をかければ、あんたが何者で、あ、ん、た、が過去になにをしたのかも明らかになるんだよ」テッドがいった。

リズはダイヤルをまわす手をとめ、テッドに目をむけた。これまでボビーが見たことのない、いかにも狡猾《こうかつ》そうな横目づかいの一瞥《いちべつ》だった。「いったい全体、なんの話をしているの?」

「ある愚かな女の話、もっと賢明な道をえらびとるべきだった愚かな女の話だよ。上司のことをあれだけ見ていたのだから、分別を身につけても当然だったのに、その分別をなくした愚かな女の話だ。上司やその仲間の話をたびたび盗みぎきしていたのだから、彼らが出席する〝セミナー〟なるものの実態が、しょせんは大酒を飲んでのセックス・パーティーであり、ついでに多少はマリファナ・タバコをまわし飲みするような場でしかないことも、当然知っていたはずの愚かな女の話だ。それだけ知っていながら、思慮分別の声を封じて、みずからの貪欲《どんよく》さを優先させた愚かな女——」

「あなたのような人が、孤独についてなにを知っているというの!」リズは叫んだ。「わ、た、し、は、女、手、ひ、と、つ、で、息、子、を、育、て、な、く、ちゃ、い、け、な、い、ん、だ、か、ら!」

そういってリズはボビーに目をむけた。自分の言葉がきっかけで、しばし忘れていた育てなくてはならない息子の存在を思い出したかのように。

「この話を、息子さんにどこまできかせたいんだね?」テッドがたずねた。

「どうせなんにも知らないくせに。あなたが知ってるはずないわ」

「ところが、わたしはすべてを知っているんだよ。問題は、あんたがその話をどれだけボビーにきかせたいと思っているか、だ。隣人たちに話をどこまで知られたい？　もし警察がここに来てわたしを連行していったなら、わたしの知っている事実が全員に知れわたることになるよ。ああ、約束しよう」テッドは言葉を切った。瞳孔《どうこう》はおなじ状態をたもっていたものの、テッドの目は大きくなっているかに見えた。「わたしはすべてを知っている。嘘《うそ》やはったりでいっているのではないよ――真偽を確かめようなどという真似《まね》はしないことだ」

「どうしてそんなふうに、わたしを苦しめようとするの？」

「ほかに手だてがあれば、わたしだってそんなことはしないとも。あんたはもう充分苦しんできた――ほかの人間に苦しめられ、自分で自分を苦しめてもきたからね。わたしをこのまま旅立たせてほしい。わたしの頼みはそれだけだ。どちらにせよ、旅立つつもりだった。だから、このまま静かにわたしを旅立たせてほしい。第一、わたしはただ助けようとしただけではないか」

「ええ、そうね」リズはそういって、また笑いはじめた。「助ける。裸同然のあの子を膝《ひざ》に載せて。助けるがきいてあきれるわ」

「あんたのことも助けてやりたいが、なにせ――」

「あら、うれしい。だったら方法を教えてあげるわ」リズはまたもや高笑いをあげた。

ボビーは口をひらこうとしたが、テッドの目が黙っていろという警告を送ってきた。バスルームのドアの反対側からは、シンクに水が流れる音がきこえていた。リズは顔を伏せて、なにやら考えこんでいたが、しばらくしてやっと顔をあげた。

「わかった。じゃ、こういうことにしましょう。わたしはこれから、ボビーのかわいい、いい、いい、ガールフレンドが体をきれいに洗うのを手伝う。そのあとアスピリンかなにかを飲ませて、家に帰れるように服を見つくろうわ。そうしながら、キャロルにいくつか質問をしてみる。もしキャロルの答えになんの問題もなければ、あなたは自由に行ってかまわない。いい厄介払いにもなるし」

「母さん――」

リズは交通整理をする警官のようにさっと片手を真横に突きだして、ボビーを黙らせた。その視線はテッドをとらえている。テッドのほうも、じっとリズを見つめていた。

「そのあと、わたしはキャロルを家まで送っていき、あの子が玄関から家にはいるのをきっちり見とどける。あの子が母親になにをどう話すかは、あの親子の問題よ。わたしの義務は、あの子を無事に家に帰らせてやることまでね。その仕事をすませたら、わたしは公園まで歩いていって、しばらく木蔭《こかげ》に腰をおろして休むことにする。ゆうべは、かなり疲れる一夜だったから」そういってリズは息を吸いこみ、乾ききった悲しげなため息にして吐きだした。「とことん疲れたわ。だから公園に行って木蔭に腰をおろし、これからのことを考えるつもり。この先どうすれば、わたしたち親子が救貧院の厄介にならずにすむかという問題をね。わたしが公園から帰ってきても、まだあなたがここにいたら、そのときはほんとうに、ほんとうに、警察に電話をかけるわ……真偽を確かめようなんて真似はしないほうが身のためよ。いいたいことがあるのなら、好きにふれまわるがいい。あなたがなにを話そうと、わたしが予定より何時間か早く家に帰ってきたら、あなたが十一歳の女の子のパンツに手を突っこんでいた、と公言すれば、そんな話はたちまちかき消されるんだから」

ボビーはショックに言葉をうしないながら、母親を凝視していた。しかし母親のほうは、そんなボビーの視線には目もくれず、ひたすらテッドを見つめていた。その腫れあがった目は、一心不乱にテッドをしっかと見すえていた。

「その反対に、わたしが帰ってきたとき、あなたもあなたの荷物もすっかり消え失《う》せていたら、わたしはどこにも電話しないし、だれにもなんにもしゃべらない。以上」

《ぼくを連れてってよ》ボビーはテッドに思いを送った。《下衆男たちのことも気にならない。これからも母さんとふたりで住むくらいなら、いっそ千人の——いや、百万人の黄色いコートの下衆男たちに行方をさがされたっていい。母さんなんて大きらいだ！》

「どうなの？」リズがたずねた。

「その条件に同意しよう。わたしは一時間以内にここを立ち去る。いや、もっと短い時間ですむかもしれないな」

「いやだ！」ボビーは叫んだ。けさ起きたときには、テッドがここを去ることを、あきらめつつうけいれる心境だった――悲しいことだが、しかたがないと思っていた。しかし、いままた心の痛みがよみがえってきた。これまでよりも、なお大きな痛みが。「いやだ！」

「静かにしなさい」母親が、あいかわらずボビーには目をむけないままいった。

「こうするしかないんだよ、ボビー。わかっているだろう？」テッドはそういって、リズを見あげた。「キャロルのことをよろしく頼む。わたしはボビーと話をしているから」

「あなたは人に指図する立場じゃないのよ」リズはそう答えたものの、部屋から出ていった。バスルームにむかって歩いていく母親が足を引きずっていることに、ボビーは気づいた。片方の靴のヒールがなくなっている。しかし、足を引きずっている理由がそれだけだとは思えなかった。母親はバスルームのドアを短くノックすると、返事も待たずにドアをあけて室内に身を滑りこませた。

ボビーは部屋を横切って走っていき、テッドに両腕をまわして抱きつこうとした。しかしテッドはボビーの両手をとると、一回だけぎゅっと握ったきり、すぐボビー自身の胸に両手を押しもどして手を放した。

「ぼくもいっしょに連れていってよ」ボビーは勢いこんでいった。「ぼくも、いっしょになって連中に目を光らせるから。ひとりよりも、ふたりで見張ったほうが安心だよ。お願い、ぼくを連れていって！」

「それは無理だが、きみをキッチンまで連れていくことはできる。体のあちこちを洗う必要があるのは、キャロルひとりとはかぎらないからね」

テッドは椅子《いす》から立ちあがり、その場でふらりと体をよろめかせた。ボビーは手を伸ばして支えようとしたが、今回もテッドはやさしく、しかし決然とボビーの手を押しもどした。これには胸がずきんと痛んだ。先ほど、母親の手で壁に投げつけられたあと、当の母親が助け起こしてくれなかった（それどころか、目をむけてもくれなかった）ときほどの痛みではなかったが、痛みに変わりはなかった。

ボビーはテッドといっしょにキッチンにむかった。テッドの体にふれはしなかったが、それでもまたテッドが転びそうになったら、すぐに支えられるように寄りそって歩いた。テッドは転ばなかった。テッドはシンクの上の窓ガラスにぼんやりと映っている自分の顔をながめ、ため息をつくと、水道の蛇口をひねってあけた。それからふきんを濡《ぬ》らし、おりおりに窓ガラスに映った自分の顔を目で見て具合を確かめながら、頬の血の汚れを拭《ふ》きとりはじめた。

「いまきみのお母さんは、これまで以上にきみを必要としている」テッドはいった。

「お母さんには、信頼できる相手が必要なんだ」

「母さんはぼくを信頼なんかしてないよ。それどころか、ぼくのことなんか好きでさえないんだ」

テッドの口もとが引き締まったのを見て、ボビーは自分の言葉が真実を――テッドがリズ・ガーフィールドの心から読みとった真実を――衝《つ》いたことを悟った。ボビーは自分が母親から好かれていないことを知っていた。そんなことはもう知っていたのだ。だったら……どうしていままた、涙があふれそうになっているのか？

テッドはいったんボビーに手を伸ばしかけ、自分が相手の体にふれてはならないことを思い出したのだろう、またふきんで顔を拭く作業を再開した。「ああ、そうだな。たしかにお母さんは、きみのことが好きではないかもしれない。百歩譲ってそれが事実だとしても、お母さんがそんなふうに思っているのは、きみがなにかをしたからじゃない。その理由は、きみが何者なのかというところにあるんだ」

「男だからだ」ボビーは苦い気持ちでいった。「ぼくがクソったれな男だからだよ」

「そして、きみのお父さんの息子だからだ。そのことを忘れちゃいけない。しかしね、ボビー……お母さんはきみを――好きか好きでないかとは関係なく――愛しているんだ。グリーティングカードにお似あいの甘ったるい言葉だとは、自分でもわかっている。しかし、これが真実なんだ。お母さんはきみを愛しているし、きみを必要としてもいる。

きみは、お母さんにとってかけがえのない存在だ。そのお母さんは、いま深く傷ついていて――」

「傷ついたって、結局は身から出た錆《さび》じゃないか！」ボビーは我慢できずに叫んだ。「ようすがおかしいことだって、前から知ってた！　おじさんがさっきそういってたじゃないか！　そうだよ、何週間も前から知ってたんだ！　何カ月も前から！　でも、母さんは仕事を辞めなかった！　母さんはなにもかも知っていて、あの連中とプロヴィデンスに行ったんだよ！　知っていて、それでもあいつらといっしょに行ったんだ！」

「ライオンの調教師も、なにが待っているかを知りながら、それでも檻《おり》のなかにはいっていくではないか。檻にはいらなければ、給料の小切手がもらえないからだよ」

「母さんはお金をもらってるよ」ボビーは吐き捨てるようにいった。

「満足できるほどはもらっていなかったようだね」

「いくらお金があっても、決して満足なんかしないんだよ、母さんは」ボビーはいった。その言葉が自分の口から転がりでるが早いか、これが真実だと悟っていた。

「お母さんはきみを愛しているよ」

「知ったことか！　ぼくは母さんを愛してなんかいない！」

「でも愛しているんだ。いずれ愛するようになる。愛するに決まっている。それが〈カ〉なんだ」

「〈カ〉？　なに、それ？」

「運命だ」テッドはもう、髪の毛を汚していた血のりの大半を拭きとっていた。蛇口を締め、窓ガラスに映る亡霊じみた自分の顔をさいごにもう一回点検する。窓の外側に広がるのは暑い夏ばかり――この先テッド・ブローティガンが二度ととりもどせない若さに満ちた夏。それをいうなら、この先ボビーが二度ととりもどせない若さをたたえた夏でもあった。「〈カ〉は運命だ。ボビー、きみはわたしが好きかね？」

「知ってるくせに」ボビーはそういって、また泣きはじめた。なんだか最近では、自分は泣いてばかりいるような気がする。おかげで目が痛くなっているほどだ。「すごく、すごく愛してるよ」

「だったら、きみのお母さんの友だちになることを心がけてくれ。このわたしに免じて頼む。お母さんのそばにいて、お母さんが傷を癒《いや》すのを手伝ってあげてくれ。それに、わたしはおりおりにきみに葉書を送るよ」

　ふたりは歩いて居間に引きかえした。ボビーの気分はいくぶんもちなおしていたが、できることならテッドに肩を抱いてほしい気持ちに変わりはなかった。そう求める気持ちはなによりも強かった。

　バスルームのドアがひらいた。最初に出てきたキャロルは、およそこの少女らしくない恥らいを見せながら、自分の足を見おろしていた。濡れた髪は櫛《くし》でうしろに撫《な》でつけられ、ゴムバンドでポニーテールに仕上げてあった。身にまとっているのは、ボビーの母親が昔着ていたブラウス。キャロルにはかなり大きなそのブラウスの裾《すそ》は、まるでワンピースのように膝のあたりまでとどいていた。そのせいで、赤いショートパンツはまったく見えなくなっていた。

「外のポーチで待っていなさい」リズがいった。

「うん、わかった」

「わたしが行かないうちに、ひとりで家に帰ろうなんていう気を起こしてはだめよ。わかった？」

「もちろん！」キャロルはいった。下をむいたまま伏せられていた顔に、不安の色が満ちた。

「よかった。じゃ、わたしのスーツケースの横で待ってて」

キャロルは玄関ホールに足をむけかけたが、そこでくるりと身をひるがえした。「腕を治してくれて、どうもありがとう、テッド。これが理由で、おじさんに迷惑がかかったりしなければいいんだけど。わたし――」

「とっととポーチに出ていきなさい！」リズが一喝した。

「――だれにも迷惑なんかかけたくないから」キャロルはアニメ番組に出てくる鼠《ねずみ》のように小さな声でいいおえると、部屋を出ていった。体のまわりでリズの大きなブラウスがひらひらと揺れているそのようすは、ほかの日だったら笑いを誘ったかもしれない。ついでリズは、ボビーにむきなおった。母親の顔をまともに見たとたん、ボビーの心は重く沈んだ。母親の激しい怒りが復活していた。怒りがもたらすまばゆいまでの紅潮が、傷だらけのその顔を覆《おお》い、首すじにまで達していた。

《勘弁してくれよ、こんどはなんだっていうんだ？》ボビーは思った。そして母親が緑のタグのついたキーホルダーをかかげた瞬間、ボビーはすべてを悟った。

「ボビー、これはどこで手にいれたの？」

「ぼくは……その……」といいかけたものの、いうべき言葉をひとつも思いつけなかった。言い抜けも、まっ赤な嘘も、真実さえ口から言葉となって出てこない。いきなり、猛烈な疲れを感じた。いまこの世界で望むことはたったひとつ、自分の部屋にこっそり忍びこんでベッドカバーの下にもぐりこみ、そのまま寝ることだけだった。

「わたしがあげたんだよ」テッドが穏やかな声でいった。「きのうね」

「じゃ、わたしの息子をブリッジポートのノミ屋に連れていったの？　ブリッジポートのポーカー・パーラーに？」

《キーホルダーのどこを見たって、ノミ屋なんてひとことも書いてないじゃないか》ボビーは思った。《ポーカー・パーラーとも書いてない……そういうのは法律違反だからだ。それなのにあそこがどんな店なのかを母さんが知ってるのは、父さんがあの店に行

っていたからだ。この父にして、この子あり。そんな言い方をするんじゃなかったっけ……この父にして、この子あり》

「わたしはボビーを映画に連れていったんだよ」テッドがいった。「《光る眼》を上映している〈クライテリオン〉にね。で、ボビーが映画を見ているあいだ、わたしはひとりで〈コーナー・ポケット〉に行き、ちょっと用足しをしていたというわけだ」

「どんな用を足していたの？」

「ボクシング試合で賭《か》けをしていたんだ」テッドのその言葉に、つかのまボビーの心はさらに重く沈んだ。

《どうしちゃったの、テッド？　なんで嘘《うそ》をついてごまかさないの？　母さんがその手のものをどう思っているかを、もし知っていれば——

いや、テッドなら知っているはずだ。知っているに決まっているではないか。

「ボクシングの試合で賭けをした、と」リズはうなずいた。「そういうことだったの。つまり、わたしの息子をブリッジポートの映画館にひとり置き去りにして、自分はボクシングの試合で賭けをしにいったというわけね」そういって高笑いをあげ、「だったら、わたしはここで感謝の言葉を述べるべきかしら？　だって、息子にこんなすてきなおみやげをもらったんだもの。おかげでうちの子も、賭けをしたくなったり、父親にならってポーカーですっからかんになりたくなったりしたら、もう行き先を心得ているということね」

「たしかにわたしは、二時間のあいだボビーを映画館にひとりにさせた」テッドはいった。「そしてあんたは、ボビーをこのわたしにゆだねていった。どうかね、ボビーはそのどっちも無事に切り抜けたみたいじゃないか？」

リズは一瞬だけ横面《よこつら》を張り飛ばされたような顔を見せ、ついでいまにも泣きそうな顔になり、やがてのっぺりとした無表情な顔になった。リズは緑のタグのついたキーホルダーを手のひらにくるみこみ、ドレスのポケットにしまった。キーホルダーを二度と目にできないことが、ボビーにはわかった。それでもかまわなかった。なぜなら、そんな物をもう二度と見たくなかったからだ。

「ボビー、おまえは自分の部屋に行ってなさい」リズがいった。

「いやだ」

「ボビー、早く部屋に行きなさい！」

「いやだ！　行くもんか！」

いく筋もの日ざしのなか、玄関のウエルカムマットの上におかれたリズ・ガーフィールドのスーツケースの横に立ち、リズ・ガーフィールドの古いブラウスのなかで浮かびただよっているかに見えていたキャロルが、この大声の応酬を耳にして泣きはじめた。

「部屋に行きなさい、ボビー」テッドが静かにいった。「きみと出会えたこと、きみと知りあいになれたことは、わたしにはとても楽しい経験だったよ」

「知りあいになれたこと……ですって？」母親が嫌味をたっぷり盛りこんだ怒りの声音でいったが、ボビーにはその言葉の本意はわからなかったし、テッドもリズには目をむけてもいなかった。

「自分の部屋に行きなさい」テッドはまたくりかえした。

「この先……大丈夫なの？　どういう意味かはわかると思うけど」

「わかるとも」テッドはにっこりとほほえみ、自分の指先にキスをすると、そのキスをボビーにむかって投げてきた。ボビーはキスをうけとって手のひらにくるみこみ、しっかりと握りしめた。「ああ、わたしのことなら心配はいらないよ」

ボビーは顔を伏せてスニーカーの爪先《つまさき》に目を落としながら、のろのろと自室のドアに近づいていった。あと一歩でドアにたどりつくときになって、こんな思いが胸をかすめた。《こんなことをしちゃいけない、こんなふうにテッドを旅立たせちゃいけないんだ》

ボビーはテッドに駆けよると、その体に両腕をまわして抱きしめ、顔にキスの雨を降らせた——ひたい、左右の頬、あご、唇、そして絹のような感触をもつ薄い瞼《まぶた》にも。

「テッド、愛してるよ！」

テッドは観念したのか、ボビーを力いっぱい抱きしめてきた。ボビーの鼻は、テッドがひげを剃《そ》るのにつかった石鹸《せっけん》のかすかな残り香をとらえ、それよりもっと強いチェスターフィールドの芳香をとらえていた。このふたつの香りは、のちのちまでもボビーの記憶に刻みこまれることになった――それだけではない、テッドの大きな両手が体にふれ、背中を撫で、頭のカーブをつつみこんできた感触もまた、忘れがたいものになった。

「ボビー、わたしもきみを愛しているとも」

「まったく、なにをするかと思えば！」リズは絶叫せんばかりの大声でわめいた。ボビーは母親に顔をむけた――そのとたん目に飛びこんできたのは、母親を部屋の隅に追いつめているドン・バイダーマンの姿だった。どこからか、音量を最大限にあげたステレオが奏でるベニー・グッドマン楽団の〈ワン・オクロック・ジャンプ〉がきこえていた。バイダーマンは、平手打ちを食らわせるように片手をかかげていた。そしてバイダーマンは、もっとしてほしいのか、こんなふうにされるのが好きなのか、と母親にたずねかけ、こんなふうにされるのが好きなら、お好みどおりにしてやろうじゃないか、といっていた。母親がこの事実をはじめて知って感じた恐怖が、ボビーにも舌先で味わえるほどだった。

「じゃ、母さんはほんとに知らなかったんだね？」ボビーはいった。「というか……あの人たちの目あてをすっかり知っていたわけじゃなかったんだ。あいつらは母さんが知ってると思っていたけど、でも母さんは知らなかった」

「いますぐおまえが自分の部屋に行かなければ、わたしは警察に電話をかけてパトカーを呼ぶわ」母親はいった。「冗談でいってるわけじゃないのよ」

「わかってるって、そんなこと」ボビーは答えると、自分の部屋にはいっていってドアを閉めた。最初はなんともないと思ったが、つぎには気絶するか吐くか、それともその両方の目にあいそうな気分になった。ボビーは足をふらつかせ、よろめきながらベッドにむかった。最初はただ腰かけるだけのつもりだったのに、気がつくとベッドを横切る形で仰向けになっていた。腹と背中の筋肉が、いきなりそっくり消えたような感じだった。足をベッドの上にあげようとしたが、びくとも動いてくれない——両足からも筋肉が消えてしまったのか。だしぬけに、水着姿のサリー・ジョンが脳裡《のうり》に浮かんできた。サリー・ジョンは梯子《はしご》をつたって水泳用の浮き台にあがると、飛びこみ板の先まで走っていき、水に飛びこんだ。いまこの瞬間、サリー・ジョンといっしょでないことが悔やまれた。ここでなければ、どこでもいい。ここでなければ、どこだっていい。とにかく、こんなところでなければ、どこでもよかった。

目を覚ましたときには、部屋は薄暗くなっており、窓の外の木々が床に落とす影もほとんど見えなくなっていた。三時間か、ことによると四時間ほども人事不省の状態——気をうしなっていたのであれ、寝ていたのであれ——にあったようだ。体じゅう汗まみれで、両足は痺《しび》れていた。寝ているあいだも、足をベッドにあげてはいなかった。

ベッドに足をあげようとしたとたん、無数のピンや針でちくちく刺されるような感覚がいちどきに襲いかかり、ボビーはあやうく悲鳴をあげそうになった。そこでボビーは逆に体を床まで滑らせた。ピンや針は、太腿《ふともも》から下腹部まで這《は》いあがってきた。ボビーは両膝《りょうひざ》のあいだに頭を突っこむ姿勢で、体を縮こまらせた。背中はずきずきと痛み、両足はじんじんと痺れ、頭は靄《もや》がかかったようになっていた。恐ろしい出来ごとがあったはずだが、最初は思い出せなかった。しかしベッドに背中を押しつけてすわり、部屋の反対側にあるローン・レンジャーのマスクをかぶったクレイトン・ムーアの写真をながめているうちに、記憶がよみがえってきた。キャロルが肩を脱臼《だっきゅう》したこと……母親が殴られて帰ってきたこと……その母親が半狂乱になったこと……緑のタグのついたキーホルダーをボビーの顔の前に突きつけて、烈火のごとく怒ったこと。そして、テッドのこと……。

いまごろテッドはもう、ここを去っているはずだ。たぶん、これでよかったのだろうと思ったが、そんなふうに思わなくてはいけないのは、なんとつらいことか。

ボビーは立ちあがると、部屋を二周してみた。二度めに歩いたときは窓ぎわで足をとめ、外に目をむけながら、汗まみれのうえに固くこわばっているうなじに両手をまわして、こすりあわせてみた。道のすこし先のほうで、ディナとダイアンというシグズビー家の双子が縄とびをしていたが、ほかの子どもたちは夕食に行ったか、夜を外で過ごすために出かけたかで姿が見あたらなかった。スモールライトをつけた車が、ゆっくりと走っていった。どうやら、最初に思っていたよりも遅い時間のようだった――すでに天国のような夜が降ってきていた。

ボビーは足の痺れを追いはらうために、部屋をもう一周してみた。独房のなかでひたすら輪を描いて歩く囚人の気分。ドアには鍵《かぎ》がなかったが――アパートで鍵があるのは母親の寝室だけだ――それでもボビーは囚人になった気分だった。部屋から外に出るのが怖かった。夕食を知らせる母親の声はまだきこえてこない。たしかに空腹は感じたが――いや、すこしは感じていたが、部屋から外に出るのが怖かった。どんな状態の母親を目にすることになるのかと思うと怖かったし、母親の姿がまったく見えないのではないかという恐怖もあった。もし母さんがぼくに愛想をつかしていたら？　頭のわるい嘘つき常習犯のボビーに、〝あの父にしてこの子あり〟のボビーにうんざりしていたら？たとえ母親がまだ家にいて、すべてが正常のように見えていたとしても……そもそも正常な状態なんてほんとにあるのだろうか？　人の顔の裏側には、恐ろしいものが隠されていることもある。いまのボビーは、そのことを事実として知っていた。

閉まったままの部屋のドアに歩みよったボビーは、そこで足をとめた。ドアの手前の床に、一枚の紙が落ちていた。かがみこんで拾いあげる。部屋はまだそれなりに明るく、そこに書かれた文字は苦もなく読みとることができた。

親愛なるボビー――

きみがこれを読んでいるときには、わたしはもういない……しかし、きみのことは心のポケットに大事にしまっていくつもりだ。どうか、お母さんを愛してあげるように。お母さんがきみを愛していることを忘れないように。きょうの午後のお母さんは怯《おび》え、傷つき、恥を感じていた。そういうとき人間は、往々にしていちばんわるい面を他人に見せてしまう。三階の部屋に、きみへの贈り物をおいていく。約束はかならず守る。

ありったけの愛をこめて、

テッド

《葉書だ、テッドが約束したのは葉書だ……葉書をぼくに送ってくれる、と》

多少気が晴れてきたボビーは、テッドがアパートから出ていく前に部屋に滑りこませてきた手紙を折りたたむと、部屋のドアをあけた。

居間にはだれもいなかったが、もうきれいに片づけられていた。テレビの横に日輪模様の時計がかかっていたことを知らなければ、ここでなにも起こらなかったといわれても信じてしまいそうだった。いま時計がかかっていた場所には、ただ小さなネジが――なにもかけられていないまま――壁からわずかに突きでているだけだった。

ふと、寝室から母親のいびきがきこえてくることに気がついた。母親がいびきをかくのはいつものことだが、きょうは老人か映画に出てくる酔っぱらいを思わせるような高いびきだった。《連中に痛めつけられたせいだ》ボビーは思い、つかのま（調子はどうだ、大将。元気でやってるか）

バイダーマンのことと、後部座席でにたにた薄笑いを浮かべながら、たがいに横腹をつつきあっていたふたりのごろつき男のことが脳裡をかすめていった。《豚を殺せ、その女の喉《のど》を切れ》ボビーは思った。こんなことを考えたくなかったが、それでも考えてしまった。

ボビーは、豆の木をのぼって巨人の城に行ったジャックにも負けないほどの抜き足さし足で静かに居間を横切ると、玄関ホールに通じているドアをあけて外に出た。二階までの階段は爪先立ちで昇り（さらに手すりに近い部分を歩くように心がけた。というのも、以前に読んだハーディ・ボーイズのシリーズの一冊に、手すりに近い部分を歩けば階段のきしみが抑えられるという話が出ていたからだ）、二階から三階までは駆けあがった。

テッドの部屋のドアはあいたままになっていた。その先に見える部屋には、ほとんどなにもなかった。テッドが部屋を飾るのにつかっていた品物——夕暮れに釣りをしている男の写真、イエスの足を洗っているマグダラのマリアの絵、カレンダー——は、どれもなくなっていた。テーブルの灰皿は空《から》だったが、その横にテッドの把手《とって》つき紙袋がひとつおいてあった。袋の中身は四冊のペーパーバックだった。ジョージ・オーウェルの『動物農場』、デイヴィス・グラッブの『狩人《かりゅうど》の夜』、ロバート・ルイス・スティーヴンスンの『宝島』、そしてジョン・スタインベックの『ハツカネズミと人間』の四冊。紙袋の側面には、テッドのふるえがちではあるが、読むにはまったく支障のない筆跡でこんな文句が書きつけてあった。

《最初にスタインベックを読みたまえ。レニーがずっとききたがっていた物語をレニーに語りきかせるとき、ジョージは〝おれたちみてえな連中〟という。〝おれたちみてえな連中〟とは何者か？　スタインベックにとっては何者だったか？　きみにとっては何者か？　自分にむかって問いかけてみたまえ》

ボビーは四冊のペーパーバックを手にとったが、紙袋は残しておいた。母親がテッドの紙袋を目にしたら、またさっきのような半狂乱の状態におちいるのではないかと危惧《きぐ》したからだ。そのあと冷蔵庫をのぞいたが、フレンチマスタードの瓶と重曹の箱がはいっていただけだった。冷蔵庫の扉を閉めて、もういちど部屋を見まわす。まるで、最初からだれも住んでいなかったかのようだった。とはいえ——

ボビーは灰皿に近づくと、手にとって鼻に近づけ、深々とにおいを吸いこんだ。チェスターフィールドの濃厚な香りが鼻をつき、テッドがすっかりよみがえってきた——このテーブルの前にすわって『蠅《はえ》の王』について語るテッド……バスルームの鏡の前に立って、あの見るも恐ろしい剃刀《かみそり》でひげを剃りながら、ひらいたままのドアのこちら側にいるボビーが、なにひとつ理解できないまま音読している論説記事に耳をかたむけていたテッド。

そのテッドは、さいごにひとつの質問を紙袋に書きつけて残していった。おれたちみてえな連中。おれたちみてえな連中とは何者か？

ボビーはふたたび息を吸いこみ、その拍子に小さな灰のかけらを鼻に吸いこんでしまった。こみあげてきたくしゃみをこらえながら、ボビーは目を閉じ、この香りを精いっぱい記憶に焼きつけようとした。窓の外からは、暗くなった空をわたってくる夢のように、どこまでもついてまわるバウザーの果てしない鳴き声がきこえてきた。きゃん・きゃん・きゃん、きゃん・きゃん・きゃん。

ボビーは灰皿をテーブルにもどした。くしゃみをしたい衝動は、いつのまにか消えていた。

《よし、ぼくはチェスターフィールドを吸おう》ボビーは決心した。《一生ずっと、チェスターフィールドを吸いつづけるんだ》

ボビーはペーパーバックを体の前にかかえこんで、階段を降りていった。今回も二階から玄関ホールに降りるまでは、階段のいちばん外側の手すりに近い部分を歩くようにした。アパートの部屋に身を滑りこませ、爪先立ちで居間を横切って（母親はまだいびきをかいていた――それも、これまでより大きないびきを）、自分の部屋にはいった。それから本をベッドの下に押しこむ――思いきり奥のほうに。母親に本を見つけられたら、ニューススタンドのバートンさんにもらったと話せばいい。嘘《うそ》をつくことになりはするが、真実をありのままに打ち明けたりすれば、母親に本をとりあげられるのがおちだ。それに、嘘は以前ほどわるいこととは思えなかった。嘘は必需品のように思えた。このぶんでは、じきに嘘が楽しみにさえなりそうだ。

さて、つぎはなにをする？　腹の鳴る音が、つぎの行動を決定した。つぎはピーナツバターとジャムのサンドイッチだ。

ボビーはキッチンにむかった。爪先《つまさき》立ちで歩きながら、母親の寝室の半分ひらいたドアの前を、とくになにも考えないまま通りすぎようとして……足がとまった。母親がベッドで寝がえりをうっていた。そればかりか、いびきの音が不規則になって、なにやら寝言をいいはじめていた。うめくような低い声でなにをいっているのか、言葉ははっきりききとれなかったが、ボビーは言葉をはっきりききとる必要がないことに気づいた。言葉はききとれなくても、母親がなにをいっているのかはすっかり理解できた。そればかりか、なにかが見えてもきた。母親の思考？ それとも母親が見ている夢？ その正体がなんであれ、見えてきた光景にボビーは慄然《りつぜん》とした。

そのあとキッチンにむかって三歩は進むことができたが、そのときたまらなく恐ろしい物がちらりと視界をかすめて通りすぎた。あまりの恐ろしさに、その場で足がすくみ、のどの奥で呼気が凍りついたほどだった。《ブローティガンを見かけませんでしたか！ ブローティガンは年寄りの雑種、でもわたしたちは愛してます！》

「そんな……まさか」ボビーの口からささやき声が洩《も》れた。「母さん、嘘だろ……」

母親がいるところに足を踏みいれたくはなかったが、それでも足は寝室の方向にむかっていた。ボビーは足に引きずられる人質のように歩いていった。自分の手が前に伸び、手のひらがひらいてドアをいっぱいに押しあけていくのを、ボビーはただ見守っていた。

母親のベッドはメイクされたままになっていた。母親はドレスを着たまま、ベッドカバーの上に横たわっていた。片足を引きあげ、膝がもうすこしで胸にくっつきそうになっている。そのせいで、ストッキングのいちばん上の部分とガーターベルトが見えた。その光景にボビーは、〈コーナー・ポケット〉で目にしたカレンダーの美女を思い出した。スカートが膝の上までずりあがった格好で、車から降りようとしていた女……しかし、パッカードから降り立とうとしていた女のストッキングより上の部分には、こんな醜悪な打撲傷は見あたらなかった。

リズの顔の打撲傷を負っていない部分は、赤く紅潮していた。髪の毛は汗に濡《ぬ》れて、もつれている。頬は涙で溶けて流れた化粧で汚れていた。室内に踏みこんだとたん、ボビーの足もとで床板がきしんだ。母親が声をあげた。ボビーは母親がぱっちりと目を見ひらくにちがいないと思いながら、その場に凍りついた。

しかし母親は目を覚まさず、寝がえりをうって、ボビーと反対側の壁に顔をむけただけだった。こうして母親の部屋にはいっても、母親から流れだしてくる思考やイメージはいっこうに明瞭《めいりょう》にならず、それどころか病人の流す汗を思わせる腐敗臭と刺《し》戟《げき》臭がなおさら強まったばかりだった。そのすべての背景に、ベニー・グッドマン楽団の奏《かな》でる〈ワン・オクロック・ジャンプ〉が流れ、母親ののどの奥を流れていく血の味がした。

《ブローティガンを見かけませんでしたか》ボビーは思った。《ブローティガンは年寄りの雑種、でもわたしたちは愛してます。ブローティガンを見かけ……》

横になる前に母親が窓にカーテンを引いていたので、室内はかなり暗かった。ボビーはまた一歩、もう一歩と踏みだして、母親が化粧をするときにすわることもある鏡が載ったテーブルの横で、また足をとめた。テーブルには母親のハンドバッグがおいてあった。ボビーは、テッドの抱擁に思いを馳《は》せた。ボビーが求めていた抱擁、痛いほど切望し、必要としていた抱擁。テッドはあのとき背中を撫《な》で、頭を手のひらにつつみこんでくれた。ブリッジポートから帰ってくるタクシーの車内で、テッドは《わたしがさわるというのは……ある意味で……一種の窓を相手にわけ与えるようなものだ》といっていた。そしていま、両手を握りしめて母親の化粧用テーブルの横に立っているいま、ボビーはおずおずとその窓から母親の頭のなかをのぞきこんでいた。
家に帰る列車の車中にいる母親の映像が、断片的にいくつか見えてきた。母親はひとり座席で身を縮こまらせ、プロヴィデンスとハーウィッチのあいだにある一万軒もの家の裏庭に目をむけていた。なるべく、人に顔を見られないためだった。つづいて、キャロルが母親の昔のブラウスを着ているかたわらで、棚の歯磨き用グラスの横においてあった、緑のタグのついたキーホルダーに目をとめている母親の姿が見えた。キャロルを家まで送っていく母親も見えた。母親はそのあいだずっと、つぎつぎに途切れなく、まるでマシンガンを撃つように質問を繰りだしていた。動揺して疲れきっていたため、キャロルは適当にごまかすこともできず、すべての質問に正直に答えていた。つづいて、コモンウェルス公園まで——足を引きずって——歩いていく母親の姿が見えてきて、そのときの母親の考えがきこえてきた。《この悪夢から、せめてすこし、いいものをすくいあげることさえできたら……せめてすこし、いいものを……なにかいいものを——》
ボビーの目に、木蔭《こかげ》のベンチにすわっている母親の姿と、すこししてから立ちあがり、家に帰る前に〈スパイサーズ〉に行こうとして歩きだした母親の姿が見えた。母親は頭痛薬と、薬を飲む水代わりに〈ニーハイ〉のコーラを買う心づもりだった。そのとき、あとすこしで公園から出るというときになって、母親の目が一本の木に貼《は》りだされた物をとらえるのがボビーにも見えた。同じ物は、街じゅうに貼りだされていた。母親も公園に来るまでの道のりで二、三度は前を通りかかったはずだが、考えごとに耽《ふけ》っていたせいで見おとしたらしい。

またもやボビーは、自分が肉体という乗り物の乗客以上の存在ではなくなったかのように感じていた。自分が見ている前で、自分の手が勝手に前に伸びていき、二本の指（あと数年後には、〈ピースモーカーの特徴である黄色い染《し》みができるはずの指）が鋏《はさみ》のような動きをしたかと思うと、母親のハンドバッグの口から飛びだしていた物をつかんだ。ボビーはその紙を抜きだして広げ、寝室の入口からかすかに入ってくる光を頼りに、最初の二行に目を通した。

ブローティガンを見かけませんでしたか！

ブローティガンは年寄りの雑種、でもわたしたちは愛してます！

ボビーは途中の行を飛ばして、母親が目を釘《くぎ》づけにされたにちがいない部分、ほかのあらゆる考えを母親の頭から押しだしたにちがいない部分に目を落とした。

莫大《ばくだい》なお礼をさしあげます！
（＄ ＄ ＄ ＄）

これこそ、母親が心の底から求め、望み、こいねがっていた〝いいもの〟にほかならない。なんといっても莫大なお礼がもらえるのだから。

そこで母親はためらっただろうか？ ほんの一瞬でも、〝ちょっと待って。いくら老いぼれでも、うちの息子はあの老いぼれを愛しているんだっけ〟と考えただろうか。

まさか。

ためらいのはいりこむ余地はまったくなかった。なぜなら、人生にはドン・バイダーマンのような人間が満ちあふれ、人生は不公平なものなのだから。

ボビーはポスターを手にしたまま爪先立ちで部屋を出ていき、足音を殺して大股《おおまた》で母親から離れていった。足もとで床板がきしんで思わず身が凍ったが、また歩きはじめる。背後の母親のぶつぶつという寝言が、やがてまた低いいびきに変わってきた。ボビーは居間にたどりつき、ドアを閉めた。そのときにはドアが完全に閉まりきるまで、把手をまわしたまま手でしっかり固定していた――こうすれば掛け金の音を防げるからだった。それから急いで電話に駆けよる。母親から離れたいまになってはじめて、ボビーは自分の心臓が激しく鼓動を搏《う》ち、のどには古い一セント銅貨を貼りつけたような味が満ちていることに気がついた。おまけに空腹感は、かけらも残さずに消え失《う》せていた。ボビーは受話器をとりあげると、細くした目で急いで周囲を見まわし、母親の寝室のドアがあいかわらずきっちり閉まっていることを確かめてから、ポスターを見ないまま番号をダイヤルしはじめた。電話番号は記憶に焼きつけられていた。ヒューシトニック五‐八三三七。

さいごまで番号をまわしおわっても、電話からはなにもきこえてこなかった。意外ではなかった。なぜなら、ヒューシトニックという電話交換局などハーウィッチには存在していないからだ。全身が冷えきったように感じられてはいたが（睾丸《こうがん》と足の裏だけは例外だった。この二カ所だけは奇妙にも熱く感じられた）、それはあくまでもテッドの身を案じる心配のなせるわざにすぎない。それだけのことだ。ただそれだけ――

ボビーが受話器をもどそうとしたその瞬間、石を打ちあわせるような〝かちり〟という音がきこえ、つづいて「もしもし？」という声がきこえてきた。

《バイダーマンだ！》ボビーは動揺しながらそう思った。《こんな馬鹿《ばか》な。バイダーマンの声じゃないか！》

「もしもし？」声がくりかえした。いや、ちがう、バイダーマンの声ではない。バイダーマンにしては低すぎる。しかし、これがごろつき男のひとりの声であることに疑いはなかった。皮膚の表面温度が絶対零度にむかって急激にさがっていくなかで、ボビーは電話線の反対側にいる男の手もちの服一式のなかに、ある種の黄色いコートがあることを事実として知った。

いきなり目が熱くなって、目玉の裏がむず痒《がゆ》くなってきた。ほんとうなら、《サガモアさんのお宅ですか？》という質問をして、電話に出てきた相手がイエスと答えたら、テッドには手出しをしないでほしいと頼むつもりだった。もしテッドに手出しをしないと約束してくれるのなら、この自分は、ボビー・ガーフィールドはどんなことでもする、そちらの望むとおりになんでもする、というつもりだった。しかし、いざそのチャンスがおとずれると、逆になにもいえなくなった。いまこの瞬間にいたるまで、ボビーは本心から下衆男の存在を信じてはいなかった。いま電話線の反対側には、なにかが存在している……それもボビー・ガーフィールドが理解できる生命とは、まったくなんの共通点ももたないなにかが。

「ボビーか？」相手の声が話しかけてきた。その声には隠しようもない満足感の響きが、相手の正体を鋭く察しとった者ならではの響きがあった。「ボビーだな」声はくりかえした。今回は末尾にクエスチョン・マークがついてはいなかった。いきなりボビーの視界に黒い斑点《はんてん》が大量に流れこんできた。アパートメントの居間が、ふいに黒い雪に満たされた。

「お願いです……」ボビーはささやき声を絞りだし、意思の力のありったけをふりしぼって、言葉をさいごまでいいおえた。「あの人をこのまま行かせてやってください」

「それはできない」虚空《こくう》からの声は答えた。「あの男は王《キング》の所有物だ。出しゃばるな、ボビー。無用の手出しは控えろ。テッドはわれわれの犬だ。おまえも犬になりたければ話はべつだが、そうでないなら引っこんでいろ」

がちゃん。

そのあともボビーはしばし、受話器を耳にあてたままだった。恐怖のあまり体がふるえても当然だったが、とてつもなく冷えきった体はふるえることさえできなかった。しかし、目の裏のむず痒さは薄れていき、視界一面に降っていた黒い糸はひとつに溶けあって、大きなぼやけた染みになりつつあった。ようやく受話器を顔の側面から引き離して、電話機にもどしかけたところで、また手がとまった。受話器の耳にあてる部分、小さな穴があいている面に、何十個もの小さな赤い輪が浮かびあがっていた。まさか、電話の反対側にいた相手には、電話から血を流させる力がそなわっているのか。

息を切らし、小さなすすり泣きめいた声をせわしなく洩《も》らしながら、ボビーは受話器を電話機にもどすと、自分の部屋にはいっていった。《テッドはわれわれの犬だ》サガモア一家の番号にかけた電話に出た男はいった。《無用の手出しは控えろ》と。しかし、テッドは断じて犬ではない。テッドは人間だし、なによりボビーの親友だ。

《母さんが、今夜テッドがどこに行くかをあいつらに教えていてもおかしくない》ボビ

ーは思った。《それに、キャロルも知っているかもしれない。もし知っていて、自分の母親に教えていたとすれば——》

ボビーは自転車貯金の瓶をつかみあげ、中身の金をすべてとりだすと、アパートメントをあとにした。母親に置き手紙を残していくことも考えたが、そうはしなかった。置き手紙を残していけば、母親はまたヒューシトニック五-八三三七に電話をかけて、息子のボビーがこれからなにをするつもりかを、あの低い声のごろつき男に告げるかもしれない。置き手紙を残さなかった理由のひとつは、そこにあった。もうひとつの理由は、もしテッドへの警告が間にあったら、いっしょに連れていってもらうつもりだったことにあった。いまならテッドも、いっしょに行きたいという頼みを断わらないはずだ。では、下衆男たちに殺されるか誘拐されるかしたら？　それもまた、この家から逃げられるという意味ではほとんど変わらないのではないか？

ボビーはさいごにいちどだけ、アパートの部屋を見まわした。母親のいびきをきいていると、自分ではどうにもならない力によって感情と理性の両方が引きずられていくのを感じた。テッドのいうとおりだった。あれだけのことがあっても、ボビーはいまなお母親を愛していた。もしほんとうに〈カ〉が存在しているのなら、母親を愛することはボビーの〈カ〉の一部なのだろう。

その一方では、母親の顔など二度と見たくない気持ちもあった。

「さよなら、母さん」ボビーは小声でつぶやき、その一分後にはますます深まる宵闇《よいやみ》のなか、ブロード・ストリート・ヒルを駆けおりていた。片手をポケットに突き入れ、虎《とら》の子が一枚たりとも飛びださないよう、しっかり握りしめて。

X

〝あの界隈《かいわい》〟再訪。街角男たち。黄色いコートの下衆男《ロウ・メン》たち。支払い。

ボビーは〈スパイサーズ〉の公衆電話でタクシーを呼び、車待ちの時間を利用して、店の外壁の掲示板から《ブローティガン》という迷子のペットをさがすポスターを剝《は》がした。さらに、五七年型のランブラーを所有者が直接売りたいと呼びかけている、上下逆さまになった掲示カードも剝がした。ボビーはその両方をくしゃくしゃに丸めると、店の入口脇《わき》にあるごみ箱に投げこんだ。背後に目を走らせて、店の主人である老スパイサーにこの行為を見とがめられたかどうかを確かめもしなかった。老スパイサーの底意地のわるい性格は、ハーウィッチの街の西半分に住む子どもたちのあいだでは知らぬ者がいない。

シグズビー家の双子は、いまは店の近くで遊んでいた。縄とびのロープはわきにおいて、石蹴《いしけ》り遊びをしている。ボビーは双子のところに近づいていき、格子の横に描かれたこんな絵――

——に目を落とした。ボビーが地面に膝《ひざ》をつくと、いましも七の枠に石を投げようとしていたディナ・シグズビーが動きをとめて、まじまじとボビーを見つめてきた。ダイアンのほうは、汚らしい指で口を覆《おお》ってふくみ笑いを洩《も》らしはじめた。ボビーはふたりを無視し、両手で絵柄をこすってチョークの粉を広げていった。絵を完全に消しおわると、立ちあがって手から粉をはたき落とす。〈スパイサーズ〉の三台しか車がはいらない狭い駐車場の照明灯がともった。ボビーとふたりの少女に、突然それぞれの身長よりも長い影ができた。

「なんでこんなことしたのよ、馬鹿《ばか》で年寄りのボビー・ガーフィールド？」ディナがたずねた。「かわいい絵だったのに」

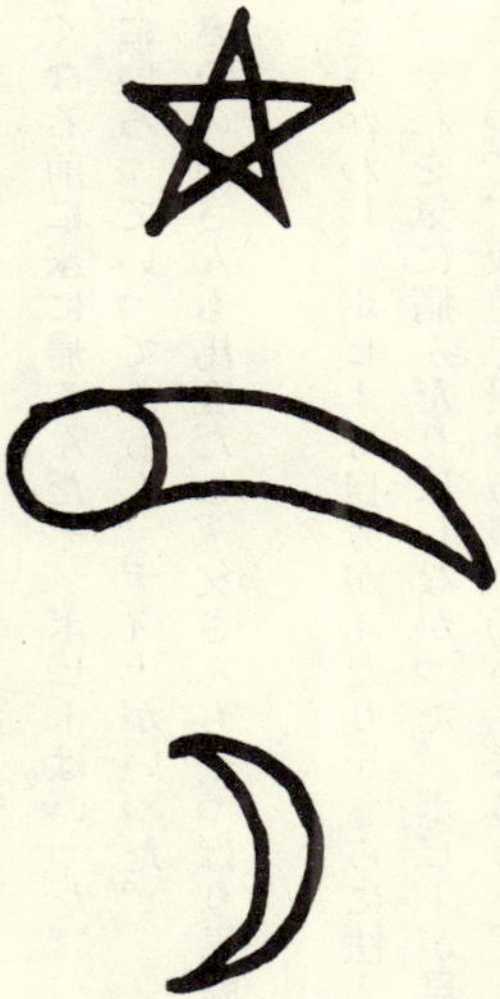

「これは悪運を招くしるしなんだよ」ボビーはいった。「おまえたちこそ、なんで家にいないんだい？」

質問こそしたが、その理由の見当がつかなかったわけではない。それどころか、理由はふたりの頭のなかに、それこそ〈スパイサーズ〉の店先を飾るビールのロゴのネオンサインのように明るく閃《ひらめ》いていた。

「ママとパパが喧嘩《けんか》してるの」ダイアンがいった。「パパにガールフレンドができたって、ママがいってた」

そういってダイアンは笑い、双子の姉もいっしょに笑い声をあげたが、ふたりの目には怯《おび》えの色があった。ふたりを見ていると、ボビーは『蠅《はえ》の王』に出てくるちびっ子たちを連想した。

「とにかく暗くなる前に家に帰るんだぞ」ボビーはいった。

「ママはお外にいろっていってたもん」ディナがいった。

「だったら、きみの母さんも馬鹿だし、父さんもやっぱり馬鹿だってことになるな。さあ、行け！」

ふたりが目を見かわし、ボビーは自分がふたりをさらに怯えさせてしまったことを悟った。しかし、それを気に病んだりはしなかった。ボビーが見ていると、双子は縄とびのロープを手にとって、坂道を駆けあがっていきはじめた。その五分後、先ほど電話で呼んだタクシーが地面に敷かれた砂利をヘッドライトで扇形に照らしながら、店の横の駐車場にはいってきた。

「へえ」運転手はいった。「たとえおまえが金をもっていても、こんなに暗くなってから子どもをブリッジポートまで乗せていくってのは、いかがなもんかなと思うな」

「心配いらないよ」ボビーはそう答えて、後部座席に乗りこんだ。もし運転手があくまでもボビーを車からほうりだすつもりなら、トランクからバールをもちだしてこないかぎり、目的は達成できないだろう。「向こうでお祖父《じい》さんと待ちあわせをしているからね」

しかしまっすぐ〈コーナー・ポケット〉に行くわけにいかないことは、もうわかっていた。チェッカー・タクシーを店先に乗りつけるような真似《まね》は禁物だ。ボビーが来るかどうかを見張っている者がいないともかぎらない。

「ウォー・ファット・ヌードル社の前まで行ってほしい」ボビーはいった。「ナラガンセット・アヴェニューのね」

〈コーナー・ポケット〉も、おなじナラガンセット・アヴェニューにある。この通りの名前は忘れていたが、電話でタクシーを呼んだあとで電話帳を調べたところ、すぐにわかった。

車をバックで通りに出そうとしていた運転手は、これをきいて車をとめた。「そりゃまた、ガラのわるいことじゃ有名な通りだな。子どもの行くようなところじゃない。たとえ、お天道《てんと》さんが照ってるまっ昼間でもね」

「向こうで、お祖父さんが待ってるんだよ」ボビーはくりかえした。「お祖父さんからは、運転手さんに半ロックのチップをあげるようにいわれてるんだ。そう、五十セントのことだよ」

運転手はつかのま、ためらいを見せていた。ボビーは運転手を説得するための方法がほかにもないかと頭を絞ったが、なにも思いつかなかった。ついで運転手はため息をひとつ洩らすと、メーターを倒して車を走らせはじめた。タクシーがアパートの前を通ったとき、ボビーは自分と母が住む部屋のどこかに明かりがついているかどうかと目を走らせた。いまのところ、明かりはひとつもついていなかった。ボビーはシートに背中をあずけ、ハーウィッチがタクシーの背後に遠ざかっていくのを待った。

運転手の名前はロイ・デロイスといい、この名前はタクシーのメーター横にも書いてあった。ブリッジポートまでの道中、この運転手はひとことも口をきかなかった。というのも、ピートを獣医のところに連れていって安楽死させるしかなかったことで悲しみに沈んでいたからだ。ピートは十四歳だった。コリー犬にしては高齢である。ピートは、ロイ・デロイスの唯一《ゆいいつ》の友だちだった。ピートに餌《えさ》をやるときには、いつも決まって

《さあこい、でっかいの。食べろよ。おれの奢《おご》りだ》と声をかけた。毎晩毎晩、この科白《せりふ》が変わることはなかった。ロイ・デロイスは離婚していた。ハートフォードにあるストリッパー・クラブに行くこともあった。ボビーには、亡霊のようにぼやけた踊り子たちの姿が見えた。踊り子たちは、もっぱら羽毛と白い長手袋を身にまとっていた。ピートのイメージのほうが、もっとずっと鮮明だった。獣医のところから帰ってきたとき、ロイ・デロイスはなんともなかった。しかし家の物置で、なにも載っていないピートの餌用の皿を目にしたとたん、ロイはたまらず泣き崩れていた。

タクシーは、〈ウィリアム・ペン・グリル〉の前を通りすぎた。店のあらゆる窓からまばゆい光が洩れ、道路の左右には三ブロックにわたって客の車がずらりととまっていたが、ボビーが見たかぎり、珍妙きわまるデソトも、怪物が薄っぺらい変装をまとっているだけのように思える車もなかった。目の裏がむず痒《がゆ》くなることも、視界に黒い糸が降ってくることもなかった。

タクシーが運河にかかる橋をわたると、そこはもう〝あの界隈〟だった。大音量でスペイン語の音楽が窓から流れてくるアパートメントの壁には、鉄でできた稲妻といった外見の非常階段がジグザグに走っている。街角には、ポマードでてからせた髪をオールバックにした若い男たちの集団がそこかしこに立っていた。楽しそうに笑い声をあげる若い女の集団も立っていた。赤信号でタクシーがとまると、茶色の肌をもつ若い男がぶ

らぶらと近づいてきた。ギャバジンのスラックスのなかで、腰が油のようにくねってい
るかに見えたし、そのスラックスも腰からかなり下までずり落ちていて、まばゆいほど白い下着のウエストバンドの部分があらわになっていた。若い男は汚れたぼろきれを手にしており、タクシーの運転手にフロントガラスを拭《ふ》いてやろうかと声をかけてきた。ロイ・デロイスは決然とかぶりをふって断わり、信号が変わるなりタクシーを急発進させた。

「忌《い》まいましいスペイン人どもめ」ロイはいった。「あんな連中は、この国から締めだせばいいんだよ。それでなくたって、この国にはもうどっさり黒人がいるんだから」

夜のナラガンセット・アヴェニューは、昼間とちがう顔を見せていた。危険な雰囲気がいくらか増していると同時に、魅惑の雰囲気もまた増えているように思われた。錠前屋……小切手換金屋……嬌声《きょうせい》とジュークボックス音楽とビール瓶を手にした男たちがあふれでてくるバー……そして《ロッド銃砲店》という看板……この銃砲店のすぐ先、《特選珍品みやげ物》を売っている店のとなりに、《ウォー・ファット・ヌードル社》の看板が見えた。ここから〈コーナー・ポケット〉までは、わずか四ブロックほどだ。時刻はまだ八時。ボビーにはたっぷり時間の余裕があった。

ロイ・デロイスが歩道に寄って車をとめたとき、メーターに表示されている料金は八十セントになっていた。五十セントのチップがくわわるのだから、自転車貯金にとって

はかなりの痛手になるが、ボビーは気にかけなかった。母親のように、金のことをやたら大げさに騒ぎたてることはしないつもりだった。それに、テッドが下衆男たちの手に落ちる前に警告することさえできれば、移動手段がこの先永遠に二本の足に限定されてもかまわないくらいの気持ちだった。

「おまえをここに降ろしていくのは、どうも気がすすまないな」ロイ・デロイスがいった。「おまえの祖父さんはどこにいるんだ？」

「ああ、もうすぐ来るはずだよ」ボビーは必死に元気な口調をよそおうとし、からくも目的を達成することができた。人間、極限まで追いつめられると驚くほどいろいろなことができるようになる。

ボビーは金をさしだした。つかのま、ロイ・デロイスは金をうけとろうとせずに迷っていた。内心では、ボビーを〈スパイサーズ〉まで乗せて帰ろうかとも思っていたが……《だいたい、祖父さんと会うという話が嘘《うそ》だったとしたら、こんなガキがこの界隈になんの用があるというんだ？》とも考えていた。《まだ女と寝たがる年でもあるまいし》

《ぼくのことなら心配ないよ》ボビーは念を送りこんだ……そう、そんなこともできるのではないかと思っていた――ほんのすこしなら。《だから、心配しないでいい。ぼくなら大丈夫だからさ》

ロイ・デロイスはようやく、くしゃくしゃの一ドル紙幣と三枚の十セント硬貨をうけとった。「いや、これじゃほんとはもらいすぎなんだが」

「お祖父さんからいわれてるんだ――世の中にはお金をけちる人がいるけど、そういう人の真似をするなってね」ボビーはタクシーを降りながらいった。「それに、おじさんも新しい犬を飼ったらいいかもね。子犬がいいと思うよ」

ロイ・デロイスは五十歳にはなっていただろう。しかし驚きに見舞われて、顔つきがもっと若々しいものになった。「いったいどうして……」

ついでボビーは、〝そんなことはどうでもいい〟と思いなおすロイ・デロイスの心の声を耳にした。ロイはタクシーのギアを入れて走り去り、ボビーはウォー・ファット・ヌードル社の前にひとり残された。

ボビーはタクシーのテールライトが見えなくなるまでその場に立ち、それから〈コーナー・ポケット〉の方角にゆっくりと歩きはじめた。《**特選珍品みやげ物**》の看板の店の前ではしばし足をとめて、埃《ほこり》に汚れたウィンドウをのぞいてみた。竹のブラインドはあげられていたが、飾ってある特選みやげ物はたったひとつ、便器の形をした灰皿だけだった。便座にはタバコを載せるためのくぼみがあって、水洗タンクには《**ここに吸いさし《バット》を載せてください**》と書いてあった。これが尻《バット》とかけた洒落《しゃれ》だということはわかったし、そこそこ笑えるとも思ったが、ショーウィンドウの飾りとしてはたいしたものではない。ボビーには、〝セックスがらみの商品〟を期待する心があった。なんといっても、もう日が落ちて夜になっていたのだから。

ボビーはさらに歩きつづけ、《ビ・ポート印刷》や《スピード靴修理サービス！》や《趣味のカード自信の品ぞろえ》といった看板を出している店の前を通りすぎた。道の先にはまたバーがあって、街角にはまた若い男たちがたむろしており、ザ・キャデラックスの歌声がきこえてきた。《ブルルル、ブラック・スラックス、クールな服だな、ダディー・O、めかしこんだらどこに行く》ボビーは肩をすぼめて顔を伏せ、両手をポケットに突っこんで小走りに道路をわたった。

バーの筋向かいには、廃業したレストランがあった。石鹸《せっけん》の泡を塗られたように汚れた窓の上に、ずたずたに裂けた天幕の残骸《ざんがい》が垂れていた。ボビーは店の陰にはいりこんで先を急いだが、あるとき、だれかの叫び声につづいてガラス瓶が割れる音が響いたときだけは、思わず身をすくませた。つぎの交差点までたどりついたところで、ボビーはまた悪名高きナラガンセット・アヴェニューをななめに突っきって横断し、ふたたび〈コーナー・ポケット〉がある側の歩道に立った。

歩きながらボビーは自分の心を外側にむけて、テッドの存在を感知してみようとこころみていたが、なにも感じられなかった。だからといって、これは意外でもなんでもなかった。もし自分がテッドの立場なら、たとえばブリッジポート公立図書館のように、ぶらぶらしていても人目につかない場所に行くはずだ。図書館が閉まったあとは、どこかで軽い物を食べて、またおなじように時間をつぶせる場所に行くだろう。それからタクシーを拾って、賭《か》けで勝った金をうけとりにいく。だからボビーは、テッドがまだこの近辺にいるとは思っていなかったが、それでもテッドの声に耳をすましつづけた。あまり真剣に耳をすませていたせいで、ボビーは反対から歩いてきた男に気づかずにぶつかってしまった。

「気をつけろ、このぼけ野郎《カブロン》」男はスペイン語で悪態をつき、声をあげて笑ったが、親しみのこもった笑い声などではなかった。男の両手がボビーの肩をつかみ、しっかりと押さえこんだ。「どこ見て歩いてんだよ、間抜けのちび《プティノ》」

見あげると、四人の若い男たちが《食料雑貨店《ボデガ》》という看板をかかげた店の前に立っていた。四人とも、母親なら〝街角男〟とでも表現しそうな男たちだった。プエルトリコ人だ——ボビーは思った。四人とも、きっちりと折り目のついたスラックスをはいていた。それぞれのスラックスの裾《すそ》からは、黒いブーツの尖《とが》った先端部が突きだしている。四人とも、背中に《ディアブロス》と書かれた青いシルクのジャケットを着ていた。大文字のI《アイ》は、悪魔の三叉《みつまた》になっている。その三叉をどこかで見たような気がしたものの、深く考える時間の余裕はなかった。ボビーは心が重く沈むのを感じながら、自分が四人のギャング団のメンバーにつかまったことを悟った。

「ごめんなさい」ボビーはひからびた声でいった。「ほんとに、あの……すみませんでした」

そういって肩を押さえつけていた手から逃れて、四人のわきをすり抜けて歩きだそうとした。しかし一歩しか足を踏みださないうちに、すぐ男のひとりに引きとめられた。

「どこに行くんだよ、この野郎《ティオ》？」ボビーをつかまえた男がたずねた。「どこに行くのかってきいてんだよ、このクソがき《ティオ・ミオ》」

ボビーは身をよじって逃げようとしたが、四人めの男の手でふたりめの男のもとに押しもどされた。ふたりめの男が、ふたたびボビーの体を押さえた。前よりも乱暴な手つきになっていた。ハリーとその仲間にとりかこまれたときに似ていたが、あのときよりずっと険悪な雰囲気だった。

「金はもってるんだろうな、この野郎《ティオ》？」三人めの男がいった。「ここは有料道路なんだぜ」

四人はいっせいに笑いながら、ボビーににじり寄ってきた。ボビーの鼻は男たちのアフターシェイブ・ローションの香料の効いたにおいとヘアトニックの香り、それに自分自身の恐怖のにおいを嗅《か》ぎとっていた。男たちの心の声はきこえなかったが、あえてききとる必要もなかった。こいつらは、どうせぼくを殴る蹴《け》るの目にあわせて、金を盗みとるつもりなんだ。もし運がよければ、その程度のことだけですむだろう……しかし、運に恵まれないかもしれない。

「よお、ちび」四人めの男が歌うような口調でいった。男はつづけて片手を伸ばし、ボビーのクルーカットの髪の毛をわしづかみにして強く引っぱった。その痛みに、ボビーの目には涙がこみあげてきた。「なあ、小僧《リトル・ムチャチョ》、金目の物はもってるかい？　いまはどのくらい虎の子《ディネロ》をもってる？　いくらか出せば、ここを通してやるさ。なんにも出さないっていうのなら、タマをぶっ潰《つぶ》してやるだけでね」

「その子に手を出すな、ファン」

四人はいっせいにふりかえった。ボビーも、うしろに顔をむけた。おなじようにディアブロスのチーム・ジャケットを着て、おなじように折り目がくっきりとついているスラックスをはいた五人めの男が近づいてくるところだった。ただしこの男は先の尖ったブーツではなく、ローファーを履いていた。ボビーはすぐに、この男を思い出した。テッドが〈コーナー・ポケット〉で賭けをしに別室にいっているあいだ、〈辺境警備隊〉という名前のついたピンボール・マシンで遊んでいた若い男だ。三叉のマークに見覚えがあったのも無理はない。おなじ模様の刺青《いれずみ》が、この男の手の甲にあったのを目にしたからだ。あのとき男は裏返しにしたジャケットを腰に巻きつけ、袖《そで》を縛りあわせていた（そして《この店じゃ、チームのジャケットを着ちゃいけないんだ》と、ボビーに教えてくれた）が、それでもディアブロスのマークはちゃんと身につけていたわけだ。

ボビーは、新たにやってきたこの男の心をのぞこうとしたが、曖昧《あいまい》にぼやけた物しか見えなかった。ミセス・ガーバーに連れられて〈セイヴィンロック〉に行ったあの日とおなじように、いまこの能力は薄れかけていた——あの日はマックォンの屋台の前を離れるとすぐ、この力が消えていた。〈ひらめき〉の力は今回のほうが長つづきしたものの、いま消えはじめたというわけだ。

「なにいってんだ、ディー」ボビーの髪の毛を引っぱった男がいった。「おれたちは、この坊主《ぼうず》をちょっとばかりびびらせてただけだぞ。ディアブロスの縄ばりを通るなら、通行料をよこせってね」

「この子からは金はとらない」ディーはいった。「おれはこいつを知ってるんだよ。ダチ《コンパドレ》なんだ」

「おれには、山の手育ちの女の腐ったみたいな坊主にしか見えないけどな」ボビーのことをぼけ野郎《カブロン》や間抜け《プティノ》のちび呼ばわりした男が答えた。「だからおれは、こいつに礼儀ってものを教えてやろうとしたんだ」

「この子は、おまえにそんなものを教えてもらう必要はないさ」ディーがいった。「いっそ、おれがおまえに教えてやろうか、モソ？」

モソと呼ばれた男は顔をしかめて一歩あとじさり、ポケットからタバコをとりだした。仲間のひとりが、すかさず火をさしだした。ディーはボビーを引っぱって、通りのすこし先まで歩いた。

「いったいこんなところでなにをしてるんだ、友人《アミーゴ》？」ディーは刺青のある手でボビーの肩をぎゅっと押さえた。「この界隈《かいわい》にひとりで来るだけなら馬鹿《ばか》な真似《まね》ですむが、夜になってからひとりで来るのは、正気の沙汰《さた》じゃないぞ」

「来るしかなかったんだ」ボビーは答えた。「だって、きのういっしょにいた男の人を見つけなくちゃいけないから。テッドっていうんだ、その人。年寄りで、痩《や》せてて、背が高い人。歩くときはちょっと猫背になる。ボリス・カーロフみたいにね――ほら、怪奇映画によく出てくる人だよ」

「ボリス・カーロフは知ってるが、テッドとかいう野郎のことは知らないね」ディーはいった。「とにかく、そんなやつの姿は見なかった。だから、おまえはとっととここから帰るにかぎるぞ」

「〈コーナー・ポケット〉に行かなくちゃいけないんだ」

「いま行ってきたところだよ」ディーは答えた。「ボリス・カーロフみたいな男なんかいなかったぞ」

「まだ時間が早いからさ。たぶんテッドは、あの店に九時半から十時のあいだに行くんだと思う。テッドが来るときには、ぼく、店にいないといけないんだ。テッドはある男たちに追われているからね。そいつら、黄色いコートを来て白い靴を履いてるんだ……

でっかくて派手な車を乗りまわしてて……その一台は紫色のデソトなんだ――」

ディーはいきなりボビーの体をつかんで回転させ、質屋の店のドアに押しつけた。あまりにも乱暴なその手つきに、一瞬ボビーは、この男も街角男の仲間たちと調子をあわせることにしたのではないかと思った。質屋の店内では、禿《は》げた頭の上に眼鏡を押しあげた男が不機嫌そうな顔でひとしきりあたりを見まわしてから、それまで読んでいた新聞に目をもどした。

「黄色くて長いコートを来た野郎《ヘフェス》どもか」ディーが押し殺した声でいった。「おれもその手の連中を見かけたよ。仲間にも、やっぱり見かけたやつらがいる。あんな連中には、かかわらないのが無難だぞ。どうにもこうにも胡散《うさん》くさい連中だ。見た目がまともじゃない。あの連中とくらべたら、〈マロリーズ・サロン〉でとぐろを巻いてる悪党連中さえ、ものすごい善人に見えるくらいだ」

ディーの表情には、サリー・ジョンを連想させるものがあった。そういえば以前にサリー・ジョンが、コモンウェルス公園のあたりで変な男たちを見かけたと話していたことが思い出されてきた。どんなふうに変だったのかとボビーが質問すると、サリー・ジョンはよくわからなかった、と答えた。しかしボビーにはわかった。サリー・ジョンは下衆男たちを目にしたのだ。あんな前から、下衆男たちはあたりを嗅ぎまわっていたのである。

「そいつらをいつ見たの？」ボビーはたずねた。「きょう？」

「ちょっと待ってくれ」ディーはいった。「おれはベッドから起きだして、まだ二時間くらいしかたってない。その二時間だって、ほとんどバスルームにこもって、街に繰りだすのに恥ずかしくない身じたくをしていたくらいだ。ただ、あいつらが〈コーナー・ポケット〉からふたりづれで出てくるのは見たぞ――おとといだったと思う。おまけにあの店、ここんところ雰囲気がおかしくてね」ディーはつかのま考えこんでから、大声をあげた。「よお、フアン、ちょっくらこっちに来てくれ」

先ほどボビーのクルーカットを引っぱった男が、小走りに近づいてきた。ディーがフアンにスペイン語で話しかけた。フアンが答えると、ディーはボビーを指さしながら、もっと手短になにか話していた。それからフアンは鋭い折り目のついたスラックスの膝《ひざ》に両手をおいて上体をかがめ、ボビーに顔を近づけてきた。

「じゃ、おまえもあの連中を見たってことか？」

ボビーはうなずいた。

「でっかい紫のデソトに乗った連中か？　それともクライスラーに乗った連中？　いやいや、オールズモビル98に乗ったやつらか？」

ボビーが知っているのはデソトだけだったが、とりあえずうなずいた。

「連中の車は、どれもこれも本物の車なんかじゃない」フアンはいい、横目でディーのようすを確かめた。笑われているかどうかを確かめたかったのだろうが、ディーは笑っておらず、うなずいてファンに話の先をうながしただけだった。「なにかべつのしろもんなんだ」

「ぼくは、あれが生きてるんじゃないかって思う」ボビーはいった。

ファンの目がぱっと輝いた。「そうだ！　まるで生きてるみたいだ！　おまけにあの連中といったら——」

「どんな感じなの？　ぼく、あいつらの車は見たことがあるけど、あいつらそのものは見たことがないんだ」

ファンはこの質問に答えようとはしたが、英語だとうまく表現できないようで、たちまちスペイン語に切り替えてしゃべりはじめた。ディーが通訳してくれたが、どうにも要領を得なかった。ディーはしだいしだいに、ボビーを無視してファンとの話に身を入れはじめた。やがてほかの街角男たち——といっても、彼らが少年に毛の生えたくらいの年齢であることがボビーにも見てとれた——も近づいてきて、それぞれ意見を出しあってきた。ボビーには話の内容まではわからなかったが、この全員が怯《おび》えていることだけは感じられた。みな、百戦錬磨のしたたかな強い男だ——この界隈では、そうでなければ一日も生きぬけない——それなのに、いまこの連中は下衆男たちに怖気《おじ》づいている。さいごにひとつだけ、ボビーの心の目が明瞭《めいりょう》なイメージをとらえた。芥子《からし》色《いろ》の踝《くるぶし》まであるコート——《OK牧場の決斗》や《荒野の七人》といった映画に出てくる男たちが着ているようなコート——を身にまとい、大股《おおまた》で闊歩《かっぽ》していく背の高い男のイメージ。

「おれが見たのは、裏に馬券売場がある散髪屋から四人で出てくるところだったな」どうやらフィリオという名前らしい男が、そう口にした。「あの連中は、そんなことに精を出してるんだよ。あちこちの店にはいっていっちゃ、いろいろ質問をしてるんだ。たいていは、例の馬鹿でっかい車を歩道ぎわに寄せてエンジンをかけっぱなしにしてね。ふつうなら、頭がおかしいんじゃないかと思うよ。この界隈で、エンジンをかけっぱなしにした車をほっぽらかすなんて。だけど、あんな薄っ気味わるい車をいったいだれが盗むっていうんだ？」

だれも盗もうなんて思わない——ボビーは知っていた。盗もうとすれば、ハンドルがいきなり蛇に変身して、盗《ぬす》っ人《と》野郎の首を絞めるに決まっている。シートが流砂の穴に変わって、そいつをすっぽり飲みこんでしまうに決まっている。

「やつらはいつもグループで行動するんだ」フィリオがつづけた。「めちゃくちゃ暑くて、歩道で目玉焼きがつくれそうな日でも、そろって長い黄色のコートを着てる。洒落《しゃれ》た白い靴もおそろいだ——思いっきり先が尖ってんだよ。で、まあ知ってのとおり、おれはいつも他人の靴はひととおり見ることにしてる。気になってしかたがないんだな。で……どうもあの連中の靴は……なんていうか……」フィリオはいったん言葉を切ると、考えをまとめたのだろう、あらためてスペイン語でディーに話しかけた。

ボビーは、この人がなにを話しているのかとたずねた。

「こいつは、連中の靴が地面にくっついていないみたいに見えると話してるんだよ」フアンが答えた。その目は大きく見ひらかれており、瞳《ひとみ》には軽蔑《けいべつ》の色や不信の色はかけらもなかった。「こいつがいま話してるのは……連中はまっ赤なでっかいクライスラーに乗ってて、その車に引きかえしていくときには、連中の靴が地面にくっついていないように見えた……ってことだ」

フアンは二本指を顔の前に突き立てると、指のあいだから唾《つば》を地面に吐きつけ、十字を切った。

そのあとしばし、だれも口をひらかなかった。それからディーがおもむろに、真剣な顔つきでボビーにまた顔を寄せてきた。「で、おまえの知りあいを追っているのは、その連中かな？」

「うん、そうだよ」ボビーはいった。「だからぼく、友だちのテッドに警告しなくちゃいけないんだ」

ふっと、頭のなかに突拍子もない思いが浮かんできた。ディーが協力を申しでてくれるのではないか、自分もいっしょに〈コーナー・ポケット〉に行ってやるといってくれるのではないか。それをきいて、ディアブロスのほかの面々も参加の声をあげるのではないか。そのあと、《ウエスト・サイド物語》のジェット団みたいに全員調子をあわせて〝ぱちぱち〟と指をならしながら、歩道を闊歩していく。なんといっても、この男たちは——たまさか善良な心根をもちあわせているギャング団の面々は——もう友だちなのだから。

もちろん、そんなことになるはずもなかった。現実にはまずモソが集団から離れて、最初にボビーとぶつかった場所まで引きかえしていった。ほかのメンバーも、モソにつづいた。ファンはしばしとどまって、ボビーにこんな言葉をかけてきた。「あんな紳士《カバリエロス》たちと鉢あわせした日には、おまえはあっという間に死んだ間抜けのちび《プティノ》になっちまうぞ、このクソがき《ティオ・ミオ》」

さいごに残ったのはディーだった。「あいつのいうとおりだ。だから、おまえはおまえの縄ばりに帰るがいい。友人《アミーゴ》には、自分の身を自分で守らせるんだ」

「そんなことできないよ」ボビーは答え、純粋な好奇心からこう質問した。「自分だったら、そんなことできると思う？」

「相手が普通の人間だったら、まずそんな真似はしないと思う。だけど、あいつらは普通の人間じゃない。みんなの話をきいてたんだろう？」

「うん」ボビーは答えた。「でもね」

「おまえはいかれてるよ、坊主。いかれちび《ポコ・ロコ》だ」

「そうだろうね」じっさい、自分でもいかれているとしか思えなかった。なるほど、いかれちび《ポコ・ロコ》だし、それだけではすまない。こういうとき母親なら、便所の鼠《ねずみ》なみにいかれていると表現しそうだ。

ディーが離れていき、ボビーは心臓が痙攣《けいれん》を起こしたような気分になった。年上の若者は交差点の角にたどりつき——仲間たちは道の反対側で待っていた——そこでくるりと身をひるがえすと、指を拳銃《けんじゅう》の形にしてボビーにつきつけてきた。ボビーはにやりと笑って、やはり指でつくった拳銃をディーにつきつけた。

「あばよ《バヤ・コン・ディオス》、わが頭のいかれた友人《ミ・アミーゴ・ロコ》」ディーはそういうと、チーム・ジャケットの襟をうなじに立てて歩きだし、道を横切っていった。

ボビーは反対側にむきなおると、また歩きはじめた。かすかなうなりをあげるネオンサインが投げかける光の輪があれば迂回《うかい》し、できるだけ暗い陰に身を隠すように心がけながら。

〈コーナー・ポケット〉の筋向かいにあったのは葬儀社だった。緑色の天幕には《**デスペグニ葬儀社**》と書いてあった。ショーウィンドウには、見るだけで薄ら寒くなるような青いネオンで周囲を飾られた時計がひとつだけ、吊《つ》りさげられていた。時計の下にぶらさがった小さなプレートには、《**歳月と海の潮は人を待たぬ**》とある。その時計によれば、いまは八時二十分すぎだった。まだ時間はある——時間の余裕はたっぷりあった。〈コーナー・ポケット〉の先に、比較的安全に身を隠せそうな路地があることもわかっていた。一カ所に身を落ち着けて待っているのが賢明だと頭ではわかっていたが、しかしボビーにはそんな真似はできなかった。だいたい、ほんとうに賢明だったら、そもそも最初からこんなところに来るものか。ボビーは老賢者ではない。しょせんは助けを必要としている怯えた小さな子どもだ。必要としている助けが、はたして〈コーナー・ポケット〉の店内にあるかどうかは疑わしかったが、いや、この見立てもまちがっているかもしれない。

ボビーは《店内冷房中の当店へようこそ》と書いてある横断幕の下をくぐった。生まれてからいままで、これほどまでに冷房が不要に思えたことはなかった。蒸し暑い夜だったが、全身が冷えきっているように思えてならなかった。

《神さま、もしほんとうに天にいるのでしたら、いまのぼくをお助けください。ぼくが気丈にふるまえるよう、力を貸してください……それから、ぼくが運に恵まれますように》

ボビーはドアをあけ、店内に足を踏みいれた。

ビールのにおいはきのうよりずっと強かったし、もっと新鮮でもあった。ピンボール・マシンがならんだ部屋は、光と騒音とで活況を呈していた。前はピンボール・マシンで遊んでいるのはディーしかいなかったのに、いまではすくなく見積もっても二十人以上の男たちがいた。その全員がタバコをふかし、全員がランニングシャツを着て、全員がフランク・シナトラ流の〝やあ、若き恋人たちよ〟といっているような帽子をかぶり、全員がゴットリーブ社製のゲームマシンのガラスの上に、バドワイザーの瓶をおいていた。

レン・ファイルズのデスクのあるあたりも、前にくらべて格段に明るかった。というのもピンボール室とおなじくバーの明かりも増えていたからだ(スツールもすべて埋まっていた)。さらにビリヤード室は、水曜日の昼間はほとんど薄暗いままだったが、いまは手術室のように皓々《こうこう》と照明がともっていた。どのビリヤード台でも、男たちが紫煙のなかで身をかがめて狙《ねら》いをつけていたり、台のまわりを歩いたり、球を撞《つ》いたりしていた。壁ぞいの椅子は、ひとつ残らずふさがっている。ボビーの目は、靴磨き台に足を載せている老ジーの姿をとらえ——

「ちょいと、あんたはこの店でなにをしてるんだい？」

ボビーはさっとふりかえった。いきなり声がかかったことには驚いたし、女の口から出たつっけんどんな言葉もショックだった。声をかけてきたのはアランナ・ファイルズだった。居間エリアに通じるドアが、ちょうどアランナの背後で閉まったところだった。

今夜のアランナは、その肩——クリームのように白い肌をもち、乳房同様に丸みのある美しい肩だった——と、驚異的に豊満な乳房の上半分もあらわな白いシルクのブラウスを着ていた。白いブラウスの下は、ボビーが見たこともないほど巨大な赤いスラックス。きのうのアランナは親切で笑顔を絶やさなかった……ボビーのことを笑ったも同然だとはいえ、それをボビーが不愉快に感じることはなかった。今夜のアランナは、恐怖のあまり死にそうな顔を見せていた。

「すいません……あの……ここに来ちゃいけないのは知ってたんですが、どうしても友だちのテッドと会わなくちゃいけなくて……それで考えて……」ボビーは、浮かんだまま部屋に長いこと放置された風船のように、自分の声がしぼんでいくのを耳にしていた。

どうにもこうにも、ようすがおかしかった。たまに見る夢のような感じだった——学校の机にすわって綴《つづ》り方か理科の勉強をしているか、あるいはただ本を読んでいると、いきなりみんなから笑われる。それでようやく、ズボンもパンツもはかずに学校にやってきて、女の子にも先生にも、とにかくあらゆる人間の目にフリチン姿をさらしていたことに気づく……という夢だ。

ゲーム室のベルの音が完全に途絶えることはなかったが、それでも多少ペースがのろくなってきていた。バーからきこえていた会話と笑い声の洪水は、ほぼ完全に干あがっていた。ビリヤードの球を撞く音はやんでいた。あたりを見まわしながら、ボビーは腹のなかで例の蛇がもぞもぞと蠢《うごめ》きはじめたのを感じとった。

全員が残らずボビーを見ていたわけではないが、大半の人間が目をむけていた。老ジーにいたっては、汚らしい紙にできた焼け焦《こ》げの穴のような両目でじろじろと見つめていた。ボビーの心の窓はほぼ不透明に——埃《ほこり》で覆《おお》いつくされた状態に——なっていたが、ここの大多数の人間が自分の到着をある意味で予測していたことが感じとれた。ただし、彼らが事情を知っているとは思えなかった。たとえ知っているにしても、なぜそんなことを知っているのかはわからないにちがいない。いわばここの人たちは、ミドウィッチ村の住民とおなじような睡眠状態にあるのだ。下衆男たちはもうこの店にやってきた。そして下衆男たちは——

「出ておいき、ランディ」アランナがいった。極度の重圧にさらされているのか、いまこの女性はボビーを父親の名前で呼んでいた。「まだ店を出られるいまのうちに、とっとと出ておいき」

老ジーが靴磨きの椅子《いす》から滑りおりてきた。前に身を乗りだしてきた拍子に、皺《しわ》だらけのシアサッカー地の上着が靴載せ台のひとつにひっかかり、生地がびりりと裂け、シルクの裏地がおもちゃのパラシュートのようにひらひらと膝の横に舞い落ちたが、老ジーは気にとめるようすもなかった。その両眼は、いままで以上に焼け焦げた穴そっくりになっていた。

「やつをつかまえろ」老ジーはふるえる声でいった。「あの小僧をつかまえるんだ」

これだけ見ればもう充分だった。ここでは求める助けは得られない。ボビーはドアに駆け寄り、引きちぎらんばかりの剣幕でドアを引きあけた。背後から人々が動きだす気配が伝わってきたが、その動作はのろくさかった。あまりにものろくさかった。ボビー・ガーフィールドは、夜の闇《やみ》のなかに走りでていった。

そのまま二ブロックばかり走ると、わき腹にさしこみが襲ってきて、歩調をゆるめなくてはならず、ついには完全に足をとめるほかなかった。だれも追いかけてこないのはひと安心だったが、テッドが〈コーナー・ポケット〉に金をうけとりにいったりしたら、助かる見こみはゼロ、万事休す、一巻のおわりだ。テッドが用心しなくてはならない相手は、もはや下衆男たちだけではない。いまでは老ジーをはじめとする面々にも注意しなくてはならないのに、テッドはまだそのことを知らない。となると、問題は自分にはなにができるのか、だ。

あたりを見まわすと、もう商店はまったく見あたらなくなっていた。いつしか倉庫街にはいりこんでいたのだ。立ちならぶ倉庫は、どれも個性をかき消された巨大な顔のようにそびえていた。あたりには魚と大鋸屑《おがくず》のにおいが立ちこめ、古くなった肉のものだろうか、かすかな腐敗臭もただよっていた。

なにができるかといって……できることなんか、なにひとつない。自分はただの子どもだし、これはもう自分の手にある。それは重々わかっていたが、だからといって、せめて警告しようという努力もしないまま、テッドが〈コーナー・ポケット〉の店内に踏みこんでいくのをむざむざ見すごすわけにいかないこともわかっていた。しかし、これはハーディ・ボーイズ流の英雄的な行為とはなんの関係もなかった——なんらかの努力をせずにはいられないというだけ。しかも自分をこんな立場に追いこんだのは母親である。そう、ボビー自身の母親だ。

「母さんなんか大っきらいだ」ボビーはささやいた。いまも寒くてたまらなかったが、もう汗は残らず出ていた。いままでは全身がくまなく汗にまみれていた。「母さんがドン・バイダーマンとあの男たちからどんな目にあわされたのか、そんなことどうだっていい。どうせ母さんは鬼婆《おにばば》だ。大っきらいだよ」

ボビーは体の向きを変えると、陰から出ないように気をつけながら来た道を小走りに引きかえしはじめた。二度ほど近づいてくる足音がきこえ、そのたびにボビーは近くの建物の玄関先にしゃがみ、足音が通り過ぎていくまで、精いっぱい体を小さく縮めていた。体を小さくするのは簡単だった。自分がこんなにちっぽけに感じられたためしはなかった。

今回ボビーは路地にはいりこんだ。路地の片側にはごみ容器がならび、反対側にはビールの臭気がただよう空き瓶が回収用の箱におさめて積みあげてあった。この段ボール箱の柱はボビーの身長よりも三十センチほど高く、その陰に身を潜めると、外の通りを歩く人の目を完全に逃れることができた。ここで時間を潰《つぶ》しているあいだに、なにやら熱くてもじゃもじゃした感触の物が踝《くるぶし》をこすっていき、ボビーはひっと悲鳴をあげかけた。しかし悲鳴が口から出る前に、その大半を抑えこむことができた。地面に目をむけると、薄汚い野良猫《のらねこ》が、緑色のヘッドライトといった雰囲気の目でボビーをにらみかえしてきた。

「しっしっ、あっち行け」ボビーは小声でいい、猫めがけて足を蹴《け》りだした。猫は針のような牙《きば》を剝《む》きだしてかん高く鳴くと、なにやら軽蔑《けいべつ》の雰囲気をただよわせて尻尾《しっぽ》をぴんと突き立て、ごみの塊やガラスの破片をかわしながら、悠然とした足どりで路地を歩いていった。横手の煉瓦《れんが》の壁ごしに、〈コーナー・ポケット〉の店内にあるジュークボックスの音がぼやけてきこえてきた。ミッキー&シルヴィアが〈恋は異なもの〉を歌っていた。まことに恋や愛は異なもの、妙なもの。奇妙奇天烈《きてれつ》な目の上のたんこぶ。

この隠れ場所からでは、もう葬儀社のショーウィンドウの時計は見えなかった。だからもうずいぶん時間がたったのかも、まだすこししかたっていないのかも、なにもわからなかった。ビールとごみの悪臭立ちこめる路地の先では、夏の路上オペラが進行中だった。人々がたがいに大声で叫びかわしていた。ときには笑いながら、ときには怒りもあらわに、ときには英語で、ときには英語以外の十指にあまる言語のどれかひとつで。また爆発音が響いて、思わず身をこわばらせたこともあった。てっきり銃声だと思いこんだせいだったが、そのうち花火の音だとわかり――たぶんレディフィンガーと呼ばれる小さな花火だろう――多少は気分が落ち着いた。車もびゅんびゅん走っていた。その多くがクロームめっきのパイプやらグラスパック・マフラーをそなえ、けばけばしい色に塗られた改造車だった。いちど、殴りあいの喧嘩《けんか》が起こって、まわりにあつまった見物人たちが喧嘩の当事者たちにやんやの声援を送っている騒がしい声がきこえてきた。また、酒に酔っているうえに失意のどん底にあるような女が、美しくも呂律《ろれつ》のまわらない声でコニー・フランシスの〈ボーイ・ハント〉を歌いながら歩いていった。警察のパトカーのサイレンがいったん近づいては、また遠ざかっていったこともあった。

居眠りをすることこそなかったが、一種の白日夢を見ているような状態に落ちこんではいた。その白日夢のなかで、ボビーはテッドとフロリダあたりの農場に暮らしていた。ふたりとも骨惜しみせず長時間働いていたが、テッドは老人にしては驚くほど強健な働きぶりを見せた。というのも、タバコをきっぱりやめて、また体力をとりもどしたせいだった。ボビーは別名で――ラーフ・サリヴァンという名前で――学校に通っていた。夜ともなれば、ふたりはポーチに出てテッドの手づくりの料理を食べ、アイスティーを飲む。ボビーはテッドに新聞記事を音読してきかせ、やがて床につくと、ふたりともぐっすりと眠る。ふたりの眠りは安らかそのもの、悪夢に邪魔されることはない。毎週金曜日にふたりで食料品店に出かけたおりには、ボビーは店内掲示板をかならず調べて、そこに迷子のペットをさがすポスターか、上下逆さまに貼《は》りだされた所有者直売の宣伝カードの有無を確かめるが、そんなものが見つかることはない。下衆男たちはテッドの臭跡《しゅうせき》を見うしなったのだ。テッドはもうだれの犬でもなく、ふたりは農場で安らかに暮らしている。父と息子でもなく、祖父と孫でもなく、ただのふたりの友人として。

《おれたちみてえな連中》ボビーは睡魔に襲われながら思った。いまボビーは煉瓦の壁にすっかりもたれかかり、頭はしだいに垂れて、あごが胸にくっつきかけていた。《おれたちみてえな連中……きっとどこかに、おれたちみてえな連中のための居場所があるはずだ》

路地にさっと光が射《さ》しこんできた。これまでもおなじように光が射しこんでくるたび、ボビーは積まれた段ボール箱の陰から外をのぞいていた。今回ばかりは見おくってしまおうかと思いかけた――そんなことより目を閉じて、農場のことを考えていたかった――が、それでも自分に鞭打《むちう》つようにして道路の方角に目をむけた。その目に飛びこんできたのは、ちょうど〈コーナー・ポケット〉の店先でとまったチェッカー・タクシーの、ずんぐりとした黄色いテールフィンだった。

全身にどっとアドレナリンが流れこみ、頭のなかでボビー本人も存在を知らなかった明かりがともった。積まれた段ボール箱の陰から飛びだした拍子に、いちばん上の二個が転がり落ちた。片足が中身のないごみ容器をとらえ、そのまま壁に蹴り飛ばした。つづいて、かん高い鳴き声をあげる毛の生えた物体を踏みつぶしかけた――さっきの猫が舞いもどっていたのだ。ボビーは猫をわきに蹴飛ばし、路地から走りでた。〈コーナー・ポケット〉の方角に身をひるがえしたそのとき、ボビーは路上の油っぽい汚物に足をとられ、地面に片膝《かたひざ》をついた。冷えびえとした青い輪に囲まれた葬儀社の時計を見やる――九時四十五分だった。タクシーは、〈コーナー・ポケット〉の入口前の歩道ぎわで、アイドリングをつづけていた。そしてテッド・ブローティガンは、《店内冷房中の当店へようこそ》と書いてある横断幕の下に立って、運転手に料金を支払っていた。運転席側のひらいたウィンドウにむかって体をかがめているせいで、テッドはこれまで以上にボリス・カーロフそっくりに見えた。

タクシーとは道路をはさんで反対側、葬儀社の前にアランナのスラックスにも負けないほど赤い巨大なオールズモビルがとまっていた。さっきまでは、こんな車がとまっていなかったことは確実だった。車の形は安定していなかった。見つめていると、目が痛くなって、うるんできただけではなかった――頭まで痛くなり、涙が出てきそうだった。

《テッド！》ボビーは大声を出そうとしたが、叫び声はまったく出てこなかった――精いっぱい力を尽くしても、藁《わら》のようにかぼそい小さな声しか出せない。《テッドは、なんであいつらの存在を感じないんだろう？　どうして、あいつらがいるってわからないんだ？》

ひょっとしたら、下衆男たちがなんらかの方法でテッドひとりを隔絶しているからか。あるいは、〈コーナー・ポケット〉の店内にいる人々が、テッドを周囲から切り離す役目をこなしているのかもしれない。老ジーをはじめとする一同が。下衆男たちが店内の人間をある種のスポンジに変化させて、いつもならテッドが察知する危険の兆候を、すべてそのスポンジに吸いこませていることも考えられる。

道路には、さらにヘッドライトの光があふれてきた。テッドが体を起こし、タクシーが離れていくと同時に、交差点を曲がって紫のデソトが出現した。タクシーはあわてて急カーブして、からくもデソトをかわした。街灯の光を浴びているデソトは、クロームめっきの部品やガラスで飾られた巨大な血の塊に見えた。ヘッドライトは、水中で見る光のようにちらちらと動き、ゆらめいたばかりか……まばたきをしていた。あれはヘッドライトなんかじゃない。あれは目だ。

《テッド！》あいかわらず、干からびた小さな声しか出せなかったし、二度と立ちあがることができないようにも思えた。それどころか、自分が立ちあがりたいと思っているのかどうかさえおぼつかなかった。ボビーはいま、すさまじい恐怖にすっぽりつつまれていた——時間や空間の感覚をうしなわせる点では流感そっくり、そして身も心も衰弱させる点では強烈な下痢にも似た恐怖だった。〈ウィリアム・ペン・グリル〉の外にとまっていた血の塊めいたデソトの横をタクシーで通ったのは呪《のろ》わしい体験だった。しかし、こちらに近づいてくるデソトの目の強烈な光をまともに浴びるのは、その一千倍も呪わしい体験だった。いや、それではまだ足りない——百万倍だ。

気がつくと、転んだせいでズボンが裂け、膝小僧から血が出ていた。どこか建物の上のほうの窓から、リトル・リチャードの絶叫するような歌声がきこえていた。葬儀社の時計をとりまいている青い光の輪は、いまもまだ網膜に焼きつけられたフラッシュの残像のように見えていたが、もはやなにもかも現実感をうしなっていた。悪名高きナラガンセット・アヴェニューが、いきなりぞんざいに描き殴られただけの背景の書き割りと化したかのようだった。その書き割りの裏側にこそ、思いもよらない現実がひそんでいる。邪悪な闇を秘めた現実が。

デソトのグリルが動いていた。牙を剝きだしてうなっている。

《連中の車は、どれもこれも本物の車なんかじゃない》ファンはそういっていた。《なにかべつのしろもんなんだ》

そう、たしかに〝なにかべつのしろもん〟だった。

「テッド」今回は、わずかに大きい声を出すことができたし……テッドの耳にもとどいた。テッドがボビーに顔をむけて、大きく目を見ひらいたそのとき、背後でデソトが勢いよく歩道に乗りあげた。変幻をつづける炯々《けいけい》たるヘッドライトの光がテッドの動きを封じ、その影を長く引き伸ばした。〈スパイサーズ〉の駐車場でいきなり照明がともったとき、ボビーとシグズビー家の双子の影が一気に長く伸びたように。

テッドはすばやく身をひるがえしてデソトにむきなおり、目の上に手をかざして強烈な光をさえぎった。またしても道路にヘッドライトの光が流れこんできた。倉庫街の方角からキャディラックが走りこんできたのだ。一キロ以上もの長さがあるとしか思えない、鼻水じみた緑のキャディラック。フィンはにたにた笑う口もとのよう。車体側面は肺のような動きを見せている。キャディラックは鈍い音とともにボビーのすぐ背後で歩道に乗りあげ、背中からわずか三十センチばかりのところで停止した。ボビーの耳が息切れのような音をとらえた。キャディラックのエンジンが呼吸をしていることを、ボビーは悟った。

三台の車のドアがいっせいにひらき、男たちが外に降り立ってきた。いや、一見したところでは人間のような存在というべきか。ボビーはまず六人まで数え、八人まで数えたところで、もう人数を確認するのをやめた。全員が、丈の長い芥子色《からしいろ》のコートを着ていた。ダスターコートと呼ばれる種類のコートだ。それぞれのコートの右の襟には、ボビーが夢で見た覚えのある目、かっと見ひらかれた深紅の目がついていた。バッジだろうとボビーは思った。あんな目を身につけている連中は……何者だ？　警官？　いや、ちがう。映画に出てくるような民兵団？　近いぞ。自警団？　さらに近づいてきたが、まだ正解ではない。彼らは――

《レギュレイターズだ。去年、サリー・ジョンといっしょに〈エンパイア〉で見た映画、ジョン・ペインとカレン・スティールが主演したあの映画に出てきた連中みたいなものなんだ》

そう、そのとおり、まちがいない。あの映画に出てきたレギュレイターズは、結局は悪党どもの集団だと判明するのだが、最初のうち人々は幽霊や怪物やその手のものかもしれないと思いこんでいた。そしてボビーは、こっちのレギュレイターズはまぎれもない本物の怪物だと思った。

そのうちひとりに、腕を下からぐいっとつかまれて、ボビーはひっと叫び声をあげた――だれかに体をふれられて、ここまで恐怖にふるえあがった経験はいちどもなかった。これにくらべれば、母親の手で壁に投げつけられたことなど、ちょっとした気分転換以外のなにものでもない。下衆男にふれられるのは、熱湯をたたえた瓶から伸びだした指でつかまれるようなものだったが……この感触は変化しつづけていた。最初わきの下をつかまれたときには指のように感じられたが、その感触が鉤爪《かぎづめ》に変わった。指……鉤爪。指……鉤爪。およそ筆舌に尽くしがたいその感触がびりびりと体内にまで響き、体を上下に広がっていった。

《これはジャックの棒だ》ボビーの頭を理不尽な思いがよぎった。《両端を削《そ》いだあの棒だ》

ボビーは、ほかの下衆男たちにとりかこまれているテッドのもとまで引き立てられていった。力が抜けて歩けなくなった足をよろめかせるだけで精いっぱいだった。もしや自分はテッドに事前に警告を与えられると思っていたのではないか？　そのあといっしょにナラガンセット・アヴェニューから逃げていけるなどと？　それも、キャロルがよくしていたみたいに、ちょっぴりスキップなんかして？　いまにして思えば笑える話ではないか？

信じられないことに、テッドの顔には恐れの色はなかった。半円をつくった下衆男たちにとりかこまれて立っているというのに、テッドの顔にのぞいている感情といえば、ボビーの身を案じる憂慮だけだ。ボビーをつかまえていた怪物——いまは手をそなえ、いまは忌《い》まわしく脈打つゴムめいた指もそなえ、そして猛禽《もうきん》の握力もそなえていた——が、いきなりボビーを放した。ボビーはよろめき、体をふらつかせた。ほかの下衆男のひとりがかん高く吠《ほ》えるような声をあげて、背中のまんなかを強く押してきた。たまらず前によろけて倒れそうになったボビーを、テッドがしっかりと支えてくれた。

ボビーは恐怖に嗚咽《おえつ》を洩《も》らしながら、テッドのシャツに強く顔を押しつけた。テッドのタバコとひげ剃《そ》り用石鹸《せっけん》の心なごむ芳香が鼻をついたが、下衆男からただよってくるにおい――生肉とごみが混じったような悪臭――や、彼らの車から立ち昇ってくるウイスキーを燃やすような強烈な臭気を覆《おお》い隠すまでにはいたらなかった。

ボビーはテッドの顔を見あげた。「うちの母さんなんだ……こいつらに教えたのは、うちの母さんなんだよ」

「きみがなにをどう考えようと、お母さんにはなんの責任もないんだよ」テッドは答えた。「わたしが一カ所に長くとどまりすぎただけだ」

「だけど、楽しい休暇だっただろう、テッド？」下衆男のひとりがいった。その声には、不気味な羽音のような音が混じっていた。たとえるなら、声帯にみっしりと昆虫が詰めこまれているような音――それも蝗《いなご》か蟋蟀《こおろぎ》が。この下衆男こそ、ボビーと電話で話した男、テッドはわれわれの犬だといいはなったあの男にちがいない……と思ったが、もしかするとこの連中は全員がおなじ声をもっているのかもしれない。《おまえも犬になりたければ話はべつだが、そうでないなら引っこんでいろ》電話に出た男にはそういわれたが、それでもボビーは〝この界隈《かいわい》〟にやってきた……そしていま、どうなったかといえば……。

「わるくはなかったね」テッドが答えた。

「おまえが首尾よく女と一発やったことを祈ってるよ」ほかの下衆男がいった。「この先、そんなチャンスは二度とないんだから」

ボビーは周囲を見まわした。下衆男たちは肩をならべて隙間《すきま》なくふたりを囲み、汗と蛆虫《うじむし》のわいた肉の入り混じった臭気でふたりを閉じこめていた。彼らの黄色いコートのせいで、テッドとボビーには道路の光景がまったく見えなくなっていた。下衆男たちは肌が浅黒く、彫りの深い顔だちで、唇は（さっきまでチェリーを食べていたように）まっ赤だった……しかし見た目と実体はまったくかけ離れていた。そう、見た目と実体はかけ離れていたのである。一例をあげるなら、彼らの顔は、そのまま顔としての状態をたもつとは思えなかった。頬もあごも髪の毛も、おのおのの領分を越えて広がろうとしていたのだ（というか、これが目にした光景を精いっぱいボビーなりに解釈しての表現だった）。その浅黒い肌の下には、彼ら自身が履いている細長い先の尖《とが》った靴ほどにも白い肌がひそんでいた。

《でも、唇はまっ赤のままだ》ボビーは思った。《いつだって、こいつらの唇は赤いまま》

おなじように、彼らの目も黒いまま変わることはなかったが……目と見える物は目でもなんでもなく、ただの暗い穴だった。

《それにこいつら、なんて背が高いんだ》ボビーはあらためてその事実に気づいた。《背がすごく高くて、すごく痩《や》せてる。脳みそのなかには、ぼくたち人間の思考のよう

なものはないし、胸の奥にもぼくたち人間のような感情はひとかけらもない》

道の反対側から、涎《よだれ》混じりに洩らすうめき声めいた音がきこえてきた。そちらに目をむけたボビーは、オールズモビルのタイヤの一本がかぎりなく黒に近い灰色の触手と化しているのを目にした。触手はずるずると這《は》いでてきたかと思うと、タバコの包装紙をとらえて、また引っこんでいった。その一瞬後には触手はまたタイヤに変身していたが、タイヤからはタバコの包装紙が——半分飲みこまれた物のように——突きだしていた。

「帰る気になってくれたかね？」下衆男のひとりがテッドにたずねた。この下衆男がテッドにむかって身をかがめると、黄色いコートの前身頃《まえみごろ》がかさごそと音を立て、襟にある深紅の目がぎょろりとにらみつけた。「あっちに帰って、自分の仕事をする気になったか？」

「ああ、帰るとも」テッドは答えた。「しかし、この少年はここに残るよ」

さらに何本もの手がボビーの体を押さえつけ、生きている小枝のように思える物体が、仕上げのつもりか、ボビーのぼんのくぼをそっとかすった。それがきっかけとなって、またあの羽音じみた音が鳴りわたりはじめた。音は警告のようにも、病気のようにも思えた。頭にまで達した音は、そこで蜂《はち》の巣の音そっくりに響きわたりはじめた。このいかれた雑音の奥から、短い間隔で気ぜわしく鳴りわたる最初の鐘の音がきこえ……たちまち鐘の数が増えてきた。鐘でいっぱいの世界が、闇夜《やみよ》に熱いハリケーンの突風に見舞われたかのような騒がしさだった。下衆男たちがどこから来たのかは知らないが、いま自分はその場所を感じとっているんだ――ボビーはそう察した。コネティカット州と母親から、何十兆キロも離れた別世界。見知らぬ星座のもとで、いくつもの村々が焼け落ちていく……人々が悲鳴をあげ、そしていま首すじに感じているこの感触……あまりにも不気味なその感触。

ボビーはうめき声を洩らし、またテッドの胸もとに顔を埋《うず》めた。

「この少年はおまえといっしょにいたがっているぞ」形容を絶するその声が甘ったるくささやいた。「こいつを連れていってもいいんじゃないかな、テッド。こいつには〈破壊者《ブレイカー》〉としての天賦《てんぷ》の才はないが……それでも、あらゆる物事は王《キング》に奉仕するというからね」そしてまた、形容を絶するその指の愛撫《あいぶ》。

「あらゆる物事は〈ビーム〉に奉仕する、だ」テッドはそっけない声で訂正した。教師としての声だった。

「それももう長いことではあるまいよ」下衆男はそう答えて笑った。その笑い声を耳にして、ボビーの下腹部が一気にゆるんだ。

「この少年も連れていけ」べつの下衆男がいった。その声には命令の響きがあった。たしかに下衆男たちの声は似たりよったりだったが、これこそ電話で話をした相手の声にちがいない。ボビーはそのことに確信をいだいた。

「よせ！」テッドがいい、ボビーの背中にまわされた手に力をこめた。「この子はここに残るんだ！」

「われわれに命令するとは、また何様のつもりだ？」司令役とおぼしき下衆男がいった。

「自由の身になっていたわずかなあいだに、またずいぶん偉くなったものだな、テッド！　驚くばかりの尊大さではないか！　しかし、おまえはもうすぐ、これまで長い歳月を過ごしたあの部屋に逆もどりだ。仲間がいるところにな。そして、わたしがこの少年も連れていくといえば、少年は来ることになるんだ」

「この少年を連れていくのなら、この先おまえたちは、必要なものをわたしから引きだすのに苦労することになるぞ」テッドはいった。その声はじつに静かだったが、じつに力に満ちていた。ボビーは精いっぱいの力でテッドにしがみつき、必死に目を閉じていた。たとえあと一回といわれても、もう下衆男たちを目にしたくはなかった。下衆男でなにが最悪かといえば、その手で体をふれられることが、テッドにふれられることと似ている点だった――つまり、さわられると窓がひらくのである。しかし、そんな窓をのぞきたがる人間がどこにいる？　連中の真の姿を、赤い唇をもった鋏《はさみ》のような姿を見たがる人間がどこにいる？　そして、あの深紅の〈目〉を所有する者を見たがる人間がどこにいるというのか？

「おまえは〈破壊者〉なのだぞ、テッド。おまえは生まれついての〈破壊者〉、〈破壊者〉たるべく生まれた者だ。そして、われわれが破壊せよといえば、おまえは破壊する──神の名において」

「おまえたちに無理じいされれば、わたしはいわれるがまま破壊するしかない。抵抗できると考えるほど、わたしも馬鹿《ばか》ではないからね……しかし、もしおまえたちがこの子をここに残してくれたら、わたしはもてる力のすべてをおまえたちに差しだそう。いいそえるなら、わたしにはまだまだ、たくさんの力があるのだよ……そうだね……おそらく、おまえたちの想像ではおよびもつかぬほどの力が」

「わたしは、この少年が欲しいんだよ」司令役の下衆男がいったが、その口ぶりには考えをめぐらせている調子が混じってきた。さらには、疑わしく思う気持ちも混じっていたかもしれない。「ちょっとした愛らしい手土産として、王《キング》に献上するためにね」

「意味のないちょっとした手土産のせいで、みずからの計画が齟齬《そご》をきたせば、ああ、〈深紅の王《クリムゾン・キング》〉がおまえに感謝するとは思えないな」テッドはいった。「そして、ガンスリンガーが──」

「ガンスリンガーだと。はっ！」

「そうはいっても、ガンスリンガーとその友人一行は、すでに〈終末世界〉の辺縁部にたどりついているではないか」いまやじっくり考えをめぐらせる口調でしゃべっているのは、テッドのほうになっていた。「もしこのわたしが、おまえたちから強《し》いられるのではなく、自分から力を差しだすのであれば、わたしは五十年か、ことによったらそれ以上早く計画を達成させてやれるかもしれん。いみじくもおまえのいったとおり、わたしは生まれついての〈破壊者〉、〈破壊者〉たるべく生まれた者だ。われわれのような者は多くはない。おまえたちには、われわれがひとり残らず必要だし、なかでもいちばん必要としているのは、このわたしだ。なぜなら、わたしこそ最高の能力をもつ者だからね」

「自画自賛もたいがいにしろ……それにおまえは、王《キング》にとっての自分の価値を買いかぶりすぎているぞ」

「そうかな？　そうではあるまい。〈ビーム〉を破壊しないことには、〈暗黒の塔〉はびくともしない——いや、わざわざわたしが教えるまでもないことだな。で、このひとりの少年に、それだけの危険を冒す価値があるのか？」

ボビーにはテッドがなんの話をしているのかさっぱりわからなかったし、知りたいとも思わなかった。いまわかっているのは、自分のこの先の人生行路がブリッジポートのビリヤード・パーラーの店先で決まろうとしている、ということだけ。耳には下衆男の黄色いコートの衣《きぬ》ずれがきこえ、鼻は下衆男の悪臭をとらえていた。さらにいま、こうしてまたテッドにふれてもらったおかげで、下衆男をさらに明瞭《めいりょう》に感じとることもできるようになっていた。目玉の裏の不気味きわまるむず痒《がゆ》さも、またぶりかえしていた。

なんとも恐ろしいことに、その痒みは頭のなかの羽音とリズムをあわせていた。視界を上から下へ、無数の黒い斑点《はんてん》が横切りはじめていた。この瞬間、ボビーはいきなりこの黒点がなんのためにあるのかを察しとった。クリフォード・シマックのSF長篇『太陽をめぐる輪』では、ひとつの独楽《こま》がほかの世界に行くための道具となっていた。人は、独楽の上に立ち昇る螺旋《らせん》をたどって、ほかの惑星へと行ったのである。しかし現実には、ボビーの見たところ、その役目を果たすのは独楽ではなく、この黒い斑点のようだ。黒い斑点。黒い斑点は生きており……。

しかも、腹をすかせている。

「では、少年自身に決めさせよう」しばらくして、司令役の下衆男はそういった。生きている小枝のようなその指が、またしてもボビーのうなじをそっと撫《な》であげた。「この少年はおまえのことを深く愛している。おまえは、この少年の〈テ－カ〉だ。そうではないか？　〈テ－カ〉というのはね、ボビー、〝運命の友人〟という意味だよ。おまえにとっては、タバコのにおいをぷんぷんさせているこの年寄りのテディベアこそが〈テ－カ〉ではないのか？　運命の友人ではないのかね？」

ボビーは無言で、ずきずきと疼《うず》いている顔をテッドのシャツに押しつけていた。いまでは、ここへ来たことを心の底から悔やんでいた——下衆男の実像をあらかじめ知っていたら、自宅から一歩も出ないで自分のベッドの下に身を隠していたものを。しかし、そう、ボビーはテッドこそ自分の〈テーカ〉なのだろうと思ってもいた。年端《としは》もいかぬ子どもの悲しさ、運命なるもののことは知らなかったが、テッドのことは友人だと思っていた。

《おれたちみてえな連中》ボビーは気落ちしながら思った。《おれたちみてえな連中》

「さて、われわれの姿を見たいま、おまえはどんな気分だ？」下衆男がたずねかけてきた。「どうだ、われわれといっしょに行きたいか？　そうすれば、やさしいテッドじいさんの近くにいられるぞ。たまの週末には、テッドに会えるかもしれない。大好きな〈テーカ〉と文学の話をしたくはないか？　われわれがどんな物を食べて、どんな物を飲んでいるのかも知りたくはないか？」

あの忌まわしい指が、また愛撫をくわえてきた。頭のなかの羽音が高まってくる。視界の黒い斑点が膨張し……斑点そのものが指の形になってさし招くように動いていた。

「われわれは、それを熱いまま食べるんだよ、ボビー」下衆男がささやいた。「それに熱いまま飲むんだ。熱くて……甘い。熱くて……甘い」

「やめろ」テッドが語気鋭くいった。

「それとも、やっぱり母親といっしょにいたいか？」口先だけの甘いささやきは、テッドの言葉を無視してつづいた。「いいや、そんなふうには思うまいて。おまえのように強い主張をもった少年なら、ゆめゆめ思うはずもない。友情の楽しみを、そして文学の楽しみをひとたび知った少年が、そのようなことを考えるはずはないからな。そうとも、おまえはこの息の音もやかましい〈カ－マイ〉といっしょに行きたいと、そう思っているのではないかな？　ちがうか？　心を決めたまえ、ボビー。いまここで決めるのだ。くれぐれも忘れてはならぬぞ。どちらの道をえらぼうと、それがすべてを決することになる。未来永劫《えいごう》いつまでも」

熱に浮かされたような状態のなかで、マックォンの白く長い指の下で、ロブスターの甲羅のように赤い模様をもつカードが目にもとまらぬ動きを見せていた光景の記憶がよみがえってきた。《これで充分、だんだんゆっくり、はい、おわり。さて、いよいよテストの時間だぞ》

《落第だ》ボビーは思った。《ぼくはテストに落第したんだ》

「ぼくを逃がしてください」ボビーはみじめな思いを嚙《か》みしめた。「お願い、ぼくを連れていかないで」

「おまえの〈テ－カ〉は、この先永遠におまえというすばらしい友人、身も心も若返らせてくれる友人もないまま過ごさなくてはならなくなるが、それでもいいんだな？」

ほほえんでいるような愛想のいい声だったが、相手の足もとを見すかした者ならではの軽蔑《けいべつ》の響きがその下からききとれたような気がして、ボビーの全身がぞくりとふるえた。体がふるえたのは、これで自分が永遠に自由になれるとわかったからだ。体のふるえの理由には、穴があったらはいりたい恥ずかしい気持ちもあった。いま自分がなにをしているか、いやというほどわかっていた——怖気《おじけ》づき、いじましい計算を働かせ、尻尾《しっぽ》を巻いて退散しようとしている自分。映画や本に出てきた正義の味方たちがぜったいにしないことを、いま自分は残らず実践している。そうはいっても、映画や本に出てくる正義の味方たちは、黄色いコートの下衆男たちや恐るべき黒い斑点のようなものと対決したことはない。しかも、いま〈コーナー・ポケット〉の店先で見ているその手のものは、まだ序の口でさえなかった。もしすべてをそっくり目にすることになったとしたら？　あの黒い斑点に導かれるまま別世界に行き、そこで黄色いコートの下衆男たちの真の姿を見せつけられるとしたら？　この世界で下衆男たちがまとっている見せかけの下にある、その真の姿を目にするとなったら？

「はい」ボビーはいい、泣きはじめた。

「なにがいいんだ？」

「テッドが、ぼくをここに残して行くことになったとしても」

「ほう。おまえは母親のもとにもどることになるが、それでもまだいいというんだな？」

「はい」

「つまりおまえは、あの鬼婆《おにばば》の母親のことが前よりすこしはわかるようになったとかでも？」

「はい」この単語を口にするのも、これで三回め。三回めともなると、ボビーの声は苦しげなうめき声同然になっていた。「そうだと思います」

「もう充分だ」テッドがいった。「やめろ」

しかし下衆男の声はやめようとはしなかった。いまはまだ。「そうか、おまえは臆病《おくびょう》者《もの》になるすべを身につけたということだな、ボビー？　そうなんだろう？」

「そうだよ！」ボビーはテッドのシャツに顔を押しつけたまま、声をふり絞った。「そ、う、だ、よ、ぼ、く、は、ガ、キ、だ、よ、腰ぬけのちび助のガキだ！　な、に、い、わ、れ、た、っ、て、い、い！　と、に、か、く、ぼ、く、を、家、に、帰、し、て、く、れ！」それからボビーは体をひくつかせながらたっぷり空気を吸いこむと、その空気を渾身《こんしん》の叫び声として一気に吐きだした。「**母さんといっしょにいたいんだ！**」

それは、水中から躍りでた獣や空から舞いおりた獣の姿をついに目にして、骨の髄からの恐怖に駆られたちびっ子の悲鳴だった。

「ようし、わかった」下衆男がいった。「おまえがようやく、はっきりそ、の、言、葉を口にしたからな。その返事の前提には、これから先おまえの友だちのテディはあくまでも自分の意思で働くこと、これからは以前とはちがってオールに鎖で縛りつけられないこと、という条件があるものとみなすぞ」

「約束するよ」テッドはそういって、ボビーの体から手を放した。ボビーはそのまま
——藁《わら》にもすがる思いでテッドに全力でしがみつき、顔をテッドの胸に押しつけていたが、やがてテッドからやさしい手つきで押し離された。

「ビリヤード室に行きたまえ、ボビー。ファイルズに、家まで車で送ってほしいと頼むんだ。この頼みさえきいてくれたら、わたしの友人たちがファイルズに手出しをすることは二度とないから、といってね」

「ごめんね、テッド。いまだって、ぼく、テッドといっしょに行きたい。本気でいっしょに行くつもりだったんだ。でも、やっぱり無理だよ。ほんとに、ほんとにごめんなさい」

「そんなに自分を責めるものではないよ」しかしテッドの表情は重苦しかった——今夜を境として、ボビーが永久に自分を責める以外にはなにひとつできないことを、いまからすっかり見ぬいているかのように。

ふたりの下衆男がテッドの左右の腕をつかんだ。テッドはボビーの背後に立っている下衆男——ボビーのうなじを、あの小枝にも似た恐るべき指で撫でていた下衆男をしっかと見つめた。「こんなことをしてもらう必要はないよ、キャム。ちゃんと自分の足で歩いていくとも」

「放してやれ」

とキャムと呼ばれた下衆男はいった。テッドをとりおさえていた下衆男たちは、その腕から手を放した。そしてさいごにあと一回だけ、キャムの指がボビーのうなじにふれた。《あボビーはのどを詰まらせそうになりながら嗚咽《おえつ》を洩《も》らし、こんなことを思った。《あと一回でもこいつにさわられたら、頭がおかしくなっちゃう。だめだ、ぜったい我慢できっこない。そんなことになったら、ぼくはずっと大声で悲鳴をあげつづける。自分でも悲鳴をとめられなくなる。たとえこの頭が破裂しても、それでも悲鳴をあげつづけるに決まってる》

「店のなかに行くんだ、小僧」キャムがいった。「早くしないと、このわたしが心変わりを起こして、おまえを連れていこうと考えることになるぞ」

ボビーはよろめく足どりで、〈コーナー・ポケット〉にむかった。ドアはあいていたが、だれも立ってはいなかった。ボビーは最初の一段をあがったところで、うしろに顔をむけた。テッドは三人の下衆男に周囲をかこまれてはいたが、テッドはあくまでも自分の足で立って、血の塊めいたデソトにむかっていた。

「テッド!」

テッドはふりかえり、笑みを浮かべ、手をふろうとした。すかさずキャムと呼ばれた下衆男が跳びかかってテッドの手の動きを封じ、無理やり前に体をむけさせると、そのまま力ずくで車のなかに押しこめた。キャムがデソトの後部ドアをひと思いに閉めたそのとき、ほんの一瞬だったが、ボビーははっきりと見ていた——丈の長い黄色いコートの内側で、信じられないほど背が高く、信じられないほど筋ばった生き物が立っているのを。皮膚は新雪なみの白さ、唇は鮮血のような赤。奥深い眼窩《がんか》の底で野蛮な光点がいくつも輝き、以前のテッドとおなじように、ふくらんでは収縮する瞳孔《どうこう》に闇《やみ》の斑点が舞い踊っていた。赤い唇がにたりとめくれあがると、先ほどの野良猫《のらねこ》も尻尾を巻いて逃げだすほど鋭い牙《きば》があらわになった。その牙のあいだからどす黝《ぐろ》い舌がするりと伸びてきたかと思うと、えもいわれぬ淫《みだ》らな動きで別れの挨拶《あいさつ》を送ってきた。それから黄色いコートの怪物は紫色のデソトのボンネット側を走ってまわりこんだ。細っこい足で歯ぎしりめいた音をたて、細っこい膝《ひざ》を上下にせわしなく動かして、キャムが運転席に躍りこんだ。道の反対側ではオールズモビルがエンジンをかけていた。そのエンジン音は、いましも目覚めようとするドラゴンの咆哮《ほうこう》にも似ていた。いや、ほんとうにドラゴンなのかもしれない。歩道をななめに横切る形でとまっているキャディラックも、おなじような咆哮をあげていた。生命をはらんだヘッドライトの搏動《はくどう》する光芒《こうぼう》が、ナラガンセット・アヴェニューのこのあたり一帯をぎらりと照らしだした。デソトはタイヤをきしらせ、おまけに片側のフェンダースカートで路面をこすって、つかの間の火花をあげながらUターンした。一瞬だけだったが、ボビーの目はデソトの後部座席のウィンドウにテッドの姿をとらえた。ボビーは手をあげて、大きくふった。テッドも手をふって応《こた》えてくれたようにも思ったが、確証はなかった。またもや頭のなかが、あの蹄《ひづめ》の音を思わせる音でいっぱいになった。

それっきり、ボビーがテッド・ブローティガンに会うことはなかった。

「とっとと出ていけ、小僧」

レン・ファイルズはいった。その顔はチーズのようにまっ白で、妹の二の腕の贅肉《ぜいにく》が骨から垂れ下がっていたように、頭蓋骨《ずがいこつ》から力なく垂れ下がっているかに見えた。その背後ではゴットリーブ社製のピンボール・マシンが、だれも見る人のいないまま、せわしなく光を明滅させていた。そして夜の〈コーナー・ポケット〉のピンボールを得意技としている凄腕《すごうで》プレーヤーたちは、いまレン・ファイルズの背後で子どものように縮こまっていた。ファイルズの右側にはビリヤードのプレーヤーたちが、それぞれのキューを棍棒《こんぼう》のように握りしめて立っている。老ジーは、ちょっと離れたタバコの自動販売機の横に立っていた。その手にビリヤードのキューはなかった。年老いてねじくれた片方の手からぶらさがっていたのは、小さなオートマティックの拳銃《けんじゅう》だった。いまのボビーは拳銃にひるむことはなかった。キャムと黄色いコートの仲間たちに出会ったいま、およそどんなものにもあれ以上の恐怖をいだくことはあるまい。さしあたりいまは、恐怖心がすっかり底をついていた。

「さあ、まわれ右して、とっとと消え失せろ、小僧。いますぐに」

「そのほうが身のためだよ、坊や」そういったのは、デスクの反対側に立っているアランナだった。ボビーはちらりとアランナを見やって思った。《ぼくがもっと年上だったら、きっとあんたにいいかえしてやるのに。ああ、ぜったいだ》アランナはボビーの一《いち》瞥《べつ》を——その目にこめられた思いを——目でうけとめると、恐れと困惑の双方を感じながら顔をさっと赤らめ、すぐに目をそむけた。

ボビーは、アランナの兄に視線をもどした。「さっきの男たちに、また店に来てほしいのかい？」

ファイルズの力なく肉の垂れ下がった顔が、また一段と長く伸びた。「冗談でも、そんなことはいわんでくれ」

「よし、だったらこうしよう」ボビーはいった。「ぼくの頼みをきいてくれたら、ぼくはこの店から出ていく。それっきり二度と、ここには顔を出さないよ」いったん言葉を切って、「ぼくだけじゃなく、あの連中もね」

「で、その頼みというのは？」老ジーが声をわななかせてたずねてきた。いまボビーは、どんな要求でも思いのままにかなえることができる立場にいた——というのも老ジーの頭のなかに、その事実が大きな明るい看板のように光っているのが見えたからだ。いま老ジーの頭は、かつてジーが若かったころと同様に澄みわたっていた。冷酷で損得勘定ばかりが先に立つ忌《い》まわしい精神ではあったが、キャムと配下のレギュレイターズ一行と出会ったいまでは、なんの罪もない精神にすら思えた。それこそアイスクリームのように、なんの罪もないものに。

「まず車でぼくを家まで送ってほしい」ボビーはいった。「これが第一の頼みだ」

それからボビーは――レン・ファイルズにというよりも老ジーにむかって――第二の頼みを口にした。

ファイルズの車はビュイックだった。大型の長い新車。下品きわまる車だったが、下衆男に通じるところはない。ただの車。車が走っているあいだ、ふたりはラジオから流れる四〇年代のダンスバンドの音楽にききいっていた。ハーウィッチまでの道のりでファイルズが口をひらいたのは、ただいちどきりだった。「頼むから、ロックンロールを流す局にチャンネルを変えないでくれよ。あの手の音楽は、仕事場でげっぷが出るくらいきかされてるんでね」

車が〈アッシャー・エンパイア〉の前を通りかかると、チケット売り場の横に立っているブリジット・バルドーのボール紙製の等身大パネルが目にはいった。ボビーは窓の外にちらりと視線を走らせてパネルに目をむけたが、たいした興味もおぼえなかった。BBには似つかわしくないほど老《ふ》けこんだ、そんな気分だった。

車は角を曲がってアッシャー・アヴェニューからはずれ、手で覆《おお》われた口もとから洩れるささやき声のようにブロード・ストリート・ヒルを走っていった。ボビーは自分の住むアパートメントを指さした。いまガーフィールド家の部屋には、すべて明かりがともっていた。すべての照明が輝いている。ビュイックのダッシュボードの時計を見ると、時刻はまもなく午後の十一時だった。

ビュイックが歩道に近づいていくとき、レン・ファイルズはようやくまたしゃべれるようになった。「あいつらは何者なんだ、坊主《ぼうず》？　あの悪党連中の正体はなんなんだ？」

ボビーの口もとが、思わずほころびかけた。いまのファイルズの言葉に、毎回《ロー・レンジャー》の結末近くでだれかしらがつぶやく、《あのマスクをかぶった男は何者なんだ？》という科白《せりふ》を思い出したからだ。

「下衆男《ロウ・メン》たちだよ」ボビーはファイルズに教えた。「黄色いコートの下衆男たちだ」

「いまんとこ、おれはおまえと仲よくなりたいとは思わないな」

「そうだろうね」ボビーはいった。激しいふるえが一陣の風のように、ボビーの全身を駆けぬけていった。「ぼくもおんなじ気持ちだ。送ってくれてありがとう」

「礼なんかいうな。とにかく、こんごいっさいうちの店には立ち入らないでほしい。うちの店じゃ、おまえさんは永久追放だ」

ビュイック——ボートともデトロイト製キャビンクルーザーとも形容できそうな巨大

な車だが、下衆男を思わせるところのない車——は走り去っていった。ビュイックがいったん筋向かいの家のドライブウェイに乗り入れて方向転換してから、坂道をのぼってキャロルの家の前を通りすぎて遠ざかっていくのを、ボビーはずっと見まもっていた。車が角を曲がって見えなくなると、ボビーは星空を見あげた。群れをなした何十億もの星々、こぼれんばかりの光の架け橋。その星々の向こうにはさらにたくさんの星々があり、そのすべてが闇のなかをめぐっている。

《そして〈塔〉があるんだ》ボビーは思った。《その〈塔〉がすべてを繋《つな》ぎあわせている。その〈塔〉をどうにかして守っている〈ビーム〉というものがある。そして〈深紅の王《クリムゾン・キング》〉なる存在がいて、〈ビーム〉を壊そうとしている〈破壊者《ブレイカー》〉がいる……〈破壊者〉が望んでやっていることではない。破壊を望んでいるのは〈深紅の王〉だ》

テッドはもう、ほかの〈破壊者〉がいるところに連れ帰されたのだろうか？　ボビーは思った。連れもどされて自分のオールを漕《こ》いでいるのだろうか？

《ごめんなさい》その思いを嚙《か》みしめつつ、ボビーはポーチに通じる小道を歩きだした。テッドとふたり、このポーチに肩をならべて腰かけ、新聞記事を読んでいたときのことが思い出された。どこにでもいる、ふたりの友人同士として。《ほんとに、いっしょに行きたいと思っていたのに、でも行けなかった。さいごには、やっぱり行けなかったね》

ボビーはポーチの階段のすぐ手前で足をとめると、コロニー・ストリートからきこえてくるはずのバウザーの鳴き声に耳をかたむけた。しかし、鳴き声はきこえてこなかった。では、あのバウザーが眠っているということか。これは奇跡だ。ボビーは疲れた笑みをたたえながら、また足を前に進めた。どうやら母親は、ボビーがポーチの階段の二段めを踏んだときの音をききつけたらしい――二段めはかなり大きなきしみ音を立てる――というのも、まずボビーの名前を呼ぶ母親の声がきこえ、そのあと走り寄ってくる足音がきこえてきたからだ。ボビーがポーチをあがりきったそのとき、アパートのドアが勢いよくあいて、母親が飛びだしてきた。プロヴィデンスから帰宅してきたときの服装そのままだった。カールも乱れて、もつれきった髪の毛が、母親の顔をとりまいていた。

「ボビー!」母親は大声をあげた。「ボビー、ああ、ボビー! よかった! ほんとうによかった!」

母親はボビーをすくいあげて抱きしめると、そのままダンスを踊るかのようにボビーの体をなんどもぐるぐるまわした。母親の片方の頰が涙で濡《ぬ》れていた。

「あんな連中のお金をうけとるつもりはなかったのよ」母親はとりとめもなくしゃべっていた。「向こうから電話があって、小切手を送るから住所を教えろって、そういわれたの。だからわたし、そんなのどうでもいい、電話したのはまちがいだった、ちょっと気分が落ちこんでいてむしゃくしゃしていただけ、だからいらないって、そういったのよ、ボビー。いらないっていったの。あんたたちのお金なんかいらないって」

その言葉が嘘《うそ》であることは、ボビーにはお見とおしだった。何者かが玄関ホールに通じるドアから部屋のなかに、母親の名前が宛名《あてな》として書かれた封筒を押しこめていった。中身も小切手ではなかった。現金で三百ドル。もっとも優秀な〈破壊者〉を彼らのもとに送りかえしたことの報酬としての三百ドル。たったの三百ロックぼっち。まったく、下衆男どもときたら、母親も顔負けのしみったれのしわんぼうだ。

「わたしはいらないっていったの。ねえ、きいてるの？」

母親はボビーを抱いたまま、アパートの部屋にはいっていった。いまボビーの体重は四十五キロ近い。ほんとうなら抱きかかえることなど不可能なはずなのに、母親はボビーを抱きあげたまま部屋にはいった。母親のとめどないおしゃべりをきいているうちに、わかってきたことがあった。なにはともあれ、この先警察を相手にする気づかいは必要ない。母親は警察に電話をかけてはいなかったのだ。なにをしていたかといえば、もっぱら部屋にぽつねんと腰をすえ、皺《しわ》だらけのスカートを指でいじくりながら、ただ漠然とボビーが帰ってきますようにと祈っていただけ。母親はボビーを愛していた。母親の頭のなかで、ボビーへの愛が——納屋《なや》に閉じこめられた鳥のように——翼をはばたかせていることが感じられた。これも、たいして心の慰めにもならなかったが……わずかな心の慰めにはなった。たとえその愛が罠《わな》だとしても、わずかな心の慰めにはなった。

「だからいったの、わたし、そんなお金はいらない、うちには必要ない、お金はそっちがもっていてけっこうって、そういったのよ……あの人たちにちゃんといったの……」

「もうわかったよ、母さん」ボビーはいった。「それでよかったんだから。ぼくを降ろして」

「だいたい、おまえはどこに行ってたの？　なんともない？　おなかはすいてないの？」

ボビーは母親の質問とは反対の順番で答えを口にした。「うん、おなかはすいてる。なんともない。ブリッジポートに行ってたんだ。で、こんなものを手に入れてきた」

そういうとボビーはズボンのポケットに手を突っこみ、まず自転車貯金の残金をとりだした。もともと貯金にあった数枚の一ドル札と小銭は、くしゃくしゃになった十ドル札と二十ドル札と五十ドル札の塊にすっかりまぎれこんでいた。ソファの横のエンドテーブルにつぎつぎ降り注ぐ紙幣の雨に、母親は目を丸くした。怪我《けが》をしていないほうの目だけが、どんどん……どんどん……大きくなり、やがてボビーは母親の目玉が転がり落ちるのではないかと心配になってきた。もう一方の目は、雷雲のように蒼黝《あおぐろ》くなって腫《は》れた瞼《まぶた》の奥で細められたまま。いま母親は、掘りだされたばかりの金銀財宝に大喜びしている、尾羽うち枯らした老海賊そっくりだった。できることなら、母親のこんな姿は見ないですませたかったが……その思いに反して、この夜から母親が死んだ夜までの十五年の長きにわたって、母親のこの姿は頭にとり憑《つ》いて離れなかった。しかし、ボビーの新しい一面、決して人好きのするとはいえない一面は、いまの母親が見せている表情をおもしろがっていた——この顔つきが母親をなんと老いぼれさせ、醜く、また滑稽《こっけい》に仕立てあげていることか。なんと、愚かしくも欲の皮を突っぱらせた業《ごう》つくばりに仕立てあげていることか。

《あれがぼくの母さんなんだ》ボビーはコメディアンのジミー・デュランテの声で思った。《あれがぼくの母さんさ。ぼくたちはふたりでテッドを売りとばした。でもね、ぼくのほうが母さんよりも稼いだじゃないか。そうだろ？　そうとも！　やったぜ！》

「ボビー」母親はふるえる声でささやいた。見た目は海賊、口をひらけば《仰天がっぽりクイズ》の勝者みたいなしゃべりっぷりとは。「ボビー……なんてたくさんお金があるの！　どこで手に入れてきたのよ？」

「テッドが賭《か》けに勝ったんだ」ボビーはいった。「払いもどし金さ」

「でもテッドは……あの人には……」

「もうお金なんか必要ないんだ」

リズは、突然打撲傷のひとつがひどく痛んだかのように顔をしかめると、すぐに紙幣をかきあつめ、かきあつめながら早くも金額ごとに紙幣を分類していた。

「おまえにはあの自転車を買ってあげるわ」母親はいった。その指が、百戦錬磨のスリーカードモンテのディーラーのように動いていた。

《そのシャッフルにはだれも勝てないよ》母親の手さばきを見て、ボビーは思った。《そのシャッフルに勝った人なんて、これまでひとりもいなかったね》

「あしたの朝一番でね」母親はつづけた。「〈ウエスタン・オート〉が店をあけたらすぐにでも買ってあげる。そのあとは――」

「自転車なんかいらないよ」ボビーはいった。「そのお金で自転車なんか買ってほしくない。母さんに買ってもらうのもまっぴらだ」

母親は両手いっぱいに紙幣をつかみあげたまま凍りついた。ボビーは母親の心にこみあげてきた激怒を――なにやら赤く電気じみた存在として――感じとった。「ありがとうのひとこともいわず、人の好意を無にするってわけ？　まったく、あんたって子は、どこまで父親そっくりになれば気がすむんだか！」

母親はまたしても、指を大きく広げた手をさっとうしろにかまえた。しかし今回は大きなちがいがあった――ボビーが母親によるこの攻撃を予見していたことだ。前回は完全な不意討ちだった。

「なんでそんなことがわかるの？」ボビーはたずねた。「これまで、さんざん父さんのことでぼくに嘘を吹きこんできたんだから、自分でもほんとと嘘の区別がつかなくなってるくせに」

そのとおりだった。前に母親の頭をのぞいたときにわかったことだが、そこにランダル・ガーフィールドはもうほとんど存在していなかった。あったのは、その名前が書かれた箱がひとつだけ……名前と、どこのだれであってもおかしくないと思えるほどぼやけた写真が一枚きり。これは、母親が自分を傷つけたものをしまっておく箱だった。母親は、夫がジョー・スタフォードの歌が大好きだったことも忘れていた。また（知っていたと仮定すればの話だが）夫が気前よく大盤ぶるまいをする人間だったことも忘れていた。母親がしまいこんでいる箱には、そういう事実をおさめる場所はなかった。そんな箱を必要とする境遇そのものが、ボビーには身も凍るほど恐ろしいものに思えた。

「父さんは、すっかり出来あがっている酔っぱらいには決して酒を奢《おご》らなかったんだ」ボビーはいった。「母さんは知ってた？」

「いったい全体、なんの話をしているの？」

「母さんになにをいわれても、それでぼくが父さんを憎むことはない……それに、母さんがなにをいおうとも、ぼくを父さんの型に押しこめるのは無理だからね」ボビーは右手で握り拳をつくると、頭の横にかまえた。「ぼくが父さんの亡霊になると思ったら大まちがいだ。母さんは母さんで、自分に好きなだけ嘘をつけばいい——父さんは未払いの請求書の束を残しただの、保険証書が失効していただの、インサイドストレートに飛びつかないではいられない男だったの、その手の嘘をね。でも、ぼくにはきかせないで。もう二度と」

「わたしにむかって手をあげるような真似《まね》はやめなさい、ボビー。いいこと、なにがあろうと母親に手をあげたりするんじゃないわ」

答える代わりに、ボビーはもう一方の手でも握り拳をつくってかかげた。「やるならやってみなよ。ぼくをぶちたいの？　ぼくもお返しに殴るよ。あと何発か殴られる余地はあるね。でも、ぼくに殴られるのは母さんの自業自得だ。さあ、やってみなよ」

母親はひるんでいた。母親の怒りの念が——最初に膨れあがってきたときとおなじく——たちまちしぼんで消えていくのが感じとれた。代わって、恐るべき闇《やみ》が立ちあらわれてきた。闇のなかに見えたのは恐怖。息子への恐怖、息子に傷つけられるのではないかという恐怖。といっても、今夜傷つけられることへの恐怖ではない。目の前の小さな少年の汚い拳で傷つけられることへの恐怖ではなかった。しかし、小さな少年もいずれは成長して大人になる。

とはいえ、いま自分が母親をあからさまに見くだし、母親の十八番《おはこ》だったせせら笑いを逆にむける立場になったからといって、それで自分が母親よりどれだけましな人間だというのか？　ましだといえる点がひとつでもあるか？　いま頭のなかに、あのおよそ形容を絶する声のもちぬしによる口先だけの甘いささやき声がよみがえってきた。テッドがたったひとりで連れていかれることになっても、それでもおまえは家に帰りたいかとたずねてきた声。ボビーは《はい》と答えた。母親のもとに帰ることになるが、それでもいいか？　これにも《はい》と答えた。つまり、鬼婆《おにばば》の母親のことが前よりもわかってきたということか？　キャムはそうたずね、これにもボビーはそうだと返事をした。そして先ほど、ポーチの足音だけでボビーの帰宅を察したあの最初の瞬間ばかりは、母親の頭のなかには愛と安堵《あんど》以外の思いはひとつも存在していなかった。そのふたつの気持ちは、まごうかたなく本物だった。

ボビーは両の拳をひらいた。それから手を上に伸ばし、母親の手を握る。その手はまだ、平手打ちを食らわす準備のようにうしろにかまえられていた……しかし、そこにはもう強い意思はこめられていなかった。手は最初抵抗を見せたものの、さいごにはボビーが母親の手から力をやさしく抜くことになった。ボビーはその手にキスをした。母親の傷だらけの顔を見あげてから、もういちど手にキスをする。いまでは母親のことが痛いほどわかっていた。わかりたかったわけではない。ボビーは頭にひらいた窓が早く閉じてくれることを願った。窓が閉じて向こう側が見えなくなれば、愛という感情は〝あってもおかしくないもの〟から〝必要不可欠な当然のもの〟に変わる。知っていることがすくなければ、それだけ信じる気持ちが強くなるのだ。

「ぼくが欲しくないのは自転車だけだ」ボビーはいった。「わかる？　欲しくないのは自転車だけなんだよ」

「じゃ、なにが欲しいの？」母親はいった。その声は不安と恐れにいろどられていた。

「わたしに、なにをどうしてほしいと？」

「パンケーキをつくってよ」ボビーはいった。「それもいっぱい」そういって、無理に笑顔をつくる。「ぼく、おなかがぺぇぇぇぇっこぺこなんだ」

そして母親がふたりには充分すぎる量のパンケーキをつくり、親子はキッチンテーブルにさしむかいに腰かけ、真夜中に朝食をとった。食べおえたときには一時近かったが、ボビーは後片づけを手伝うといって譲らなかった。いいでしょう？　ボビーはそういった。学校はあしたも休みだから、好きなだけ寝ていられるんだ。

母親がシンクに溜《た》まった水を流し、ボビーがナイフやフォーク類をすっかりしまいおえたころ、コロニー・ストリートでバウザーが鳴きはじめた。犬は新しい一日の闇にむかって、〝きゃん・きゃん・きゃん〟と吠《ほ》えていた。ボビーはふっと母親と目を見かわし、ふたりは同時に笑い声をあげた。いまこのときばかりは、知ることもわるくないと思えた。

最初ボビーは、以前とおなじようにベッドに横たわった。仰向《あおむ》けになり、左右の踵《かかと》をマットレスのそれぞれの隅に押しつける姿勢をとったのである。しかし、この寝相はいまの自分にふさわしくない気がした。あまりにも無防備な姿勢ではないか——少年の命を狙《ねら》うなにかがクロゼットから躍りでてきたら、鉤爪《かぎづめ》のひとふりであっさり腹を引き裂かれてしまいそうだ。そこでボビーは寝がえりを打って横をむき、いまテッドはどこにいるのだろうと思った。心の手を伸ばして、テッドらしきものが感じられるかどうかをさぐったが、なにも得られなかった。悪名高きナラガンセット・アヴェニューで心の手を伸ばしたときとおなじ。いっそテッドのことを思って泣ければいいのに。しかし、泣けなかった。まだ、いまのところは。

そして外から、まるで夢のように闇を横切って、街の広場にある時計の鐘の音がきこえてきた。〝ごーん〟という音が一回だけ。ボビーは自分の机の上においてある〈ビッグ・ベン〉の夜光塗料を塗られた針を見やった。二本の針は一時ちょうどを指していた。ひと安心だ。

「やつらはもういない」ボビーはいった。「下衆男たちはもういなくなったんだ」

それでもボビーは横をむき、膝《ひざ》を胸もとに引き寄せて体を丸めた姿勢で眠った。大きく手足を広げて大の字になって眠る夜は、すでに過去のものになっていた。

ウルフ・チーム対ライオン・チーム。ボビー、打席に立つ。
XI
レイマー巡査。ボビーとキャロル。
大荒れ時代。封筒。

サリー・ジョンは、まっ黒な日焼けと一千はあろうかという蚊に食われた痕《あと》、それに百万ものみやげ話をたずさえてキャンプから帰ってきた……しかし、ボビーはろくに話をきかなかった。この夏は、ボビーとサリー・ジョンとキャロルのあいだの幼なじみならではの気やすい友情がおわりを迎えた夏だった。三人いっしょに道を歩いて〈スターリング・ハウス〉に行くことはあったが、ひとたび到着すると、三人はそれぞれちがうことをして遊んだ。キャロルは女の子の友だちといっしょに、手芸とソフトボールとバドミントンのクラスをとっていた。ボビーとサリー・ジョンは、ともにジュニア・サファリと野球。

サリー・ジョンは、すでにかなりの腕前になっていたのでウルフ・チームからライオン・チームに昇格していた。少年たちが勢ぞろいして水泳やハイキング・サファリに行くときも、〈スターリング・ハウス〉のぽんこつトラックの荷台にあがり、弁当のはいった紙袋をかたわらに水着姿で腰かけているときも、サリー・ジョンはいつしか、キャンプ仲間のロニー・オルムクィストとデューク・ウェンデルのふたりと過ごすようになっていた。三人は、他人のベッドのシーツをふたつ折りにする昔ながらのいたずらや、年下の子どもをどこかに誘いだして、わざと待ちぼうけを食わせる古くさいいたずらの話を、ボビーが退屈するまで際限なく蒸しかえした。話だけきいていると、サリー・ジョンはキャンプに五十年も行っていたと思われるほどだった。

七月四日の独立記念日には、恒例のウルフ・チームとライオン・チームの対抗試合がおこなわれた。第二次世界大戦がおわった年にまでさかのぼる十五年のあいだ、ウルフ・チームがこの対抗試合で勝利をおさめたことはいちどもなかったが、一九六〇年のこの試合ではかなりの健闘ぶりを見せた——その功績の大半は、ボビー・ガーフィールドのものだった。打席に三回立って三回ともヒットを打ち、アルヴィン・ダーク・モデルのグローブがなくても、センターで見事なダイビングキャッチを披露した（そのあと立ちあがって観客の歓声を耳にしながら、ボビーは——あくまでもほんの一瞬だったが——母親が試合見物に来てくれればよかった、と思っていた。母親は夏休みにカントン湖の湖畔でひらかれる、この年一回の試合にさえ来てくれなかった）。

ボビーがこの試合でさいごに打球をはなったのは、ウルフ・チームの最終回の攻撃時だった。相手チームが二点リードし、ランナーは二塁。ボビーの打ったボールは、レフトの奥へと飛んでいった。一塁めざして走りだした瞬間、ホームプレートの奥でキャッチャーをつとめていたサリー・ジョンが、「いい当たりだぞ、ボブ！」というのがきこえた。たしかにいい当たりだったし、うまくすればボビーが同点のランナーになるかもしれなかったので、二塁で足をとめるべき局面でもあった。しかしボビーは、さらに先に進もうとした。十三歳以下の少年では、めったに内野への正確な送球ができないことを見こしていたからだった。ところがこの日は、サリーのキャンプ・ウィニー仲間であるデューク・ウェンデルが、やはりサリーのキャンプ仲間のロニー・オルムクィストにむかって弾丸のような剛速球を投げた。ボビーはスライディングしたが、スニーカーがベースにタッチする直前、ロニーのグローブが踝《くるぶし》にぴしゃりとあたった感触をとらえていた。

「アアアウウウト！」試合の趨勢《すうせい》を見さだめるため、ホームプレートから走りでてきていた主審が大声で宣告した。サイドラインでは、ライオン・チームの選手の友人や親《しん》戚《せき》たちがやんやの歓声をあげていた。

ボビーは立ちあがると、ものすごい形相で主審をにらみあげた。主審をつとめていたのは〈スターリング・ハウス〉所属の二十歳前後のカウンセラーで、首からホイッスルをぶらさげ、鼻の頭に白い顔料を塗りたくっていた。

「いまのはセーフだぞ！」

「残念だったね、ボブ」若者は主審としての顔をとりさげ、カウンセラーの顔をとりもどしていった。「当たりはよかったし、スライディングも見事だったけど、アウトはアウトだ」

「ちがうよ！　でたらめいうな！　なんで、そんなでたらめをいうんだよ？」

「そいつをつまみだせ！」だれかの父親が大声を張りあげた。「いちゃもんをつけるやつを試合に出すことはないぞ！」

「ベンチに行ってすわってろ、ボビー」カウンセラーはいった。

「だからセーフだっていってんだろ！　まちがいない、余裕のセーフだったじゃないか！」ボビーはそうわめくと、先ほど自分を退場にしろという助言を口にした男を指さした。「あいつから金をもらって、ぼくたちのチームを負けさせようとしてるんだな？　あのでぶ男に金をもらったんだろう？」

「よすんだ、ボビー」カウンセラーはいった。どこぞの三流大学の友愛会でもらった小さなビーニー帽をかぶって、ホイッスルをぶらさげてるなんて、この若者は馬鹿《ばか》丸出しだ！「これは警告だぞ」

ロニー・オルムクィストは、こんな口論にはうんざりしたというように顔をそむけた。ボビーはこの少年も憎くなった。

「おまえなんか、ただのでたらめ野郎だ」ボビーはいった。目の隅をちくちく刺してくる涙はかろうじてこらえることができたが、声のふるえを抑えることはできなかった。

「それ以上はこっちも我慢できないぞ」カウンセラーはいった。「ベンチにすわって、頭を冷やしてこい。きみは――」

「ごまかしとペテンが得意なちんぽ吸い野郎だよ。おまえがな」

三塁の近くにいた女性が小さな悲鳴じみた声をあげ、ぐいっと顔をそむけた。

「そこまでだ」カウンセラーは無表情な声でいった。「退場しろ。いますぐに」

ボビーは三塁からホームベースにむかってスニーカーを引きずって歩きはじめたが、半分ほどで足をとめ、くるりとふりかえった。「ついでだからいっておくけど、おまえの鼻に鳥のクソが落ちてるよ。おまえみたいな馬鹿じゃ、その程度のことにも気づかないと思ってね。ちゃんときれいに拭《ふ》いておけばいいのに」

頭のなかでは爆笑ものの言葉に思えたが、ひとたび口から出るとおもしろくもなんともなくなり、だれの笑いも誘うことができなかった。サリー・ジョンはホームベースで両足を踏んばって立っていた。くたびれきったキャッチャー・ギアを身につけたその姿は家のように大きく、心臓発作なみの深刻な雰囲気をただよわせていた。片手からは、一面に黒いビニールテープで補修がほどこされたキャッチャーマスクが垂れ下がっている。その顔は赤らみ、怒気をたたえていた。サリー・ジョンもまた、二度とウルフ・チームにはいらない少年のように見えた。サリーはキャンプ・ウィニーに行き、他人のべッドのシーツをふたつ折りにするいたずらをやり、キャンプファイアをかこんで怪談を披露しあって夜ふかしをしてきた。サリーはこれからずっとライオン・チームにいる。ボビーは、そんなサリーが憎らしかった。

「おまえったら、どうかしちまったのか？」のろのろと近くを通りすぎるボビーに、サリー・ジョンがそうたずねてきた。両軍のベンチは静まりかえっていた。子どもたちの全員がボビーを注視していた。親たちもまた、ひとり残らずボビーを見つめていた。それも、忌《い》まわしい人物を見る目つきで。たぶん、ぼくは忌まわしい人物なのだろう――ボビーは思った――でも、おまえたちが考えてる理由でそうなったわけじゃない。

《理由はなんだと思う、サリー・ジョン？　そりゃ、おまえはキャンプ・ウィニーに行ったよな。でもね、ぼくは〝あの界隈《かいわい》〟まで行ったんだぞ。遠く、〝あの界隈〟まで》

「ボビー？」

「なんともないって」ボビーは顔をあげずに答えた。「どうだっていいだろ？　どうせぼくは、マサチューセッツに引っ越すんだから。向こうのほうが、妙ちきりんな帽子をかぶったカマ野郎がすくないかもね」

「いいか、話をきけ――」

「もういい、黙れよ」ボビーは、サリー・ジョンを見ないまま答えた。ボビーが見ていたのは自分のスニーカーだけだった。ボビーは目を伏せてスニーカーだけを見つめ、歩きつづけた。

リズ・ガーフィールドはほとんど友人をつくらなかったが（「わたしは地味な茶色の蛾《が》よ。社交界をひらひら飛びまわる蝶々《ちょうちょ》じゃないの」とボビーにいったこともある）、ホームタウン不動産社に勤務しはじめてからの二年間は、マイラ・カルフーンという名前の女性社員と親しくしていた（リズ語でいうなら、母親とマイラは〝目と目で通じあう〟仲であり、〝おなじドラマーのリズムにあわせて生きている〟関係であり、〝周波数がぴったりおなじ〟間柄でもあった）。当時はマイラがドン・バイダーマンの秘書をつとめていたため、事務係兼雑用係はリズひとりだった。外まわりの営業外交員相互の連絡をとったり、それぞれのために面会の約束をとりつけ、コーヒーを淹《い》れ、彼らが必要とする書類をタイプで作成したりする仕事は、リズが一手に引きうけていた。マイラが突然、さしたる説明もないまま会社を辞めたのは、一九五五年のことだった。そして翌一九五六年初頭に、リズはマイラの代わりとしてバイダーマンの秘書に昇格した。

リズとマイラはその後も祝祭日のカードを送りあい、おりおりに文通もして、連絡をとりあっていた。マイラ――リズいうところの〝乙女のレディ〟――はマサチューセッツ州に引っ越して、みずから小さな不動産会社を経営していた。一九六〇年六月下旬、リズはマイラに手紙を書き、カルフーン不動産社の共同経営者《パートナー》に――もちろん最初は下級共同経営者《ジュニア・パートナー》でけっこうだが——してもらえないだろうか、と頼みこんだ。入社させてもらうにあたっては、ちょっとした元手という手みやげもある。とうてい大金とはいえないが、それでも三千五百ドルはまったく無視できる額ではない。

ミス・カルフーンもまた、ボビーの母親とおなじ辛酸を嘗《な》めたのかもしれないし、そんなことはなかったのかもしれない。大事なのは、マイラがこの頼みをききいれてくれたことだった。そればかりかマイラは、ボビーの母親に花束を贈ってきた。リズは数週間ぶりに心底から幸せそうな顔を見せた。いや、心の底から幸せな気分を感じたのは、何年ぶりかのことだったかもしれない。大事なのは、ボビーとリズがハーウィッチからマサチューセッツ州ダンヴァーズに引っ越すということだった。引っ越しの予定は八月。だからリズには、息子のボビー——これまでと打って変わって物静かになり、しばしば不機嫌そうな顔を見せるようになったボビー——の新しい学校への編入手続をする時間はたっぷりあった。

もうひとつ、大事なことがあった。リズ・ガーフィールドの息子のボビーには、ハーウィッチを去る前に片づけておくべきちょっとした仕事があったのである。

なすべき仕事に真正面からとりくむには、ボビーはまだ幼く、小さすぎた。だから用心を欠かしてはならなかったし、卑劣な手段に訴える必要もあった。卑劣な手段に訴えることには、なんの抵抗もなかった。いまではもう土曜午後に上映される映画のオーディー・マーフィーやランドルフ・スコットをお手本に行動することには関心がなかったし、世の中には不意討ちをされるべき人種が存在する——たとえ、不意討ちされるとはどういうことかを学ばせるだけにおわるとしても。ボビーが待ち伏せ場所にえらんだのは、あらゆる感情が爆発して泣き崩れたあの日、キャロルに連れていってもらった小さな木立ちのなかだった。ハリー・ドゥーリンを待ち伏せする場所としては、まさにうってつけだった——あの老いぼれミスター・ロビン・フッド、シャーウッドの森を駆けぬけるロビン・フッド野郎には。

ハリーは〈トータル・グロサリー〉で、在庫管理のアルバイトをしていた。このことをボビーは何週間も前から知っていた——母親といっしょに買い物に出かけたとき、ハリーの姿を目にしていたからだ。さらにボビーは、仕事を三時でおえたハリーが徒歩で家に帰っていくところも目にしていた。たいていは、ひとりかふたりの友だちがいっしょだった。いちばんよくつきあっているのは、リッチー・オウマーラだった。ウィリー・シーアマンは——サリー・ジョンがボビーの生活からほとんど抜け落ちていったように——ロビン・フッドの生活から抜け落ちたようだった。しかし肝心なのは、友人といっしょだろうとひとりだろうと、ハリー・ドゥーリンが決まってコモンウェルス公園を突っきる近道を通って家に帰るということだった。

ボビーは毎日午後になると、公園まで足を運ぶようになった。いよいよ夏の猛暑がおとずれたいま、野球がおこなわれるのは午前中だけになっていた。だから午後三時には、ABCの三つのグラウンドのどこにも人影はまったく見あたらなかった。いずれはバイトをおえたハリーがひとりで――リッチーやロビン・フッドの手下である〈陽気な男たち〉という仲間をともなわず――この無人のグラウンドのあたりを歩く日が来るはずだった。その日がおとずれるまで、ボビーは毎日三時から四時のあいだは、あの日自分がキャロルの膝《ひざ》に頭を載せて泣いた木立ちのなかで過ごした。本を読むこともあった。ジョージとレニーの登場する本にはまた泣かされた。《おれたちみてえに、農場で働くやつらは、この世の中でいちばんさびしい男たちさ》ジョージはそんなふうに考えていた。《おれたちみてえな連中には、先にはなんの望みもねえ》と。一方レニーは、ふたりがいずれは自分たちの牧場を手にいれて兎《うさぎ》を育てる日が来るものと思っていた。しかし、本の結末にいたるよりもずっと早く、ボビーはジョージとレニーが牧場を手にいれることも兎を育てることもないと知らされた。なぜか？　なぜなら人間には、狩りたてる獣が必要だからだ。人間はラーフやピギーのような相手を、さらにはレニーのような〝うどの大木〟を絵に描いたような人間を見つけだし、みずから下衆男になる。下衆男は黄色いコートをまとい、棒の両端を鋭く削《そ》ぎ、しかるのち狩りに出ていく。《だけど、おれたちみてえな連中だって、ときには運にちょっぴり味方をしてもらえることある》ボビーはハリーがひとりで姿をあらわす日のことを思いながら、そう考えていた。《そういうこともぜったいにあるんだ》

八月六日がその日になった。ハリーは〈トータル・グロサリー〉の赤いエプロンをつけたままの姿で――どこまで間抜けなら気がすむのか――きく者を発狂させかねない悪声で〈マック・ザ・ナイフ〉を歌いながら、ブロード・ストリートとコモンウェルス・アヴェニューの交差点側の入口から、公園に足を踏みいれてきた。ボビーはぎっしり生い茂った木々の小枝が音をたてないよう細心の注意を払いつつ木立ちから出ていくと、ハリーのあとを追って遊歩道を歩きだした。そして忍びやかに間あいを詰めていき、ぜったい確実と思える距離にまで近づいてから、おもむろに手にした野球のバットをかまえた。バットをかまえたとたん、《男の子が三人がかりで、小さな女の子ひとりを襲ったのか。そいつらはきみのことをライオンだと思いこんでいたのかもしれないぞ》というテッドの言葉が頭をよぎった。しかし、いうまでもなくキャロルはライオンではない。ボビーもライオンではない。サリー・ジョンは、ライオン・チームの選手だからライオンではある。しかしあのときサリーはいなかったし、ここにもいない。そしていま、ハリー・ドゥーリンに背後から忍び寄っている自分は狼《ウルフ》でさえない。自分はハイエナだ。しかし、それがどうした？　ハリー・ドゥーリンには、これでもまだ上等ではないだろうか？

《そのとおり》ボビーはそう思いながら、バットをふるった。バットが目標をとらえると同時に、カントン湖畔の試合での三回めの打球、レフト後方まで伸びたあの最高の当たりをはなったときにも負けない、ずっしりとした手ごたえをともなう鈍い音があがった。いや、ハリー・ドゥーリンの背後から腰を一撃したこのときのほうが、よほどすばらしい音だった。

ハリーは痛みと驚きの叫び声とともに、ばったりうつぶせに倒れこんだ。ハリーが仰《あお》向《む》けになったところを見すまして、ボビーはすかさずバットをふりおろした。今回の一撃は、左膝のすぐ下の部分をとらえた。

「うわぁぁぁぁぁ！」ハリーは悲鳴をあげた。ハリー・ドゥーリンの悲鳴を耳にして、ボビーは満ちたりた気分にさえなった——いや、天にも昇るほどの歓喜をおぼえたといっていい。「うわぁぁぁぁぁぁ、いてぇぇぇ！　いてぇぇぇぇぇ！」

《こいつに立つ隙《すき》を与えちゃまずい》ボビーはそう思いながら、冷徹な目でつぎの攻撃スポットをさぐった。《こいつは、ぼくの倍の大きさがある。だから一回でも攻撃ミスをしでかせば、こいつは立ちあがって、ぼくの手足をずたずたに引き裂いてしまうに決まってる》

ハリーは遊歩道に敷かれた砂利をスニーカーで押しやって尻《しり》で砂利に窪《くぼ》みをつくり、両肘《りょうひじ》をオールのように動かしながら逃げようとしていた。ボビーはバットをふりおろして、ハリーの腹部を痛打した。体から空気が叩《たた》きだされて肘から力が抜け、ハリーはまた仰向けになった。焦点のあわない目に涙が浮かび、太陽の光を浴びてきらきら光っていた。顔のにきびが紫と赤の巨大な斑点《はんてん》になって浮かびあがっている。そして唇は――あの日、リオンダ・ヒュースンが救ってくれた日には薄く引き伸ばされたようになって、せせら笑いを見せていたあの唇は――いま、だらしなくひらかれたまま、わなわな小刻みにふるえているばかりだった。

「うわぁぁぁぁぁ。もうよせ、降参だ、おれの負けだ、や、やめろぉぉぉ！」

《こいつ、ぼくがだれだかわかってないな》ボビーは思った。《太陽の光がまともに目を照らしつけているせいで、ぼくがだれなのかもわかってないんだ》

それでは不満が残る。「満足できるレベルじゃないな、おまえたち！」というのは、キャンプ・ウィニーでカウンセラーたちが、キャビンの整理整頓《せいとん》検査をおえたあとに発した言葉である。サリー・ジョンが話をきかせてくれたが、ボビーとしてはそんな話をききたかったわけではない。だいたい、キャビン検査だのビーズ財布の製作だのの話を知りたがる馬鹿《ばか》がどこにいる？

しかし、こっちは知りたかった。大いに知りたかったといえる。そこでボビーは上体をかがめ、苦悶《くもん》もあらわなハリーの顔に顔を近づけていった。

「ぼくを覚えてるかい、ロビン・フッド？　覚えてないのか？　ぼくはマルテックス・

べビーだよ」

ハリーの悲鳴がやんだ。ここに来てようやく相手の正体がわかったハリーは、下からぎらぎら光る目でボビーを見あげた。

「こんなことをして……ただですむと思ったら……」ようやくその言葉だけを口から絞りだす。

「ただですむに決まってるだろ」ボビーはいい、ハリーが足首をつかまえようと手を伸ばしてくると同時に、わき腹を思いきり蹴《け》り飛ばしてやった。

「うわぁぁぁぁぁ！」ハリー・ドゥーリンは、また以前の科白《せりふ》をくりかえして悲鳴をあげた。つくづく虫酸《むしず》の走る蛆虫《うじむし》野郎だ！　肩で風を切って街をねり歩くしか能のない阿呆《あほう》め！

《だいたい、いまの蹴りでは、おまえよりぼくのほうがずっと痛かったのかもしれないんだぞ》ボビーは思った。《スニーカーを履いた足で人を蹴飛ばすのは愚か者だけなんだから》

ハリーが体を横に転がし、あたふたと立ちあがろうとした。ボビーはすかさずホームランを打つようにバットをふるい、ハリーの尻たぶをまともに打ちすえた。カーペット叩きでぶあつい絨緞《じゅうたん》の埃《ほこり》叩きをするときのような音がした——なんと爽快《そうかい》な音だったことか！　この瞬間をいま以上にすばらしくするには、バイダーマンをおなじ遊歩道に這《は》いつくばらせるしかあるまい。さらにいうなら、バイダーマンの場合は体のどの、、部分をバットで殴ればいいかをボビーは心得ていた。

しかし諺《ことわざ》にもあるとおり、あるいはボビーの母親がいうように、半斤のパンでもないよりはましだ。

「いまのはガーバー・ベビーの復讐《ふくしゅう》だからな」ボビーはいった。ハリーはまたさっきのように、遊歩道に腹ばいになってめそめそと泣いていた。左右の鼻の穴からは、太い緑色の洟《はな》が奔流となって流れていた。その片手は弱々しく尻を撫《な》でて、すっかり痺《しび》れた尻に感覚をとりもどそうとしていた。

ボビーの両手が、テープを巻かれたバットのグリップをふたたび力いっぱい握りしめた。このバットを思いきり高々とかかげ、ひと思いにふりおろしたかった。狙《ねら》いはハリーの向こう脛《ずね》でも、ハリーの背中でもない。ハリーの頭だ。こいつの頭蓋骨《ずがいこつ》が砕ける物音をききたくてたまらなかった。当然ではないか——こんな男がいなくなったほうが、世界は住みやすい場所になる。こんなちんけなアイリッシュのクソ野郎が。こんなちんけな下衆男が——

《落ち着け、ボビー》テッドの声がした。《もう充分だ。だから落ち着け。自分を抑えろ》

「こんど、、キャロルに手出しをしたら、ぶっ殺してやるからな」ボビーはいった。「こんどぼくに手出しをしたら、おまえの家に火をつけてやるぞ。クソったれのごろつきめ」

ボビーはしゃがみこんで、このさいごのひと言を投げつけると、立ちあがって周囲を見まわし、歩きはじめた。ブロード・ストリート・ヒルを半分ほどあがってシグズビーの双子と会ったときには、ボビーは口笛を吹いていた。

このあとの数年間で、リズ・ガーフィールドは家に警官がやってきても、格別驚かないようになった。最初にリズの家を訪問してきたのはレイマー巡査だった。レイマーは地元警察の太った警官で、公園の物売りの男からピーナツを買って、子どもたちにふるまうこともあった。八月六日の夜、ブロード・ストリート一四九番地の建物の一階アパートの呼び鈴を鳴らしたとき、レイマー巡査はあまり楽しそうな顔ではなかった。巡査といっしょにいたのは、これから一週間以上もクッションのない椅子《いす》にはすわれそうもないありさまのハリー・ドゥーリンと、その母親のメアリだった。ポーチに立ったハリーは、まるで老人のように両手を背中にまわして腰にあてがっていた。

リズが玄関のドアをあけたとき、ボビーはその横に立っていた。メアリ・ドゥーリンはボビーをひと目見るなり指を突きつけて、金切り声をあげた。「あの子よ、うちのハリーに乱暴したのはあの子！　あの子を逮捕して！　警察官としての義務を果たしてちょうだい！」

「いったいなんの騒ぎなの、ジョージ？」リズはたずねた。

レイマー巡査は、すぐには答えなかった。レイマーはまずボビー（身長百六十二センチ、体重四十四キロ）を見つめ、その目をハリー（身長百八十五センチ、体重七十九キロ）にうつした。その大きくうるんだ目には疑念がたたえられていた。ハリー・ドゥーリンは頭の鈍い少年だったが、この警官の表情も読めないほど鈍くはなかった。「こいつはおれを不意討ちにしたんだ。うしろから、いきなり殴りかかってきたんだよ」

レイマーはすっかり肌が荒れて赤くなった両手を、生地がてかてか光っている制服のスラックスの膝において上体をかがめ、ボビーに顔を近づけてきた。「ここにいるハリー・ドゥーリンは、バイト先から家に帰る途中の公園できみに叩きのめされたと、そう主張しているんだ」レイマーは〝バイト先〟という部分を〝ぶうぁぁいと先〟と発音した。このことをボビーは生涯忘れなかった。「きみが物陰に隠れていて、ハリーにうしろをむくひまも与えずに野球のバットで背中から殴りかかった、とね。さて、きみの言いぶんもきこうじゃないか。ハリーの話は事実かな？」

ボビーも、まったくの馬鹿ではない。だから、こういう局面に立たされた場合のことも、前もって考えてあった。こんなことならやはり公園でハリーに、〝これでおあいこだから恨みっこなしだ。もしおまえがぼくにぶちのめされた話を他人にしゃべったりすれば、こっちも仕返しで、おまえが仲間といっしょにキャロルをひどい目にあわせたという、ずっと人ぎきのわるい話をふれまわってやるからな〟と釘《くぎ》を刺しておくべきだった。ただし、これにも問題があった。そんな話をふれまわったところで、ハリーの友人たちは否定するはずだ。そうなったら、キャロルひとりの主張と、ハリーとリッチーとウィリーという三人の主張のどちらが正しいのかという争いになる。そこでボビーは、そんな話をひとことも口にせず、公園から立ち去った。自分の半分の大きさしかない少年に叩きのめされたという屈辱で、ハリーが口をつぐんでいるはずだと読んだからだ。ところが、そうはならなかった。ミセス・ドゥーリンのけわしい顔や、きゅっとすぼめられた飾りけのない唇や、爛々《らんらん》と怒りに燃える目を見れば、そうならなかった理由は知れた。この母親がハリーから話をききだしただけのことだ。いや、無理やり口を割らせたというべきか。

「ぼくはこの人に指一本ふれてませんけど」ボビーはレイマーにいい、この返事を口にしながらレイマーの両目をひたと見すえた。

メアリ・ドゥーリンはショックのあまり、小さな悲鳴をひっと洩《も》らした。十六歳になったときには嘘《うそ》を処世術として会得していたにちがいないハリーでさえ、これには驚きの顔を見せた。

「よくもまあ、いけしゃあしゃあと、この恥知らず！」ミセス・ドゥーリンが金切り声を張りあげた。「この子と直接話をさせてくださいな、おまわりさん！　わたしなら、この子に白状させてみせます、白状させますとも！」レイマーは上体をかがめたままボビーから目を離さず、すっと横に手を伸ばしてミセス・ドゥーリンをさがらせた。

ミセス・ドゥーリンは前に進みでてきた。

「ひとつ教えてくれるかな。もしさっきの話が事実じゃないとすれば……そもそもハリー・ドゥーリンのような図体ばかりでかい木偶《でく》の坊《ぼう》が、きみみたいなちび助にこてんぱんに殴り倒されたなどと嘘をつく理由がどこにあるんだ？」

「う、うちの息子を木偶の坊呼ばわりしないで！」ミセス・ドゥーリンはかん高いきんきん声を張りあげた。「うちの子が、この卑怯者《ひきょうもの》の手にかかって半殺しにされたというだけじゃ足りないというの？　まったく、なんで――」

「お黙り」ボビーの母親がいった。最初にこれはなんの騒ぎかとレイマー巡査に質問して以来、リズが口をひらいたのはこれがはじめてだった。しかもその声は、恐ろしいほどに冷静だった。「うちの子に、いまの質問に答えさせましょう」

「ハリーは、この前の冬からずっとぼくのことを怒ってました。それが理由だと思います」ボビーはレイマー巡査にいった。「ハリーと、ほかのセント・ゲイブリエル校の大きな子たちが、ぼくを追いかけてきたことがあったんです。ハリーはそのとき氷に滑って転んで、体じゅう水びたしになってました。で、いつか仕返しをしてやるといってました。だからきっとハリーは、こんなふうにぼくに濡《ぬ》れ衣《ぎぬ》を着せるのがいい仕返しだと思ったんでしょう」

「この嘘つきめ！」ハリーが怒鳴った。「おまえを追いかけたのはおれじゃない。あれはビリー・ドナヒューだ！　あのときは――」

ハリーははっとして口をつぐみ、まわりを見まわした。自分がなにかに足を踏みこんだことを察したのだろう、薄ぼんやりとながら現状を把握した表情が、しだいに顔にあらわれてきた。

「とにかく、ぼくじゃありません」ボビーはあくまでも静かに、レイマー巡査の視線をしっかりうけとめながら答えた。「だいたい、ぼくがこんなに大きな子をぶん殴ろうとしたって、逆にこてんぱんに叩きのめされるに決まってます」

「嘘つきは地獄に落ちるのよ！」メアリ・ドゥーリンがわめいた。

「きょうの午後三時半ごろ、きみはどこにいた？」レイマーがボビーにたずねた。「この質問に答えられるかな？」

「ここにいました」ボビーは答えた。

「ミズ・ガーフィールド？」

「ええ、そのとおりです」母親は落ち着きはらった声で答えた。「午後はずっと、この子はわたしといっしょにいました。わたしがキッチンの床掃除をしているあいだ、ボビーは部屋の腰板を拭《ふ》いてくれてました。もうすぐ引っ越していくものですから、それまでにきれいにしておきたいんです。ボビーも、男の子の例に洩れず多少は文句をいいましたけど、でも自分の仕事はきっちりやってくれました。掃除のあとは、ふたりでアイスティーを飲んでました」

「嘘つき！」ミセス・ドゥーリンが叫んだ。ハリーは、茫然《ぼうぜん》とした顔を見せているだけだった。「穢らわしい、嘘つき女！」

いうなりミセス・ドゥーリンは、またしても前に進みでて、リズ・ガーフィールドの喉首《のどくび》めがけ、やにわに手を伸ばした。レイマー巡査は、今回もメアリには目もくれないまま、この女をうしろに押しもどした。今回その手つきは、いささか乱暴になっていた。

「ではあなたは、ボビーがずっと自分といっしょだったと誓っていえますか？」レイマー巡査はリズにたずねた。

「ええ、誓って断言できます」

「ボビー、きみはハリーに指一本ふれてないんだね？　誓ってそういえるかな？」

「誓って断言できます」

「神に誓って？」

「ええ、神に誓って」

「お、おぼえてやがれ、ガーフィールド」ハリーがいった。「いつかかならず、ちょん切ってやるからな、きさまのちっぽけな赤いちん——」

レイマー巡査が、いきなりうしろに顔をむけた。母親に片肘《かたひじ》をささえてもらえたからよかったようなものの、そうでなかったらハリーはポーチの階段を転がり落ちて、すでに怪我《けが》をしている箇所をふたたび負傷し、怪我をしていないところに新しい傷を負うところだった。

「ぐだぐだ馬鹿なことをいうな」レイマーはそうハリーにいい、口をひらきかけたミセス・ドゥーリンにむかって指をつきつけた。「あんたも口を閉じていることだな、メアリ・ドゥーリン。だれかを暴行で訴えたいというのなら、どうだろう、手はじめにご亭主を訴えてみては？　そのほうが、まだしも証人がそろいそうじゃないか」

メアリは猛烈な怒りと屈辱に顔を朱に染め、茫然とレイマーの顔を見つめていた。レイマーが、指をつきつけていたその手をすっと降ろした。いきなり手が重くなったといいたげな動作だった。レイマーはまずポーチに立つハリーとメアリに目をむけ（といっても、おざなりに一瞥《いちべつ》しただけ）、ついで玄関ホールに立つリズとボビーの親子に目をむけた。それからレイマーは一歩あとじさって四人から離れると、制帽を脱いで汗まみれの頭をぽりぽりと掻《か》き、帽子をかぶりなおした。

「なにかが腐りかけているようだな、このデンマークでは」ややあって、レイマーは『ハムレット』の一節を口にした。「ここには、馬の速足よりもなおすばやく嘘をつける人間がいるようだ」

「あいつだ――」「おまえこそ――」ハリーとボビーが同時に口をひらいたが、レイマー巡査はどちらの話もききたくなかったようだ。

「やかましい！」巡査は一喝した。通りの反対側を散歩していた老夫婦が、こちらに顔をむけてきたほどの胴間声だった。「では、本件については捜査終了を宣言する。しかし、もしこの先またきみたちふたりのあいだで悶着《もんちゃく》が起こったり――」そういってふたりの少年に交互に指をつきつけ、「――あるいは、あんたたちのあいだで――」こんどは、ふたりの母親を指さす。「悶着が起こったりしたら、そのときはだれかが悲しい目にあうことになる。世人いわく、賢者は一をきいて十を知る。ハリー、どうかな、仲なおりのしるしに若きロバートと握手をかわせるか？　男らしさを身をもって示せるか？……いやいや、そんなことはあるまい。この世界は悲しくも呪《のろ》われた場所なれば。さあ、ドゥーリンの親子。わたしがふたりを家まで送っていこう」

ボビーと母親はポーチに立ち、歩き去っていく三人の姿を見おくった。ハリーの足を引きずる歩き方は、いまや酒でへべれけになった水夫の千鳥足を思わせるほどまでに誇張されたものになっていた。小道から歩道に出るところで、ミセス・ドゥーリンはいきなり息子の襟足をぎゅっとつかんだ。「やたら大げさに痛そうなふりをするんじゃないよ、このあんぽんたん！」

そのあとハリーの歩きぶりは多少ましになったが、あいかわらず右舷と左舷をふらふらと往復してはいた。ボビーの目には、そうやってハリーがいまなお足を引きずっていることが、みずからの行為の証拠に見えた。いや、おそらく証拠そのものといえるだろう。仕上げの一撃、ハリーの尻《しり》をまともにとらえた一撃は、いってみれば満塁ホームランそのものだった。

アパートの室内に引きかえすと、リズは先刻と変わらない冷静な声でたずねた。「さっきの男の子は、キャロルに乱暴をした子のひとりなの?」

「そうだよ」

「この街から引っ越すまで、あの子を避けていられる?」

「うん、いられると思う」

「よかった」母親はそういって、ボビーにキスをした。母親はめったにキスをしない。そんな母親にキスをしてもらうのは最高だった。

引っ越しまであと一週間を切ったある日——ちなみにこのときには、アパートの部屋は段ボール箱で埋めつくされ、掠奪《りゃくだつ》にあったかのような奇妙な様相を呈していた——ボビーは公園でキャロル・ガーバーをつかまえた。キャロルが珍しくひとりで歩いていたからだ。これまでも女の子の友だちと連れだって歩いているキャロルなら何回も目にしていたが、それではだめだった。目的がかなえられない。ようやくキャロルがひとりでいるところに行きあたったわけだが……顔をうしろにむけてボビーの姿を目にしたとたん、キャロルは瞳《ひとみ》に恐怖の色を浮かべ、それを見てはじめてボビーは悟った――キャロルはずっとぼくを避けていたんだ、と。

「あら、ボビー」キャロルはいった。「元気だった？」

「どうだろ、わかんない」ボビーは答えた。「まああって感じかな。そっちこそ、あんまり姿を見かけなかったけど」

「だって、うちに来てくれないんだもの」

「そうだね」ボビーはいった。「たしかに。その――」どういえばいい？　どうやって説明をおわらせる？「このところ、ちょっと忙しかったものだから」ボビーは下手くそな言いわけをした。

「へえ、そうだったんだ」キャロルが冷たい態度で接してきたのなら、ボビーにはそれなりの出方もあった。いま出方がつかめないのは、キャロルが恐怖を隠そうとしているからだった。ボビーへの恐怖。まるでボビーが犬で、いつ嚙《か》みつかれてもおかしくないと思っているかのような恐怖の念。ボビーの脳裡《のうり》に、両手両足を地面について〝きゃん・きゃん・きゃん〟と吠《ほ》えはじめている自分という、世にもいかれたイメージが浮かびあがってきた。

「ぼくは引っ越すんだよ」

「サリーからきいたわ。でもサリーも、正確な引っ越し先を知らないっていってた。なんだかあなたとサリーって、前みたいな仲よし同士じゃないみたいね」

「うん」ボビーは答えた。「前みたいなつきあいじゃないんだ。でも、ほら、これ」ボビーはズボンの尻ポケットに手を入れると、学校のノートを切りとって折りたたんだ紙をとりだした。キャロルは疑わしげな目つきを紙にむけ、いったんは手を伸ばしてとりかけたものの、すぐに手を引っこめた。

「新しい住所が書いてあるだけだよ」ボビーはいった。「母さんとぼくはマサチューセッツ州に引っ越すんだ。ダンヴァーズっていう街にね」

ボビーは折りたたんだ紙をもった手をさらに突きだしたが、それでもキャロルはうけとろうとしない。ボビーは泣きたくなってきた。キャロルとふたり、観覧車のてっぺんにあがったときのことや、ふたりで光煌《きら》めく世界の頂点に立っているように思えた気分が思い出されてきた。それから、鳥の翼のように左右に広げられたタオルのことも、爪《つめ》に色が塗られた爪先《つまさき》を軸にくるりとまわっていた足のことも、あの香水の香りも思い出されてきた。ほかの部屋にあるラジオでは、フレディ・キャノンが「あの子が踊れば退屈吹っとぶ、チャ・チャ・ラグ・ア・モップ」と歌っていた。あれはキャロルだった……まちがいなくキャロル……まごうかたなくキャロルだった。

「手紙を書いてくれたらうれしいかなと思ってさ」ボビーはいった。「ほら、まるっきり新しい街だのなんだので、ぼくもホームシックになるかもしれないし」

キャロルはようやく紙をうけとると、中身に目も通さずにショートパンツのポケットに押しこめた。《家に帰ったら捨てるつもりなんだ》ボビーは思ったが、それでもかまわなかった。すくなくとも、うけとってはもらえたのだから。それだけで、心をほかの方向にそらす必要に迫られたときの跳躍台の役目には充分だった……そして、心をほかの方向にむける必要に迫られるのは、下衆男たちが近くにいるときだけではないことを、いまボビーは発見していた。

「サリーがいってる……あなたは変わったって」

ボビーはなにも答えなかった。

「サリーだけじゃない、おなじことをいってる人はたくさんいるわ」

ボビーは答えなかった。

「ハリー・ドゥーリンを叩《たた》きのめしたのはあなた？」キャロルはそうたずねると、冷たい手でボビーの手首を握ってきた。「あなたなの？」

ボビーはゆっくりと頭をうなずかせた。

キャロルはいきなりボビーの首に両腕をまわしてきたかと思うと、ふたりの歯がぶつかるほど激しい勢いでキスをしてきた。ついでふたりの唇が、はっきりと耳につくほどの大きな音とともに離れた。つぎにボビーが女と唇を重ねあわせるキスをするのは、三年先のことになる……しかし、ボビーにこれだけのキスをしてくれる女性には、生涯を通じてひとりも出会うことがなかった。

「最高！」キャロルは低くかすれた声でいった。喧嘩《けんか》腰でいっているようにさえきこえる声だった。「最高！」

それからキャロルは、ブロード・ストリートのほうに走りだした。夏の日ざしで褐色に焼けた足を、たくさんのゲームとあちこちの歩道でつくったかさぶたのある足を閃《ひらめ》かせながら。

「キャロル！」ボビーはそのうしろ姿に声をかけた。「待ってよ！」

それでもキャロルは走っていた。

「キャロル、愛してるよ！」

この言葉に、キャロルは足をとめた……いや、コモンウェルス・アヴェニューにたどりついて車の有無を確かめただけかもしれない。どちらにせよ、キャロルはつかのま足をとめ、いったん顔を伏せてから、うしろをふりかえった。その目は大きく見ひらかれ、唇はもの言いたげにひらいていた。

「キャロル！」

「もううちに帰らなくちゃ。サラダをつくらないといけないの」キャロルはそう答え、ボビーと反対方向に走っていった。走って道路をわたったキャロルは、そのまま二度とふりかえることなく、ボビーの人生からそれっきり姿を消した。おそらく、それでよかったのだろう。

ボビーと母親はダンヴァーズに引っ越した。ボビーはダンヴァーズ小学校に通って、そこで何人かの友だちをつくり、それ以上の敵をつくった。ボビーは喧嘩をするようになり、ほどなくズル休みの常習犯になった。最初の通信簿の《所見》の欄に、担任のリヴァーズ先生はこう書いていた。《ロバートはきわめて優秀な生徒です。その一方、きわめて問題をかかえた生徒でもあります。よろしければ、いちどご相談したいと思います。ミセス・ガーフィールドへ》

そこでミセス・ガーフィールドは学校に行き、問題解決のためにできるかぎり協力したが、口に出せない話があまりにもたくさんありすぎた。プロヴィデンス、ある種の迷子のペットさがしポスターや、新しい仕事に就いて新しい生活をはじめるにあたっての資金調達のいきさつなどの話だ。ふたりの女は、ボビーが成長の痛みに悩んでおり、住んでいた街を離れて昔の友だちと会えなくなったことを寂しがっている、という点で意見の一致を見た。いずれはそうした問題も克服できるはずだ。ボビーほど明敏で可能性を秘めている少年なら、そんなことができないはずはない。

リズの不動産業者としてのキャリアは、順風満帆だった。ボビーは英語では見事な成績をあげ（スタインベックの『ハツカネズミと人間』とゴールディングの『蠅《はえ》の王』とを比較したレポートでは、Aプラスの成績を獲得した）、それ以外の科目はことごとく悲惨な成績だった。そしてボビーはタバコを吸いはじめた。

意外なことに、キャロルはおりおりに手紙を送ってきた――おどおどした雰囲気の、どこか煮えきらない筆致で、学校や友だちのこと、それにリオンダといっしょにニューヨークに行った週末旅行のことなどを書いてよこしたのだ。一九六一年三月にとどいた手紙の末尾には（ちなみにキャロルはいつも、踊っているテディベアの絵が左右両側に描かれた、ふちがぎざぎざの便箋《びんせん》で手紙をよこした）、こんな赤裸々な追伸が添えられていた。《どうやらパパとママは離婚するみたい。パパはほかの女と〝所帯をもつ〟約束をして、ママは毎日泣いてばっかり》とはいえこれは例外で、キャロルはもっぱら明るい話題だけを書いてきた。バトンのまわし方を習っていること、誕生日のプレゼントに新しいアイススケートを買ってもらったこと、イヴォンヌとティナはちがう意見だけれど、自分はいまでもアイドル歌手のファビアンをかわいいと思っていること、ツイスト・パーティーに出席して、あらゆるダンスをしてきたこと。

キャロルから手紙がとどき、封筒から便箋を抜きだすたびに、ボビーはこんなことを思った。《これがさいごの手紙だ。これきり、キャロルから手紙が来ることはなくなる。いくら手紙を書くと約束していたって、子どもはそんなにいつまでも手紙を書き送ることはない。それでなくたって、つぎつぎ新しいことに目うつりするんだから。時間はあっという間に流れていく。あまりにも速く。キャロルはぼくを忘れるんだ》だからといってボビーは、キャロルが自分を忘れる手伝いをする気はなかった。手紙がとどくたびに、ボビーは机にむかって返事をしたためた。母親が二万五千ドルでブルックリンの家屋売却に成功したことを書いた――この一回の売買手数料だけで、かつての母親の半年分の給料に匹敵した。英語のレポートでAプラスを獲得したことも書いた。チェスを教えてくれた友人のモリーの話も書いた。しかし、たまにモリーとふたりで自転車を走らせ(ようやく自転車を買うだけの貯金ができたのだ)、〝窓ガラス割りツアー〟に出かけていることは書かなかった。これはふたりでがむしゃらに自転車を漕《こ》いで精いっぱい速く走らせながら、前かごに入れた石をプリマス・ストリートにならぶ古くて薄汚れたアパートメントの窓ガラスに投げつける遊びだった。またダンヴァーズ小学校の教頭をつとめるハーリー先生に〝うるせえ、おれのピンクのケツでも舐《な》めやがれ〟と毒づき、その代償として横面《よこつら》を平手で張り飛ばされ、礼儀知らずの問題児呼ばわりされたことも書かずにすませた。万引きに手を出したことも、四回か五回ほど酒を飲んだことも(一回はモリーといっしょだったが、それ以外はひとりで飲んだ)書かなかったし、ときおりふらりと操車場に足を運び、ロングアイランド南海岸にむかう特急列車に轢《ひ》かれるのが、すべてを解決するいちばん手っとり早い手段だろうか、と思いをめぐらしていることも書かなかった。ディーゼル燃料のにおいが鼻をつき、黒々とした影が顔の上にのしかかってきたかと思うと……それっきり、なにもわからなくなる。いや、それほどあっさりとおわらないかもしれない。

キャロルへの手紙のしめくくりは、いつも決まっておなじだった。

きみに会えなくて寂しがっている
きみの友だち、ボビーより。

そのあと何週間も——ボビー宛《あ》ての——手紙が来ない日々がつづき、ある日また裏にハート・マークとテディベアの絵が描かれた封筒と、いつもとおなじ、ふちがぎざぎざの便箋の手紙が舞いこんでくる。内容はまたしてもスケートのこと、バトンまわしのこと、新しい靴のこと、そして分数でつまずいていること。どの手紙も、愛されながらも死が避けられなくなった人が無理やりに押しだした呼気を思わせた。あともう一回だけ呼吸を、と。

驚いたことに、サリー・ジョンも何通か手紙をよこした。その手紙も一九六一年の初頭をさかいにふっつり途絶えはしたが、ボビーはサリーが手紙を書こうとしてくれたことに驚き、素直に感動した。子どもっぽい大きな字で書かれた痛々しいほど綴《つづ》りのミスが目だつ手紙を読んでいると、サリーがもうすぐスポーツとチアリーダーとのセックスを同等に楽しめる気だてのいい十代の若者に――フットボールの試合で敵チームの防衛ラインをあっさりくぐり抜ける才能がありながら、句読法の罠《わな》にもやはりあっさりひっかかる若者に――なろうとしていることが察せられた。それればかりかボビーには、七〇年代や八〇年代といった未来でサリー・ジョンを待っている男の姿――タクシーが来るのを待っている人のようにサリーを待っている男の姿――までもが目に見える気分だった。車のセールスマン、やがて自前の販売代理店をひらく。店名はもちろん、〈正直《オネスト》ジョン〉だ。〈正直ジョンのハーウィッチ・シボレー〉。太鼓腹がベルトから盛大にはみだし、事務所の壁にはたくさんの感謝状が飾られている。子どもたちのスポーツのコーチをつとめ、激励スピーチの開口一番には決まって《いいかね、諸君》という決まり文句、教会に通い、パレードに参加し、やがては市の評議会の議員になる……。それはそれで、すばらしい人生だろうとボビーは思った――両端を削《そ》いだ棒ではなく、農場と兎《うさぎ》を手に入れるのだから。しかし、最終的には両端を削いだ棒がサリー・ジョンを待ちうけることになった。棒は、その後もサリーのもとを完全には立ち去ることのなかった老いぼれママさんとともに、ドンハーでサリーを待っていたのである。

コンビニエンス・ストアからビールの六缶パックをふたつ（ナラガンセット・ビール

だった）と三カートンの紙巻きタバコ（もちろん銘柄はチェスターフィールド。上質のタバコ二十一本は、最高の煙を二十本つくる）をもちだそうとしている現場を警官につかまったとき、ボビーは十四歳だった。これが、ブロンドの《光る眼》警官だった。ボビーは警官に、自分は押しいったのではない、裏口があいていたので、そのまま歩いて店にはいっただけだと話したが、警官が懐中電灯で照らしだした錠前は、古い木製の扉から半分抉《えぐ》りだされて、ななめにぶらさがっている状態だった。《これはどういうことかな？》と警官に問われ、ボビーは肩をすくめた。パトカーに乗ると（警官はボビーを助手席にすわらせてくれたが、ボビーが頼んでも一服させてくれなかった）、警官はクリップボードにはさんだ書類の欄を埋めはじめた。警官は隣席にすわる仏頂面の痩《や》せた少年に氏名をたずねた。ラーフ、とボビーは答えた。ラーフ・ガーフィールドだ、と。しかし、当時母親とふたりで暮らしていた家——景気がよかったこともあって、ちゃんとした二階建ての一軒家だった——の前にパトカーがとまると、ボビーは先ほどの名前は嘘《うそ》だといった。

「ほんとうの名前はジャックだ」ボビーはそうつづけた。

「ほう？」ブロンドの《光る眼》警官はいった。

「そうだよ」ボビーはうなずきながらいった。「ジャック・メリデュー・ガーフィールド。それがぼくだ」

キャロル・ガーバーからの手紙は、一九六三年に途絶えた。奇《く》しくもその年、ボビーははじめて退学処分をうけ、またこの年に、はじめてベッドフォードにあるマサチューセッツ青少年矯正センターに収監されることになった。収監理由は、五本のマリファナ・タバコの所持。この種のタバコを、ボビーと友人たちはジョイスティックと呼んでいた。ボビーは九十日間の懲役刑を宣告されたが、所内での素行が良好だったために刑期を六十日間に短縮してもらえた。収監期間中は本をたくさん読んだ。ほかの少年たちから〝教授〟と呼ばれることもあった。ボビーは気にしなかった。

ボビーがベッドフォードならぬ南京虫《ベッドバグ》の矯正センターを出所するとき、グランデル巡査――ダンヴァーズ警察の少年補導警察官――がやってきて、これから真人間になって正道を歩む決心ができたか、とたずねてきた。ボビーは、決意はできている、今回のことはいい薬になった、と答えた。しばらくのあいだは、この言葉に嘘はないように思えた。しかし、一九六四年の秋、ボビーはある少年に手ひどい乱暴をはたらいた。少年は入院を余儀なくされたばかりか、完璧《かんぺき》に恢復《かいふく》する日がはたして来るのかどうかさえ疑問に思われる状態だった。いくらいっても少年がギターをよこそうとしないので、ボビーはこの少年をこてんぱんに叩きのめし、ギターを奪いとったのである。逮捕されたとき、ボビーは自室で当のギターを弾いていた（あまり上手な演奏ではなかった）。母親のリズには、このシルヴァートーン製のアコースティックギターを質屋で買ってきた、と話していた。

グランデル巡査が歩道ぎわにとまっているパトカーにむかってボビーを引き立てていくとき、リズは戸口に立ってすすり泣いていた。

「おまえがこれっきり馬鹿《ばか》な真似《まね》をやめなかったら、もう親子の縁をきっぱり切ってやるからね！」リズはボビーの背中にむかって叫んだ。「あたしは本気だよ！　切るっていったら切るんだから！」

「じゃ、いま切ってくれよ」ボビーは後部座席に乗りこみながら答えた。「母さんの好きにすればいい。いま親子の縁を切ったほうが、時間の節約になるじゃないか」

ダウンタウンにむかって車を走らせながら、グランデル巡査はいった。「ボビー、わたしはてっきり、きみが真人間になって正道を歩むものとばかり思っていたよ」

「ぼくもそう思ってたんだ」ボビーは答えた。このときボビーは、南京虫《ベッドバグ》の矯正センターに六カ月にわたって収監された。

矯正センターを出所すると、ボビーは支給されたトレイルウェイズのバスチケットを換金し、ヒッチハイクで家に帰った。自宅に足を踏みいれても、母親は出迎えに顔を見せようともしなかった。

「おまえに手紙が来てたよ」母親は暗い寝室からそういってよこした。「おまえの机においてあるわ」

封筒を見るなり、ボビーの心臓が肋骨《ろっこつ》にぶつかるほどの激しい鼓動を刻みはじめた。ハート・マークやテディベアの絵こそ見あたらなかったが――いまはもう、そんな年齢ではないからだ――そこに書かれているのがキャロルの手書き文字であることは、ひと目でわかった。ボビーは手紙を手にとり、封を破ってあけた。中身は便箋――ふちがぎざぎざの品――が一枚と、ひとまわり小さな封筒だった。ボビーはキャロルの手紙――キャロルからもらった生涯さいごの手紙――に急いで目を通した。

親愛なるボビー。

お元気ですか。わたしは元気です。あなたの昔のお友だち、あの日わたしの肩を治してくれた人からの預かり物があります。お友だちはこれをわたしのところに送ってきました。いまのあなたの住所を知らないからでしょう。手紙には、あなたにこれを転送してほしいとのメモが添えてありました。そこで、これを転送します。お母さまによろしく。

キャロル

バトンガールとして経験したことは、ひとつも書かれていなかった。数学の勉強がどんな具合かも書かれてはいなかった。ボーイフレンドの話もいっさい書かれていなかったが、すでに何人かとつきあった経験くらいはあるのだろう、とボビーは思った。

ついでボビーは、小刻みにわななく感覚の失《う》せた手で封緘《ふうかん》された封筒をとりあげた。心臓の鼓動は、これまで以上に激しくなっていた。封筒の表には、薄い鉛筆でたった一語――ボビーの名前が書かれていただけ。テッドの文字だった。ひと目でわかった。口のなかが干あがり、両目に涙がいっぱいにこみあげてきたことにも気づかぬまま、ボビーは封筒――一年生の子どもたちがバレンタインデーにカードを送る小さな封筒と変わらないサイズだった――の端を手で破った。

最初に出てきたのは、ボビーがこれまでに経験したこともないほどの甘い甘い香りだった。その香りにボビーは幼いころ母親に抱きついたときのことや、そのときに嗅《か》いだ母親の香水とデオドラントの香り、母親が髪につけていた整髪料の香りを思い出した。夏場のコモンウェルス公園の香りも思い出した。それからハーウィッチ公立図書館の書架の香り、香辛料めいたにおいと埃《ほこり》っぽいにおい、それになぜだか火薬を思わせるにおいの入り混じったあの空気の香りも思い出されてきた。涙が両目からあふれ、左右の頬をつたって流れ落ちはじめた。いつしかボビーは、自分のひねこびた気持ちを当たり前のものと思いこんでいた。だから、その反対の若々しい気分がこみあげてきたことで――そして、自分にもいまだ若々しい気分を感じることができるとわかったことで――ボビーはあらゆる方向感覚をいっぺんにうしなうほどのショックをおぼえた。

封筒には手紙もメモもはいっていなかった。文字の書かれた物はいっさいなかった。かたむけた封筒から机の上に降り注いだのは、見たこともないほどの深みと濃さをもつ赤い薔薇《ばら》の花びらだった。

《心臓の血だ》理由のわからない気分の昂揚《こうよう》をおぼえながら、ボビーは思った。そしてまったく唐突に――この数年間ではじめて――ボビーは自分の頭をほかの方向にむける方法を、自分の頭に仮釈放を申しわたす方法を思い出していた。そのことに思いを馳《は》せているそばから、ボビーの思考は上昇をはじめていた。薔薇の花びらは、傷だらけの机の上でルビーのような輝きを、世界の秘められた心臓からこぼれでた光の煌《きら》めきというべき輝きを見せていた。

《世界といっても、その世界はひとつじゃない》ボビーは思った。《たったひとつの世界なんかじゃない。この世界以外にも、たくさん世界がある……数百万もの世界があって……それがみんな〈塔〉の紡錘《スピンドル》の上でまわっているんだ》

それから、こんなことも思った。

《テッドはまた、やつらから逃げだした。ふたたび自由の身になったんだ》

花びらが疑いを一掃してくれた。この花びらは、人々が必要としてきた〝イエス〟というひとことの集大成だった。なにかを〝してもよい〟という許しの言葉の、なにかが〝できる〟という励ましの言葉の、そして〝それこそ真実だ〟という言葉の。

《これで充分、だんだんゆっくり、はい、おわり》ボビーは思った。以前どこかで耳にしたはずの言葉だったが、どこできいたかもわからなければ、なぜこの言葉がおりにふれ頭をよぎるのかもわからなかった。

テッドが自由の身になった。この世界、この時代ではない……今回、テッドはちがう方角に逃げた……しかし、どこかの世界でテッドは自由の身でいる。

ボビーは花びらを手にすくいあげた。ひとつひとつが、小さな絹のコインのような感触だった。両手でつくったカップに花びらがおさまると、手のひらいっぱいに血をたたえたように見えた。ボビーは両手を顔の前にかかげた。花びらの甘い香りに、身も心も溺《おぼ》れてしまいそうだった。その香りのなかにテッドがいた……あの奇妙な猫背の歩き方も、赤ん坊の髪の毛のような頼りない感じの白髪も、右手の人さし指と中指に刺青《いれずみ》のように滲《し》みついた黄色いニコチンの染みも、なにもかもくっきりとそなえたテッドが。把《とっ》手《て》つきの紙袋をぶらさげたテッドが。

キャロルを痛い目にあわせたハリー・ドゥーリンを罰したあの日とおなじように、いままたテッドの声がきこえた。あの日、声と思えたものは想像力の産物だったといえる。

しかし、いまきこえてきた声を、ボビーはまぎれもなく現実の声だと思った。自分にきかせるために、この声が薔薇の花びらに埋めこまれていたのだ、と。

《落ち着け、ボビー。もう充分だ。だから落ち着け。自分を抑えろ》

それからもボビーは長いこと、薔薇の花びらを顔に押しつけたまま机の前にすわっていた。そのあとボビーは、花びらを一枚もなくさぬように細心の注意を払いながら、また小さな封筒にもどし、先ほど手でちぎった部分を折りかえして封をした。

《テッドは自由の身になった。テッドは……どこかにいる。そして、忘れずに覚えているんだ》

「テッドはぼくのことを覚えてる」ボビーは声に出していった。「テッドは、ぼくのことを覚えてるんだ」

ボビーは立ちあがると、キッチンに行ってケトルを火にかけてから、母親の寝室にはいっていった。母親はスリップ姿でベッドに横たわり、足をあげた姿勢をとっていた。母親の姿に、ボビーは老いの兆《きざ》しを見てとった。ボビーが――いまでは一人前の大人同然の体格になった少年が――ベッドに腰かけると、母親はついと顔をそむけたものの、ボビーが手をとっても、なにもいわなかった。ボビーは母の手を握り、撫《な》でさすりながら、ケトルの湯が沸いたことを告げる笛の音を待った。ややあって母親は顔をめぐらせ、ボビーを見あげてきた。

「ねえ、ボビー」母親は口をひらいた。「あんたもわたしも、なにもかもめちゃくちゃになっちゃったわね。これからどうすればいいと思う？」

「全力を尽くすまでだよ」ボビーは、あいかわらず母親の手を撫でながらいうと、その手をもちあげ、手のひらに——生命線と感情線がほんの一瞬だけ交差して、またすぐに離れていくその場所に——唇を押しあててキスをした。「全力を尽くすまでさ」

S・キング
永井 淳訳
キャリー

狂信的な母を持つ風変りな娘――周囲の残酷な悪意に対抗するキャリーの精神は、やがてバランスを崩して……。超心理学の恐怖小説。

S・キング
深町眞理子訳
ファイアスターター（上・下）

十二年前少女の両親は極秘の薬物実験に参加した――〝念力放火〟の能力を持って生れた少女の悲哀と絶望、そして現代の恐怖を描く。

S・キング
永井 淳訳
クージョ

狂犬病にかかったセント・バーナード〝クージョ〟。炎天下、車に閉じこめられた母子の恐怖を克明に描いて、ひたすらコワい長編。

S・キング
吉野美恵子訳
デッド・ゾーン（上・下）

ジョン・スミスは55カ月の昏睡状態から奇跡的に回復し、人の過去や将来を言いあてる能力も身につけた――予知能力者の苦悩と悲劇。

S・キング
P・ストラウブ
矢野浩三郎訳
タリスマン（上・下）

母親の生命を救うには「タリスマン」が必要だ――謎の黒人スピーディにそう教えられた12歳のジャック・ソーヤーは、独り旅立った。

S・キング
深町眞理子訳
クリスティーン（上・下）

〈負け犬〉のアーニーはクリスティーンに一目惚れした。彼女は'58年型プリマス・フューリー――だが、彼女はただの車ではなかった。

S・キング
白石 朗 訳
グリーン・マイル
（一〜六）
刑務所の死刑囚舎房で繰り広げられた驚くべき出来事とは？ 分冊形式で刊行され世界中を熱狂させた恐怖と救いと癒しのサスペンス。

S・キング
白石 朗 訳
ローズ・マダー
（上・下）
このままでは、殺される——逃げる妻をどこまでも追いかける狂気の夫。ホラーとサスペンスとファンタジーを融合させた恐怖の物語。

S・キング
山田順子訳
デスペレーション
（上・下）
ネヴァダ州にある寂れた鉱山町。神に選ばれし少年と悪霊との死闘が、いま始まる……人間の尊厳をテーマに描くキング畢生の大作！

R・バックマン
山田順子訳
レギュレイターズ
（上・下）
閑静な住宅街で、SFアニメや西部劇の登場人物が突如住民を襲い始めた！ キング名義『デスペレーション』と対を成す地獄絵巻。

S・キング
山田順子訳
スタンド・バイ・ミー
—恐怖の四季 秋冬編—
死体を探しに森に入った四人の少年たちの、苦難と恐怖に満ちた二日間の体験を描いた感動編「スタンド・バイ・ミー」。他1編収録。

S・キング
浅倉久志訳
ゴールデンボーイ
—恐怖の四季 春夏編—
ナチ戦犯の老人が昔犯した罪に心を奪われた少年は、その詳細を聞くうちに、しだいに明るさを失い、悪夢に悩まされるようになった。

アトランティスのこころ (上)

新潮文庫　キ - 3 - 25

Published 2002 in Japan
by Shinchosha Company

平成十四年五月一日発行

訳者　白《しら》石《いし》朗《ろう》

発行者　佐藤隆信

発行所　株式会社新潮社

郵便番号　一六二―八七一一
東京都新宿区矢来町七一
電話　編集部(〇三)三二六六―五四四〇
読者係(〇三)三二六六―五一一一

価格はカバーに表示してあります。

乱丁・落丁本は、ご面倒ですが小社読者係宛ご送付ください。送料小社負担にてお取替えいたします。

印刷・株式会社光邦　製本・加藤製本株式会社

ISBN4-10-219325-1 C0197